Die Erleuchteten

The Enlightened

Gedankendimensionen: Buch 3

Dima Zales

Aus dem Amerikanischen von
Grit Schellenberg

♠ Mozaika Publications ♠

Veröffentlicht von Mozaika Publications, einer Druckmarke von Mozaika LLC.
www.mozaikallc.com

Cover by Najla Qamber Designs
www.najlaqamberdesigns.com

Lektorin: Kerstin Frashier

E-ISBN: 978-1-63142-127-3
Print ISBN: 978-1-63142-128-0

ERSTES KAPITEL

»Ich kann gar nicht glauben, wie hart ein Leben ohne die Stille ist. Die letzten zwei Wochen waren der absolute Albtraum«, sage ich zu Mira während ich den Rest ihrer langen, perfekten Beine mit Sonnencreme bedecke. Die warme Sonne Floridas scheint auf meinen Rücken, und ihre entspannende Wirkung vermischt sich mit meinem angenehmen Schwips durch die Piña Colada.

»Ja, furchtbar.« Sie schnauft faul. »Wir Russen haben einen Fehler gemacht, als wir alle diese Menschen zur Bestrafung nach Sibirien geschickt haben. Stattdessen hätten wir sie nach South Beach verbannen sollen.«

Ich schaue auf den blauen Ozean und die hübschen Mädchen, von denen das am besten aussehende genau neben mir sitzt. Vielleicht hat sie recht damit, sarkastisch zu sein. Vielleicht ist es doch gar nicht so schlimm.

»Du weißt, was ich meine. Deine Gesellschaft und dieser Ort machen es erträglich«, erkläre ich ihr, während vor meinem inneren Auge unsere Aktivitäten der letzten Wochen ablaufen: Essen, Trinken, am Strand liegen und nicht zu vergessen unser – täglicher – Sex. »Aber ich mag das Gefühl nicht, dass ich mein Schicksal nicht kontrollieren kann.«

»Du willst also Illusionen? Du bist alt genug, um zu wissen, dass wir niemals irgendetwas kontrollieren«, meint sie und schiebt ihre Sonnenbrille nach oben. »Das Beste, was du tun kannst, ist, die guten Dinge im Leben zu genießen, und den normalen Scheiß so gut wie möglich zu überstehen.«

Ich weiß es besser, als mich jetzt mit ihr über diese düstere Philosophie zu streiten. Wir haben diese Unterhaltung schon einmal so ähnlich geführt. Sollte ich mich weiterhin in meinem Elend suhlen, wird sie mich daran erinnern, dass die Mehrheit der Leser wegen ihrer schwachen Tiefe nur selten der Lage ist, in die Stille zu splitten, und dass ein Großteil der Menschen diese Fähigkeit überhaupt nicht besitzt. Sie könnte mich als undankbar bezeichnen oder einen Spielverderber nennen. Natürlich bedeutet mein Schweigen nicht, dass ich ihrer Meinung bin. Schon als Kind hat so eine Strategie bei mir nicht funktioniert, als Sara immer ihr Argument »Es gibt auf der Welt viele Menschen die hungern« benutzt hat, um mir ein schlechtes Gewissen zu machen.

Also versuche ich, strategisch geschickt das Thema zu wechseln. »Hast du Hunger? Ich könnte zur Bar gehen und uns etwas holen.«

»Ja, bitte«, erwidert sie in einem wärmeren Ton. Sie hat meinen Rückzug taktvoll akzeptiert. »Ich möchte bitte eine Quesadilla. Wenn du zurückkommst, bin ich wahrscheinlich noch im Wasser.«

Ich sehe ihr dabei zu, wie sie über den Strand zum Meer geht. Meine Stimmung hebt sich bei Miras Anblick in ihrem winzigen Bikini.

Na gut, vielleicht habe ich ja wirklich übertrieben. Unsere Bemühungen, das ganze Bargeld aus Jacobs Aktenkoffer auszugeben – dem Aktenkoffer den Mira sich angeeignet hat, während sie vor einem Schusswechsel flüchtete – haben ziemlich viel Spaß gemacht. Zumindest so lange, bis ich den riesigen Geldbetrag von zwei Millionen mit den Aktien gemacht habe, die ich dem zufälligen Lesen von Jason Spades, dem Aufsichtsrat einer Bank, zu verdanken habe. Was ich damals im Fitnessstudio in seinen Gedanken gesehen habe, hat sich als noch besser herausgestellt, als ich erwartet hatte. Die Regierung musste letztendlich die Bank retten, die Aktien gingen in den Keller, und ich konnte meine Optionen einlösen. Der Nachteil daran, ein Multimillionär zu sein, ist allerdings, dass es nicht mehr ganz so viel Spaß macht, sinnlos Geld auszugeben – mir zumindest nicht.

Als ich Mira nicht mehr sehen kann, wische ich mir den Sand von meinen Beinen und begebe mich zur Tiki Bar. Als ich mich ihr nähere, werde ich an einen anderen Grund erinnert, der die letzten beiden Höllenwochen erträglicher gemacht hat: Mein bester Freund Bert und meine Tante Hillary sitzen zusammen an der Bar und trinken fruchtige Cocktails mit Schirmchen. Bert ist vor vier Tagen hier eingetroffen, während Hillary schon Ende letzter Woche kam.

»Nein, ich rede nicht über schwarze Löcher«, erklärt Bert ihr gerade. »Diese Singularität ist ein Punkt in der Geschichte, an dem die Geschwindigkeit der technischen Entwicklungen durch die Decke gehen wird. Das könnte durch künstliche Intelligenz oder transmenschliche Existenzen – Menschen, die technische Elemente in sich tragen – hervorgerufen werden. Die AI oder die optimierten Menschen werden schnell lernen, wie sie eine intelligentere nächste Generation bauen können. Diese Generation wird genau das Gleiche tun, und immer so weiter, was zu einer Kettenreaktion führen wird. Es wird eine derartige Explosion der Intelligenz geben, dass es für uns unmöglich ist, vorauszusagen, was alles passieren wird. Und das ist genau der Punkt, der der Singularität der Physik ähnelt.«

»Und diese angeblichen technologischen Ludditen versuchen, dieses Armageddon-Szenario zu verhindern?«, fragt Hillary offensichtlich fasziniert.

»Ja. Aber nur in ihrem kurzsichtigen Weltbild ist es ein Armageddon-Szenario. In meinem, falls du unbedingt einen Begriff aus der heiligen Schrift benutzen möchtest, um es zu beschreiben, ist die Singularität eher wie eine Entrücktheit – ein extrem positives Ereignis, durch das alle Probleme dieser Welt – wie zum Beispiel Tod – gelöst werden. Aber ja, ich denke genau das möchten sie verhindern. Das, und generell alle Veränderungen.«

»Hallo«, sage ich und unterbreche damit Berts Lieblingsverschwörungstheorie.

»Hallo, Darren.« Hillary grinst mich an. »Bert erzählt mir gerade eine wirklich faszinierende Geschichte.«

Das meint sie wirklich ernst, was mich sofort daran erinnert, dass Bert für den Rest seines Lebens in meiner Schuld stehen wird. Als die beiden in Miami ankamen, habe ich sie einander ohne Hintergedanken vorgestellt. Ich dachte einfach, dass mein bester Freund und meine Tante sich kennenlernen sollten. Nie im Leben wäre ich auf die Idee gekommen, dass Hillary Bert so gerne mögen würde. Seine Begeisterung für sie überrascht mich dagegen nicht. Meine Tante ist sehr niedlich, auf die gleiche Art wie alle kleinen Lebewesen einschließlich Hunde- und Katzenbabys. Es könnte genau diese Körpergröße gewesen sein, die Bert den Mut gegeben hat, sich ihr zu nähern: Sie ist eines der super seltenen Mädchen, die kleiner sind als er. Die Tatsache, dass Bert sich um Hillary bemüht hat, war eine große Quelle der Erheiterung in dieser dunklen Zeit. Schließlich hat sie zugestimmt, mit ihm auszugehen, und dieses Ereignis grenzt für mich an ein Wunder – deshalb seine Schulden bei mir. Das ist allein mein Verdienst. Er hat mich gebeten, ihn mit einem Mädchen zu verkuppeln, und ich habe eine Kettenreaktion von Ereignissen hervorgerufen, die darin endete, dass Bert die Frau seiner Träume gefunden hat – Ursache und (zufällige) Wirkung.

»Ich bin nur gekommen, um eine Kleinigkeit zu essen zu holen«, erkläre ich, um Bert davon abzuhalten, mich in ein Gespräch über seine Verschwörungstheorie zu vertiefen.

»Okay, aber irgendwann sollten wir das definitiv besprechen«, meint Hillary mit einem leichten Schmollmund. »Der Gedanke, dass es eine sehr traditionalistische Gruppe von Menschen gibt, die Wissenschaftler tötet, weil sie keinen Fortschritt möchte, ist sehr interessant.«

Und damit hat sie meine volle Aufmerksamkeit. Will sie damit sagen, dass entweder die Traditionalisten der Führergemeinschaft oder die Puristen der Lesergemeinschaft etwas mit Berts Verschwörungstheorie über die Ludditen zu tun haben könnten, die angeblich Wissenschaftler umbringen? Nein, das kann nicht sein. Es ist plausibler, dass sie zu viel von Berts Kool-Aid getrunken hat. Ja, das würde eine Menge erklären.

Trotzdem erwidere ich: »Das hört sich wirklich so an, als sollten wir reden. Aber jetzt ist gerade kein guter Zeitpunkt.«

»In diesem Fall« – meint Bert grinsend – »nehme ich an, dass du auch zu beschäftigt bist, um dir meine neuesten Fortschritte mit dem USB-Stick anzuhören, den du mir gegeben hast.«

Bastard. Das ist Erpressung. »Ich denke, ich könnte einen kleinen Moment in meinem supervollen Zeitplan freischaufeln, um mir das anzuhören«, sage ich und winke dem Barmann zu, der mich wegen einer heißen Blondine ignoriert.

»Das würde uns allerdings wieder zurück zum gleichen Thema führen«, sagt Bert triumphierend, »da die ersten drei Namen auf der Liste bekannte Wissenschaftler sind.«

Scheiße. Es hört sich ganz danach an, als gäbe es wirklich eine Verbindung. Das wird die Angelegenheit komplizieren, da ich Bert noch eine Erklärung zu dem Stick schuldig bin. Ich kann ihm ja schlecht erzählen, dass Jacob, ein puristischer Leser, diese Menschen von der russischen Mafia töten lassen wollte. Oder doch? Das ist eine ernste Frage. Die einzige Person, die mir jemals eingebläut hat, den normalen Menschen nichts zu erzählen, war Jacob – niemand, dem man trauen konnte.

Einen Moment lang sieht Hillary sehr konzentriert aus.

Bert bekommt einen irritierten Gesichtsausdruck, bevor er meint: »Wir reden später darüber. Was ich dich eigentlich fragen wollte, war, ob Mira und du Lust auf einen Viererabend habt. Es gibt da ein Restaurant mit veganer Rohkost, das Hillary im Internet gefunden hat.«

Das ist jetzt wirklich eigenartig. Ich bin der festen Überzeugung, dass Hillary ihn gerade geführt hat – auch wenn es in diesem Zusammenhang wohl richtiger ist, zu sagen, dass sie seine Strippen gezogen hat – und sie tat es, um das Thema zu wechseln. Die Ironie an der ganzen Sache ist, dass Bert nicht weiß, dass er sich gerade in der größten Verschwörungstheorie überhaupt befindet. Seine neue Liebe kann ihn wortwörtlich alles tun lassen, was sie möchte. Er lebt die Meine-Freundin-kann-meine-Gedanken-kontrollieren-Verschwörung, die selbst eine Kopfbedeckung aus Aluminium nicht verhindern kann. Hillary ist auch nicht besonders subtil vorgegangen. Bert will in ein veganes Restaurant gehen? Ich hatte Probleme damit, ihn dazu zu überreden, Sushi zu probieren, und dabei handelt es sich um leckeren rohen Fisch. Er ist durch und durch ein Fleisch-und-Kartoffel-Typ. Oder hat sie genau diesen Punkt ausgenutzt, um mir zu verstehen zu geben, dass sie ihn geführt hat? Da sie offensichtlich bereit ist, ihn zu manipulieren, hätte sie ihn schon eher von seinen Ausführungen abhalten können. Wenn ich nicht inert wäre – nach meinem Tod in der Stille nicht meine Fähigkeit verloren hätte, in die Stille hinüberzugleiten – hätte ich ihn wahrscheinlich viel früher unterbrochen.

Das überzeugt mich davon, dass sie sich, entgegen aller Logik, Berts Verschwörungstheorien wirklich gerne anhört.

»Ja, ich frage sie gerne«, antworte ich, auch wenn ich mir nicht sicher bin, was Mira wohl zu einem veganen Restaurant sagen wird. Auch wenn sie sich erstaunlich gut mit Hillary versteht, könnte veganes Essen ein Problem für sie sein. Mira ist definitiv ein Fleischfresser. Wenn sie ein Tier wäre, dann ein Panther – ganz im Gegensatz zu Hillary, die ein Hamster wäre.

Endlich wendet mir der Barmann seine Aufmerksamkeit zu, und ich bestelle unser Essen.

»In fünfzehn Minuten wird das Essen fertig sein«, meint er abschließend zu mir.

»Alles klar, Leute. Mira wartet im Meer auf mich«, sage ich. »Ich bin gleich zurück, um die Bestellung abzuholen.«

Ich gehe zum Wasser und freue mich schon aufs Schwimmen. Zum tausendsten Mal versuche ich, mich in die Stille zu begeben. Ich benutze meine Angst, es nicht zu schaffen, um den Prozess zu beschleunigen, aber ich pralle gegen die gleiche mentale Mauer.

Auf halbem Weg zum Meer fällt mir etwas Eigenartiges auf. Es handelt sich dabei um einen großen Mann am Strand, der Tarnkleidung trägt. Überrascht schaue ich ihn mir genauer an ... und mein Herz beginnt zu hämmern.

Ich kenne diesen Mann.

Es ist Caleb, der ganz offensichtlich nach mir sucht. Sobald sich unsere Augen treffen, verschärft sich sein Blick, und er kommt auf mich zu.

Er bewegt sich so schnell, um den Abstand zwischen uns zu schließen, dass er nur noch ein verschwommener, grüner Punkt ist.

Panik steigt in mir auf, und ich versuche, mich umzudrehen und wegzulaufen, als er auch schon neben mir steht. Bevor ich auch nur einen Schritt machen kann, spüre ich den kalten Lauf seiner Pistole auf meinen nackten Rippen.

»Wir machen einen Spaziergang, Kind«, sagt er unfreundlich. »Gib keinen Laut von dir.«

»Was soll das Ganze?« Ich versuche, meine Stimme trotz meiner Angst ruhig zu halten. »Ich bin gerade beschäftigt.«

»Halt den Mund und geh weiter«, erwidert er und führt mich vom Meer weg.

Wir gehen schweigend zu dem Strandabschnitt, der zu unserem Hotel gehört, treten auf die Straße hinaus und folgen ihr weiter Richtung Collins Avenue. Der heiße Asphalt schmerzt unter meinen nackten Füßen, aber ich mache mir zu viele Gedanken um meine derzeitige Lage, als mich darum kümmern zu können.

Nach einigen Minuten kommen wir bei einem roten Honda an, der am Straßenrand parkt. »Steig ein.« Caleb drückt die Waffe in meine Seite.

»Lass mich wenigstens etwas zum Anziehen holen«, meine ich, als mir auffällt, dass ich nur in Badeshorts bekleidet mit ihm wegfahren werde.

Anstatt mir zu antworten, nimmt Caleb eine Spritze zur Hand, und bevor ich reagieren kann, hat er sie mir schon in den Oberarm gerammt.

»Was soll der Scheiß?«, nuschele ich und bin auch schon weg.

ZWEITES KAPITEL

Ich bemerke eine Bewegung. Ich bin in einem Auto, und es fährt sehr schnell. Das ist alles, was ich spüren kann. Aus irgendeinem Grund kann ich nichts sehen und ich bin mir auch nicht sicher, wie ich hierhergekommen bin – wo auch immer »hier« sein mag. Außerdem ist mir kalt. Dann erinnere ich mich langsam wieder.

Caleb hat mir Drogen verabreicht. Das ist sein Auto. Wohin bringt er mich? Wohin zum Teufel fährt er?

Zu diesem Zeitpunkt fließe ich vor Adrenalin über und versuche, mich in die Stille zu begeben, auch wenn ich weiß, dass es sinnlos ist.

Als es funktioniert, bin ich so überrascht, dass ich es gar nicht glauben kann. Aber es muss geklappt haben. Ich befinde mich auf der Rückbank. Das Auto bewegt sich nicht mehr. Das Motorengeräusch ist verschwunden, und mir ist nicht länger kalt. Caleb sitzt eingefroren hinter dem Steuer. Neben ihm sehe ich eine schwarze Tüte, die den Kopf meines eingefrorenen Ichs bedeckt. Das erklärt, weshalb ich nichts sehen konnte. Ich finde es interessant, dass mir die Tüte nicht in die Stille gefolgt ist. Bekleidung bleibt normalerweise nicht zurück, aber ich nehme an, dass das, was entscheidet, ob Dinge mit in die Stille genommen werden oder nicht, sich gegen die Tüte entschieden hat. Eine gute Entscheidung und ein weiterer kleiner Beweis für Eugenes Theorie, dass diese ganze Sache mit der Stille nur in unserem Kopf stattfindet.

Jetzt bin ich also endlich wieder dort. Aber ich kann es nicht genießen. Nicht, ohne zu wissen, in was Caleb mich hineingezogen hat.

Ich öffne die Tür und verlasse das Auto. Mir ist zwar nicht länger kalt, aber ich wünschte mir trotzdem, dass ich mehr als nur Badeshorts tragen würde. Ich schaue in den hinteren Teil des Autos. In Brooklyn befanden sich in Calebs Hummer immer alle möglichen Waffen und Messer auf der Rückbank. In diesem Wagen, den er wahrscheinlich gemietet hat, ist das nicht der Fall. Enttäuscht schaue ich mich um.

Wir befinden uns mitten auf einer Landstraße, die durch eine Art Wald führt. Die dichte Mauer aus Bäumen erstreckt sich kilometerlang auf beiden Seiten der Straße. Es ist unmöglich für mich, zu erkennen, wo wir sind. Auf jeden Fall sieht es nicht wie Miami aus.

Ich versuche in den Wald zu gehen, aber nach einigen Kratzern und Splittern bemerke ich, dass es eine dumme Idee ist, ziellos durch diesen undurchdringlichen Wald zu wandern, um herauszufinden, wohin Caleb mich bringen möchte. Der Straße zu folgen, erweist sich als genauso sinnlos. Obwohl ich einige Kilometer hinter mich gebracht habe, weiß ich immer noch nicht ansatzweise, wo wir uns befinden.

Ich gehe zum Auto zurück, um den vorderen Teil des Innenraums zu untersuchen. Ich hebe mein eingefrorenes Ich aus dem Sitz, lasse den Körper mit der schwarzen Tüte auf dem Kopf achtlos auf den Boden fallen und schaue ins Handschuhfach.

Endlich finde ich etwas Nützliches.

Wie es für ihn typisch ist, hat er dort eine Pistole gelagert, zusätzlich zu den Waffen die er wahrscheinlich schon am Mann trägt.

Ich nehme die Waffe in die Hand und versuche, Calebs Weste damit zu öffnen. Ich möchte ihn nicht berühren; auf gar keinen Fall will ich ihn zu mir in die Stille holen. Ich hatte recht. In der Innenseite seiner Weste hat er eine Pistole und auch das riesige Messer untergebracht, das er so gerne bei sich trägt.

Okay. Und was jetzt?

Ich beschließe, in die Realität zurückzukehren, und so zu tun, als sei ich ohnmächtig. Da ich nicht länger inert bin, kann ich mich bald wieder in die Stille hinübergleiten lassen, um mich erneut umzusehen.

Vielleicht kann ich nach einigen weiteren Kilometern herausfinden, wohin wir fahren.

Ich berühre mein eingefrorenes Ich und komme aus der Stille zurück.

Der Lärm ist sofort wieder da, genauso wie die Kälte der Klimaanlage. Viel schlimmer ist, dass mir erneut schlecht wird – entweder wegen Calebs Fahrstil oder den Nebenwirkungen der Drogen, die Caleb mir gegeben hat. Vielleicht ist es auch eine Mischung aus beidem. Ich möchte mich auf keinen Fall übergeben, schon gar nicht mit einer Tüte über meinem Kopf, also mache ich das Gleiche, das ich seit meiner Kindheit tue: Ich atme tief durch. Ein. Aus. Ein. Aus.

Die Übelkeit vergeht langsam.

Plötzlich bremst das Auto abrupt, was meine Anstrengungen fast zunichte macht. Ich kotze beinahe.

Die Tüte wird von meinem Kopf gerissen, und ich werde durch die plötzliche Helligkeit geblendet. Ich lasse meine Augen geschlossen und tue so, als sei ich bewusstlos. Da wir stehen, wünsche ich mir, dass Caleb den Motor endlich ausmacht, da ich durch die Klimaanlage zittern muss und dadurch verrate, dass ich wach bin.

Dann wird alles um mich herum eigenartig still. Caleb hat mich in die Gedankendimension gezogen. Ich lasse meine Augen geschlossen.

»Hör mit dem Scheiß auf, Kind. Ich weiß, dass du nur so tust, als seist du noch bewusstlos«, meint Caleb. »Ich habe dich in die Stille gezogen, und das bedeutet, dass du wach bist, selbst wenn du in der echten Welt nicht bei Bewusstsein bist. Es beweist außerdem, dass du nicht mehr inert bist. Also, warum unterhalten wir uns nicht ein wenig?«

Scheiße.

Er hat recht. Wenn man jemanden in die Stille zieht, wacht derjenige auf. Das Gleiche ist mit Mira geschehen, als ich sie aus ihrem Schönheitsschlaf zu mir geholt habe, und mir dafür eine Waffe an die Schläfe gehalten wurde. Bevor ich länger über diese Erinnerung nachdenken kann, ergreifen starke Hände meine Haare und meine Shorts. Mit einer schnellen Bewegung werde ich aus dem Auto geschleudert, und schürfe mir meine Ellenbogen auf, als ich äußerst schmerzhaft lande.

»Scheiße, Caleb.« Ich huste und versuche, mich hinzuknien. »Was zum Teufel tust du?«

»Aha, also bist du doch bei Bewusstsein?«, fragt er und tritt mich in die Rippen.

Die Luft verlässt meine Lungen, und ich habe Probleme zu atmen.

Er tritt mich noch einmal. Und noch einmal.

Ich schnappe nach Luft und muss wegen der Schmerzen schon fast würgen, als er endlich von mir ablässt. Ich frage mich, ob er jetzt seine Pistole holt, um seine Arbeit zu beenden. Wenigstens weiß ich dieses Mal, dass ich es überleben werde, wenn er mich in der Stille umbringt, auch wenn ich dann wieder wer weiß wie lange inert sein werde. Mit meiner verbleibenden

Kraft beginne ich, trotz des lautstarken Protests meiner gebrochenen Rippen, wegzukriechen.

Plötzlich bin ich wieder in der wirklichen Welt im Auto zurück – mit dem Motorengeräusch und umgeben von der Kälte der Klimaanlage. Ich genieße es gerade, keine Schmerzen mehr zu spüren, als es um mich herum wieder still wird.

Ich blicke Caleb an, der jetzt neben mir auf der Rückbank sitzt. Was zum Teufel tut er? Er hat mich aus der Stille zurückgeholt, nur um mich wieder hineinzuziehen?

»Steig. Aus«, sagt er durch zusammengebissene Zähne.

Mit einem unguten Gefühl wird mir klar, dass ich Caleb noch nie so wütend gesehen habe. Zumindest nicht, bis zu diesem Moment, und vorausgesetzt, dass das, was er gerade spürt, Wut ist.

Mit klopfendem Herzen stolpere ich aus dem Auto. Er steigt ebenfalls aus, zieht seine Weste mit den Waffen aus und legt sie auf den Boden.

Es sieht so aus, als wolle er kämpfen.

Ich versuche zu verdrängen, in welcher aussichtslosen Lage ich mich befinde, konzentriere mich und bereite mich mental vor.

Meine rechte Hand bewegt sich, um seinen ersten Schlag abzuwehren, ohne dass mein Gehirn den Befehl dazu gibt. Gleichzeitig versucht ihn meine linke Hand am Kinn zu treffen. Es gelingt ihm, meinen Haken abzuwehren, und im nächsten Moment sehe ich Sterne.

Meine Nase ist das Epizentrum eines unbeschreiblichen Schmerzes. Ich spüre, dass etwas Warmes mein Kinn hinunterläuft, und als ich versuche einzuatmen, kann ich keine Luft einziehen. Meine Nase muss gebrochen sein. Während mir das klar wird, wehre ich einen Schlag auf meinen Solarplexus ab.

Danach macht Caleb etwas, dass ich nur als Grätsche beschreiben kann, so wie im Fußball. Er stürzt sich auf mich, und da ich das nicht erwartet habe, verliere ich mein Gleichgewicht und falle zu Boden.

Er tritt mir gegen den Kopf. Das Knacken beim Auftreffen seines Fußes hört sich an, als breche das Universum auf. *Das muss ein Schädelbruch sein, denke ich, als weißes Licht vor meinen Augen aufleuchtet.*

Caleb scheint eine Pause einzulegen, und ich verliere mein Bewusstsein.

Ich befinde mich wieder in dem kalten Auto. Der Schmerz ist verschwunden, aber meine Verwirrung ist tausendmal stärker. Was zum –

Und dann werde ich erneut in die Stille gezogen.

»Möchtest du weiterspielen, oder können wir reden?«, fragt Caleb, nachdem ich auf wackeligen Beinen aus dem Auto steige.

Das ist es also? Eine neue kreative Foltermethode, die er erfunden hat? Mich in der Stille zusammenzuschlagen, die Verletzungen durch die Rückkehr in die reale Welt verschwinden zu lassen, um danach mein intaktes Ich wieder hineinzuziehen, und das Ganze von vorne beginnen zu lassen?

»Was willst du verdammt nochmal von mir?«, sage ich mutiger, als ich mich in Wirklichkeit fühle.

»Du kannst mit der Erklärung beginnen, wieso Jacob mit der Waffe getötet wurde, die ich dir gegeben habe«, meint er, und ich weiß, ich sitze in der Scheiße.

»Jacob ist umgebracht worden?«, frage ich und versuche, mich dabei überrascht anzuhören. Das ist auch nicht besonders schwer, da ich wirklich überrascht bin – überrascht darüber, dass Caleb das mit der Waffe herausgefunden hat. Thomas – mein neuer Freund und der einzige andere adoptierte Führer, den ich kenne – war überzeugt davon, dass wir keine Spuren hinterlassen haben. Aber ich hatte vergessen, dass ich die Pistole, die ich benutzt habe, von Caleb persönlich bekommen hatte. Er muss sich Zugang zum ballistischen Gutachten in Jacobs Mordfall verschafft und dann erkannt haben, dass Jacob mit seiner Waffe getötet wurde.

»Du weißt es.« Caleb verschränkt seine Arme vor seiner Brust. »Soll ich wirklich mit meinem Spiel fortfahren?«

Ich denke sehr schnell nach, da ich weiß, dass mein Zögern als ein Zeichen dafür interpretiert werden würde, dass ich lüge. Wenn ich ihm alles erzähle, einschließlich der Tatsache, dass ich ein Hybrid bin, wird er mich wahrscheinlich sofort töten. Ich denke dabei an seine Erinnerung, die ich erlebt habe, in der er den Strippenzieher ermordet hat, der die Bombe gelegt hat. Wenn ich ihm nur die halbe Wahrheit sage – ja, ich habe Jacob umgebracht, aber er war derjenige, der für den Mord an Miras und Eugenes Eltern verantwortlich war, könnte er vielleicht an Jacobs Schuld glauben – oder mich für den Mord an seinem Chef umbringen. Also bleibt mir nur noch die schwächste aller Antworten, auch wenn ich mich dabei fühle, als habe ich die gleiche Wahl wie eine Person, die geführt wird.

»Warte«, sage ich. »Ich weiß wirklich nichts darüber, wie Jacob getötet wurde –«

Caleb macht einen bedrohlichen Schritt auf mich zu.

Ich beginne, schneller zu sprechen. »Schau. Nachdem du mich an Miras Haus abgesetzt hast, bin ich angeschossen worden. Du kannst dir gerne meine Krankenakte dazu durchlesen. Während ich im Krankenhaus lag, hat jemand meine Waffe genommen.«

Das ist einigermaßen plausibel und, unter den gegebenen Umständen nicht das Schlechteste, das mir hätte einfallen können. Leider würdigt Caleb mein schnelles Nachdenken nicht einmal einer Antwort. Er kommt einfach nur zu mir und schlägt zu. Ich kann seine Faust mit meiner linken Hand abwehren und erwische gleichzeitig mit meinem rechten Ellenbogen sein Kinn.

Er zieht überrascht eine Augenbraue in die Höhe und rächt sich – ich kann allerdings nicht genau sagen, wie, da ich nur den Schatten einer Bewegung sehe, bevor ein Schmerz in meiner Brust explodiert. Genau wie zuvor, falle ich zu Boden und er tritt wiederholt auf mich ein. Zusammengeschlagen werden tut höllisch weh. Und genauso wie die letzten Male, bringt er uns in die reale Welt zurück, als ich kaum noch am Leben bin.

Mir ist kalt, diesmal allerdings nicht nur durch die Klimaanlage. Der Adrenalinrausch drängt mich zu einer Flucht nach vorne. Ich habe Angst davor, erneut zusammengeschlagen zu werden. Ich glaube nicht, dass ich das ein weiteres Mal aushalten könnte. Aber er zieht mich nicht in die Stille. Stattdessen zieht er mir wieder die verdammte Tüte über den Kopf.

»Sie werden sowieso herausfinden, was passiert ist«, lässt Caleb mich wissen.

Bevor ich ihn fragen kann, was er meint oder wer »sie« sind, fühle ich einen feinen Stich, ich nehme an von einer Spritze, und die vertraute Leere macht sich in meinem Kopf breit, während ich versinke.

DRITTES KAPITEL

Ein Schlag ins Gesicht weckt mich auf.

Das ist die unspaßigste Art aufzuwachen, dicht gefolgt von einem lauten Wecker und kaltem Wasser.

Bevor ich mein Bewusstsein komplett wiedererlangt habe, gleite ich in die Stille hinüber.

Dort angekommen, verstärkt sich mein Alarmzustand – besonders als ich mich umsehe.

Caleb und ich sind nicht länger allein.

Ein älterer Mann blickt gerade durch das Seitenfenster des Autos auf mein eingefrorenes Ich. Es sieht aus, als sei er in seinen Sechzigern oder sogar Siebzigern. Ich kann es nicht genau sagen, da ich das Alter aller Personen über vierzig nur extrem schlecht schätzen kann. Ich steige aus dem Auto, um ihn mir genauer anzuschauen.

Er sieht hier, mitten auf der Straße, völlig fehl am Platz aus, auch wenn er in seiner togaartigen Kutte wahrscheinlich überall fehl am Platz aussähe – abgesehen vielleicht vom antiken Griechenland. Ja, durch diese eigenartige Kleidung sieht er genauso aus wie ich mir Sokrates immer vorgestellt habe – nur ohne Bart, da dieser Typ hier sauber rasiert ist.

Ist er zu Fuß hierhergekommen? Und falls ja, woher? Wir befinden uns schließlich mitten in der Pampa. Aber was noch viel wichtiger ist: Wieso ist er überhaupt hier? Sein Umhang lässt komische Gedanken in meinem Kopf aufsteigen. Haben sich die Männer im antiken Griechenland nicht häufig für jüngere Gespielen interessiert? Ich muss nervös auflachen, als ich mir vorstelle, wie Caleb diesen Typen auf seinem Handy anruft und ihm sagt: »Hallo Opa. Ich bringe gerade einen fast nackten Einundzwanzigjährigen für dich in den Wald. Ich werde dir die GPS-Koordinaten schicken. Der Typ ist durch die Drogen, die ich ihm verabreicht habe, immer noch bewusstlos, also beeil dich. Es ist an der Zeit, ein wenig Spaß zu haben.«

Ich komme zu dem Entschluss, dass ich aus der Stille zurückkehren und die Dinge einfach geschehen lassen muss, um Antworten zu bekommen.

Vorsichtig, um auf keinen Fall Calebs Hand zu streifen, die sich nach der Ohrfeige, die er mir verpasst hat, gerade zurückzieht, berühre ich mein eingefrorenes Ich an der Stirn.

Die Geräusche und das Brennen auf meiner Wange kehren zurück. Ich öffne meine Augen, aber ehe ich etwas sagen kann, wird wieder alles still, und die Schmerzen sind verschwunden.

Ich befinde mich auf der Rückbank von Calebs Honda in der Gedankendimension. Mir fällt auf, dass es den eigenartigen alten Kerl jetzt zweimal gibt, und die animierte Version gerade seine Hand von meinem eingefrorenen Nacken zurückzieht – was bedeutet, dass ich gerade in seiner Stille bin, nicht in Calebs. Also ist dieser Typ einer von uns, wahrscheinlich ein Leser, wenn man Calebs Anwesenheit bedenkt. Ich bemerke außerdem, dass Caleb neben mir sitzt. Er muss vor mir zu diesem Treffen in die Stille geholt worden sein. Beunruhigenderweise hält er eine weitere schwarze Tüte in seinen Händen.

»Beweg dich nicht«, sagt der alte Mann mit heiserer Stimme. Meine spitze Bemerkung darüber, was Caleb und der Opa mich mal kreuzweise können, wird dadurch unterbrochen, dass Caleb die verdammte Tüte wieder über meinen Kopf stülpt und mir eine Waffe in die Rippen rammt.

»Steig aus dem Auto und folge mir«, befiehlt der Alte.

»Ich kann dich nicht sehen«, entgegne ich. »Wie soll ich dir dann folgen?«

»Hier, halte dich an diesem Seil fest«, meint Caleb. »Und solltest du versuchen, zu fliehen, oder ähnliches, werde ich mich derart um dich kümmern, dass dir unsere vorangegangenen Unterhaltungen wie eine lustige Aufwärmübung vorkommen werden.

»Wohin bringt ihr mich?«, möchte ich wissen. »Was zum Teufel geht hier vor sich?«

»Ich werde es dir erklären, sobald wir am Ziel sind«, antwortet der Fremde in einem Ton, der mich wissen lässt, dass die Unterhaltung hiermit beendet ist. Er hört sich wie jemand an, der es gewohnt ist, Befehle zu erteilen.

Meine weiteren Versuche, unterwegs eine Unterhaltung zu beginnen, um mehr zu erfahren, werden ignoriert. Das ist nebenbei bemerkt wahrscheinlich die beängstigendste Wanderung meines Lebens – auf jeden Fall die unbequemste. Wir gehen über kiesbedeckte Straßen durch ein Waldgebiet und über heißen Asphalt, um nur einige der grauenvollen Böden zu nennen. Keine dieser Oberflächen ist besonders angenehm für meine nackten Füße.

Nach einem gefühlten Tag oder mehr des pausenlosen Gehens halten wir an.

»Nimm dieses abscheuliche Ding von seinem Kopf«, meint der ältere Mann.

Caleb ergreift den schwarzen Sack und reißt ihn grob herunter.

»Du hast mir fast meinen Hals gebrochen«, beschwere ich mich, da ich mich fühle, als habe ich ein Schleudertrauma, aber niemand lässt sich dazu hinab, mir zu antworten.

Das helle Licht schmerzt in meinen Augen, aber nur kurz. In der Stille sind Erholungszeiten definitiv kürzer als im echten Leben. Meine Füße heilen auch schon. Das ist eigenartig. Ich habe mich noch nie lange genug in der Stille aufgehalten, um mich dort von einer Verletzung zu erholen, weil die Rückkehr in die reale Welt viel einfacher ist. Meine Erforschung der Gedankenwelt war offensichtlich nicht gründlich genug. Diese neue Erkenntnis ist nicht nur sehr nützlich, sie unterstützt außerdem Eugenes Theorie, dass nur unser Bewusstsein in die Stille eindringt, und unsere Körper hier eine Art Manifestationen des Gehirns sind. Oder etwas in dieser Richtung.

Ich betrachte den alten Mann erneut eingehend. Seine hellblauen Augen schauen mich von oben bis unten mit kalter Neugier an. Für jemanden seines Alters ist er gut in Schuss und seine weißen, nach hinten gekämmten Haare sind auch noch fast alle vorhanden, was wohl eher selten ist, könnte ich mir vorstellen. Vielleicht ist er doch jünger, als ich schätze? Davon abgesehen, fühle ich mich immer noch im Recht, ihn Großvater zu nennen.

Ich schaue hinter ihn. Wir stehen neben grasbewachsenen Ebenen, und der Wald, den wir gerade durchquert haben, ist in einiger Entfernung noch zu erkennen. Es ist mit Sicherheit eine malerische Landschaft, aber was wirklich meine Aufmerksamkeit auf sich zieht, ist der riesige Tempel genau hinter Caleb und dem Großvater.

Der Tempel ist zwar faszinierend, aber sieht hier, mitten in den USA, völlig fehl am Platz aus. Die Architektur ist definitiv asiatisch inspiriert. Ich bin kein Experte auf diesem Gebiet, also kann ich nicht sagen, ob der Stil tibetanisch, chinesisch oder japanisch ist, aber was ich mit Sicherheit ausschließen kann, ist, amerikanisch. Angst steigt in meinem Hinterkopf auf. Könnte Caleb mich lange genug betäubt haben, um mich bis nach Asien zu bringen? Aber das ergibt keinen Sinn. Wie würde er einen komatösen Passagier in ein Flugzeug bekommen? Das würde er nicht. Wir sind mit dem Auto hierher gefahren, also müssen wir uns irgendwo in Nordamerika befinden.

»Was ist dieser Ort?«, frage ich und versuche, mich nicht zu beeindruckt anzuhören. »Wo sind wir?«

»Das ist unser Zuhause«, sagt der Großvater. »Folge mir. Ich werde dir etwas zum Anziehen geben.«

Wir treten durch ein hohes goldenes Tor und Caleb folgt uns. Es sieht so aus, als sei das Thema des heutigen Tages »atemberaubende Schönheit«. Und es sind nicht nur die in der Luft eingefrorenen Kirschblüten oder die umwerfende Landschaft. Es ist alles. Eine unergründliche Heiterkeit ist in jede strategisch platzierte Pagode eingewebt, in die Essenz des riesigen Steingartens. Wenn ich nicht davon überzeugt wäre, gerade das größte Problem meines bisherigen Lebens zu haben, würde ich mich wahrscheinlich entspannen und das alles hier genießen. Die Landschaft und der Frieden in dieser Stille haben auf jeden Fall eine beruhigende

Wirkung auf meine Herzfrequenz – ein wenig zumindest.

Ich bin nicht überrascht, eine Art Mönche zu sehen, als wir den Tempel betreten. Sie haben rasierte Köpfe und tragen orangefarbene Kutten. Vielleicht sind es Buddhisten? Alles scheint darauf hinzudeuten, auch wenn ich mich nicht daran erinnern kann, jemals solche ikonischen, rundlichen Statuen mit einem heiteren Lächeln und großen Ohrläppchen gesehen zu haben. Laut meiner Mutter Lucy ist der fette Typ nicht einmal der echte Buddha aus Indien, sondern eine chinesische Version, die viel später entstanden ist.

Wir gehen einige verschlungene Treppen hinauf, die zu hüttenähnlichen Gebäuden führen.

»Hier, zieh dir das an«, sagt der Großvater und reicht mir eine Kutte und einfache Sandalen, die wie die der Mönche sind.

Ich ziehe die Kutte an und finde, dass ich damit lächerlich aussehe.

»Jetzt bist du vorzeigbarer, und ich werde dich zu Menschen bringen, die dich treffen wollen«, meint der Großvater und eilt umstandslos aus dem Raum, so dass ich ihm keine weiteren Fragen stellen kann.

Frustriert folge ich ihm und frage mich, ob er Caleb befohlen hätte, mich aus dem Raum zu schleifen, wenn ich nicht kooperiert hätte. Ich nehme an, dass die Antwort darauf »Ja« lautet.

Wir drei betreten ein großes Amphitheater, das sich in der obersten Etage befindet. Um den Perimeter des riesigen Raumes kreisförmig verteilt sitzen Mönche in orangefarbenen Kutten, die alle in der Lotuspose eingefroren sind. Ihre Gesichter sind heiter und ausdruckslos. Unzählige Reihen von Kerzen und Weihrauch umgeben sie. Das bewegungslose Feuer und der Rauch sehen wie das Ergebnis eines dreidimensionalen Hochgeschwindigkeitsfotos aus. In der Mitte des Raumes, von den Mönchen umgeben, sitzen über ein Dutzend Figuren ebenfalls in einem Kreis, allerdings in etwa 30 cm Abstand zueinander. Sie tragen die gleichen weißen Kutten wie der Großvater, und genau wie er, scheinen sie alle recht alt zu sein. Abgesehen von einigen Männern mit Glatze, haben alle weißes Haar. Als wir uns ihnen nähern, fällt mir eine grauhaarige Person in einer orangefarbenen Kutte auf, die im Mittelpunkt dieses eigenartigen Arrangements sitzt. Zwischen ihr und dem Kreis der in weiß gekleideten Menschen ist eine Menge Platz, so als gehöre ein weiterer Kreis in diesen Freiraum.

Der Großvater bewegt sich durch die meditierenden Mönche, geht auf den weiß gekleideten Kreis zu und berührt eine ältere Frau im Nacken. Augenblicklich schaut eine lebendigere Version dieser Frau den Großvater eindringlich an.

»Du solltest ihn dir ansehen«, sagt der Großvater und deutet auf mich. »Ich habe jetzt kaum noch Zweifel.«

Die Frau betrachtet mich von oben bis unten, und ihre Augen bleiben an meinem Gesicht hängen. Ihr eigenes freundliches, rundes Gesicht scheint zu lächeln, auch wenn sich ihre Miene nicht verzieht, so wie bei der Mona Lisa.

»Hallo, Darren«, begrüßt sie mich. »Ich freue mich, dich endlich kennenzulernen.«

Sie weiß, wie ich heiße. Ist das gut oder schlecht? Wahrscheinlich schlecht.

»Hallo«, antworte ich verlegen. »Wer bist du?«

»Ich bin Rose«, sagt sie, und ein Lächeln erscheint auf ihrem Gesicht.

»Ich freue mich, dich kennenzulernen, Rose.« Ich versuche, freundlich zu bleiben. »Kannst du mir bitte erklären, wo ich mich befinde?«

»Hat dir das Paul nicht gesagt?«, fragt sie und schaut zum Großvater hinüber.

»Wir hatten keine Zeit«, erwidert Paul. »Wir mussten sicherstellen, dass alles nach Plan lief.«

»Natürlich«, sagt sie und zieht das Wort dabei in die Länge. Ich ertappe sie dabei, wie sie fast unmerklich mit den Augen rollt. »Erklären wir es ihm jetzt, oder wollen wir zuerst Edward und Marsha zu uns holen?«

»Wie du möchtest«, sagt Paul mit einem ausdruckslosen Gesicht. Falls er ihre Reaktion eben bemerkt haben sollte, lässt er sich nichts anmerken.

»In Ordnung, Darren, als Erstes werde ich dir erklären, wer wir sind«, sagt sie und dreht sich dabei zu mir um. »Wie du vielleicht schon einmal von anderen gehört hast, werden wir die Erleuchteten genannt, auch wenn ich persönlich denke, dass diese Bezeichnung ein wenig übertrieben ist.«

Die Erleuchteten? Ich kann meinen Ohren kaum glauben. Sie behauptet, dass sie die legendären Leser sind, die, laut Eugene, eine unglaublich lange Zeit in der Stille verbringen können – genauso wie ich. Ich schaue kurz zu Caleb, um eine Bestätigung von ihm zu bekommen, aber er achtet nicht auf mich. Stattdessen blickt er die ältere Frau voller Respekt an.

Na gut.

Ich atme tief ein, um mich zu beruhigen. »Ich habe den Ausdruck schon gehört«, erkläre ich der Frau. »Aber ich bin mir nicht sicher, was genau er bedeutet.«

»Ich mir auch nicht«, erwidert sie lachend. »Das ist einfach der Ausdruck, den die Leser für uns benutzen.«

»Okay.« Ich beschließe, diese Art von Fragen im Moment aufzugeben. »Kannst du mir sagen, wo wir sind und, viel wichtiger, warum ich hier bin?«

»Zu gegebener Zeit«, unterbricht Paul. »Zuerst musst du uns einige Dinge erklären.«

»Okay«, sage ich vorsichtig. »Was denn?«

»Erzähle ihnen, warum du mich nach Mark Robinson gefragt hast«, wirft Caleb ein.

Paul nickt. »Das wäre ein guter Anfang.«

Ich bin ruiniert. Wenn ich ihnen die Wahrheit sage, dann werden sie meine gemischte Abstammung erkennen. Aber mir fällt keine gute Lüge ein, warum ich nach Mark gefragt habe, einem Leser, der schon seit Ewigkeiten tot ist.

»Jacob hat ihn erwähnt, als wir uns unterhalten haben – an dem Tag, an dem ich angeschossen wurde«, sage ich da ich beschlossen habe es mit der Wahrheit zu versuchen. »Natürlich hat mich das neugierig gemacht.«

Als ich Jacobs Namen erwähne, verdunkelt sich Calebs Gesicht, und mir wird klar, dass das nicht die strategisch günstigste Antwort war, die ich hätte geben können.

»Du weißt mehr«, sagt Paul ruhig. Er beschuldigt mich nicht zu lügen, er spricht lediglich eine Tatsache aus.

»Das könnte sein«, gebe ich zu. »Aber warum erzählt ihr mir nicht erst einmal etwas? Quid pro quo.«

»Er hat Angst«, sagt Rose, und ihr freundliches Gesicht wird ernst. »Warum hat er Angst?«

Diese Wendung des Gesprächs kommt völlig unerwartet. Rose hört sich an, als würde sie mich verteidigen. Ist das eine eigenartige Version des Spiels böser Polizist (Großvater) / guter Polizist (Rose)?

»Warum schaust du mich an, als sei das mein Fehler? Warum fragst du nicht ihn?«, sagt Paul abwehrend und zeigt auf Caleb.

»Junger Mann«, Rose wendet ihre volle Aufmerksamkeit Caleb zu, »Was hast du ihm erzählt?«

»Nichts«, entgegnet Caleb, und seine Stimme hat einen Unterton, den ich noch niemals bei ihm gehört habe. Wenn es sich um jemand anderen handeln würde, könnte ich schwören, dass er sich ehrerbietig anhört. »Ich habe ihm lediglich einige wichtige Fragen wegen der Sache mit Jacob gestellt.«

Ich erschaudere, als ich mich daran erinnere, wie er mir diese »einigen wichtigen Fragen« gestellt hat.

»Du hattest ausdrückliche Anweisungen, ihn unversehrt hierher zu bringen«, sagt Paul, der meine Reaktion offensichtlich bemerkt. Seine Augen werden zu Schlitzen. »Welcher Teil meiner Anweisungen war nicht zu verstehen?«

»Ist er verletzt?«, fragt Caleb, der sich jetzt sehr verteidigend anhört.

»Darren«, sagt Rose in dem gleichen mehr als beruhigenden Ton, den eine Mutter annimmt, wenn ihr Kind einen Wutanfall hat. »Was auch immer mit Jacob passiert ist, du wirst mit Sicherheit keinen Ärger dafür bekommen. Was auch immer Caleb dir erzählt hat, hat er nur getan, weil er wütend war, dass seine Arbeit zunichte gemacht wurde.«

Caleb schnauft verärgert, aber sagt nichts.

»Was für eine Arbeit?«, frage ich misstrauisch.

»Jacob war Teil einer Gruppe, die von den Lesern Puristen genannt wird. Diese Puristen sind Teil einer anderen, größeren Gruppe, die die Orthodoxen heißen«, erklärt sie mir geduldig. »Caleb hat mit uns zusammengearbeitet, um an die Orthodoxen heranzukommen, und Jacob war eine wichtige Spur.«

»Was sind diese Orthodoxen?«, frage ich, und in meinem Kopf dreht sich alles. Caleb war eine Art Geheimagent? Wenn ich darüber nachdenke, braucht man eigentlich nicht besonders viel Fantasie, um ihn sich in einer solchen Rolle vorzustellen. Er ist mit Sicherheit ein hervorragender Kämpfer.

»Das ist kompliziert«, meint Rose. »Wir glauben, dass es ein Bündnis zwischen den Puristen und ihren traditionellen Gegenspielern unter den Strippenziehern gibt.«

»Es existiert eine ganze Gemeinschaft dieser Menschen? Jacob und dieser Strippenzieher waren kein Einzelfall?«, platze ich ohne nachzudenken heraus, und mir wird klar, dass ich gerade zugegeben haben könnte, mehr darüber zu wissen.

»Also hatte Jacob wirklich einen Verbündeten unter den Strippenziehern?«, fragt Caleb, und sein Gesichtsausdruck wird noch düsterer.

»Ja«, antworte ich. An diesem Punkt würden Lügen wohl kaum noch weiterhelfen. »Eigentlich war ich hinter genau diesem her, als die Sache mit Jacob passierte.«

»Erzähle uns die ganze Geschichte«, fordert Caleb mich auf.

»Junger Mann«, sagt Paul zu ihm. »Vergiss deinen Platz nicht.«

»Wir werden herausfinden, was passiert ist, wenn wir uns verbinden«, erklärt Rose freundlich. »Jetzt gerade möchten wir einfach sichergehen, dass du, Darren, derjenige bist, für den wir dich halten.«

»Warte, ich würde gerne noch mehr über die Orthodoxen erfahren«, werfe ich ein und bleibe bei meinem eigentlichen Thema. Ich möchte nicht im

Mittelpunkt stehen. Ich möchte ihre Vermutungen darüber, wer ich sein könnte, nicht bestätigen, besonders dann nicht, wenn diese Vermutungen beinhalten, dass ich zum Teil ein Gedankenführer bin. Es ist schon eine große Überraschung, dass sie nicht wütend auf mich sind, weil ich Jacob umgebracht habe. Zumindest die Erleuchteten sind es nicht; Caleb offensichtlich schon.

»Wir wissen nicht viel über sie. Sie sind eine geheime religiöse Vereinigung. Menschen wie er«, sie macht eine Kopfbewegung in Richtung Caleb, »versuchen, mehr Informationen über diese Sekte aufzudecken. Laut dem, was wir erfahren haben, sind sie verantwortlich für viele Taten, die wir nicht unterstützen.«

»Was für Taten?«, frage ich und blicke sie an.

»Es sind zu viele, um sie alle aufzuzählen«, antwortet sie stirnrunzelnd, »aber ihr größter Fehler ist ihr Wunsch, uns loswerden zu wollen. Sie wollen zu den Zeiten zurückkehren, in denen Leser unserer Größe nicht existierten. Unsere Macht ängstigt sie. Unsere Praktiken ängstigen sie. Alles Neue ängstigt sie, was auch der Grund dafür ist, dass sie absichtlich jeden menschlichen Fortschritt unterdrücken. Sie möchten sicherstellen, dass die Welt in bestimmten Bahnen verläuft, in denen sie sich wohl fühlen. Wir vermuten, dass sie hinter den meisten fundamentalistischen Gruppen auf der Welt stecken, wie den islamistischen Extremisten oder –«

»Genug«, unterbricht Paul. »Es tut mir leid, dass ich mich einmische, aber wir können ein anderes Mal detaillierter darüber reden. Darren, lass uns zum Punkt kommen. War Mark dein Vater?«

Ich schaue Rose an. Sie wirft mir einen flehenden Blick zu. Caleb zieht leicht seine Augenbrauen in die Höhe, aber behält ansonsten einen neutralen Gesichtsausdruck bei. Paul sieht erwartungsvoll aus.

»Warum fragt ihr mich das?«, möchte ich wissen und suche dabei nach einem Weg, um dieses Thema zu umgehen.

»Wir fragen dich, weil wir uns fast sicher sind, dass du sein Sohn bist«, erwidert Rose. »Wir möchten uns aber hundertprozentig sicher sein, bevor wir zum nächsten Teil des Plans übergehen.«

Ich stelle ihnen so schnell ich kann weitere Fragen. »Was für ein Plan? Warum denkt ihr, dass ich sein Sohn sei? Und warum ist das so wichtig?«

»Wir glauben, dass du Marks Sohn bist, weil wir uns über dich informiert haben, bevor wir Caleb baten, dich hierher zu bringen. Als wir dich gesehen haben, ist uns die Ähnlichkeit zu ihm aufgefallen. Das, in Kombination mit deinen Fragen über diesen Mann, erhöht die Wahrscheinlichkeit, dass er dein Vater ist. Der einzige Grund aus dem wir dachten dass es unmöglich sei, ist, dass wir wissen, wen er geheiratet hat«, erklärt Rose.

»Ihr wisst, mit wem er verheiratet war?« Ich schaue sie überrascht an.

»Das ist richtig«, sagt Rose und schaut vorsichtig in Richtung Caleb. »Aber darauf müssen wir jetzt nicht näher eingehen.«

»Genau«, meint Paul. »Allerdings beginne ich zu verstehen, weshalb du dich so gegen dieses Thema wehrst.«

»Ja, jetzt habe ich es auch erkannt.« Rose lächelt mich an. »Du musst dir um nichts Sorgen machen. Zumindest mit Sicherheit nicht bei uns beiden.«

»Ach?«, sage ich vorsichtig. »Warum nicht?«

»Weil Mark unser Sohn war«, antwortet sie und deutet auf Paul. »Du bist unser Enkel.«

VIERTES KAPITEL

Rose ist meine Großmutter? Paul, der Typ dem ich den Spitznamen »Großvater« gegeben habe, ist mein Großvater? Das ist zu viel für mich. Seit ich erfahren habe, dass Sara nicht meine biologische Mutter ist, wusste ich, dass ich vielleicht auf neue Verwandte treffen würde – und es ist logisch, dass meine Familie aus den Gemeinschaften der Leser und Führer kommen würde – aber das zu wissen, und es wirklich zu erleben, sind zwei ganz verschiedene Dinge. Ich bin überraschter, zu erfahren, dass Paul und Rose meine Großeltern sind, als zu wissen, dass Hillary meine Tante ist.

Als ich mir ihre Gesichter genauer anschaue, kann ich die Ähnlichkeit erkennen: Paul hat meine

Augenfarbe und Rose mein Kinn. Oder besser gesagt, ich habe ihre. Mein Herz schlägt noch schneller.

»Seit ich deine Fotos im Internet gesehen habe, habe ich vermutet, dass du mein Enkel sein könntest«, meint Rose und zieht mich damit aus meinem Schockzustand. »Ich hatte es gehofft. Du hast eine große Ähnlichkeit mit Mark, als er in deinem Alter war, und eine noch größere mit Paul.«

»Warum habt ihr mir das nicht gesagt?«, fragt Caleb und schaut zu Paul. Offensichtlich kommt das für ihn auch überraschend. »Es wäre schön gewesen, auf dem Laufenden gehalten zu werden.«

»Musstest du das wissen?«, fragt Paul kalt.

»Ich denke nicht«, sagt Caleb kleinlaut. »Aber es wäre hilfreich gewesen. Ich dachte –«

»Das ist unwichtig«, meint Paul. »Rose, ich denke, wir sollten einige der anderen zu uns holen.«

Ich muss sagen, dass mein Großvater mir keine besonders warmen Gefühle entgegenzubringen scheint, ganz im Gegensatz zu Rose, die mich anstrahlt. Eigentlich überhaupt keine. Vielleicht ist er einer dieser griesgrämigen älteren Herren.

»Du kannst gehen«, lässt Rose Caleb wissen. »Aber bleibe bitte in dieser Gedankendimension.«

»In Ordnung«, erwidert Caleb und geht. Falls es möglich ist, durch die Gangart zu zeigen, wie verärgert man ist, ist Caleb extrem gut darin. Es scheint, als habe er den Grund dafür, dass sie mich hier haben wollten, missverstanden, und ich frage mich, was der wirkliche Grund ist.

Rose und Paul gehen zu zwei anderen Figuren in weißen Kutten. Rose berührt einen kahlen Mann am Kopf, und Paul den Nacken einer korpulenten Frau, die auf der anderen Seite des Kreises sitzt.

Die beweglichen Versionen der beiden neuen Menschen erscheinen. Ich bin immer noch dabei zu verdauen, dass ich Großeltern habe – Großeltern, die außerdem Erleuchtete sind.

»Darren, das ist Edward, mein Ehemann«, sagt Rose, um mir den kahlen Mann vorzustellen.

»Und das hier ist meine Frau, Marsha«, erklärt mir Paul.

Beide Neuankömmlinge schauen mich unterschiedlich fasziniert an.

»Ich kann es sehen«, meint Edward, der Glatzköpfige.

Die korpulentere Frau, Marsha, nickt.

Während ich diese Vorstellung sacken lassen – auch wenn es nicht das eigenartigste Ereignis des heutigen Tages ist – platze ich heraus: »Wartet, ihr beiden seid nicht verheiratet?«

»Nein«, erwidert Rose und drückt ihrem Mann beruhigend den Arm. »Paul und ich haben Mark gezeugt, weil das genetisch vorteilhaft war, aber als wir uns unsere Lebenspartner gewählt haben, haben wir beide aus Liebe geheiratet.«

Alles klar. 1. Tatsache: Ich habe Großeltern. 2. Tatsache: Sie sind Swinger. Das wird ja immer besser.

»Rose und ich sind die Mächtigsten unserer Art«, erklärt Paul. Er muss meinen Gesichtsausdruck als Ungläubigkeit über das »genetisch vorteilhaft« gedeutet haben, während ich einfach über ihr Sexualleben erstaunt war.

»Ja«, bestätigt Rose. »Unsere Tiefe ist das Resultat bewusster Fortpflanzung über viele Generationen. Unsere Vorfahren haben versucht –«

»Es tut mir leid, dass ich dich unterbreche, Liebling«, sagt Edward zu ihr, »aber sollten wir uns nicht erst einmal vereinigen? Und ihm danach alles erzählen?«

»Das ist ein hervorragender Vorschlag«, meint Paul. »Wir können ihm erst nach der Vereinigung hundertprozentig vertrauen.«

»Vereinigung?«, frage ich vorsichtig, als ich langsam wieder klarer denken kann. »So wie die Vereinigung mit Caleb, um die Gedanken des Kämpfers zu lesen?«

»So etwas in der Art, ja«, bestätigt Rose, »nur auf einer höheren Ebene.«

»Caleb hat uns von eurer Erfahrung berichtet«, sagt Paul. »Er hat gesehen, wie schuldig du dich fühlst, ein Strippenzieher zu sein, allerdings ohne die Situation vollständig verstanden zu haben. Schließlich kannst du ja auch lesen.«

»Das hat er gesehen? Ich hatte solche Angst davor, dass er herausfindet, dass ich ein Strippenzieher bin, und mich umbringt, genauso wie den Typen aus seiner

Erinnerung«, platze ich hinaus. »Ich kann gar nicht glauben, dass er meine größte Angst gesehen hat, und nichts zu mir gesagt hat.«

»Der Mann, den Caleb getötet hat, war ein Strippenzieher, der sich mit den Orthodoxen verbündet hatte«, sagt Paul. »Du hast dieses Ereignis aus dem Zusammenhang gerissen gesehen. Die Explosion, die Caleb verhindert hat, sollte dazu dienen, den Graben zwischen den Lesern und Strippenziehern zu vertiefen. Dieses Ereignis war außerdem der Ausgangspunkt für unsere Vermutung, dass Jacob mit den Orthodoxen arbeitet. Er befand sich zu dem Zeitpunkt, an dem die Explosion stattfinden sollte, nicht auf dem Anwesen der Gemeinschaft.« Seine Stimme wird härter. »Glaube mir, wir werden ihn nicht vermissen.«

»Willst du mir gerade sagen, dass die Leser die Strippenzieher nicht einfach deshalb umbringen, weil sie Strippenzieher sind?« Ich blicke ihn zweifelnd an. »Was ist mit den Völkermorden?«

»Das war in der Vergangenheit. Moderne Leser bringen Strippenzieher nicht um, nur weil sie als solche geboren wurden. Oder besser gesagt, jeder auf den wir Einfluss haben, tut das nicht mehr, nicht, seit wir wissen, welche guten Dienste die Strippenzieher der Welt erwiesen haben«, sagt Rose.

»Gute Dienste?« Ich blinzele. »Welche guten Dienste?«

»Zum Beispiel wissen wir, dass ein mächtiger Strippenzieher während des kalten Krieges einen Atomkrieg verhindert hat«, erklärt Rose.

»Wahrscheinlich mehr als einen, Liebling«, verbessert Edward sie.

»Wow.« Ich bin überrascht, dass mir Hillary und die anderen niemals etwas über diese Heldentaten erzählt haben.

»Ja. Unsere Strippenzieher-Cousins faszinieren uns schon seit einiger Zeit. Die Feindschaft zwischen uns resultiert einzig und allein aus den Anstrengungen der Orthodoxen«, sagt Rose mit leichtem Bedauern. »Sie möchten, dass die Dinge wieder so sind wie in der Antike, und bis jetzt scheinen ihre Pläne aufzugehen. In Russland gehen sich unsere Spezies immer noch gegenseitig an die Gurgel.«

Ich nicke, als ich an die Dinge denke, die ich von Eugene erfahren habe. »Aber etwas an den Orthodoxen ergibt für mich keinen Sinn«, wende ich nach einem Moment ein. »Sie verhalten sich nicht gerade so, als würden sie verhindern wollen, dass Leser und Strippenzieher befreundet sind. Schließlich arbeiten sie ja miteinander, so wie Jacob und der Strippenzieher, den Caleb umgebracht hat.«

»Ja, das ist die größte aller Heucheleien«, meint Edward angewidert. »Aber diese Zusammenarbeit ist ihre einzige Möglichkeit, es mit uns aufzunehmen. Sie wissen, dass sich alles ändern würde, würden wir uns mit den Strippenziehern verbünden, und

Veränderungen sind genau das, was sie am meisten fürchten.«

»Du musst bedenken, dass wir keine Ahnung haben, wie die Orthodoxen aufgestellt sind«, wirft Marsha ein. »Es ist möglich, dass ihre Allianz nicht sehr fest ist. Zumindest hoffen wir das. Es besteht außerdem die Möglichkeit, dass sie vorhaben, sich gegenseitig umzubringen, sobald sie ihre Ziele erreicht haben.«

»Und ehrlich gesagt«, meint Rose, »auch wenn wir nicht darauf aus sind, die Strippenzieher umzubringen, ist dieser jahrhundertelange Hass nur schwer zu überwinden, trotz allem, was wir erfahren haben. Das ist zufällig auch der Fokus meiner Liebevollen-Güte-Mediation.«

»So, nachdem diese ganzen Punkte jetzt geklärt sind, solltest du die Vereinigung mit uns eingehen«, sagt Paul und wirft Rose einen eigenartigen Blick zu.

»Warum?«, frage ich. »Ich mochte es nicht, als ich mit Caleb verbunden war, also bin ich nicht wirklich scharf darauf, es noch einmal zu tun.«

»Du wirst es tun, damit wir dir vertrauen können«, erwidert Paul und zieht seine Augenbrauen zusammen.

»Okay, aber ist das nicht paradox? Ich möchte es nicht tun, weil ich mir nicht sicher bin, euch trauen zu können«, entgegne ich und versuche, mich nicht gereizt anzuhören.

»Es ist irrelevant, was du darüber denkst.« Paul bekommt ein rotes Gesicht. »Du wirst das tun, was dir gesagt wird.«

Er hört sich an wie mein Onkel Kyle, und das macht mich wütend. Also sage ich ihm: »Du kannst mich mal, Großvater.«

»Du kleiner –«

»Darf ich?«, unterbricht Rose die Beleidigung, die Paul mir gerade an den Kopf werfen wollte. »Darren, ich möchte dich gerne noch ein wenig im Tempel herumführen. Ich denke, wir sollten uns in Ruhe unterhalten.«

»Bitte hole mich in deine Gedankendimension, wenn er soweit ist«, meint Marsha und geht zu ihrem Körper. Sie sagt das so, als sei es eine feststehende Tatsache, und das macht mich erst recht wütend. Marsha berührt ihren eigenen Nacken, noch bevor ich etwas erwidern kann.

Nebenbei bemerkt ist das, was Marsha gerade getan hat, ein ziemlich cooler Weg, um sich die Zeit in solchen Situationen zu vertreiben. Wenn sie wieder zu uns geholt wird, hat sich die ganze Zeit, in der ich, rein hypothetisch, überzeugt worden bin, der Vereinigung zuzustimmen – selbst wenn das ein Jahr gedauert haben sollte – für sie wie ein kurzer Augenblick angefühlt. So gesehen ist das fast wie Zeitreisen. Natürlich wird sie nicht wieder zu uns geholt werden, da ich nicht vorhabe, mich von ihnen überzeugen zu lassen.

»Ich werde das Gleiche tun«, erklärt Edward und geht zu seinem Körper.

»Ich werde hier sein«, sagt Paul durch zusammengebissene Zähne und geht dorthin, wo ich seinen Platz im Kreis vermute. »Richte Caleb aus, dass er die Wache übernehmen soll, falls du ihn siehst.«

Ohne ein weiteres Wort nimmt er vor einem leeren Platz seine Position ein. Das muss der Ort sein, an dem sich sein eingefrorener Körper normalerweise befände, wäre er nicht gerade neben dem Auto am Straßenrand. Jetzt steht er nur eine Armeslänge von dem Mönch in der Mitte des Kreises entfernt. Er begibt sich in die Lotusposition, schließt seine Augen und beginnt zu meditieren, zumindest nehme ich letzteres an.

Rose fasst mich beim Ellenbogen, und wir verlassen schweigend das Amphitheater. Ich sehe, dass Caleb auf der rechten Seite des Korridors steht, der rund um den großen Raum führt, aus dem wir gerade kommen. Wir biegen nach links ab und gehen weiter. Aus meinem Augenwinkel erhasche ich einen umwerfenden Blick auf die verschlungene Treppe, die zum Amphitheater führt.

»Wir sind sehr geduldige Menschen, Darren«, erklärt mir Rose sanft. »Deshalb werden wir irgendwann immer das bekommen, was wir möchten.«

»Was soll das bedeuten?«

»Das ist ganz einfach. Welche andere Wahl hast du, als die, zuzustimmen?«

»Eine große. Ich kann so schnell wie möglich von diesem eigenartigen Ort verschwinden und zurück nach Miami gehen, um den Rest meines Urlaubs zu genießen.«

»In Ordnung, dann erkläre mir bitte, wie das genau funktionieren soll«, sagt sie, und ihre Augen funkeln schelmisch. »Schritt für Schritt, wie willst du nach Miami kommen?«

»Also«, beginne ich und denke zum ersten Mal genauer darüber nach. »Ich muss in die reale Welt hinübergleiten –«

»Ist das deine Umschreibung für das Splitten? Ich mag sie«, meint sie. »Um in sie hinüberzugleiten, was musst du tun?«

»Ich muss mich anfassen«, sage ich, und mein Herz setzt einen Schlag aus. Ich beginne, mein Dilemma zu verstehen.

»Bitte tu das nicht«, meint sie, und das Glitzern in ihren Augen ist jetzt voller Belustigung. »Das ist ein Abschnitt deiner Jugend, den ich gerne verpasst habe.«

Als ich verstehe, was ich gerade gesagt habe, beginne ich zu lachen. Das Lachen ist allerdings leicht hysterisch.

»Es sieht ganz so aus, als hättest du meinen Sinn für Humor geerbt«, bemerkt Rose. »Von Paul kannst du ihn mit Sicherheit nicht haben.«

Ich höre auf zu lachen. »Die Tüte über meinem Kopf sollte gar nicht diesen Ort geheim halten, sondern verhindern, dass ich weiß, wo sich mein Körper befindet, stimmt's?«, frage ich und schaue sie dabei an. »Ich kann nicht hinübergleiten, ohne meinen Körper zu berühren, also bin ich hier in Pauls Stille gefangen.«

»Ist das ein weiterer Ausdruck, den du erfunden hast?«, fragt sie anerkennend. »Du bist so clever wie ich dachte. Deine Lage ist genau so, wie du sie beschrieben hast, mit zwei zusätzlichen Punkten, die dich überzeugen sollten, mit uns zusammenzuarbeiten. Erstens – Paul ist extrem stur und ich hoffe, dass du das nicht von ihm geerbt hast. Zweitens – er kann diese Dimension viele objektive Jahre lang aufrechterhalten und das wird er auch tun. Wie du siehst, müssen wir einfach nur so lange warten, bis du irgendwann zustimmst – eine Sache, mit der wir viel mehr Erfahrung haben als du.«

»Ich könnte mich umbringen«, schlage ich vor. »Dann würde ich hier herauskommen.«

»Und inert werden? Das würdest du nicht«, erwidert sie, aber ihre Stirn legt sich bei diesem Gedanken in Falten. »Außerdem würden Paul und Caleb dich dann einfach in den Tempel bringen und darauf warten, dass deine Tiefe zurückkehrt.«

Sie hat natürlich recht, aber das lässt meine Ideen nur verzweifelter werden. Ohne ein Wort zu sagen drehe ich mich um und renne zurück zum Amphitheater.

»Caleb«, schreit Rose. »Bewache die Halle, jetzt sofort.«

Sie muss mein Vorhaben erkannt haben.

Ich beginne, die Treppe hinaufzulaufen, aber als ich endlich bei der Halle ankomme, steht Caleb bereits mit überkreuzten Armen davor. Scheiße. Mein Plan, um aus dieser Gedankendimension zu verschwinden, war, meinen neugefundenen Großvater zu töten. Da ich mich in seiner Stille befinde, hätte sein Tod dazu geführt, dass ich hinausfliege, und er inert ist – ein

Opfer, zu dem ich bereit gewesen wäre, da mich der alte Mann in diese Lage gebracht hat.

»Dir ist klar, dass du dich wieder mit mir im Auto befinden wirst, sollte Paul etwas zustoßen?« Calebs Lächeln erinnert mich an das eines Hais. »Und ich wäre nicht sehr erfreut darüber.«

Okay, dieser Plan funktioniert nicht. Ich bin mir nicht einmal sicher, ob ich ihn überhaupt hätte durchziehen können. Wahrscheinlich wollte ich dem alten Kauz nur Angst einflößen, indem ich ihm androhe, ihn inert zu machen – und ihn dann erpresse, mich gehen zu lassen. Aber was Caleb sagt, stimmt. Innerhalb oder außerhalb der Stille, meine Lage ist immer noch gefährlich.

»Können wir jetzt unseren Rundgang fortsetzen?«, fragt Rose vom Ende der Treppe. »Bist du fertig mit diesen Dummheiten?«

Ich antworte nicht. Stattdessen beginne ich wieder zu rennen, diesmal die riesige Treppe nach unten.

Innerhalb weniger Minuten lasse ich alle eingefrorenen Mönche hinter mir und stürme durch die Gärten, bis ich mich außerhalb des Tempels wiederfinde. Der Wald umgibt das ganze Tal, in dem sich der Tempel befindet, weshalb ich nicht mit Sicherheit sagen kann, woher wir gekommen sind – schließlich konnte ich ja nichts sehen. Spontan entscheide ich mich für eine Richtung und hoffe, dass es die richtige ist.

Ich laufe mit einer Geschwindigkeit, in der es anfänglich Spaß macht, und erinnere mich an die Ausflüge, die ich als Kind unternommen habe. Die Sandalen erleichtern mir das Rennen, und meine Füße sind sehr dankbar, in ihnen zu stecken. Leider ist das Einzige was ich nach einigen Stunden des pausenlosen Laufens erreicht habe, dass ich hundemüde bin. Ich finde keine Straße und schon gar nicht das Auto. Stur renne ich weiter. Es macht schon lange keinen Spaß mehr, und langsam wird die Müdigkeit unerträglich. Als ich merke, dass mir übel werden wird, sollte ich noch einen Schritt weiter gehen, muss ich mir meine Niederlage eingestehen. Ich hatte gehofft, meinen Körper finden zu können, wenn ich lange genug danach suche. Ich hätte diese Gedankendimension verlassen und mir danach einen neuen Plan überlegt, von hier zu verschwinden. Allerdings könnte ich genauso gut versuchen, jemanden auf dem Times Square zu finden, der kein Handy dabei hat – ein Ding der Unmöglichkeit.

Mit meinem sprichwörtlich eingezogenen Schwanz mache ich mich auf den Rückweg zum Tempel, der durch mein Schneckentempo sterbenslangweilig ist. Unterwegs entscheide ich, dass die Vereinigung mit den Erleuchteten nicht das Ende der Welt sein wird. Ich habe sie aus Prinzip abgelehnt, weil ich die Art und Weise nicht mochte, wie Paul sie angeordnet hat. Allerdings muss ich zugeben, dass ein anderer Teil von mir sehr neugierig auf diese Erfahrung ist. Als ich Calebs Erinnerungen geteilt habe – die zugegeben nicht die freundlichsten sind – war es nicht ansatzweise angenehm. Dieses Mal könnte es aber völlig anders sein – vielleicht auf gewisse Weise erleuchtend?

Als ich endlich am Tempel ankomme, gehe ich entschlossen die Treppen hinauf.

Caleb sieht mich und steht aus seiner entspannten Position auf, die er neben der Halle eingenommen hatte. Hat er gerade meditiert? Obwohl ich denke, dass dieser Ort jeden dazu bringen könnte, es zu versuchen, habe ich nicht den Eindruck, dass Caleb ein meditativer Typ ist.

»Ich bin nicht gekommen, um jemanden zu verletzen«, erkläre ich ihm und hebe die Hände in die Höhe. »Ich bin bereit für die dämliche Vereinigung, die sie machen wollen.«

»Du bist so ein verdammter Idiot«, meint Caleb, und bevor ich etwas erwidern kann, geht er in die Halle und schlägt die Tür hinter sich zu.

Zu spät stelle ich fest, dass ich Caleb den Spitznamen »die Persönlichkeit« hätte geben sollen. Während ich warte, beruhige ich meine angespannten Nerven damit, dass ich mir vorstelle, Calebs Namen in meinem Handy zu verändern und eines Tages zu verlangen: »Rufe die Persönlichkeit an.«

Rose steckt ihren Kopf durch die Tür. »Danke, dass du zurückgekommen bist.«

Ich betrete den Raum. Das muss ich Rose   lassen – sie zeigt weder Schadenfreude noch sagt sie: »Ich habe es dir ja gesagt.« Auf Paul trifft das Gleiche zu.

Stattdessen holen sie einfach ihre Ehepartner zurück in die Stille.

»Also, vereinigen wir uns jetzt?«, fragt Edward, als er in dem Raum erscheint.

»Und wenn ja, wie viele von uns?«, fügt Marsha hinzu, die gerade rechtzeitig gekommen ist, um Edwards Frage zu hören.

»Wir können alle einbeziehen«, meint Paul. »Wir müssen ja nur wenige Wochen zurückblicken. Das sollte kein Problem für mich sein.«

Sie schauen sich aufgeregt an. Ich denke über seinen Kommentar »Das sollte kein Problem für mich sein« nach.

»Holen wir die anderen«, sagt Edward und nähert sich einem alten Mann, der meditierend eingefroren ist.

Meine neuen Großeltern, ihre Ehepartner und die Menschen, die sie zu uns holen, berühren weitere Figuren in weißen Kutten – ein Ritual, das sie schon viele Male zuvor durchgeführt zu haben scheinen.

Als sich alle in dieser Dimension befinden, fällt mir auf, dass es die größte Menschenansammlung ist, die ich jemals in der Stille gesehen habe. Jetzt macht auch der Kommentar meines Großvaters Sinn. Ich erinnere mich daran, dass Eugene mir erklärt hat, dass die Menschen in der Stille die Tiefe der Person aufbrauchen, in deren Dimension sie sich befinden. Das bedeutet, dass Pauls Tiefe auf alle hier Anwesenden aufgeteilt wird, und trotzdem scheint er sich keine Sorgen darüber zu machen. Ich nehme allerdings an, dass auch er seine

Grenzen hat, da es sich so anhörte, als müsse die Vereinigung auf einen Rückblick von »einigen wenigen Wochen« begrenzt werden, was wiederum bedeutet, dass diese letzten Wochen meiner Erinnerung für sie die wichtigsten sind.

Mit Ausnahme meines Großvaters sitzt jeder Erleuchtete vor seinem oder ihrem eingefrorenen Ich, was ich faszinierend finde. Sie formen einen weiteren inneren Kreis – genau den Kreis von dem ich dachte, dass er noch fehlen würde. Rose und ihr Ehemann lassen ein wenig mehr Raum zwischen sich frei.

»Setze dich neben mich«, fordert Rose mich auf und zeigt auf die leere Stelle.

Ich gehe zu ihr und nehme den mir zugewiesenen Platz in einer ähnlichen Lotusposition ein, in der auch jeder andere sitzt.

»Lege deine Hand auf den Abt«, sagt sie und deutet auf den weißhaarigen Mann in der Mitte.

Ich strecke mich nach ihm aus und berühre seinen rasierten Kopf mit der Kuppe meines Zeigefingers. Als ich das tue, bemerke ich, dass jede andere Person in dem Kreis das Gleiche macht wie ich. Zusammen sind wir ein Kreis, der aussieht wie ein Fahrradreifen – unsere Hände und Arme formen die Speichen, unsere Körper formen den Rahmen, und der Abt in der Mitte ist die Narbe.

Sobald alle den Mönch berühren, sagt Rose: »Lese ihn und lass uns hinein, genau so wie du es mit Caleb getan hast.«

Ich schließe meine Augen, verlangsame meine Atmung und schon befinde ich mich im Kopf des Mönchs.

FÜNFTES KAPITEL

Om.

Einatmen, ausatmen. Einatmen, ausatmen. Om.

Unser Bewusstsein ist unglaublich leer. Wir leben diesen Moment, sind eins mit unserer Atmung, eins mit dem Universum. Om.

Unsere Lungen atmen keine Luft ein – das Universum strömt Leben aus, lässt Luft in unsere Lungen strömen. Om.

Ein weltlicher Gedanke in Form einer Erinnerung kommt an die Oberfläche. Sie ist wirklich banal. Eine Erinnerung an die verbale Auseinandersetzung, die zwei der Akolythen heute hatten, eine Meinungsverschiedenheit, die wir schlichten mussten. Wir haben einen seltenen Moment von Wut und Frustration erlebt. Jetzt behandeln wir diesen Störfaktor in unserer Meditation, wie immer, wenn störende Gedanken aufkommen. Wir fühlen uns weder schuldig noch sind wir verärgert darüber. Wir lassen los. Gedanken werden immer kommen. Wir müssen unsere Konzentration bestimmt aber behutsam auf unsere Atmung zurückwenden. Gedanken sind wie Seifenblasen oder Wolken in unserem Kopf. Sie schweben hinein, sie schweben hinaus. Sie lösen keine Unruhe aus. Om.

Wir genießen unsere Atmung, konzentrieren uns auf den genauen Moment, in dem das Einatmen vorbei ist und das Ausatmen beginnt. Wir bemerken, wie unser Körper sich mit unserem Herzschlag und unserer Atmung bewegt. Wir spüren unseren Körper nicht – nicht die Anspannung unseres Rückens, der ohne Anstrengungen gerade ist, noch die Knöchel, die in der Lotuspose verschränkt sind. Wir werden von einem Gefühl der Ruhe überkommen, das zunimmt, und langsam eine neue Intensität erreicht. Om.

Ich, Darren, trenne mich widerstrebend. Ich habe noch nie diese Art des inneren Friedens und der Ruhe verspürt, die in dem Kopf des Abts herrscht. Nichts hat sich diesem Zustand auch nur angenähert. Das Gefühl, nicht zu denken, sich keine Sorgen zu machen, nicht zu analysieren, war unglaublich. Mir ist niemals aufgefallen, was für ein Bienenstock mein Kopf mit all seinen Gedanken und Ideen ist, die ständig in ihm herumschwirren. Ich habe mir niemals vorgestellt, wie fantastisch es wäre, wenn diese Ablenkungen verschwinden würden, so wie das bei dem Abt der Fall ist.

Das wirklich Frustrierende ist, dass ich gedacht habe, durch die einfache Atemtechnik von meiner Mutter – die Technik, die mir dabei hilft, die Kohärenz zu erreichen, wenn ich lese – zu meditieren. Ich erinnere mich daran, dass sie erwähnt hat, ihr Partner Mark, mein Vater, habe sie ihr beigebracht. Er hat sie vielleicht hier gelernt, in genau diesem Tempel. Natürlich ist ein Vergleich meiner Atemtechnik mit dem, was ich gerade erlebt habe, genauso, wie die Wirkung von Aspirin und Morphium zu vergleichen.

Meine Überlegungen werden durch ein Schwindelgefühl unterbrochen. Ich erkenne es als das gleiche Gefühl wieder, das ich hatte, als Caleb und ich uns vereinigt haben, was mir gerade vorkommt, als liege es Jahre zurück. Ich kämpfe nicht gegen das Gefühl an, sondern lasse es zu. Zuerst ist es so, als würde ich im Wasser treiben, aber kurz darauf ist es eher wie der völlige und unwiderrufliche Verlust meines Körpers. Es scheint, als würden mein Bewusstsein und mein körperloses Gehirn im Weltall schweben.

Und dann überkommt mich eine weitere seltsame Welle, und noch eine. Das Gefühl intensiviert sich mit jedem Erleuchteten, der sich an der Vereinigung beteiligt. Es wiederholt sich viele Male. Ich kann mir nicht vorstellen, dass sich dieses unkörperliche Gefühl noch steigern lässt, aber genau das tut es jedes Mal – exponentiell.

Ich verliere den Überblick darüber, mit wie vielen Menschen ich verbunden bin, aber ich nehme an, mit allen. Das Gefühl, keinen Körper zu besitzen, vermischt sich mit dem Staunen über die Intensität des Ganzen, die das, was ich mit Caleb erlebt habe, völlig verblassen lässt. Es ist ein Hochgefühl, wie ich es niemals zuvor verspürt habe. Nicht einmal, als ich die Überdosis Morphium im Coney Island Hospital bekommen habe, und ich vermute, dass wenn ich alle Orgasmen, die ich jemals hatte, zusammennehmen und sie gleichzeitig in einer Millisekunde erleben würde, das Gefühl nicht ansatzweise so intensiv wäre. Der Genuss ist so überwältigend, dass ich mich wundere, ob er in Schmerzen umschlagen wird – aber das tut er nicht. Stattdessen wird er noch intensiver.

Jetzt fühle ich mich eins mit dem Universum, fühle Sinn und Zugehörigkeit. Eigenartige Gedanken dringen in meinen Kopf ein. Ich frage mich, ob das Universum für sich selbst denken kann. Was ist, wenn jeder Stern in jeder Galaxie, jeder subatomare Partikel und die Atome, die sie bilden, jedes schwarze Loch, Supernova und sogar die dunkle Materie die Fähigkeit entwickelten, gemeinsam zu denken, und ein Selbstbewusstsein auszubilden? Würde sich ein solches Lebewesen genauso fühlen, wie ich mich jetzt gerade?

Und dann merke ich, wie meine Erinnerungen nach außen fließen. Es fühlt sich nicht wie eine Verletzung meiner Privatsphäre an, auch wenn es das wahrscheinlich tun sollte. Stattdessen ist es so, als teile ich mein Ich, als würde ich auf einem intensiven und tiefen Niveau verstanden werden. Mit den letzten Resten meiner rationalen Gedanken verstehe ich, dass etwas in dieser Art schon bei meiner Vereinigung mit Caleb passiert ist, aber dieses Mal ist es anders. Die Erleuchteten lesen Wochen meines Lebens mit einer messerscharfen Konzentration.

Es erinnert mich an diese Geschichten, in denen Menschen kurz vor ihrem Tod das Leben an sich vorbeiziehen sehen. In meinem Fall sind es nur meine letzten Wochen. Es handelt sich dabei nicht nur um solche großen Ereignisse wie die Reise nach Atlantic City, die Suche nach Mira, ihre Rettung, mein Streifschuss, unser Date und Jacobs Tod. Ich sehe jedes winzige Detail, von den prickelnd heißen Nächten mit Mira in Miami bis zu den entspannten Tagen am Strand. Ich erlebe erneut meine wissenschaftlichen Unterhaltungen mit Eugene und die Essen mit Bert und Hillary. All unsere Gespräche, die ganzen Male, die wir herumgealbert haben – das alles geht mir in einem einzigen Augenblick durch den Kopf.

Als das geschieht, suche ich nach den Gedanken der anderen Personen, mit denen ich verbunden bin. Wenn meine Privatsphäre verletzt wird, kann ich genauso gut versuchen, ein paar Geheimnisse meines Großvaters und seiner Kollegen herauszubekommen. Aber anstatt Zugriff auf ihre Erinnerungen zu bekommen, ist das einzige, was ich spüre, eine meditative Ruhe, einen

Zustand, der dem des Abts ähnelt – Frieden, Heiterkeit und Ruhe, aber keine konkreten Erinnerungen.

Schützen sie durch eine Form von Meditation ihre Erinnerungen vor mir? Dieser Gedanke sollte mich enttäuschen oder verärgern, aber ich bin gerade zu verzückt, um solche negativen Gefühle zu verstehen oder zu erleben.

Als die Extraktion meiner Erinnerungen sich dem Ende nähert, fühle ich etwas Neues: ein Tsunami aus Gedanken, eine Lawine aus etwas, dass ich nur als »Heiligkeit« beschreiben kann, auch wenn ich weiß, dass es nichts mit Religion oder einem Glaubenssystem zu tun hat. Ich fühle, wie sich mein Verstand, unser Verstand, schärft und alles durchdringt, bis ich plötzlich weggezogen werde, in Lichtgeschwindigkeit irgendwohin befördert werde, und ein strahlend helles Licht vor meinen Augen aufblitzt.

Als ich wieder etwas erkennen kann, habe ich eine Vision – oder zumindest denke ich, dass es eine ist.

Zuerst bemerke ich, mich an einem Ort zu befinden. Bis zu diesem Zeitpunkt habe ich mich körperlos gefühlt, und mich deshalb auch nicht an einem spezifischen Platz aufgehalten, da ich dazu einen Körper benötigt hätte. Jetzt fühle ich mich definitiv wie ich selbst – meine Füße stehen auf einer grauen Oberfläche, und meine Augen schauen in eine verschwommene, schwer zu beschreibende Landschaft. Meiner Umgebung fehlt es an Farbe und Tiefe. Sie erinnert mich an einen dieser grünen Räume, in denen die

Wettervorhersagen aufgezeichnet werden, nur dass hier alles in einem ausgewaschenen Grauton ist. Aus meinem Augenwinkel sehe ich flackernde graue Schatten, aber ich kann nicht erkennen was sie sind.

Das einzige, das ich ganz klar sehe, ist eine Figur.

Sie schwebt in der Mitte dieses eigenartigen grauen Raumes. Wegen der breiten Schultern und dem geschorenen Kopf glaube ich, dass es sich um einen Mann handelt – auch wenn ich mir nicht sicher bin, weil ich nur seinen weiß bekittelten Rücken sehe. Seine Beine sind in der mittlerweile viel zu vertrauten Lotusposition verschränkt. Er scheint eine Art Licht auszustrahlen – besser kann ich seinen Heiligenschein-Effekt nicht beschreiben. Das Licht leuchtet nicht grell, sondern hat die gleiche graue, ausgewaschene Note wie der Rest dieses Ortes. Aber warum bin ich nicht überraschter, jemanden wie einen Heliumballon in der Luft schweben zu sehen? Vielleicht ist der Grund dafür, dass ich tief in mir weiß, dass es sich dabei nur um eine Vision handelt.

Plötzlich ist das Gesicht des Mannes mir zugewandt, obwohl er sich weder umgedreht noch auf eine andere Weise bewegt hat. Mein Kopf beginnt, sich bei seinem Anblick zu drehen. Es tut schon fast weh, ihn anzuschauen, so wunderschön ist er. Ich weiß, es ist eigenartig, dass ich so über einen Typen denke, aber er sieht nicht wie eine alltägliche Person aus der realen Welt aus, sondern eher so, als sei er etwas völlig anderes. Wenn es wirklich Engel oder Götter gäbe, würden sie meiner Meinung nach genauso in Erscheinung treten.

»Hallo, Darren«, sagt er. Seine Stimme ist der melodischste und harmonischste Klang, den ich jemals gehört habe, und hat den gleichen Effekt auf meine Ohren wie sein Gesicht auf meine Augen.

»Hallo«, presse ich mühsam heraus und kann dabei vor lauter Starren nicht einmal blinzeln.

Ich habe Schwierigkeiten, ihn genau zu beschreiben. Die Schönheit und Perfektion seines Gesichts wird durch die Erhebungen und Vertiefungen geschaffen, die über einfache Symmetrie herausgehen. Es ist fast so, als würde jede Hautzelle, jedes Molekül seiner rechten Gesichtshälfte makellos auf der linken widergespiegelt werden. Aber auch das erklärt es nicht wirklich.

»Du musst aufhören, mich so anzuhimmeln«, sagt er. »Ich sehe so aus und höre mich so an, weil ich nicht durch die weltlichen Grenzen der Physik eingeschränkt werde. Ich bin eher ein abstraktes Bild in deinem Kopf als eine echte Person. Du hast mich nicht wirklich gesehen, als du mich das erste Mal erblickt hast. Mein Anblick wurde von deinem Gehirn nicht auf die gleiche Weise verarbeitet, wie es gerade vor einer Sekunde der Fall war. Ich erkläre dir das nur, weil wir sehr wenig Zeit haben, und ich möchte, dass du aus deinem Schockzustand herauskommst.«

»Du bist was?« Ich kann nicht aufhören, ihn anzustarren. »Und wenig Zeit wofür?«

»Ich bin du, Darren«, sagt er, »Und Rose und Edward. Ich bin ebenfalls Paul und Marsha sowie alle anderen Erleuchteten, mit denen du gerade vereinigt bist. Und weil sich diese Verbindung ihrem Ende neigt, haben wir wenig Zeit.«

»Ich kann das mit dem Zeitlimit halbwegs verstehen, aber ich verstehe nicht, wie du ich sein kannst.«

»Du solltest dir mehr zutrauen«, sagt er und schwebt dabei immer noch in der Luft. »Ich denke, du weißt auf einer gewissen Ebene, dass ich eine Manifestation eures kombinierten Verstandes bin, aber du bist noch in der Verleugnungsphase, für die wir keine Zeit haben.«

»Du bist wie ein Schwarmverstand aus allen von uns?«, frage ich ungläubig. »Einschließlich mir?«

»Ja. Ohne die negative Unternote des Wortes ›Schwarm‹ allerdings.«

»Wow.« Ich blinzele. »Ich bin mir nicht sicher, was ich sagen soll.«

»Wir sind nicht hier, damit du mir etwas sagst«, erklärt er mir ruhig. »Das wäre sinnlos, weil ich alles weiß, was du weißt, einschließlich der Sachen, von denen du selbst nicht einmal weißt, dass du sie weißt. Ich bin hier, weil ich eine wichtige Nachricht für dich habe.«

»Hat das hier nicht eine Menge von einem Selbstgespräch?«, frage ich und ein beunruhigender Gedanke schießt mir durch den Kopf. Bin ich durch die Vereinigung verrückt geworden?

»Du bist nicht verrückt«, beruhigt er mich. »Aber ich habe jetzt keine Zeit, dich davon zu überzeugen, dass du bei gesundem Verstand bist. Wir haben schon viel zu viel Zeit verloren.«

Würde ein imaginärer Freund nicht das Gleiche sagen? Ich denke an ihn, um die Theorie zu testen, dass er meine Gedanken lesen kann.

»Vielleicht«, gibt er zu und bestätigt damit meine Vermutung. »Wenn es dir hilft, kannst du mich als eine kreative Weise ansehen, auf die dein Kopf Informationen verarbeitet, die schon da sind – wie Hinweise in deinen Erinnerungen, die berechnet werden, nachdem du Zugang auf zusätzliche Gehirnhardware bekommen hast.«

»Du hörst dich an wie Liz, meine Psychiaterin.« Ich muss lächeln. »Und wie Bert, mein bester Freund.«

»Das ist beabsichtigt«, sagt er geduldig. »Ich wollte sicherstellen, dass du nicht denkst, ich sei ein Trick der anderen.«

»Oh«, erwidere ich und bemerke, dass er die Angst ausgesprochen hat, die sich unterschwellig in mir ausgebreitet hat – und das finde ich extrem unheimlich.

»Meine Nachricht ist kontraproduktiv, was die Pläne betrifft, die deine Vereinigungskollegen mit dir haben, und diese Tatsache sollte dich davon überzeugen, dass sie nichts mit der Sache zu tun haben«, meint er und schwebt näher an mich heran.

»Was für Pläne?«, frage ich vorsichtig.

»Das werden sie dir erklären, wenn wir hier fertig sind. Ich sollte jetzt wirklich zum Punkt kommen. Wir haben nur noch wenige Momente.«

»Warte, was wird nach der Vereinigung aus dir?« Ich weiß nicht, warum das wichtig für mich ist, aber das ist es. »Wirst du sterben?«

»Hervorragende Frage, und ich wünschte mir, wir hätten Zeit, das zu besprechen«, antwortet er. »Ich bin gerührt, dass du dir Gedanken um mein Schicksal machst. Die kurze Version ist: Ich werde, wie du es ausdrückst, in die Stille hinübergleiten.«

»Was? Wie meinst du das? Wie funktioniert das?«

»Das ist genau der Grund, weshalb ich nicht über dieses Thema sprechen wollte. Kurz gesagt, werde ich in einer anderen Dimension sein. Meine Tiefe ist grenzenlos, was bedeutet, dass ich in einem Bruchteil einer Millisekunde, kurz bevor die Vereinigung vorbei ist, für immer leben kann.«

»Wie heißt du?«, frage ich, und mein Kopf dreht sich wegen der ganzen Dinge, die er mir gerade gesagt hat. Diese Vorstellung eines gottesähnlichen Lebewesens, das von einigen alten Langweilern und mir erschaffen wurde und für ewig lebt, ist nicht einfach zu verdauen.

»Wir haben keine Zeit, Darren. Nenne mich Mimir, wenn du musst. Wir führen diese ganze Unterhaltung, damit ich dir etwas sagen kann, und entschuldige bitte, dass ich dich jetzt unhöflich unterbreche, aber ich muss dir dringend deine Nachricht mitteilen.« Er scheint tief einzuatmen. »Du musst nach New York zurückgehen. Lucy ist in Gefahr. Großer Gefahr.«

»Was?« Meine Gedärme verkrampfen sich vor lauter Angst. »Meine Mutter ist in Gefahr? Woher weißt du das?«

»Die Frage ist: Woher weißt du das?«, entgegnet Mimir. »Und die Antwort ist, wie ich gesagt habe, aus Hinweisen. Du weißt mehr als dir klar ist, aber du hast die Informationen nicht ordentlich verarbeitet. Du konzentrierst dich nicht richtig. Dir fehlt die Erfahrung im schlussfolgernden Denken.«

»Was wird mit ihr passieren? Was kann ich machen?« Aus irgendeinem Grund glaube ich ihm. Ich bin felsenfest davon überzeugt, dass sich Lucy in Schwierigkeiten befindet.

»Geh zu ihr. Sag ihr, dass sie keine Untersuchungen anstellen soll, bevor du nicht bei ihr bist. Sobald du sie siehst, erzähle ihr alles über deine Fähigkeiten und darüber, was passiert ist. Lass kein einziges Detail aus«, drängt er.

»Aber woher kommt die Gefahr?«

»Es ist dein «

Und bevor er seinen Satz zu Ende sprechen kann, bin ich in meinem Körper zurück und blicke benommen auf meinen Finger, mit dem ich den kahlen Kopf des Abts berühre. Die Erleuchteten in dem Kreis bewegen sich auch wieder.

Die Vereinigung ist vorüber.

SECHSTES KAPITEL

Benebelt höre ich Bruchstücke verschiedener Unterhaltungen, die die alten Menschen untereinander leise führen.

»Also stimmt es«, sagt jemand.

»Unglaublich«, flüstert jemand anderes.

Ihre Unterhaltungen hätten meine volle Aufmerksamkeit gehabt, würde ich nicht gerade so viel Angst haben.

Meine Mutter steckt in Schwierigkeiten. Ich kann an nichts anderes denken. Lucy ist zäh, aber sie hat einen gefährlichen Job. Könnte die Bedrohung von einem Arschloch ausgehen, das sie während ihrer langen Kariere als Kriminalbeamtin hinter Gitter gebracht hat? Von jemandem, der gerade aus dem Gefängnis entlassen wurde, und jetzt auf Rache aus ist? Mimir hat Hinweise erwähnt. Könnte es sich um einen der Fälle handeln, von denen sie mir erzählt hat?

Der Gedanke, dass es sich um einen Fall handelt, den sie untersucht hat, geht mir nicht aus dem Kopf. Selbst wenn ich diesen Fall gerade vergessen haben sollte, war es Mimir möglich gewesen, Zugang zu diesen Informationen zu bekommen, sie auszuwerten und mich zu warnen. Aber ich kann mich definitiv nicht daran erinnern, dass Lucy etwas über einen gefährlichen Fall oder eine Entlassung erzählt hat. Sie hat zwar jahrelang für die Abteilung organisiertes Verbrechen gearbeitet, aber Sara und mir nie etwas darüber erzählt. Weder »diese und jene Untergrundbosse sind meinetwegen ins Gefängnis gewandert« noch »ich habe diesen oder jenen Kriminellen erschossen«. Sie ist zu professionell, um über solche Dinge zu reden. Außerdem arbeitet sie seit einigen Jahren in der Abteilung für Wirtschaftskriminalität und hat nichts mehr mit solchen gewalttätigen Verbrechern zu tun.

Ich atme tief ein. Auch wenn die Situation ernst ist, kann ich mich trotzdem ein wenig entspannen. Ich bin gerade in der Stille, weshalb die Gefahr nicht voranschreitet. Genau wie der Rest der ganzen Welt dort draußen, pausiert sie gerade. So lange ich mich in der Gedankendimension meines Großvaters aufhalte, habe ich Zeit, mir meinen nächsten Schritt in Ruhe zu überlegen.

Ich brauche einen Plan, um von hier zu verschwinden. Und danach muss ich schnell nach New York gelangen.

»Das war doch gar nicht so schlimm, oder?«, fragt Rose und reißt mich damit aus meinen Überlegungen.

»Nicht so schlimm?« Ich schaue sie ungläubig an. »Hast du nicht gehört, was Mimir gesagt hat?«

In dem Raum wird es augenblicklich still.

»Wer?«, fragt Paul mit weit aufgerissenen Augen. »Was hast du gerade gesagt?«

»Mimir? Der gut aussehende Typ in der Vision?« Als ich das ausspreche, fällt mir auf, dass ich einen Fehler gemacht habe. »Ihr wart nicht dabei, als dieses Wesen mit mir gesprochen hat? Ich dachte, ihr hättet es auch erlebt, da wir ja alle ein Bewusstsein waren.«

»Unglaublich«, meint Edward und legt seine Hand auf Roses Handgelenk. »Dein Enkel hat die Erleuchtung bei seiner ersten Vereinigung erlangt.«

»Es war seine zweite Vereinigung«, korrigiert Paul pedantisch. »Aber das macht es nicht weniger eindrucksvoll.«

Zum ersten Mal kommt auf seinem Gesicht so etwas wie Wärme zum Vorschein. Ist Großvater stolz auf mich? Ich wünschte, ich würde verstehen, worauf er stolz ist.

»Das hört sich so an, als hättest du etwas erlebt, was wir als das bedeutendste Ergebnis einer Vereinigung ansehen«, sagt Marsha in einem feierlichen Ton. »Das zu sehen, was du gesehen hast, ist eine der

Voraussetzungen dafür, Teil unserer Gemeinschaft zu werden.«

»Ja. Erleuchtung erfordert Meditation, Weisheit und eine große Tiefe«, erklärt Paul. »Da dir die ersten beiden Punkte fehlen bedeutet das –«

»Wir sind unglaublich stolz auf dich, egal warum die Erleuchtung möglich war«, meint Rose und unterbricht damit Pauls zweischneidiges Kompliment.

»Deine Großeltern waren bis jetzt die jüngsten Menschen, die diesen Zustand jemals erreicht haben«, sagt der Typ, der am ältesten von allen aussieht und mir gegenüber sitzt.

»Großartig«, erwidere ich und versuche, das alles zu verarbeiten. »Und was bedeutet das praktisch? Bin ich jetzt einer von euch?«

Der Mann sieht mich irritiert an und sagt: »Du musst Witze machen –«

»Bitte, Sean. Der Junge hat eine logische Frage gestellt«, entgegnet Rose. »Darren, zuerst müssen wir eine delikate Angelegenheit besprechen. Eine Pflichtübung, die durch das, was wir eben erfahren haben, noch wichtiger geworden ist.«

»Und die wäre?«, frage ich und versuche dabei, meine Stimme möglichst neutral zu halten. »Pflicht« ist ein Wort, das sofort meine rebellische Seite zum Vorschein bringt, besonders dann, wenn es als Entschuldigung dafür benutzt wird, unverschämte Forderungen zu stellen, deren Begründung übertrieben und irrational ist. Normalerweise spielt Logik keine

Rolle, wenn jemand an deinen Sinn für Pflichterfüllung appelliert.

»Wie wir angenommen haben, bist du wirklich Marks Kind und noch dazu der erste Hybrid, der seit unserer Geschichtsschreibung existiert. Außerdem ist deine Tiefe sehr viel größer, als wir gedacht haben«, sagt sie und beantwortet damit die falsche Frage.

»Genau. Ich bin froh, dass wir die nötigen Vorbereitungen getroffen haben«, meint Paul und geht damit in die gleiche Richtung wie Rose, ohne mir zu erklären, was sie konkret von mir verlangen. »Wollen wir zum Gästehaus gehen?«

»Das ist eine gute Idee«, stimmt Rose zu. »Wir sollten die Angelegenheit hinter uns bringen. Deine Tiefe könnte –«

»Ja«, unterbricht Paul schroff. »Du solltest uns begleiten, Rose.« Er schaut sich im Raum um und betrachtet die anderen Erleuchteten eingehend. »Diese Einladung gilt für alle, die daran interessiert sind.«

»Ich denke, ich bleibe lieber hier und bespreche die Auswirkungen dieses Ereignisses mit den anderen, mein Lieber«, erklärt ihm Marsha, bevor sie ihn auf die Wange küsst. »Geh ohne mich.«

»Ich bleibe ebenfalls hier, Liebling«, sagt Edward und lässt Roses Hand los. »Meine Anwesenheit ist überflüssig.«

Paul steht auf, und Rose und ich folgen ihm. Ihre Ehepartner haben definitiv Vertrauen. Ich habe immer angenommen, dass Menschen, die einmal Sex miteinander hatten, es immer wieder täten, sobald man sie alleine lässt. Und meine Großeltern haben es außerhalb ihrer Ehe zumindest einmal getan. Allerdings kann ich nicht mit Sicherheit sagen, ob Sex überhaupt noch Teil ihres Lebens ist. Und ich bin mir auch nicht sicher, dass es für meinen Geisteszustand und meine Libido gut ist, noch weiter darüber nachzudenken.

»Ihr habt meine Frage zu dieser Pflichtübung immer noch nicht beantwortet«, sage ich, als wir den Raum verlassen.

»Das besprechen wir sofort«, meint Paul, der langsamer geht, damit Rose aufschließen kann.

»In Ordnung. Kannst du mir dann wenigstens sagen, was diese Vision bedeutet?«, frage ich. »Da es scheint als hättet ihr alle eure eigene gehabt …«

»Sie ist für jeden anders«, antwortet Rose. »Aber was bei allen gleich ist, ist, dass wir durch die Visionen das größte Stück Weisheit unseres Lebens erhalten haben.«

»Weisheit?«, frage ich vorsichtig nach, da ich nicht weiß, ob ich ihnen wirklich sagen möchte, was ich gesehen habe. Sollte ich es ihnen erklären, könnten sie erkennen, dass ich einen sehr guten Grund dafür habe, so schnell wie möglich aus dieser Stille zu verschwinden – und sie könnten Vorkehrungen treffen, mich davon abzuhalten. »Was ist mit Warnungen und Vorahnungen? Haben die anderen auch so etwas erlebt?«

»Das hast du bekommen?«, will Paul wissen und schaut über seine Schulter nach hinten. »Wenn du eine

Warnung erhalten hast, solltest du sie ernst nehmen. Das, was während der Erleuchtung offenbart wurde, hat sich bis jetzt immer als wahr erwiesen.«

»Immer? Diese Dinge sind niemals falsch?« Ich versuche gar nicht erst, meine Enttäuschung zu verbergen. Ich hatte gehofft, er würde sagen, dass die Visionen alle metaphorisch und interpretierbar sind, so wie Träume, und nicht wortwörtlich genommen werden sollten.

»Wenn man den Wesen in den Visionen glaubt«, meint Rose, »bestehen sie aus uns. Da wir uns irren können, können sie sich auch irren. Aber wir haben es noch nie erlebt, dass eine Vision nicht gestimmt hätte. Einige von uns glauben, dass diese Wesen göttlich sind und einfach nur behaupten, sie seien wir, um ihre wahre Natur zu verstecken. Andere wiederum denken, dass der kombinierte Verstand so vieler weiser Menschen etwas produziert –«

»Was hast du denn gesehen?«, will Paul wissen.

Ich habe keine Lüge vorbereitet, aber ich will ihm auch nicht die Wahrheit sagen, also beschließe ich, Paul damit zu nerven, dass ich ihm ebenfalls eine Frage stelle. »Was habt ihr mit mir vor?«

Er geht düster schweigend weiter. Rose zwinkert mir zu, ich nehme an, um mir zu zeigen, dass sie nicht verärgert ist. Ich traue ihr nicht. Nicht hundertprozentig, noch nicht. Ich habe den Eindruck, dass sie immer noch guter Polizist/böser Polizist mit mir spielen.

Als wir durch den Tempel gehen, kann ich mir die Mönche genauer anschauen. Mir fällt auf, dass es sich nicht ausschließlich um Männer handelt. Die Frauen sind schwieriger zu erkennen, da sie die gleichen rasierten Köpfe haben wie die Männer. Ihre schmucklosen Gesichter und formlosen Kutten dienen dazu, ihr Geschlecht zu verbergen. Trotz dieser Androgynität finde ich, dass einer der weiblichen Mönche, an denen wir vorbeigehen, sehr hübsch ist.

Die Vielfalt an diesem Ort beschränkt sich nicht nur auf die Anwesenheit von Frauen und Männern. Die Mönche sind auch sehr gemischt, was ihr Alter und ihre Rasse anbelangt. Letzteres ist ein Gegensatz zu den Erleuchteten, die wie nahezu alle Leser und Führer, die ich getroffen habe, weiß sind. Der einzige Führer, der nicht rein weiß ist, ist mein Freund Thomas, ein Halbasiate.

Paul führt uns durch eine schmalere Seitentür aus dem Tempel heraus. Wir betreten eine Art Hinterhof. Im Gegensatz zu der wunderschönen Vorderseite mit ihren Steingärten und Kirschblüten, ist dieses Areal eher praktisch und schlicht. Wir gehen über einen grünen Rasen, auf dem in unregelmäßigen Abständen Vergissmeinnicht wachsen.

Während wir ihn überqueren, zieht etwas auf meiner linken Seite meine Aufmerksamkeit auf sich. In diesem Teil des Hofes steht eine Gruppe in eingefrorenen Posen, die nach Kung-Fu oder Tai-Chi aussehen. Was auch immer sie da tun, es unterscheidet sich stark von der Meditation, die ihre Brüder im Inneren des Tempels praktizieren. Als ich Caleb erblicke, der gerade alleine einen Kampfsport trainiert, wird mir klar, dass es sich um Kung-Fu handeln muss. Auch wenn seine Bewegungen nicht die gleichen wie die der eingefrorenen Figuren sind, erklärt es trotzdem den Sinn dieser offenen Fläche: es handelt sich dabei um eine Art Trainingsgelände. Ich schaue genauer hin und erkenne in einiger Entfernung lange, hölzerne Masten, auf denen jeweils ein Mönch auf einem Bein steht, während er seinen anderen Fuß in seiner rechten Hand hält. Diese Übung sieht aus wie eine Kombination aus Stretching und Gleichgewichtstraining. In einem anderen Teil des Trainingsgeländes hockt gerade jemand hochkonzentriert vor einer Steinplatte, die er mit seinen bloßen Händen durchbrechen möchte.

»Wir sind da«, sagt Rose, als wir das Ende des Hofes erreichen.

Paul öffnet die Tür, um uns in ein weiteres großes Gebäude zu führen, und sagt: »Das ist das Gästehaus.«

Das »Gästehaus« hat die Ausmaße eines Herrenhauses. Die Gegenwart des Tempels lässt es von außen klein erscheinen, aber sobald wir das Gebäude betreten haben, fällt mir auf, wie riesig es in Wirklichkeit ist. Mein Blick fällt auf zwei eingefrorene Frauen, die in der Nähe des Eingangs sitzen, und meine Bewunderung für diesen Ort verschwindet schlagartig, als sich Entsetzen in mir ausbreitet.

Eine der beiden Frauen kommt mir nur leicht bekannt vor, aber die andere kenne ich sehr gut.

Es handelt sich um Julia, die Leserin die für mich »Eugenes Freundin« ist, auch wenn sie gerade nicht zusammen sind – ein Zustand, für den zu einem großen Teil ihr kürzlich verstorbener Vater, Jacob, verantwortlich ist.

Scheiße. Mein Herz schlägt schneller.

Ich habe auf Jacob geschossen und war auch anwesend, als Mira ihn getötet hat. Mir fällt kein guter Grund dafür ein, zu Julia gebracht zu werden, außer, ich soll für meine Tat bezahlen. Die Frau neben Julia muss ihre Mutter sein, Jacobs Witwe.

Was geht hier vor sich? Ich kann eine sehr logische Kette von Ereignissen sehen: die Erleuchteten, die sich mit mir vereinigt haben, haben die Wahrheit gesehen und möchten jetzt, dass sie ans Tageslicht kommt. Schließlich wusste Caleb bereits Bescheid, und sie könnten beschlossen haben, Julia schon vorab hierherzubringen und die Vereinigung nur deshalb durchzuführen, um diese Tatsachen zu bestätigen.

»Was zum Teufel machen die hier?«, frage ich äußerlich ruhig.

Caleb befindet sich draußen, weshalb ich es im Fall der Fälle wagen könnte, zu solchen verzweifelten Maßnahmen zu greifen, wie meinen Großvater zu töten, um dieser Gedankendimension zu entkommen. Dann erinnere ich mich daran, dass ich mich mit einem wütenden Caleb und einem inerten Paul im Auto

befinden werde, sollte ich das wirklich durchziehen –
und davon abgesehen fühlt es sich falsch oder respektlos
oder so ähnlich an, meinen neuentdeckten Großvater zu
töten.

»Du kennst Julia und ihre Mutter«, sagt Paul ruhig.

»Ist das eine Frage?« Ich beginne, mich zu ärgern.
»Du hast gerade in meinem Kopf herumgeschnüffelt,
also weißt du alles, was ich weiß.«

»Darf ich, Paul?«, fragt Rose und legt ihre Hand auf
meinen Ellenbogen. »Deine Freundin und ihre Mutter
denken, dass sie hier sind, um zu erfahren, wer das neue
Oberhaupt der Lesergemeinschaft sein wird.«

»Und was ist der wahre Grund?« Ich bereite mich
mental auf die Antwort vor.

»Der eigentliche Grund ist ein wenig komplizierter«,
erwidert sie.

»Vereinfache ihn für mich.«

»Okay. Lass uns hiermit beginnen. Du hast
wahrscheinlich schon verstanden, dass du einzigartig
bist«, sagt sie vorsichtig.

»Ja, schon. Wegen meiner Mutter.«

»Nein«, widerspricht sie mir. »Also, deshalb auch.
Aber abgesehen davon, dass deine Mutter eine
Strippenzieherin ist, bist du immer noch etwas
Besonderes.«

»Ach?« Das hat definitiv meine Neugier geweckt.
»Was gibt es sonst noch? Hat es etwas mit dir und ihm
zu tun?« Ich zeige auf Paul. »Damit, dass ihr euch wegen
der Tiefe fortgepflanzt habt?«

»Genau«, bestätigt sie. »Du musst verstehen, dass unser Volk seit geraumer Zeit versucht etwas zu erreichen, das eine immense Tiefe erfordert. Paul, könntest du diesen Teil erklären, da es sich dabei um dein Spezialgebiet handelt?«

»Ich kann es versuchen«, stimmt er seufzend zu. »Die Kurzversion ist, dass es möglich ist zu splitten, wenn man sich bereits in der Gedankendimension befindet.«

»Was?« Mein Kopf dreht sich. »Ich habe mit allem möglichen gerechnet, aber damit …« Ich atme durch und denke darüber nach. »Ist das wirklich machbar? Aus der Stille in die Stille hinüberzugleiten? Wie wäre das?«

»Das wissen wir nicht«, sagt Paul. »Diese Überlegungen sind eher theoretisch. Eine der Folgen, die wir vermuten, ist, dass dieser Schritt es dem Leser ermöglichen würde, jede andere Person zu lesen.«

»Auch einen andern Leser?«

Er nickt.

Wow. Einen anderen Leser lesen zu können, wäre für diese Menschen, die jeden außer den für sie wichtigsten Personen – ihre Gemeindemitglieder – lesen können, wie der heilige Gral.

»Ich denke, das verstehe ich«, erwidere ich, »und es hört sich beeindruckend an.«

»Es bietet einige sehr aufregende Möglichkeiten«, meint Paul. »Das große Problem an der Sache ist, dass die Tiefe, die man für ein solches Splitten benötigen würde, gewaltig sein müsste.«

»Also habt ihr euch gezielt fortgepflanzt, um eine größere Tiefe zu erreichen?« Ich denke, ich kann dem Ganzen langsam folgen.

»Ja. Und wenn dein Vater ein Kind mit derjenigen Frau gehabt hätte, die ihm zugedacht war« – er deutet auf Julias Mutter – »hätte unser Enkelkind vielleicht die benötigte Tiefe besessen. Und wenn nicht unser Enkel, dann unser Urenkel oder Ururenkel.«

Mein Kopf dreht sich erneut. »Julias Mutter hätte mit meinem Vater ein Kind zeugen sollen? Ist sie besonders stark?«

Da ich meinen Vater niemals getroffen habe, ist es nicht allzu eigenartig, ihn mir mit Julias Mutter vorzustellen. Aber das ist nicht so wichtig. Viel wichtiger ist die Vermutung, die sich gerade in meinem Hinterkopf ausbreitet. Nein, sage ich zu mir selbst. So geschmacklos würden sie nicht sein.

»Das ist sie«, sagt Paul. »Ihre Eltern sind die mächtigsten unserer Art in Ontario. Leider hat sie ihre Wechseljahre schon gehabt, also können wir sie nicht mehr benutzen. Ihre Tochter allerdings ...«

»Soll das ein Scherz sein?« Leider hatte ich mit meiner Vermutung recht. »Ich soll Sex mit Julia haben?« Meine Stimme wird höher. »Nein, entschuldigt bitte, ich soll sie besamen?«

»Du lässt es klingen, als sei das eine abstoßende Vorstellung«, sagt Rose, und in ihren Augenwinkeln bilden sich Fältchen, als sie beginnt zu lächeln. »Sie ist eine Rosenknospe. Wir bitten dich ja schließlich nicht darum, etwas zu tun, was dir keinen Spaß machen würde.«

»Sie ist die Freundin meines Freundes«, sage ich schwach. Ich hätte eine Million anderer Einwände vorbringen können, aber dieser war der erste, der mir in den Sinn kam.

»Wir verlangen ja nicht, dass du sie heiratest«, meint Paul unbekümmert. »Wir möchten lediglich, dass du deine Pflicht erfüllst.«

Alle meine Gründe, die gegen diesen Vorschlag sprechen, wirbeln in meinem Kopf und überschwemmen meine Gedanken, bis ich mit meinem größten Einwand herausplatze: »Ich bin viel zu jung um Kinder zu haben.« Während ich das sage, fällt mir auf, dass genau dieses Argument es wohl kaum in die Top Ten der für sie ernstzunehmenden Einwände gegen dieses Vorhaben schafft.

»Wir werden uns um das Kind kümmern«, erklärt Rose. »Natürlich seid ihr dafür noch zu jung.«

Ich kann es gar nicht glauben, dass wir diese Unterhaltung immer noch führen. Ich soll in einem Zuchtprogramm eingesetzt werden? Um eine bestimmte Eigenschaft zu vertiefen? Diese Idee ist mehr als lächerlich. Dieses ganze Gerede über die gezielte Fortpflanzung hatte ich bis zu diesem Moment nie besonders ernst genommen – nicht bis es mich persönlich betraf. Die Wahl, die meine Eltern getroffen haben, die Wahl die Eugenes und Miras Vater getroffen hat – keine Kinder mit der »richtigen« Person zu haben

– war immer eine sehr theoretische Vorstellung gewesen, bis jetzt.

»Und ich habe eine Freundin«, sage ich und mir fällt auf, dass ich mich für sie wahrscheinlich wie ein Fünfjähriger anhöre, der seinen Brokkoli nicht essen will.

»Wir verlangen ja auch nicht, dass du deine kleine Freundin verlässt«, erwidert Rose. »Schau uns an. Paul und ich haben die Menschen geheiratet, die wir von ganzem Herzen lieben. Mark zu zeugen hat nie etwas daran geändert. Es ist eigentlich genau das Gegenteil der Fall. Marsha und ich sind beste Freunde. Und das gleiche trifft auf Edward und Paul zu.«

Ich habe das Gefühl, in einer eigenartigen Traumversion von Twilight Zone gelandet zu sein, die vermischt ist mit einer Jerry Springer Folge über »Ich habe ein Kind mit dem Mann meiner Zwillingsschwester«. Ungewollt schaue ich zu Julia hinüber. Blonde Haare, blaue Augen, die Kurven an den richtigen Stellen. Sie ist genauso heiß wie immer, und ich kann es nicht verhindern, dass das eine – oder andere – erotische Bild in meinem Bewusstsein aufsteigt und das bestätigt, was Rose behauptet hat. Das könnte etwas sein, was ich, oder jeder andere echte Mann, genießen würde – auf einer rein mechanischen, praktischen Ebene.

»Wie sieht der Zeitplan aus?«, frage ich unbehaglich. »Für wann hattet ihr euch diesen … Akt … vorgestellt?«

»Caleb und Paul können sie hierherbringen, sobald du bereit bist«, antwortet Rose.

»Moment. Hat Julia schon zugestimmt?«, möchte ich wissen. Selbst wenn ich mit diesem verrückten Plan einverstanden wäre, gäbe es immer noch dieses andere riesige Problem: Meine Mutter steckt in Schwierigkeiten, und ich kann meine Zeit nicht im Bett verbringen.

»Sie wird zustimmen«, sagt Paul, »Genau wie du.«

Ich hätte niemals gedacht, dem alten Mann so unglaublich gerne ins Gesicht schlagen zu wollen. Ich kann mich gerade so zurückhalten und versuche eine andere Taktik.

»Besteht die Möglichkeit, diesen Ort hier zu verlassen, und das Ganze mit Julia in New York zu regeln? Oder nach einer kurzen Zeit zurückzukommen?«

»Nein«, erwidert Rose, und zum ersten Mal verrutscht ihre Gute-Großmutter-Maske. »Wir werden das Risiko, dass du verschwindest, nicht in Kauf nehmen.«

»Kann ich darüber nachdenken?«

»Natürlich«, antwortet sie. »Genau wie bei der Vereinigung werden wir warten, bis du die richtige Entscheidung triffst.«

Übersetzung: Ich werde in der Stille und in diesem blöden Tempel festgehalten, und darf nirgendwohin, bis ich mich damit einverstanden erkläre, Julia zu befruchten.

SIEBENTES KAPITEL

»Ich mache einen Spaziergang«, sage ich. »Ich brauche ein wenig frische Luft.«

»Ich werde in der Halle sein«, meint Paul und geht zur Tür.

»Ich komme mit dir mit«, sagt Rose zu Paul.

Schweigend verlassen wir alle gemeinsam den Raum, bis ich stehen bleibe, da ich beschlossen habe, auf dem eingefrorenen Trainingsplatz zu bleiben.

»Komm zu uns, wenn du bereit bist«, wirft Paul mir über seine Schulter zu.

»Früher oder später wirst du keine Lust mehr haben, hier zu spielen.«

Dieses Arschloch kann es nicht lassen, mir diese Tatsache auch noch unter die Nase zu reiben. Dieses grenzenlose Selbstvertrauen der Erleuchteten macht mich wütend. Und es bestärkt nicht unerheblich meine Antwort.

Zum Teufel, nein.

Könnte es sein, dass sie bluffen, wenn sie sagen, dass sie warten werden, egal wie lange das sein wird? Ich erinnere mich daran, dass Rose unbedachterweise etwas darüber gesagt hat, dass Paul seine Tiefe langsam aufbraucht, was kein Wunder ist, da er über ein Dutzend Menschen in die Stille geholt und seine Tiefe außerdem für die Vereinigung genutzt hat. Allerdings habe ich keine Ahnung, wie viel von seiner Tiefe übrig ist, weshalb ich auch nicht einschätzen kann, wie viel Zeit ich totschlagen muss.

»Hey, Caleb«, schreie ich und gehe auf den riesigen Kerl zu. Ich habe eine halbwegs klare Vorstellung davon, wie ich die Zeit verbringen kann, die es dauert, bis Paul hoffentlich seine Tiefe aufgebraucht hat. Sollte ich herausfinden, dass das unmöglich ist, habe ich mir auch schon einen Notfallplan überlegt.

Caleb tut so, als habe er mich nicht gehört, also gehe ich näher an ihn heran und huste.

»Ich habe dich gehört, Kind«, sagt er, ohne mich dabei anzublicken. »Ich habe dich ignoriert.«

Normalerweise rede ich nicht mit Leuten, die sich so ungehobelt benehmen, aber da ich etwas von ihm brauche, frage ich: »Bist du immer noch verärgert wegen Jacob?«

»Verärgert? Ich bin verdammt nochmal richtig wütend«, entgegnet er. »Hattest du einen guten Grund dafür, meine jahrelangen, mühevollen verdeckten Ermittlungen zunichte zu machen?«

»Den hatte ich«, antworte ich. »Er war gerade dabei auf Mira zu schießen. Ich hatte keine andere Wahl, als abzudrücken.«

Caleb unterbricht seine Übung und schaut mich ernst an. »Warum wollte er sie erschießen?«

»Weil sie ihn gerade umbringen wollte.«

Caleb sieht nachdenklich aus. »Es sieht ganz so aus, als hätte sie letztlich herausbekommen, wer ihre Eltern ermordet hat. Cleveres Mädchen.«

»Du wusstest es?«, frage ich und kann meinen Ohren kaum trauen. Ich wette, wenn Mira wüsste, dass Caleb die ganze Zeit klar war, wer ihre Eltern umgebracht hat, würde sie ihn auf der Stelle erschießen.

»Ich war mir nicht sicher, aber ich habe mir gedacht, dass er es wahrscheinlich war«, erklärt Caleb. »Es könnte allerdings genauso gut der Strippenzieher oder jemand anderes gewesen sein, der sich weiter oben in dieser Nahrungskette befindet.«

»Weißt du, wer sein Partner war?«, frage ich, ohne mir große Hoffnungen zu machen. Ich vermute, dass er in diesem Fall schon nicht mehr hier wäre, sondern bei der betreffenden Person, um sie umzubringen.

»Nein, und dank dir habe ich jetzt auch keine Spur mehr«, meint Caleb bitter. »Ich habe es dem Mädchen nicht erzählt, weil sie ihre eigenen Nachforschungen angestellt hat und mich deshalb früher oder später zu den richtigen Menschen geführt hätte.«

»Moment mal«, sage ich. »Du hast Miras Rachepläne für deine eigenen Zwecke benutzt?«

»Und sie als einen Köder, ja«, gibt er zu.

»Ich dachte, ihr seiet Freunde.« Ich bin wirklich erleichtert. Es gab einen Zeitpunkt an dem ich geglaubt hatte, dass es zwischen den beiden eine tiefere Vergangenheit geben könnte.

»Wir sind keine Freunde.« Höre ich da einen verteidigenden Ton aus seiner Stimme? »Als ich Interesse an ihrer Vendetta gezeigt habe, dachte sie, es stecke mehr dahinter, und hat versucht, mit mir zu flirten. Du musst dir natürlich keine Sorgen machen«, sagt er mit gespielter Besorgnis, als er bemerkt, dass ich seine Spitze nicht beachte. »Ich habe sie sanft zurückgewiesen. Sie war damals noch nicht einmal achtzehn. Viel zu jung für mich, und ich wollte außerdem nicht mit einem Fuß im Gefängnis stehen. «

Ich erinnere mich daran, dass er behauptet hatte, nicht zu wissen, warum Strippenzieher hinter ihr her waren, als sie entführt wurde und Eugene zur Lesergemeinschaft gegangen ist, um sie um Hilfe zu bitten – und wie schnell er eingewilligt hatte, uns zu unterstützen. Er wollte sehen, ob der Strippenzieher, den er verfolgte, Mira als Köder schlucken würde. Er musste Interesse daran gehabt haben zu sehen, ob Jacob die Hilfe verweigern würde, und damit einen kleinen Hinweis auf seine Zusammenarbeit mit dem Strippenzieher gab.

Diese Gedanken erinnern mich an den Grund, weshalb ich überhaupt mit Caleb reden wollte. Ich möchte gerne lernen, besser zu kämpfen. Wenn ich ein besserer Kämpfer wäre, hätte ich zum Beispiel meinem starken Drang danach, ihm mit meiner Faust ins Gesicht zu schlagen, nachgeben können. Heute scheine ich einen meiner gewalttätigeren Tage zu haben.

»Seit wir zusammen den Kämpfer gelesen haben, bin ich in einige Auseinandersetzungen geraten«, beginne ich und wechsele damit das Thema. »Mir ist aufgefallen, dass ich viel besser kämpfe als vorher, aber ich kann nicht wirklich verstehen, was ich tue oder wie ich es tue.«

»Ja. Eigentlich bist du gar nicht so schlecht.« Caleb sieht ernst aus. »Ich weiß das aus Erfahrung.«

Das ist wahrscheinlich das größte Kompliment, das Caleb jemals über die Lippen gekommen ist, also erwidere ich: »Danke. Wie kann ich mich verbessern?«

»Der beste Weg ist wie bei allen anderen Dingen, viel zu trainieren. Trainieren, trainieren, trainieren. Ich kann dir dabei helfen, wenn du möchtest – gegen eine kleine Entschädigung.«

»Das kommt auf die kleine Entschädigung an«, erwidere ich, als ich mich an die Vereinigung mit Haim dem israelischen Kämpfer erinnere. Auf diese Art habe ich zwar meine Kampfkenntnisse erhalten, aber die Erfahrung war so beängstigend, dass ich sie keinesfalls wiederholen möchte.

»Es ist wirklich keine große Sache. Ich will einfach nur wissen, was zum Teufel hier vor sich geht. Warum sollte ich dich hierherbringen? Ich dachte, es hätte etwas mit Jacob zu tun, aber jetzt habe ich den Eindruck, dass hier etwas anderes abläuft.«

»Sie haben dir nichts erzählt? Ich dachte, ihr arbeitet zusammen.«

»Ich weiß nur einige bestimmte Dinge«, sagt er. »Aber wenn du mir alles erzählst, werde ich eine Weile mit dir trainieren. Ich kann ein wenig Übung selbst ganz gut gebrauchen.«

»Lege noch ein paar Schießübungen drauf, und wir haben eine Abmachung.«

»In Ordnung. Ich habe einige Waffen und jede Menge Munition in meinem Zimmer.«

»Alles klar.« Ich blicke in Richtung des Gästehauses. »Du weißt, dass Julia hier ist, stimmt's?«

»Ja.« Er zieht seine Augen zusammen.

»Sie ist nicht hier, weil sie oder ihre Mutter Jacobs Platz einnehmen werden. Zumindest nicht nur deshalb.« Ich verlagere mein Gewicht von einem Fuß auf den anderen. »Es gibt einen weiteren Grund.«

Er bekommt große Augen und beginnt zu lachen. Sein Lachen hört sich eigenartig an, wie ein Weihnachtsmann, der durchgekitzelt wird.

Mit vor der Brust verschränkten Armen warte ich darauf, dass er sich beruhigt.

»Das ist unglaublich«, sagt er zwischen zwei Lachsalven. »Du sitzt ganz schön tief in der Scheiße, Kind.«

»Das ist nicht lustig.« Zugegebenermaßen würde ich das an seiner Stelle wohl auch extrem amüsant finden.

»Oh, da wäre ich mir nicht so sicher«, sagt er als er wieder zu Luft kommt. »Es ist definitiv lustig wenn man Julia kennt.«

»Was meinst du?« Vielleicht habe ich das ganze bis jetzt zu sehr aus meiner eigenen Perspektive betrachtet.

»Lass mich einfach sagen, dass ich lieber im Zölibat leben würde wie diese Mönche, als diese dort zu heiraten.« Er zeigt auf das Gästehaus? »Sehr hohe Unterhaltskosten und viel zu viel Charakter.«

»Sie haben nicht von mir verlangt Julia zu heiraten.« Ich blicke über meine Schulter, so als könne ich Angst davor haben, dass Julia zuhört.

»Oh.« Und sein Lachen kehrt zurück. »Sie wollen dich lediglich als Deckhengst benutzen?«

»Ja«, sage ich und bemerke, dass ich wegen meines Notfallplans vorsichtiger vorgehen muss. »Sie möchten, dass wir ein Kind zeugen.«

»Das ist alles? Das hört sich für mich nicht nach einem riesigen Problem an.«

Ich widerstehe dem Drang zu sagen: »Dann geh du sie doch ficken, oder noch besser dich selbst«, und frage stattdessen: »Was meinst du damit?«

»Sie würden das Kind hier aufziehen, also müsstest du dir keine Sorgen wegen Windeln oder schlafloser

Nächte machen. Alles, was du tun musst, ist, Sex mit Julia zu haben, die, wenn man mal von ihrer Zickigkeit absieht, definitiv ein Hingucker ist.«

»Ich habe das noch nicht so gesehen«, lüge ich. Meine eigene Großmutter hat es mir fast genauso verkaufen wollen. »Vielleicht ist es nicht so schlimm.«

»Du musst ja Mira nichts davon erzählen.« Caleb ist gerade mehr als einfach nur freundlich. Er ist meinen Großeltern gegenüber loyal, indem er ihre Pläne unterstützt, auch wenn sie ihm nicht einmal gesagt hatten, wie sie aussahen – was für mich okay ist. Soll er ruhig denken, dass er mich gerade überzeugt.

»Ich werde meine eigene Entscheidung treffen«, sage ich. »Ist das alles, was du wissen wolltest?«

»Nur noch eine kurze Frage. Wie war die Vereinigung mit ihnen?« Er lässt die Gelenke seiner Finger knacken.

»Du hast das noch niemals getan? Du arbeitest für sie.«

»Nein, sie haben mich mit meiner lausigen Tiefe und meinen für sie nutzlosen Erinnerungen niemals als würdig genug erachtet.« Caleb schaut auf den Tempel. »Warum sollten sie sich mit mir vereinigen, wenn ich ihnen sowieso alles erzähle, was sie wissen müssen?«

Vielleicht war er deshalb in Florida, als ich ihn angerufen habe, weil ich seine Hilfe mit dem Kerl brauchte, von dem ich dachte, er sei ein Strippenzieher – und der sich letztendlich als Jacob entpuppte. Caleb könnte gerade bei meinen Großeltern gewesen sein, und ihnen über die Dinge berichtet haben, die er während unserer Vereinigung gesehen hat. Bedeutet das, dass ich mich immer noch in Florida befinde? Das wäre gut zu wissen.

»Du hast nicht viel verpasst«, lüge ich als Antwort auf Calebs Anmerkung. Ich erzähle ihm eine Variation dessen, was wirklich während der Vereinigung passiert ist. Nichts über Mimirs Nachricht, aber ich betone, dass es mir unmöglich war, Zugriff auf die Gedanken der Erleuchteten zu bekommen.

»Sie sind zähe Bastarde.« Er grinst.

»Und was hast du davon, für sie zu arbeiten?«

»Zeit«, antwortet er. »Sie lassen mich eine verrückte Menge Zeit in ihren Gedankendimensionen verbringen. Das, und natürlich die Tatsache, dass sie die höchste Autorität der Leser sind.«

Ich vermute, dass eher der erste Grund zutreffend ist, aber ich halte meinen Mund. »Da wir gerade über Bezahlung sprechen«, sage ich stattdessen. »Jetzt, da du über das, was vor sich geht, und die Vereinigung Bescheid weißt, warum unterrichtest du mich nicht? Ein Deal ist ein Deal.«

»Das werde ich, aber erkläre mir zuerst, warum du diese Gedanken hattest. Warum hast du gedacht, dass du ein Strippenzieher bist?« Er sieht mich eindringlich an. »Ich meine, du bist das Kind ihres Sohnes.«

»Du hast gesagt, dass du nur wissen wolltest, was hier passiert ist«, entgegne ich. »Und ich habe den starken

Eindruck, dass meine Großeltern nicht wollten, dass du alles weißt.«

»Ich werde dich nicht umbringen, falls dir das Sorgen machen sollte –«

»Warum fragst du Paul nicht danach?« Ich nehme an, dass ich irgendwann einen weiteren Gefallen von Caleb benötigen werde, und falls er es bis dahin nicht herausbekommen hat, kann ich es als Anreiz nutzen. Andererseits, wenn wir gleich gegeneinander kämpfen werden, will ich ihn wirklich vorher verärgern?

»Vielleicht werde ich das«, sagt er und steht in einer mir halbwegs vertrauten Haltung da. »Ein Deal ist ein Deal. Ich werde meine Schläge abschwächen, aber du musst das nicht tun.« Während er das sagt, schlägt er mich mit Lichtgeschwindigkeit auf die Schulter. Er nutzt definitiv nicht seine volle Stärke, aber es tut trotzdem weh, als er auf meinem Körper aufkommt. »Du wolltest gerade mit deinem rechten Ellenbogen abwehren, aber einfach auszuweichen, wäre effektiver gewesen«, erklärt er mir.

Er schlägt weitere Male zu und gibt mir eine Rückmeldung zu meinen Reaktionen. Er behauptet, dass ich langsam den Dreh raushabe, und vielleicht stimmt das auch, aber sollte ich jemals ernsthaft gegen Caleb kämpfen müssen, wäre ich ihm immer noch hoffnungslos unterlegen. Ich kann seine Schläge kaum abwehren, und meine eigenen Angriffe sind so gut wie erfolglos.

»Bist du bereit zum Schießen?«, fragt er, als ich mich vor Erschöpfung kaum noch bewegen kann. Wir haben gefühlte Stunden lang Nahkampf geübt. »Ich werde dir danach noch ein paar Ratschläge das Kämpfen betreffend geben. Es ist gut, ab und an eine Pause einzulegen.«

Ich drücke meine Erschöpfung beiseite und helfe ihm dabei, die Waffen und die Munition aus seinem Zimmer und dem Tempel zu tragen, da Caleb darauf besteht, im Wald zu schießen.

»Siehst du diesen eingefrorenen Vogel?« Er zeigt auf einen Falken der weit von uns entfernt ist. »Ich möchte, dass du ihn triffst.«

Ich ziele sorgfältig mit dem Revolver, den er mir gegeben hat.

Dann drücke ich ab. Der Vogel bleibt unversehrt.

»Du musst kein schlechtes Gewissen wegen des Vogels haben«, zieht er mich auf. »Du wirst ihn nicht wirklich umbringen.«

»Sich wie ein Arschloch zu benehmen, war nicht Teil dieser Abmachung«, entgegne ich. Um ehrlich zu sein, hatte ich schon immer eine Abneigung gegen das Jagen. Mich daran zu erinnern, dass die Tiere nicht wirklich verletzt werden, ist tatsächlich eine große Hilfe.

»Du musst abdrücken, wenn du ausatmest«, erklärt er mir. »Du musst das Korn auf das Ziel richten und dann die Kimme so einstellen, dass die Oberkante ihrer rechteckigen Aussparung eine Linie zum Korn bildet.«

»Und als Nächstes erklärst du mir, wie man abdrückt«, meine ich, aber ich folge seinen Anweisungen. Sein Tipp mit dem Ausatmen muss geholfen haben, denn der Vogel fällt zu Boden.

»Jetzt versuche, dieses Eichhörnchen zu treffen«, sagt er und erklärt mir die darauffolgenden Minuten, wie ich mein Ziel zwischen diesen ganzen Zweigen anvisieren kann.

Viele Kugeln und Waldbewohner später habe ich genug von diesen Übungen. Meine Treffsicherheit hat sich definitiv verbessert, was nach so vielen subjektiven Stunden des Trainings auch kein Wunder ist.

Allerdings kommt jetzt ein anderes Problem zum Vorschein: Geduld ist keine meiner Tugenden. Ich kann nur eine begrenzte Zeit mit Kämpfen und Schießen verbringen, ohne durchzudrehen. Mein Plan, die Zeit totzuschlagen, bis Paul seine Tiefe aufgebraucht hat, scheint nicht aufzugehen. Paul mag einen Großteil seiner Tiefe verloren haben, aber er hat immer noch zu viel übrig, um auf ihr Verschwinden warten zu können – nicht bei den Sorgen, die ich mir um meine Mutter mache.

»In Ordnung«, erkläre ich nach dem letzten Schuss. »Ich möchte wieder zurückgehen.«

»Warum rennst du nicht und versuchst dabei, auf dem Weg einige Dinge mit der Waffe zu treffen?«, schlägt Caleb vor.

Ich ziehe diese letzte Übung, die er vorgeschlagen hat, durch und erschieße unter anderem einige kaum sichtbare Käfer und eine Fledermaus. Ich werde definitiv besser darin.

»Möchtest du noch ein wenig kämpfen?«, fragt Caleb, als wir wieder auf dem Trainingsplatz neben dem Gästehaus angekommen sind.

»Gerne«, antworte ich und beschließe, Paul noch eine letzte Chance zu geben, seine Tiefe aufzubrauchen. Ich sollte es ausnutzen, dass Caleb denkt, er sei mir etwas schuldig.

Wir trainieren so lange, dass ich mein Zeitgefühl verliere. Calebs Anmerkungen werden immer ehrlicher und weniger abfällig. Ich muss Fortschritte machen.

»Okay. Das reicht. Es ist an der Zeit, die wichtigen Dinge in Angriff zu nehmen«, sage ich, als er mich zum millionsten Mal zu Boden wirft. »Ich denke, ich werde ihnen sagen, dass ich diese Sache mit Julia machen werde.«

»Kann ich dir einen Rat geben?«, fragt Caleb und hält mir seine Hand hin, um mir beim Aufstehen zu helfen – zum allerersten Mal.

»Sehr gerne«, sage ich. »Solange es nicht um das ›wie‹ geht.«

Er lacht. »Nein, auch wenn ich denke, dass ich so einer jungen Person wie dir da auch noch ein oder zwei Dinge beibringen könnte.« Er lacht. »Ich wollte dir raten, Julia diesen ganzen Kram am besten selbst zu erklären. Das erhöht die Chancen dafür, dass später alles glatt läuft.«

Das ist wahrscheinlich ein guter Rat, auch wenn es keine angenehme Unterhaltung werden wird. »Danke«, erwidere ich.

»Gerne. Falls du mich brauchen solltest, ich bin in meinem Zimmer und lese. Dank dir hatte ich genug Training.«

Als ich Caleb dabei zuschaue, wie er weggeht, denke ich über seinen Vorschlag nach. Mit Julia reden – der Plan hat etwas. Was ist, wenn mein Notfallplan nicht funktioniert? Dann wäre es gut, noch etwas in der Hinterhand zu haben, und sie könnte dabei hilfreich sein. Außerdem muss es für meinen Notfallplan so aussehen, als würde ich über dieses Fortpflanzungsthema nachdenken, und falls ich überwacht werde, würde ein Gespräch mit Julia meinen guten Willen zeigen.

Spontan, und um die eigenartige Unterhaltung mit Julia hinauszuzögern, gehe ich zu einem der Mönche, die gerade Kung-Fu trainieren.

Er scheint der Fähigste dieses ganzen Haufens zu sein. Seine eingefrorene Haltung ist die eines Löwen oder einer Kobra kurz vor dem Angriff. Ich lege meine Hand auf sein Handgelenk und begebe mich in die Kohärenz.

* * *

Schlagen. Atmen. Schlagen. Atmen.

Unser Kopf ist leer, so glatt wie ein Teich an einem windstillen Tag. Es gibt keine noch so kleine Welle auf der Wasseroberfläche, nur Stille und Heiterkeit.

Ich, Darren, finde das ziemlich eigenartig. Ich bin hierhergekommen, um etwas über den Kampfstil dieses Mönches herauszufinden, aber ich erhalte keine Informationen. Genau wie bei dem Abt ist sein Bewusstsein verändert, so, als würde der Mönch meditieren, während er sich bewegt. Noch komischer ist, dass ich das Gleiche erlebe, als ich mich in einen leichten Zustand begebe, um mich in den Erinnerungen des Mönchs umzuschauen: Ich sehe irgendwelchen Nirwana-Mist, aber keine wirklichen Erlebnisse. Das ist eigenartig.

Frustriert verlasse ich seinen Kopf.

* * *

Mein Selbstbewusstsein hat heute einen ernsthaften Dämpfer erhalten. Zuerst verliere ich alle Kämpfe gegen Caleb. Danach treffe ich diese ganzen Ziele nicht. Und jetzt habe ich auch noch das Lesen versaut. Allerdings ist das alles wahrscheinlich Kinderkram im Vergleich zu Julias Reaktion, wenn ich ihr erkläre, weshalb sie hier ist.

ACHTES KAPITEL

Entschlossen betrete ich das riesige Gästehaus und gehe zu Julia, die ein ärmelloses Kleid trägt. Um einen Rückzieher meinerseits zu verhindern, berühre ich schnell ihren nackten Ellenbogen.

Eine lebendige Version von Julia erscheint neben mir, und ihre blauen Augen schauen mich entsetzt an. »Darren? Was machst du hier?«

Ich schaue sie unbehaglich an und weiß nicht genau, was ich sagen soll.

»Stimmt etwas nicht?«, fragt sie, und ihre Überraschung verwandelt sich in Besorgnis. »Du siehst blass aus.«

»Ich … muss dir etwas Eigenartiges erzählen.«

»Okay.« Sie blinzelt. »Das hört sich nicht gut an.«

»Du bist nicht aus dem Grund hier, den sie dir genannt haben«, sage ich und blicke sie dabei an.

»Ich habe überhaupt keinen Grund hier zu sein.« Sie legt ihre Stirn in Falten. »Sie übergeben meiner Mutter die Führung der Gemeinschaft.«

»Genau. Dieses Nachfolge-Ding … war ein Vorwand, um dich herzulocken«, erkläre ich ihr und betrachte sie eindringlich. »Der wirkliche Grund ist ein anderer.«

»Und hast du auch vor, mir diesen Grund zu verraten, über den du so viel redest?«, fragt sie fast spöttisch. Sie hat keine Ahnung, was jetzt kommt.

»Es hat etwas mit mir zu tun«, sage ich. »Oder besser gesagt mit uns …«

Sie starrt mich einen Moment lang an, während ich nach einem möglichst dezenten Weg suche, fortzufahren. Dann bekommt sie große Augen.

»Das. Kann. Doch. Nicht. Dein. Ernst. Sein.« Ihr Gesichtsausdruck ist auf einmal angespannt, und ihre perfekt manikürten Hände sind verkrampft. »Diese alten Säcke wollen uns miteinander verheiraten? Oder sind sie heutzutage liberal genug, um uns wie Tiere zu züchten?«

»Letzteres«, sage ich und bin froh, dass sie von alleine darauf gekommen ist und mir meine Erklärungen erspart hat.

»Wie konntest du nur, Darren?«, meint sie enttäuscht. »Ich dachte, Eugene sei dein Freund.«

»Was? Das ist er auch. Ich habe abgelehnt.« Mir fällt auf, dass das wie eine Beleidigung geklungen haben könnte, und erkläre ihr: »Ich bin nicht hier, um dich zu überreden. Ich bin hier, um herauszufinden, ob du eine Idee hast, wie wir aus der Sache herauskommen.«

Sie sieht ein wenig ruhiger aus, atmet ein und mit einem hörbaren Seufzer wieder aus.

»Fuck«, sagt sie schließlich.

»So haben sie es nicht genannt«, sage ich, um sie aufzuheitern.

»Das ist nicht lustig«, merkt sie an, aber in ihren Augenwinkeln kann ich leichte Lachfältchen erkennen. »Was sollen wir tun?«

»Als ich abgelehnt habe, haben sie beschlossen, mich zu Tode zu langweilen, bis ich zustimmen werde.«

»Wie meinst du das?«

Ich erkläre ihr, dass ich keine Ahnung habe, wo mein Körper ist, und ich deshalb die Stille nicht verlassen kann.

»Was ich allerdings nicht weiß«, sage ich, »ist, wie sie dich davon überzeugen wollen, es zu tun.«

Ihre Lippen verhärten sich. »Leider haben sie viele Mittel und Wege. Als Erstes könnten sie mir androhen, mich zu verbannen, falls ich nicht kooperiere. Vielleicht haben sie deshalb meine Mutter hergebracht. Sie könnten mir sagen, dass sie das, was sie möchte, nur dann bekommt, wenn ich mitspiele. Aber weshalb denkst du, dass sie mich überhaupt überzeugen müssen?«

»Wie meinst du das?«

»Naja, wenn du willig wärst, müssten sie mich nur noch fesseln ...«

»Hör auf damit. Das kann doch nicht dein Ernst sein.« Ich erschaudere wegen der Bilder, die in meinem Kopf auftauchen. »Wenn es so ablaufen soll, können sie ewig warten. Ich würde eher die Welt zu Fuß umrunden, als zuzustimmen, dich für sie zu vergewaltigen.«

»Vielleicht haben sie dir ihre überzeugendsten Argumente noch nicht geliefert«, meint sie. »Diese alten Menschen sind rücksichtslos.«

»Ich habe mir gedacht, dass es vielleicht das einfachste sei ›mitzuspielen‹«, erwidere ich und mache dabei mit meinen Fingern Anführungszeichen in der Luft. »Wir können doch einfach so tun als ob. Wir könnten im gleichen Zimmer schlafen, aber nichts machen. Ich werde auf dem Boden übernachten oder so.«

»Ein wahrer Gentleman, aber ein extrem naiver.« Sie schaut besorgt zur Tür. »Die Erleuchteten wissen, was sie tun. Falls sie uns nicht persönlich dabei zusehen, werden sie mit Sicherheit eine Kamera in unserem Zimmer anbringen. Und ich bezweifle, dass sie uns vor einem positiven Schwangerschaftstest jemals herauslassen werden.«

»Scheiße.« Ich beginne im Raum hin und her zu laufen. »Ich hatte nicht verstanden, dass sie so gründlich sein würden.«

»Aber das sind sie«, erwidert sie und betrachtet mich.

Ich halte nach einer Minute inne. »Also, was können wir tun?«

Anstatt zu antworten kommt Julia näher und ich bemerke unangenehm berührt, dass sie einen recht üppigen Busen hat. Benebelt frage ich mich, ob sie beschlossen hat herauszufinden, ob sie mit dem leben könnte, was die Erleuchteten beschlossen haben, indem sie mich zuerst küsst – so eine Art Test, um einschätzen zu können, wie schlimm die Situation wirklich ist. Doch stattdessen flüstert sie mir ins Ohr: »Wir versuchen zu fliehen. Auch wenn ich mir noch nicht sicher bin, wie.«

Jetzt verstehe ich. Da sie denkt, dass diese Menschen paranoid genug sind, um Kameras in das hypothetische Schlafzimmer zu installieren, in dem wir es tun würden, traut sie ihnen auch zu, uns gerade abzuhören. Selbst wenn sie in der echten Welt Kameras in diesem Raum versteckt hätten, würden sie in der Stille nicht funktionieren, aber ich kann mir gut vorstellen, dass meine Großmutter an der Wand lauscht, um unsere Pläne zu erfahren.

»Ich habe eine Idee«, flüstere ich. »Aber falls etwas schiefläuft, habe ich keinen Notfallplan.«

»Falls es nicht klappt, haben wir immer noch Zeit«, antwortet sie ruhig. »Ich habe mir vor zwei Jahren ein Verhütungsimplantat in den Arm einsetzen lassen, also kann ich für mindestens ein weiteres Jahr nicht schwanger werden.«

»Aber das würde ja bedeuten dass wir –« Ich breche mitten im Satz ab und schüttele meinen Kopf, bevor ich den Gedanken zu Ende gebracht habe. »Nein, auf keinen Fall. Außerdem habe ich es eilig, hier herauszukommen.« Als sie mich fragend anblickt, erkläre ich ihr: »Das ist eine lange Geschichte.«

»Wir können erstmal zustimmen, und später spontan eine Lösung finden«, flüstert sie.

Das hört sich für mich nicht nach einem perfekten Plan an. Außerdem mag ich den Gedanken nicht, dass sie ihre überzeugendsten Argumente noch nicht vorgebracht haben. Ich möchte nicht einmal wissen, worum es sich dabei handeln könnte.

»Also ist die vorläufige Lösung, dass wir beide zustimmen?«, frage ich. »Das ist auch eine Voraussetzung für meinen Plan.«

»Wir haben keine andere Wahl«, flüstert sie. »Falls dein Plan funktioniert, kannst du Eugene bitte sagen, dass er mich anrufen soll?«

»Natürlich«, flüstere ich zurück und bin froh, dass sie mein Gesicht nicht sehen kann. Eugenes Namen zu hören, weckt sofort meine Schuldgefühle. »Ihr habt euch in letzter Zeit gar nicht gehört?«

Ich hatte mich schon gefragt, welche Auswirkungen die Ereignisse in New York auf Eugenes Kontakt zu Julia hatten, dem Mädchen, deren Vater unseretwegen tot ist. Einer stoischen russischen Tradition folgend, hat Eugene das ganze Julia-Thema vermieden. Mira hatte mir gesagt, er meide Julia, allerdings sah sie das als etwas Gutes an, da ihr diese Beziehung nie gefallen hatte. Es sieht ganz danach aus, als habe sie mit Eugenes

Vermeidungstaktik recht gehabt. Ich kann ihm nicht wirklich einen Vorwurf daraus machen. Ich habe keine Ahnung, was ich an seiner Stelle getan hätte.

»Nein«, erwidert Julia flüsternd, wenn auch dieses Mal ein wenig lauter. »Ich habe nichts mehr von ihm gehört, seit –« Sie schluckt hörbar. »Seit mein Vater umgebracht worden ist.«

»Ich habe es gehört«, erwidere ich und bemühe mich um eine möglichst ausdruckslose Stimme. »Mein tiefes Beileid.«

»Danke«, sagt sie belegt.

»Ich gehe jetzt meine Zustimmung zur Pflichterfüllung verkünden«, flüstere ich, um das Thema zu wechseln. »Vielleicht solltest du in deinen Körper zurückkehren.«

»Natürlich«, sagt sie. »Bitte verstehe mich nicht falsch, aber ich hoffe, dich nicht sobald wiederzusehen.«

»Kein Problem. Das geht mir genauso.«

Sie hat keine Ahnung, wie ernst ich das meine. Ich möchte mich nie wieder so schuldig fühlen – so schuldig, wie in dem Moment, in dem ihr Vater erwähnt wurde.

NEUNTES KAPITEL

Ich betrete die Halle und finde Rose und Paul auf ihrem speziellen Platz in der Mitte des Meditationskreises. Es überrascht mich nicht wirklich, dass sie mal wieder meditieren. Das Geräusch meiner Schritte reißt sie aus ihrer Konzentration, und sie schauen auf.

»Ich habe darüber nachgedacht«, erkläre ich Paul, als ich nahe genug bei ihm bin, um nicht mehr quer durch die Halle zu schreien. »Wenn ihr wirklich für das Kind sorgen werdet, werde ich das tun, was ihr von mir verlangt – unter einer speziellen Bedingung.«

»Und die wäre?«, will Rose wissen.

»Ich möchte einige Antworten von euch bekommen.«

»Natürlich«, erwidert Paul herablassend und erhebt sich. »Wir können auf dem Weg zu meinem Körper reden. Ich bin mir sicher, dass ich alle deine Fragen beantworten kann.«

»Ich werde mit euch kommen«, meint Rose und steht ebenfalls auf. »Sollte Paul etwas nicht beantworten können, werde ich es versuchen.«

»In Ordnung«, stimme ich zu, während wir losgehen. »Als Erstes, was ist die Gedankendimension? Was passiert wirklich, wenn wir splitten, wie alle es nennen?«

Eine ganze Weile antworten sie nicht. Schließlich sagt Rose: »Darren, obwohl alle uns die ›Erleuchteten‹ nennen, gibt es viele Dinge, die wir nicht wissen, und das ist leider eines von ihnen.«

»Aber ihr müsst doch eine Idee haben«, beharre ich. »Eugene zum Beispiel denkt, dass es sich um ein anderes Universum handelt.«

»Wir kennen seine Theorie«, meint Paul, der uns die Tür des Tempels aufhält. »Wir haben schließlich deine Erinnerungen gesehen, oder hast du das schon vergessen?«

»Denkt ihr, dass er recht hat?«

»Wir denken genau wie der Junge, dass wir nicht wirklich hier sind, also nicht in einer regulären, körperlichen Form«, sagt Rose. »Früher haben wir das, was wir tun ›Wanderung der Geister‹ genannt.«

»Das hört sich nett an«, meine ich, »aber ich glaube nicht an Geister.«

»Ich auch nicht«, erwidert Paul. »Aber du musst zugeben, dass dieses Erlebnis etwas Übernatürliches hat.«

»Ja, schon.« Es ist enttäuschend, zu erkennen, dass sie genauso wenig wissen wie ich. *Oder dass sie so wenig von ihrem Wissen mit mir teilen wollen, wirft mein skeptischer Teil ein.*

Einen Moment lang gehe ich schweigend, während ich versuche zu entscheiden, was ich als Nächstes fragen möchte. Dann fällt es mir ein. »Was ist mit den Mönchen? Habt ihr eine Religion eingeführt?«

»Das ist eine lange Geschichte«, antwortet Rose. »Sie begann vor Jahrhunderten, als die ersten von uns Erleuchteten bemerkten, dass die Vereinigung am besten funktioniert, wenn die Gedanken des Wirtes möglichst frei von Ablenkungen sind.«

»Also haben sie meditierende Menschen aufgesucht?«, frage ich fasziniert.

»So ähnlich«, erwidert Rose. »Vielleicht haben sie diese Methode auch weiterentwickelt, aber zusammengefasst, ja. Der Rest fügte sich automatisch zusammen. Sobald die Meditierenden mit uns zusammenlebten, haben sie Legenden über uns erschaffen. Es wäre schwierig, das nicht zu tun, da diese ›weisen Menschen‹ ihre inneren Gedanken kannten, und sie wahrscheinlich auch auf andere Art und Weisen beeindruckten.«

»Im Laufe der Zeit hat sich das Ganze weiterentwickelt«, fährt Paul mit der Erzählung fort. »Es hat sich herausgestellt, dass ein bestimmtes Meditationssystem es schwieriger macht, dass die

Gedanken einer Person gelesen werden können, und was noch viel wichtiger ist, ihre Strippen zu ziehen.«

»Man kann bei den Mönchen keine Strippen ziehen?«, frage ich aufgeregt. Ich erinnere mich an meinen Versuch, den Mönch zu lesen, und es stimmt – alles was ich sah, war ein heiterer Kopf mit einem weißen Rauschen.

»Wir sind uns nicht sicher, wie immun sie sind«, erklärt Paul. »Aber unsere mündlichen Überlieferungen behaupten, sie seien es, was auch der Grund dafür ist, dass wir sie darin bestärkt haben, Kampfsport zu betreiben, um eine Art Beschützer für uns zu werden.«

»Vielleicht möchtest du ausprobieren, wie viel Einfluss du auf sie hast?«, schlägt Rose vor. »Sobald das hier vorbei ist.«

»Das würde ich gerne«, erwidere ich und meine es ernst. Wenn ich mich weiterhin hier aufhalten müsste, würde ich genau das versuchen: Einen dieser Mönche zu führen. Allerdings hoffe ich, dass ich schon lange von hier verschwunden sein werde, bevor so ein interessantes Experiment durchgeführt werden kann. Eigentlich schade, da ich den Gedanken, dass uns jemand widerstehen kann, äußerst faszinierend finde.

Wir reden noch eine Weile darüber. Ich erfahre, dass der Buddhismus durch die Mönche verbreitet wurde, die mit den Erleuchteten lebten, und nicht andersherum, wie ich angenommen hatte. Rose und Paul erklären mir, dass sie von den Mönchen nicht verehrt, sondern als normale Menschen betrachtet werden, die Erleuchtung erfahren haben. Aus diesem Glauben stammt auch der Name »die Erleuchteten«. Natürlich nahmen die Erleuchteten diesen Namen an, machten ihn zu ihrem eigenen und gingen so weit, die Visionen, die sie bei der Vereinigung sahen »Erleuchtungen« zu nennen.

»Was könnt ihr mir über meinem Vater erzählen?«, frage ich, als meine Neugier über die Mönche befriedigt ist. »Wie war er?«

»Er war dir sehr ähnlich«, sagt Rose lächelnd und erzählt mir eine Menge über den jungen Mark.

Genau wie ich war er ungeduldig und brachte sich als Kind immer in Schwierigkeiten. Vielleicht war er sogar noch rebellischer, als ich als Teenager – eine schwierige Aufgabe. Während der ganzen Beschreibung, höre ich eine Menge Informationen zwischen den Zeilen heraus. Ich stelle mir jemanden wie mich vor, der unter Pauls Aufsicht aufwächst, und habe keine Schwierigkeiten damit, mir vorzustellen, dass diese Person aus dem Tempel wegläuft und alles tut, um sie zu ärgern. Wahrscheinlich hätte ich nicht nur das Mädchen meiner Wahl geschwängert, sondern bei meiner Flucht auch gleich den ganzen Tempel in Brand gesetzt. Mark hat sich meiner Meinung nach zurückgehalten, aber offensichtlich sehen Rose und Paul das nicht so.

»Ich bin müde«, meint Rose, nachdem wir eine ganze Weile gegangen sind. »Ich werde mich auf diesen Baumstumpf setzen und darauf warten, aus der Stille gezogen zu werden, falls ihr nichts dagegen habt.«

»Mach das, Rose«, erwidert Paul. »In wenigen Stunden sollten wir da sein.«

»Dann werde ich so lange meditieren«, sagt sie und nimmt eine bequeme Position auf ihrem improvisierten Stuhl ein.

Den Rest des Weges bringen Paul und ich schweigend hinter uns. Ich habe kaum noch unbeantwortete Fragen und ich bin mir auch nicht sicher, dass ich mit ihm reden kann, ohne dass wir uns streiten.

Mein Großvater ist weit davon entfernt meine Lieblingsperson zu sein.

* * *

»Wir sind da«, meint Paul, als wir endlich am Auto ankommen.

Ich erwidere nichts, da ich mir kaum solche Kommentare wie »Ehrlich, Großvater, was du nicht sagst« verkneifen kann.

Paul geht zu seinem Körper. Der eingefrorene Paul blickt durch das Fenster auf mein eingefrorenes Ich. Der eingefrorene Caleb befindet sich auch noch dort, wo er war – hinter dem Steuer.

An diesem Punkt fällt mir etwas auf. Sobald Paul die Stille verlässt, und uns damit auch aus ihr drängt, wird das Caleb unvorbereitet treffen. Niemand hat ihm etwas davon erzählt. Es besteht eine klitzekleine Möglichkeit, dass er deswegen einen Augenblick lang desorientiert sein könnte.

Gut. Ich werde jeden Vorteil nutzen, und sollte er noch so klein sein.

Ohne große Umstände berührt Paul seine eingefrorene Version am Nacken.

Ich befinde mich wieder im Auto. Da ich keine Kutte mehr anhabe, wird mir augenblicklich kalt. Ich habe mich so lange in der Gedankendimension aufgehalten, dass ich diese verfluchte Klimaanlage völlig vergessen hatte.

»Caleb«, befiehlt Paul, »binde seine Fesseln los.«

»Also hast du dich letztendlich dafür entschieden?«, fragt Caleb augenzwinkernd, während er mir das Seil an den Handgelenken abnimmt. Falls es ihn überrascht, wieder in der echten Welt zu sein, hat er sich erschreckend schnell wieder im Griff.

»Ich habe mit ihr gesprochen«, antworte ich und hebe zweideutig meine Augenbrauen an. »Das war ein guter Rat.«

»Ich hätte gerne Julias Reaktion gesehen«, murmelt er, als er das Auto entriegelt. »Sie muss ausgerastet sein«, fügt er hinzu, öffnet die Tür und steigt aus.

»Ja, es war nicht schön«, meine ich leise, für den Fall, dass er mir zuhört.

Als er das Auto verlassen hat, spannt sich mein ganzer Körper an.

Das ist mein Moment. Jetzt muss ich handeln.

Ich drehe mich herum, so als würde ich aussteigen, und hoffe, ich kann Calebs Sicht mit meinem Rücken versperren. Dann greife ich so schnell es menschenmöglich ist ins Handschuhfach.

Die Waffe ist natürlich noch hier, genau wie in der Stille, in der ich das Auto heimlich durchsucht habe.

Ich nehme die Waffe in die Hand und drücke sie eng an meine rechte Hüfte, als ich die Tür öffne und aussteige. Danach schließe ich die Tür so normal ich es unter diesen Umständen kann.

»Es sollte wirklich eine Straße geben, die zum Tempel führt«, höre ich Caleb über das Auto hinweg zu Großvater sagen, der weniger als einen Meter entfernt von mir steht.

Paul erwidert sinngemäß etwas wie: »Hör auf dich zu beschweren.« Ich kann die Einzelheiten des Gesprächs nicht hören, da in meinen Ohren mein eigener Herzschlag dröhnt.

Wie in Zeitlupe gehe ich auf Paul zu, der zu Caleb schaut und mir keine Aufmerksamkeit schenkt. In diesem Moment dreht sich Caleb um, um etwas auf der Straße anzuschauen, und ich handele indem ich die Waffe in Pauls Rücken ramme.

»Wage es nicht, dich zu bewegen«, flüstere ich in sein Ohr.

»Darren«, sagt er völlig entsetzt.

»Halt den Mund«, flüstere ich. »Oder ich werde dich erschießen.«

Sein Körper sackt gegen meine Waffe und seine Schultern hängen nach unten. Da er nichts weiter sagt, nehme ich das als ein Zeichen der Kapitulation und flüstere: »Und jetzt befiel Caleb, sich dort flach auf den Boden zu legen, wo ich ihn sehen kann.«

»Caleb«, sagt Paul, und seine Stimme zittert stärker, als ich es vermutet hätte. »Leg dich auf die Straße. Jetzt.«

»Was?« Caleb dreht sich mit gerunzelter Stirn um. »Wovon redest du?«

»Er hält mir eine Waffe in den Rücken«, erklärt ihm Paul, und ich drücke stärker zu, damit er aufhört zu reden.

Calebs Arm bewegt sich zu seiner Weste. Scheiße. Er greift nach seiner eigenen Waffe.

»Lass sie fallen«, weise ich ihn an und bewege meine eigene Waffe nach unten gegen Pauls Bein. »Oder ich werde dir zeigen, wie ernst ich es meine.«

»Tu, was er sagt, und lege dich auf den Boden hinter das Auto«, bellt Paul. Er denkt offensichtlich nicht, dass ich bluffe, auch wenn das der Fall sein könnte, wenn ich ehrlich bin. »Tu es, Caleb. Das ist keine höfliche Bitte.«

Calebs Gesichtszüge verdunkeln sich. Ich sehe, wie er sich beherrschen muss, keine Heldentat zu vollbringen. *Bitte tue es nicht, versuche ich ihn mit meinen Gedanken zu zwingen. Plötzlich trifft Caleb einen Entschluss und geht vorsichtig zur Mitte der Straße hinüber. Ich nehme an, dass Paul sich in die Stille begeben hat, um ihn davon zu überzeugen mitzuspielen. Offensichtlich hält Großvater mich für sehr entschlossen.*

Als Caleb sich weit genug von uns entfernt hat, legt er sich langsam, fast zögerlich, einige Meter hinter dem Auto auf den Boden.

»Nimm das Seil«, weise ich Paul an und zeige auf die Rückbank des Autos, auf der sich ein Seil befindet. Ich denke, es ist das gleiche Seil, mit dem Caleb mich gefesselt hatte. Rache ist süß.

Als Paul das Seil hat, drücke ich meine Waffe fest gegen seinen Rücken und behalte Caleb dabei im Auge. Der große Kerl bewegt sich nicht.

»Fessele jetzt seine Hände«, befehle ich Paul, als wir uns Caleb nähern.

Als sich Paul nach unten beugt, sehe ich einen Hauch einer Bewegung und verstehe, dass ich einen Fehler gemacht habe.

Ich habe Calebs Reichweite unterschätzt.

Als sich Calebs Finger um meinen Knöchel schließen, verlagere ich in einem verzweifelten Manöver mein Gewicht und stoße Paul auf Caleb. Der alte Mann fällt mit einem würdelosen Gekreische auf den großen Mann.

Ihm geht es gut, rede ich mir ein, um mein aufkommendes schlechtes Gewissen zu beruhigen. Er ist ja schließlich nicht tief gefallen.

Während Caleb plötzlich mit einem sich windenden Großvater beschäftigt ist, trete ich mit voller Wucht auf Calebs rechtes Handgelenk, um mich zu befreien. Dieser Teil ist frei von Schuldgefühlen. Ich genieße ihn sogar. Als Caleb nicht loslässt, trete ich noch einmal härter auf seinen Arm, so als würde ich eine riesige Spinne zerquetschen wollen.

Schließlich geben seine Finger mein Bein frei.

Ich trete ein Stück zurück, ziele mit meiner Waffe auf Pauls Bein und sage ihm schwer atmend: »Ich zähle bis zehn. Sollten Calebs Hände bis dahin nicht fest auf seinen Rücken gebunden sein, werde ich eine Kugel durch deine Kniescheibe jagen. Eins ...«

Paul rollt von Caleb hinunter, steht mit zitternden Beinen auf und greift ungeschickt nach dem Seil, das er fallen gelassen hat, als ich ihn nach unten gestoßen habe.

»Sollte ich auch nur ein Wort von euch hören, werde ich ebenfalls schießen«, füge ich hinzu, um meine Autorität wiederherzustellen. Sie könnten jederzeit in die Stille hinübergleiten und lange Unterhaltungen führen, ohne dass ich es bemerken würde, aber ich bezweifele, dass es ihnen helfen würde.

»Zwei«, sage ich als der alte Mann das Seil ergreift. »Drei ... Vier ...« Ich ziehe jede Sekunde in die Länge, um es möglichst so abzustimmen, dass ich niemanden erschießen muss. »Zehn«, zähle ich abschließend, als ich davon überzeugt bin, dass Calebs Hände fest genug zusammengebunden sind. »Gut. Jetzt gib mir sein Handy.«

Als Paul mir das Telefon bringt, deute ich mit der Waffe zum Auto und sage ihm: »Setze dich hinter das Steuer.«

»Warum musst du mich mitnehmen?«, protestiert Paul und blickt mich verärgert an. »Du kannst mich doch auch einfach fesseln und dann wegfahren.«

»Netter Versuch, Großvater«, sage ich. »Du könntest schon lange gesplittet und den ganzen Tempel alarmiert haben. Sie könnten schon auf dem Weg sein, um mich aufzuhalten, während wir uns unterhalten. Nein, danke. Solange du bei mir bist, werden alle Überraschungen, auf die wir treffen, Folgen für uns beide haben.«

Ich sehe ein kurzes Aufleuchten in seinen Augen. War das Enttäuschung oder etwas anderes? Wenn ich es nicht besser wüsste, würde ich meinen, dass es Stolz war. Ist er beeindruckt, dass ich mich wie ein hinterhältiger Bastard verhalte? Gibt ihm das Wissen, dass er eine seiner persönlichen Charaktereigenschaften weitervererbt hat, ein warmes, wohliges Gefühl?

»Steig durch die Beifahrerseite ein, damit ich weiterhin die Waffe auf dich richten kann«, weise ich ihn an, und er gehorcht ohne Widerworte.

Über die Sitze zu klettern scheint ihm schwer zu fallen, und ich fühle ein weiteres Aufwallen von Schuldgefühlen. Aber ich zerquetsche dieses Gefühl schnell. Paul ist selber an allem schuld. Ich hätte liebend gern einfach meine Ferien genossen, ohne in das alles hineingezogen zu werden. Meine Entführung, die er angeordnet hatte, hat eine Kette von Ereignissen ausgelöst, die zu seiner derzeitigen misslichen Lage geführt haben.

»Das wirst du bereuen«, meint Caleb zu mir, als ich in das Auto steige.

Anstatt ihm zu antworten, schlage ich die Beifahrertür so stark zu, dass ein wenig Farbe vom Honda platzt. Paul zuckt erschreckt zusammen.

»Fahr los«, sage ich zu ihm und halte die Waffe fest an seine Seite gedrückt.

Und das tut er auch. Er fährt schweigend, was mich nicht stört. Mit meiner freien Hand gebe ich die Adresse meines Hotels in Miami in die GPS-App von Calebs Handy ein. Es scheint, als seien wir etwa fünf Stunden von ihm entfernt und bewegten uns in die richtige Richtung.

Wir fahren etwa eine Stunde lang in angespannter Stille, bevor der Wald einer Vorstadtsiedlung weicht.

Als wir an einem blauen Schild vorbeikommen, sage ich zu Paul: »Halte das Auto an und steige aus!«

»Du willst mich einfach hier lassen?«, fragt er, als er das Auto verlassen hat.

»Wäre es dir lieber, ich würde dich erschießen?«

»Nein, aber wie werde ich –«

»Halt. Versuch nicht, die Schwacher-alter-Mann-Nummer bei mir abzuziehen Wir sind gerade an einem Schild vorbeigekommen, auf dem stand, dass in etwa anderthalb Kilometern eine Raststätte ist. Bis dahin kannst du laufen.«

Sein Gesicht ist einen Moment lang unleserlich, aber dann sagt er: »Caleb hat recht. Das wirst du bereuen.«

»Das bezweifle ich«, erwidere ich und rutsche hinter das Steuer. Dann schließe ich die Tür und hätte fast noch Pauls Nase erwischt. Ich trete das Gaspedal durch und hoffe, dass die Abgase dem Arschloch genau ins Gesicht steigen.

ZEHNTES KAPITEL

Als ich auf die Autobahn fahre, öffne ich das Fenster, lasse die warme Luft Floridas hinein und atme tief durch. Ich denke darüber nach, wie viel Glück ich hatte, dass mein Schnapp-dir-eine-Knarre-und-entführe-Großvater-Plan wirklich funktioniert hat.

Jetzt muss ich nur noch sicherstellen, dass es meiner Mutter, Lucy, gut geht. Ich ziehe Calebs Telefon hervor und wähle ihre Nummer aus dem Kopf. Ihre derzeitige Handynummer ist dieselbe, die wir zu Hause hatten, als meine Mütter noch in der Stadt lebten. Das ist eine Nummer, die ich niemals vergessen werde, und ich bin dankbar dafür, dass sie sie behalten hat. Heutzutage bin ich wirklich schlecht darin, mir Telefonnummern zu merken.

Der Anruf wird sofort auf den Anrufbeantworter weitergeleitet. Ich nehme an, das bedeutet, dass sie gerade telefoniert, und ihre Unterhaltung nicht für einen unbekannten Anrufer unterbrechen möchte. Zumindest hoffe ich, dass das der Fall ist. Andere Möglichkeiten lasse ich nicht zu. Ich werde es einfach gleich noch einmal versuchen.

Ich fahre abwechselnd mit Höchstgeschwindigkeit oder doppelt so schnell. Noch mehr kommt für mich nicht in Frage. Auf gar keinen Fall möchte ich von der Polizei angehalten werden. Der Gedanke, fast nackt für Autodiebstahl festgenommen zu werden, ist nicht besonders reizvoll. Während ich darüber nachdenke, fällt mir auf, dass ich wahrscheinlich durch Führen einen Ausweg aus dieser Situation finden könnte.

Ich biege auf einen großen Rastplatz ab und verliere einige Minuten damit, mir Kleidung und Flipflops zu kaufen. Zum Glück hält mich in Florida niemand für verrückt, weil ich in meiner Badebekleidung umherfahre – ansonsten gäbe es einige Menschen, die ich führen müsste. Man scheint mich einfach für einen Touristen zu halten. Ich nutze die Gelegenheit, um die Toiletten aufzusuchen und mir eine Tüte Chips zu kaufen – etwas, was ich normalerweise nicht als Mahlzeit ansehen würde. Da ich kein Bargeld habe, bitte ich den Kassierer, mir Geld zu leihen, und zahle es ihm umgehend per PayPal mit Calebs Handy zurück.

Sobald ich mich wieder auf der Straße befinde, rufe ich Lucy erneut an.

Zu meiner Erleichterung nimmt sie nach dem dritten Klingeln ab.

»Hallo?«, sagt sie.

»Hallo, Mama, ich bin es, Darren. Ich musste mir ein Telefon leihen. Können wir reden?«

»Oh, hallo, Darren. Wie ist dein Urlaub?«

»Super, Mama. Aber das ist kein reiner Höflichkeitsanruf. Es gibt da etwas Eigenartiges, über das ich gerne mit dir reden würde.«

»Ach?« Hätte ich gerade Sara, meine stets besorgte Mutter, am Telefon, würde sie sich spätestens jetzt besorgt anhören. Lucy dagegen klingt einfach nur neugierig, typisch Kriminalbeamtin.

»Woran arbeitest du gerade?«, frage ich sie. »Und ich weiß, wie zusammenhangslos diese Frage wirkt, aber bitte beantworte sie mir.«

»Hm …, da gibt es nicht viel. Zumindest nicht arbeitstechnisch gesehen. Wir haben gerade diesen Unterschlagungsfall abgeschlossen, der von der Öffentlichkeit mitverfolgt wurde …«

»Hast du irgendwelche Fälle mit gefährlichen Verdächtigen?«, frage ich und mir fällt auf, dass ich mich etwas verrückt anhöre. »Oder könnte irgendjemand, der gefährlich ist, in diesem öffentlichen Fall Schwierigkeiten bekommen?«

»Worum geht es, Schatz?« Jetzt hört sich ihre Stimme ein klein wenig besorgt an. »Warum fragst du mich diese Dinge?«

»Ich möchte nicht am Telefon darüber reden, aber ich muss wissen, ob du an einem gefährlichen Fall arbeitest«, beharre ich. »Kannst du mir das bitte beantworten?«

»Ich kann dir nicht ganz folgen«, sagt sie. »Ist das eines der Spiele, die du schon als Kind gespielt hast?«

»Muss ich erst betteln, um eine Antwort zu bekommen?«

»In Ordnung«, sagt sie und atmet hörbar aus. »Aber ich muss sagen, dass du dich wie deine Mutter nach einem ihrer Albträume anhörst. Und die Antwort ist: Nein. Nicht einmal Sara würde meine Fälle als gefährlich bezeichnen, und das müsste dich beruhigen. Ich habe generell nicht viele Fälle, nicht einmal langweilige. Allerdings habe ich mich ein wenig in der Akte über den Mord an Miras Eltern umgeschaut. Ein Fall, der schon vor langer Zeit archiviert wurde –«

»Das«, sage ich und mein Herz schlägt schneller. »Das hört sich nach gefährlichen Personen an.«

»Stimmt, aber ich arbeite ja nicht wirklich an dem Fall. Ich schaue mir nur die alten Aufzeichnungen darüber an. Es ist ein wenig eigenartig, was damals passiert ist.«

»Was ist komisch daran?« Jetzt ist meine Neugier geweckt.

»Das Verbrechen wurde als ein Vergeltungsschlag der Mafia abgetan. In der Akte steht, Miras Vater hätte für die Mafia gearbeitet, und deshalb hat sich niemand genauer die Mordumstände angeschaut. Es ist ihnen egal, wenn zwei Mafiamitglieder sich gegenseitig umbringen.«

»Aber Miras Vater –«

»War kein Mitglied der Mafia«, unterbricht sie mich. »Das ist mir klar. Er war ein Wissenschaftler.«

»In Ordnung. Genau das wollte ich sagen. Diejenigen, die Miras Familie umgebracht haben, sind offensichtlich gefährlich –«

»Eigentlich nicht«, entgegnet sie. »Ich meine, sie waren zwar gefährlich, aber jetzt sind sie es nicht mehr. Nicht, nach dem was ich herausgefunden habe. Als ich begonnen habe, ein wenig tiefer zu graben, habe ich den Fall gelöst. Die meisten derjenigen, die in ihn verwickelt waren, sind vor einigen Wochen tot aufgefunden worden. Der einzige Grund, warum ich ihn immer noch in meinem Hinterkopf habe, ist diese Fehlinformation über Miras Vater ...«

Scheiße. Wenn ich ihr alles erzähle, werde ich die Wahrheit darüber sagen müssen, was mit den jetzt toten Verdächtigen passiert ist, und was ich mit der ganzen Sache zu tun hatte.

»Bist du noch dran?«, fragt sie, als ich einige Sekunden lang schweige.

»Ja, entschuldige bitte«, erwidere ich. »Also, wer ist tot?«

»Die russischen Mörder, die höchstwahrscheinlich die Bombe unter dem Auto von Miras Vater befestigt haben«, erklärt sie mir. »Wenn dieser Fehler – anzunehmen, dass Miras Vater ebenfalls bei der Mafia war – nicht unterlaufen wäre, hätten wahrscheinlich sogar meine etwas weniger begabten ehemaligen Kollegen der Abteilung für organisiertes Verbrechen herausgefunden, wer sie deponiert hat. Dieses kleine Detail über die Mafia hat jede Möglichkeit zunichte gemacht, dass der Fall gelöst werden konnte. Und ich kann einfach nicht aufhören, darüber nachzudenken. Durch diese Fehlinformation habe ich den Eindruck, als hätten diese Personen, diese russischen Mafiamitglieder, jemanden, der innerhalb der Polizei dafür gesorgt hat, dass Dinge zu ihrem Vorteil verliefen –«

»Mama«, unterbreche ich sie, »so verrückt sich das auch anhören mag, ich möchte, dass du aufhörst, an diesem Fall zu arbeiten, und nichts weiter unternimmst, bis ich nicht persönlich mit dir gesprochen habe.«

»Darren.« Sie seufzt. »Nimmst du wieder Drogen?«

Verdammt noch mal. Sie hat mich einmal dabei erwischt, als ich nach Gras gerochen habe, und jetzt wird sie sich für den Rest meines Lebens darüber Sorgen machen, dass ich »auf Drogen« bin. »Mama, ich habe keine Drogen genommen«, erwidere ich geduldig. »Habe ich dich jemals um so etwas gebeten?«

»Eigentlich nicht.«

»Aber jetzt bitte ich dich darum, auch wenn es sich eigenartig anhört. Ich werde einen Nachtflug nach New York nehmen und dir alles erklären, sobald ich dort bin. Alles wird einen Sinn ergeben, das verspreche ich dir.

Wenn ich Glück mit den Flugtickets habe, kann ich in etwa sechs Stunden bei dir sein.«

»Das ist verrückt«, sagt sie mit leicht unsicherer Stimme. »Andererseits würde ich in dieser Zeit sowieso nicht viel herausfinden –«

»Schau dir einfach den Paten noch einmal an«, schlage ich vor. »Die ganze Trilogie.«

Ich weiß, wie gerne sie Mafiafilme mag, besonders diejenigen, die zur Anfangszeit der Mafia spielen, lange bevor Lucys Karriere begann. Sie sind besser für sie, weil sie sich dann nicht so sehr darüber beschweren kann, dass die wahre Unterwelt in Wirklichkeit ganz anders ist.

»Okay«, sagt sie. »Du hast Glück, dass ich bei meiner Theorie über die Hilfe innerhalb der Polizei sowieso nicht viel unternehmen kann. Das ist eine sehr heikle Angelegenheit, wie du dir vorstellen kannst.«

Ich schaue auf das Telefon. Es ist 16.00 Uhr. Mein GPS zeigt an, dass ich in etwa vier Stunden in Miami eintreffen werde. Dazu kommen noch ein paar Stunden, um zum Flughafen zu gelangen und den nächstmöglichen Flieger zu nehmen. Wahrscheinlich werde ich irgendwann mitten in der Nacht in New York City ankommen. »Ich versuche, heute Nacht zurück zu sein.«

»Rufe mich an, sobald du landest.«

»Abgemacht«, stimme ich zu.

»Und Darren«, meint sie zur Verabschiedung, »du solltest besser eine gute Erklärung für das alles haben.«

* * *

Ich parke Calebs Auto auf unserem Hotelparkplatz und gehe zum Eingang. Als ich auf ihn zukomme, sehe ich, dass Mira dort steht. Sobald ihr Blick auf mich fällt wird ihr Gesichtsausdruck mehr als wütend.

»Darren!«, ruft sie. »Du Arschloch.«

Sie schreit mich über die ganze Hauptstraße hinweg an. Die vorbeieilenden Passanten sehen unangenehm berührt aus und versuchen, sie zu umgehen, als sie zu mir kommt. Ich kann sie gut verstehen. Wie sollten sie sonst reagieren, wenn eine junge, attraktive Frau das A-Wort so laut über die Straße brüllt?

»Mira«, sage ich, nachdem sie das laute Hupen eines roten Cabrios beim Überqueren der Straße ignoriert hat und fast bei mir ist. »Ich freue mich auch, dich zu sehen. Ich werde dir gleich die unglaublichste Geschichte –«

Sie rennt das letzte Stück zu mir, stellt sich auf ihre Zehenspitzen und umarmt mich stürmisch. Sie atmet ruckartig und ungleichmäßig. Ihre Wut hat sich definitiv in etwas anderes verwandelt.

»Du Idiot«, sagt sie und lässt mich nach einem weiteren Moment los. Ihre Augen sehen verdächtig feucht aus. »Hast du eine Vorstellung davon, was für Sorgen wir uns gemacht haben? Auch nur die geringste Vorstellung?«

»Das war nicht meine Schuld«, werfe ich schnell ein. »Ich wurde entführt.«

»Was?«

»Ich bin von meinen eigenen Großeltern entführt worden«, sage ich als Antwort auf ihren überraschten Gesichtsausdruck. »Ich habe dich gewarnt, dass ich eine unglaubliche Geschichte zu erzählen habe.«

»Wir haben den ganzen Strand nach dir absuchen lassen«, sagt sie düster.

Ich habe den Eindruck, dass sie meine Bemerkung darüber, dass ich entführt worden bin, nicht wirklich gehört hat.

»Deine Tante hat die Suche veranlasst, und wir wollten gerade eine Vermisstenanzeige aufgeben«, fährt sie mit zitternder Stimme fort.

»Hör mir bitte zu.« Ich nehme ihr Gesicht in meine Hände. »Es war Caleb. Er kam zu mir, als ich die Bar verlassen habe, und hat mich mit einer Waffe bedroht, damit ich mit ihm mitkomme.«

»Caleb?«, fragt sie als meine Worte endlich bei ihr ankommen. »Was wollte er von dir? Hat es etwas mit Jacob zu tun?«

»Nicht wirklich. Also Caleb war ziemlich verärgert wegen Jacob, aber meine Großeltern hatten andere Pläne. Macht es dir etwas aus, wenn ich allen zusammen erzähle, was passiert ist, um nicht alles zweimal erklären zu müssen?«

»Ach ja, die anderen«, meint sie und zieht ihr Telefon hervor. Im Handumdrehen tippen ihre zarten Finger einige Nachrichten. Fast im selben Moment, als sie die letzte abschickt, klingelt auch schon ihr Telefon.

»Komm mit«, sagt sie und ignoriert das Telefon. »Wir gehen Pizza essen.«

Ich überlege einen Moment lang abzulehnen, um schneller zum Flughafen zu kommen, aber ich muss auch erklären was passiert ist. Ein Pizzaladen ist dafür nicht der schlechteste Ort, schließlich bin ich am Verhungern. Wir gehen zu Winnie's New York Pizza, einem Lokal, das nur eine Straße vom Hotel entfernt ist. Wir waren noch nie abends hier gewesen, aber häufiger schon mittags. Allerdings muss ich zugeben, dass die Pizza nichts mit der in New York zu tun hat, sondern eher wie die der großen Ketten schmeckt – mit anderen Worten: übel.

Miras Handy hört nicht auf zu klingeln, also geht sie verärgert dran, sobald wir sitzen. »Es geht ihm gut, Zhenya …Genau das habe ich in der Nachricht geschrieben … Komm einfach her und bring die anderen mit.« Nach einigen verärgerten Worten auf Russisch sagt sie: »Das stand auch in meiner Nachricht …«

Dann nimmt sie ihr Telefon vom Ohr weg und starrt es wütend an. Ich nehme an, Eugene hat aufgelegt, als er genug von ihr hatte. *Besser er als ich,* denke ich mir.

Ihr Telefon klingelt noch einige Male, bis sie es ausmacht und sich mürrisch die Karte anschaut. Miras große Sorge um mich schmeichelt mir genauso sehr wie sie mir Angst einflößt. Falls das der Grund für ihre Reaktion ist. Aber eines weiß ich mit Sicherheit: Da sie jedes Mal, wenn wir hierherkommen, die Steinofenpizza mit dünnem Boden und Basilikum nimmt, muss sie mit Sicherheit keine Karte lesen.

Der Gedanke an Miras Lieblingspizza erinnert mich daran, wie hungrig ich bin.

»Kann ich Ihnen schon etwas zu trinken bringen?«, fragt unser Kellner.

»Wir warten noch auf die anderen –«

»Wir nehmen als Vorspeise diese Pizza sizilianischer Art«, sage ich, und unterbreche Mira so freundlich wie möglich. »Ich weiß, dass es eine große Vorspeise ist, aber ich hätte sie trotzdem gerne.« Als der Mann den Tisch verlässt, sage ich zu Mira: »Eigentlich ist sie für mich. Aber ich denke, ich kann teilen –«

»Darren, was zum Henker ist passiert?«, fragt Hillary, als sie und Eugene unseren Tisch erreichen.

»Was soll der Scheiß?«, fügt Eugene hinzu, und sein Akzent ist so deutlich herauszuhören wie nie zuvor.

»Euch auch einen schönen guten Abend«, erwidere ich.

»Kannst du mir jetzt erzählen, was Caleb wollte?«, möchte Mira wissen. »Und wo bist du gewesen?«

»Ganz ruhig. Bitte sprecht nicht alle auf einmal.« Sie sehen einen Moment lang irritiert aus, also sage ich ihnen: »Bitte setzt euch hin. Ich werde euch erzählen, was passiert ist.«

»Sollten wir nicht auf Bert warten?«, fragt Hillary. »Er hat sich genauso viele Sorgen gemacht wie wir.«

»Besser nicht«, erwidere ich. »Ganz im Gegenteil. Das hier hat mit den Lesern und den Führern zu tun.«

»Okay«, meint Hillary und schaut auf ihr Handy, »aber du hast nur fünf Minuten, bevor er hier ist.«

»Ich beeile mich«, sage ich und erzähle ihnen schnell, was geschehen ist. Ich unterbreche nur einmal kurz, als die Pizza kommt. Eugenes Augen sehen aus, als würden sie gleich herausfallen, als ich zu dem Babys-mit-Julia-machen-Teil der Geschichte komme. Miras Gesichtsausdruck ist schwieriger zu lesen, aber sie unterbricht ihren Bruder unfreundlich, als er mich fragen möchte, wie es Julia geht – als hätte ich die Möglichkeit gehabt, mich über solche Dinge mit ihr zu unterhalten.

»Also sind deine Großeltern väterlicherseits genauso durchgeknallt wie meine Mutter und mein Vater«, stellt Hillary fest, als ich fertig bin.

»Sieht ganz so aus«, meine ich, während ich gierig meine Pizza hinunterschlinge.

»Also glaubst du diesem Mimir?«, fragt Eugene. »Denkst du, deine Mutter steckt in Schwierigkeiten?«

»Ja. Er war sehr überzeugend. Also muss ich zurück nach New York und ich brauche Berts Hilfe dafür. Ich habe ein wirklich schlechtes Gefühl, was meine Mutter betrifft.«

»Wofür brauchst du meine Hilfe?«, fragt mich Bert völlig überraschend. Ich hatte nicht mitbekommen, dass er schon hier eingetroffen war. »Was stimmt nicht mit deiner Mutter?«

Ich gleite in die Stille hinüber und die belebten Straßen Miamis sind sofort ruhig. Ich ziehe Hillary und die anderen in meine Gedankendimension.

»Was soll ich ihm sagen?«, frage ich und zeige auf den eingefrorenen Bert. »Wie verkaufe ich es ihm?«

»Sag ihm einfach, dass du die ganze Zeit telefoniert hast, weil deine Mutter krank ist und du sofort nach New York zurück musst«, schlägt Hillary vor.

»Das ergibt keinen Sinn«, erwidere ich. »Das wird er niemals glauben.«

»Ich kann ihn dazu bringen, es zu glauben«, sagt Hillary. »Schließlich hast du ein Zeitproblem.«

»Das mag sein, aber er ist mein bester Freund. Ich fühle mich nicht wohl dabei, ihm das anzutun. Hinterlässt das Strippenziehen bleibende Schäden?«

»Ich glaube nicht, aber das ist eher sein Spezialgebiet.« Sie macht eine Kopfbewegung Richtung Eugene.

»Ich bezweifle, dass es Schäden an seinem Gehirn hinterlässt«, antwortet Eugene in seinem pedantischsten Ton. »Aber ich denke, wir sollten ihm von uns erzählen.«

»Was, warum?« Mira schaut ihren Bruder an, als sei er verrückt.

»Erstens, weil seine Freundin eine Strippenzieherin – ich meine eine Führerin – ist. Ich, sein neuer Freund, bin ein Leser. Und was viel wichtiger ist, ist, dass sein ältester Freund beides ist«, erklärt er. »Ein egoistischeres Motiv für mich ist, dass ich jemanden mit seinen

Fähigkeiten brauche, um mir bei meinen Forschungen zu helfen. Und ich könnte jemanden ohne unsere Fähigkeiten als eine Art Kontrolleinheit gebrauchen. Das, was ich mit den unkooperativen Nachbarn machen kann, hat definitiv seine Grenzen.«

Jetzt verstehe ich auch, warum Eugene so aufgeregt war, als ich ihm erzählt habe, mein Freund sei ein Hacker.

»Das ist verlockend«, sagt Hillary und ein leichtes Lächeln erscheint auf ihrem Gesicht. »Wenn er über uns Bescheid wüsste, würde ich mich ein wenig ehrlicher fühlen, was unser Zusammensein betrifft.«

»Das kann ich gar nicht glauben«, erwidert Mira. »Ist es nicht verboten, ihm davon zu erzählen?«

»Gute Frage«, sage ich, als ich endlich zu Wort komme.

»Bei uns ist es nicht verboten, sondern eher verpönt«, meint Hillary. »Wenn man es erzählt, muss man dafür sorgen, dass es nicht weitererzählt wird.«

»Stimmt«, sagt Eugene. »Daran hatte ich gar nicht gedacht. Du kannst Menschen davon abhalten, zu reden. Dann wäre das geklärt. Wenn wir beide unsere Fähigkeiten vereinen, können wir ziemlich sicher sein, dass Bert nichts sagt. Ich kann ihn ab und an lesen, um herauszufinden, ob er uns verraten würde, und sollte das der Fall sein, gebe ich dir Bescheid.«

»Das klingt entzückend«, meint Mira ironisch.

»Es ist nicht so übel wie es sich gerade anhört«, verteidigt sich Hillary. »Sollten wir das tun, wird er einfach vergessen, über dieses Thema zu reden.«

»Bert würde sowieso nichts sagen«, entgegne ich, als ich dieses ganze hin und her schon nicht mehr ertragen kann. »Nicht, wenn wir es ihm wirklich schonend beibringen. Und wenn ich ›wir‹ sage, meine ich mich.«

»In Ordnung, wir können Bert später in unseren kleinen Kreis aufnehmen«, meint Hillary. »Jetzt sag ihm einfach, du hast mit deiner Mutter telefoniert und ich werde dafür sorgen, dass er nicht zu viele Fragen stellt. Wir werden eine Menge Zeit für diese ganze Geschichte haben, sobald der Stress vorbei ist.«

Sie geht zu Bert und küsst ihn innig. Als ich ihre kleine Zunge im Mund meines Freundes sehen kann, nehme ich das zum Anlass meinen Blick abzuwenden.

»Das muss ich mir nicht anschauen«, meint Mira und berührt ihr eingefrorenes Ich am Nacken. Schon ist sie verschwunden.

»Ich bin auch raus«, sagt Eugene und berührt sein anderes Ich am Handgelenk.

Ich kann nicht in die Realität zurückkehren, weil ich dann Hillary mit mir nehmen würde, allerdings ist die noch nicht mit ihrer französischen Art des Führens fertig.

»Alles klar«, meint Hillary, nachdem sie sich von Bert gelöst hat. »Aber warte bitte einen Moment«, sagt sie als ich nach meinem Doppelgänger mit der Pizza in der Hand greife. »Ich wollte mit dir über etwas reden.«

»Was ist los?«, frage ich, nachdem ich entschieden habe, noch einen Moment länger in der Stille bleiben zu können, da die Zeit außerhalb eingefroren ist.

»Es geht um diese neue Fähigkeit, die deine Großeltern erwähnt haben. Diejenige, für die sie dich zur ›Zucht‹ benutzen wollten.« Sie rümpft ihre kleine Nase bei diesem Wort. »Ich habe schon einmal etwas Ähnliches gehört.«

»Hast du?«

Sie nickt. »Es gab schon immer Gerüchte über diese Ältesten, die splitten konnten, während sie sich in der Gedankendimension befanden – in eine Art Extra-Ebene, zu der nur sie Zugang haben.«

Einen Moment lang bin ich sprachlos. »Denkst du, dass an diesen Gerüchten etwas Wahres dran ist?«

»Ich würde es nicht ausschließen. Und was viel interessanter ist, ist, dass in den gleichen Gerüchten behauptet wird, dass man dafür eine unglaubliche Reichweite benötigt. So eine Reichweite, wie sie nur die mächtigsten Ältesten besitzen.«

»Wirklich?«

»Das habe ich gehört, als ich noch ein Kind war«, erklärt sie mir. »Du darfst nicht vergessen, dass meine Familie im Wesentlichen eine Brutstätte für die Ältesten war. Ich habe meine Großmutter nie kennengelernt und ich glaube, dass der Grund dafür ist – oder war – dass sie eine Älteste ist.«

»Meine Urgroßmutter sozusagen«, werfe ich ein.

»Wenn sie noch am Leben ist. Aber ich meine etwas anderes. Die Kinder meiner Schwester wären wahrscheinlich alle Älteste geworden, wenn sie sich mit der ›richtigen‹ Person fortgepflanzt hätte.« Bei dem Wort »richtig« verzieht sie erneut ihr Gesicht. »Meine Kinder auch. Obwohl das nicht passieren wird.«

»Okay«, sage ich. »Und was willst du mir jetzt damit sagen?«

»Siehst du nicht, worauf ich hinaus will? Dein Vater sollte sich mit jemandem mit großer Tiefe fortpflanzen und meine Schwester besaß eine enorme Reichweite. Diese beiden Eigenschaften sind im Kern die gleichen, da sie damit zusammenhängen, wie lange sich jemand in der Gedankendimension aufhalten kann«, erklärt sie mir und schaut mich erwartungsvoll an.

»Ja, und?«, frage ich und mein Herz setzt kurz aus.

»Was ist, wenn deine Tiefe oder Reichweite oder wie auch immer wir deine Fähigkeit nennen wollen, schon mächtig genug ist, um dir zu ermöglichen, in eine weitere Dimension zu gelangen?« Ihre Augen leuchten vor Aufregung. »Hast du schon an diese Möglichkeit gedacht?«

Ich blinzele einige Male. Könnte sie damit recht haben? Woher weiß ich, dass ich das, was meine erleuchteten Großeltern mit einem Baby von mir und Julia erreichen wollen, nicht schon tun kann? Woher weiß ich, ob ich nicht genauso stark bin wie Hillarys Älteste aus den Geschichten? Schließlich ist meine Tiefe, was das Lesen anbelangt, wirklich beeindruckend. Ich kann meine Tiefe an den Erinnerungen messen, für die ich am weitesten zurückgegangen bin, und das waren Erinnerungen meiner Mutter an eine Zeit, zu der ich noch nicht geboren war – die, die ich an dem Tag gelesen habe, als ich erfuhr, dass meine biologischen Eltern mich zur Adoption freigegeben hatten, bevor sie ermordet wurden. Ich habe nie wirklich darüber nachgedacht, aber laut dieser Lesung kann ich sagen, dass meine Tiefe wirklich erschreckend ist.

Da Leser ihre Tiefe mit der Person teilen, die sie lesen, muss meine Tiefe mindestens das Doppelte meines Alters sein, also ein wenig mehr als vierzig Jahre. Und wer weiß ob sie nicht noch größer ist, schließlich habe ich noch nie versucht, tiefer in die Gedanken einer Person einzudringen. Eugene und Mira können sich im Gegensatz zu mir lediglich einige Minuten in der Gedankendimension aufhalten.

»Ich verstehe, worauf du hinaus willst, aber es ist kaum zu glauben«, sage ich langsam. »Wenn ich so etwas Enormes tun könnte, müsste ich das dann nicht schon herausgefunden haben?«

»Keine Ahnung«, erwidert Hillary. »Aber ich denke deine Großeltern waren Idioten, dich abzuschreiben, und sich stattdessen auf deinen zukünftigen Nachwuchs zu konzentrieren.«

»Sie sind aus vielen Gründen Idioten.«

Sie lächelt. »Stimmt.«

»Also, falls das wahr ist, was dann?«, frage ich. »Was sagen die Gerüchte denn über den praktischen Teil dieses Führens? Mein Großvater hat gesagt, dass man mit dieser Fähigkeit andere Leser lesen könne.«

»Da bin ich mir nicht wirklich sicher«, sagt sie nachdenklich. »Die Gerüchte sind nicht sehr aussagekräftig, aber jeder hat Angst vor diesen Ältesten, die das tun könnten. Einiges von dem, was ich gehört habe, stimmt allerdings mit dem, was dein Großvater gesagt hat, überein. Es wird behauptet, dass diese speziellen Ältesten wirklich jeden führen können, sogar einen Leser oder einen Führer. Das ist auch der Grund dafür, dass meine Eltern eine solche Macht widerwärtig fanden.« Sie seufzt. »Andererseits fanden sie eine ganze Menge Dinge widerwärtig.«

»Das würde auf jeden Fall ihre Ängste erklären. Wer will schon, dass seine Gedanken manipuliert werden?« Ich blicke kurz auf den eingefrorenen Bert, als ich das sage.

»Genau«, erwidert sie und ignoriert meinen Wink. »Und wer hätte mehr Angst davor, als Menschen, die das volle Ausmaß dieser Macht kennen?«

»Ganz besonders jemand, der seine Fähigkeiten immer ausgenutzt hat.«

»Hast du jemals versucht, zu splitten, während du in der Gedankendimension warst?« Als ich meinen Kopf schüttele fragt sie: »Kannst du es versuchen?«

Ich betrachte mich selbst. Ich bin so aufgeregt, dass ich in der realen Welt ohne Weiteres in die Stille hinübergleiten könnte. Aber ich befinde mich bereits in ihr, und bin mir nicht sicher, wie das Splitten hier funktioniert. Ich versuche hinüberzugleiten, auch wenn »versuchen« nicht die beste Beschreibung dafür ist. Ich kann nicht genau sagen, was ich mache, um in die Stille zu gelangen. Meine bewusste Kontrolle dieses Vorgangs ist nicht wirklich groß. Splitten ist eher ein instinktiver Prozess, etwa so, wie das automatische Abwehren eines Schlages nach dem Lesen von Haim. Ja, ich wusste auch vorher, wie man einen Schlag abwehrt, aber während meines Trainings mit Caleb habe ich mich auf meine Instinkte verlassen, und nicht bewusst darüber nachgedacht, was ich tun muss. Und genau weil ich rein instinktiv gehandelt habe, konnte ich seine Angriffe häufig nicht abwehren. Bei meinem Versuch in eine höhere Ebene der Stille zu splitten, passiert mir etwas Ähnliches. Da ich nicht wirklich weiß, wie man in die Gedankendimension gleitet, stoße ich auf eine mentale Mauer.

»Nichts«, meine ich.

»Bist du nicht ausreichend gestresst?«, fragt Hillary.

»Nein.« Und dann erinnere ich mich an etwas. »Erinnerst du dich daran, wie Sam uns alle auf der Brücke umgebracht hat? Da habe ich etwas gefühlt.«

Sie sieht aufgeregt aus. »Was hast du gefühlt, Darren?«

»Es war fast genauso wie sonst, bevor ich hineingleite, oder splitte, wie du es nennst. Die Zeit verging langsamer, aber dann war es, als würde ich gegen eine Mauer prallen.«

»So etwas ist mir noch nie passiert«, meint sie. »Also müssen das gute Nachrichten sein.«

»Aber es hat nicht funktioniert.«

»Hast du es jemals mit der Bellows Atemtechnik versucht?«

»Der was?« Ich blicke sie verständnislos an.

»Das ist eine Atemtechnik, die das Gehirn in einen aufgeregten Zustand versetzt. Wir bringen sie den Jüngeren von uns bei, um ihnen beim Splitten zu helfen«, erklärt sie.

»Ich habe niemals etwas Derartiges gelernt. Ich habe mir das Splitten ganz altmodisch angeeignet, indem ich einige Male fast gestorben wäre.«

»Verdammt«, erwidert Hillary. »Ich finde deine Geschichte immer noch faszinierend. Dass du es geschafft hast, deine Macht zu entdecken und anzuwenden, ist unglaublich.«

»Ich fühle mich geschmeichelt«, sage ich. »Aber hat Thomas nicht das Gleiche getan?«

»Ich bin genauso beeindruckt von Thomas. Ich hatte am Anfang große Schwierigkeiten mit dem Splitten, obwohl es mir explizit erklärt wurde, und ich Techniken gelernt habe, wie ich es tun muss.«

»Das war mir nicht klar.«

»Ja, und das ist eine gute Nachricht für dich. Nur weil du noch nicht in der Gedankendimension splitten konntest – und wir brauchen auch eine neue Bezeichnung für diesen Vorgang – bedeutet das nicht, dass du es niemals tun wirst. Ich habe es mit dieser

Atemtechnik gelernt, also sollten wir es einfach mal ausprobieren.«

»In Ordnung, sag mir einfach, was ich zu tun habe«, sage ich. »Und was hältst du von ›2. Ebene‹ für das zweite Splitten.«

»Ich hasse es«, meint Hillary. »Aber darauf können wir später zurückkommen. Jetzt möchte ich dir erst einmal erklären, wie die Bellows Atemtechnik funktioniert.«

Sie bringt mir diese Technik bei, die ursprünglich vom Yoga kommt, auch wenn es sich bei ihr so anhört, als hätten es die alten Yogis von den Gedankenführern gelernt. Die Kurzversion ihrer Erklärungen ist, dass man absichtlich hyperventilieren muss, um eine Panikattacke zu simulieren. Man muss sehr schnell einatmen und genauso schnell ausatmen. So ähnlich stelle ich mir auch die Vorbereitungen des Wolfes vor, bevor er zu den drei kleinen Schweinchen ging.

Als ich denke, dass ich es verstanden habe, sage ich: »Okay, lass es mich versuchen.«

Ich beginne so schnell ein- und auszuatmen, wie es mein Zwerchfell zulässt. Es ist komisch, so etwas zu tun, und ich muss daran denken, wie ich immer geatmet habe, nachdem ich von den Schultyrannen über den Hof gejagt worden bin.

»Funktioniert es?«, will Hillary wissen.

»Ich fühle mich ein wenig wacher und habe mehr Energie, aber ansonsten nichts. Nicht einmal dieses

Gefühl des fast Hinübergleitens, das ich auf der Brücke hatte.«

»Na gut. Vielleicht muss ich dich einfach eines Tages in der Gedankendimension zu Tode erschrecken.«

»Bitte nicht«, entgegne ich, weil ich mir nicht sicher bin, dass sie es nicht ernst meint.

»Wir können später damit weitermachen«, erwidert sie und ich bemerke, dass sie überhaupt nicht auf meine Bitte, mich nicht zu Tode zu erschrecken, eingeht. »Ich kann dir eine Menge anderer Dinge beibringen. Wie ich dir schon gesagt habe, fiel mit das Splitten nicht leicht, weshalb ich jetzt ein Experte in verschiedenen Techniken bin, die wir bei dir ausprobieren können.«

»Einverstanden. Aber das muss warten, bis ich die Sache mit meiner Mutter geregelt habe.«

»Natürlich«, meint sie. »Auch wenn ich denke, dass dir das Hineingleiten leichter fallen wird, solange du dir Gedanken um deine Mutter machst.«

»Das verstehe ich, aber so gerne ich auch herausfinden möchte, wie ich in der Stille splitte, ich muss jetzt erst einmal nach New York fliegen und mich vergewissern, dass es meiner Mutter gut geht.«

»Es muss schön sein, eine Mutter zu haben, die nicht verrückt ist«, meint sie und streckt sich nach ihrem eingefrorenen Körper aus.

»Warte«, sage ich. »Ich habe mich gerade an etwas erinnert. Apropos eigenartige Kräfte, können die Führer kontrollieren wo sie – ich meine wir – in der Stille erscheinen? Ich habe in Calebs Erinnerungen jemanden gesehen, der das tun konnte.«

»Auch darüber gibt es viele Gerüchte. Es gibt immer jemanden, der jemanden kennt, dessen Cousin bestimmen kann, wo er in der Stille auftaucht. Ich selbst kann es nicht tun und ich persönlich kenne auch niemanden, der dazu fähig ist, aber meine Eltern behaupten, viele Führer zu kennen, die das beherrschen. Um ehrlich zu sein, habe ich es immer für einen Mythos gehalten.«

»Ich verstehe«, sage ich. »Es wäre cool gewesen, in New York zu sein, und dann in der Stille auf einer karibischen Insel erscheinen zu können.«

»Selbst in den Märchen, die ich gehört habe, hatte niemand eine so große Reichweite«, sagt sie. »Aber wer weiß das schon. Bist du bereit, mit Bert zu reden?«

»Ja, bringen wir es hinter uns«, erwidere ich und gehe zu meinem Körper, um die Stille zu verlassen.

Als die Straßengeräusche zurück sind, schaue ich Bert an und sage: »Meine Mutter fühlt sich nicht gut. Ich war die ganze Zeit mit ihren Ärzten am Telefon.« Ich schaue ihn prüfend an. Er sieht aus, als wenn er es mir abkaufen würde. »Ich brauche deine Hilfe um nach New York zurückzukehren. Denkst du, dass du uns Plätze für den nächsten Flug besorgen kannst?«

Bert sieht einen Moment lang verwirrt aus. Ich nehme an, dass er gerade von seinem Glaube-jeden-Schwachsinn-Modus in den Benutze-dein-Gehirn-Modus wechselt.

»Natürlich, Darren«, antwortet er. »Ich erledige das sofort.«

Er dreht sich um und geht in Richtung unseres Hotels.

»Du hast übertrieben«, meine ich zu Hillary.

»Damit könntest du recht haben«, gibt sie zu.

»Bring ihm wenigstens etwas zu essen mit«, sage ich.

»Selbstverständlich«, erwidert sie. »Für was für ein Monster hältst du mich?«

Anstatt ihr zu antworten schiebe ich mir ein riesiges Stück Pizza in den Mund.

ELFTES KAPITEL

»Warum sind wir so früh hier?«, fragt Mira, nachdem wir durch die Sicherheitskontrolle des Flughafens in Miami gegangen sind. Wir sind die Ersten, aber der Rest folgt dicht hinter uns.

»Ich musste aus dem Hotel verschwinden«, antworte ich ihr. »Da Caleb mich vom Strand neben unserem Hotel entführt hat, bin ich mir sicher, dass er dort als Erstes nachschauen wird, wenn er mich erneut finden möchte.«

»Es gibt nettere Orte, an denen man sich verstecken kann«, sagt Mira. »Besonders in Miami.«

»Ich wusste nicht, dass die Taxifahrt und der Check-in so schnell gehen würden. Aber sie sagen sowieso, dass man einige Stunden vor dem Abflug am Flughafen sein soll. Also ist unser Timing perfekt.« Ich versuche, mich nicht allzu abwehrend anzuhören, um in Miras Gunst zu bleiben.

Sie ist immer noch aufgebracht wegen meiner Entführung und ihre Art, damit umzugehen, ist, mich dafür verantwortlich zu machen. Oder einen Streit anzufangen. Irgendetwas, das genau so eine Anspannung hervorruft, wie sie sie fühlt, damit sie sich nicht mit dem auseinander setzen muss, was sie wirklich beschäftigt. Es ist aber auch möglich, dass ich Miras momentane Reizbarkeit überinterpretiere. Selbst wenn sie einen guten Tag hat, ist sie nicht gerade ein Sonnenschein. Mein innerer Psychiater redet allerdings manchmal mit einer Stimme, die mich verdächtig an die meiner Therapeutin Liz erinnert.

»Natürlich ging das schnell«, meint Bert, als er nach der Sicherheitskontrolle bei uns ankommt. »Du hast uns ja nicht einmal erlaubt, Gepäck mitzunehmen. Mann, es wird richtig teuer werden, uns unsere ganzen Sachen vom Hotel nachschicken zu lassen.«

»Das ist kein Problem.« Ich klopfe auf meine Hosentasche. »Zu meiner Mutter zu gelangen, hat höchste Priorität, und wenn das Nachsenden unseres Gepäcks die Dinge beschleunigt – was es eindeutig tut – ist es mir das wert.«

»Natürlich hat es geholfen, unsere Sachen zurückzulassen, aber nicht so sehr wie mein Eingreifen«, erwidert Bert. »Wenn ich uns nicht diese Last Minute Tickets organisiert hätte, wäre es unmöglich gewesen – «

»Bert. Wir sollten ein paar Schritte gehen. Ich muss dir etwas sagen«, unterbreche ich ihn. »Mira, würde es dir etwas ausmachen, wenn wir euch am Flugsteig treffen würden?«

»Du willst es ihm jetzt erzählen?«, fragt sie ungläubig.

»Mir was erzählen?« Bert sieht mich fragend an.

»Das hast du doch selbst gesagt.« Ich ignoriere Bert und konzentriere mich auf Mira. »Wir sind früh dran, also müssen wir ein wenig Zeit totschlagen.« Was ich Mira nicht sage, ist, dass ich Bert lieber in die Welt der Leser und Führer einführe, als mich mit ihr in ihrer derzeitigen Stimmung auseinanderzusetzen.

»Was musst du mir sagen?«, wiederholt Bert seine Frage.

»Lass uns ein paar Schritte gehen«, erwidere ich und setze mich in Bewegung. Sobald wir uns außerhalb Miras Hörweite befinden, halte ich an und sage: »Okay mein Freund. Das, was ich dir jetzt erzählen werde, ist das Verrückteste, was du jemals gehört hast. Ich bezweifle sogar, dass du mir glauben wirst, da ich es an deiner Stelle auch nicht tun würde.«

»Lass mich raten«, sagt er aufgeregt. »Mira und du, ihr werdet heiraten?«

»Was?«, frage ich überrascht. »Als ich ›verrückt‹ gesagt habe, habe ich das nicht wörtlich gemeint. Ich habe darüber gesprochen, dass du denken wirst, ich sei verrückt, was ich wahrscheinlich auch wäre, wenn ich heiraten würde –«

»Also, dann spuck es aus.«

Ich atme tief ein, während ich überlege, wie ich vorgehen soll. »Du weißt ja, dass ich manchmal Dinge weiß, die ich nicht wissen sollte.«

»Manchmal?« Bert schnauft. »Du meinst die ganze Zeit?«

»Also, es gibt eine Erklärung dafür, wieso ich diese Sachen weiß, aber sie ist schwer zu glauben«, sage ich.

»Und du wirst jetzt so lange du kannst um den heißen Brei reden, stimmt's? Weil du ein Sadist bist.«

»Schon gut. Ich sag es ja schon. Ich kann die Zeit anhalten. So etwas in der Art zumindest.«

»Was?« Bert schaut mich an, als hätte ich zwei Köpfe. »Wie meinst du das?«

»Ich kann etwas tun, wodurch die Welt einfriert, und dann kann ich in ihr umhergehen und mir Dinge anschauen, die ich normalerweise nicht sehen würde. Das Wichtigste ist allerdings, dass ich das tun kann, ohne dass die anderen Menschen es bemerken, da sie in der Zeit eingefroren sind.«

»Du hast recht. Das hört sich verrückt an.«

»Ich weiß, deshalb möchte ich es dir beweisen«, erwidere ich.

Ich gehe gefolgt von Bert zu einem Geschäft, das überflüssigerweise Bücher & Bücher heißt.

»Es gibt keine Möglichkeit, mir so etwas zu beweisen«, sagt Bert. »Aber ich bin neugierig, wie du es versuchen willst.«

»Ich kann und ich werde es tun«, erwidere ich. »Und sollte das nicht funktionieren, gibt es noch verrücktere

Dinge, die ich dir erzählen werde, die ironischerweise leichter zu beweisen sind.«

»Verrückter? Bist du vielleicht Napoleon oder Mutter Teresa?«

»Mach einfach mit.« Ich kaufe einen Notizblock und einen Stift und reiche Bert beides. »Hier. Schreibe etwas darauf, das ich auf keinen Fall wissen kann, und dann stecke das Papier, oder wenn du möchtest auch den ganzen Block, in deine Tasche. Ich werde mich umdrehen.«

»Das ist idiotisch«, murmelt Bert, aber ich kann das Geräusch des Stiftes auf dem Papier hören.

»Schreibe nicht so laut. Ich möchte nicht, dass du denkst, ich hätte das, was du schreibst, dadurch erraten, dass ich das Geräusch des Stiftes gehört habe«, bemerke ich. »Sag mir Beschied, wenn du fertig bist.«

»Fertig«, sagt er.

Ich gleite in die Stille hinüber, gehe zu dem eingefrorenen Bert und fasse vorsichtig in seine Tasche, weil ich nichts anderes als das Papier berühren möchte. Ich ziehe den Zettel heraus und lese, was auf ihm steht: 42. Ich gehe zu meinem Körper und verlasse die Stille.

»Sehr lustig«, sage ich, ohne mich umzudrehen. »Du hast zweiundvierzig geschrieben, die Antwort auf das Leben, das Universum und alles andere.«

»Oh, der ist gut«, meint Bert. »Sogar noch besser als dein Kartentrick. Aber diese ganze Nummer mit dem Anhalten der Zeit –«

»Das war kein beschissener Zaubertrick«, entgegne ich und drehe mich zu ihm. »Das mit den Karten eigentlich auch nicht, aber –«

»Jetzt komm schon. Wenn du mich gut genug kennen würdest – und das tust du – dann hättest du es erraten können.«

»Weißt du was? Ich werde dir jetzt noch etwas erzählen, das noch schwerer zu glauben ist, aber das ich leichter beweisen kann. Ich werde deine Gedanken lesen.«

Bevor Bert Einwände hervorbringen kann, begebe ich mich wieder in die Stille. Ich gehe zu ihm und lege meine Hand auf seine Stirn. Danach atme ich gleichmäßig. Ich hatte gar nicht bemerkt, wie sehr es mich geärgert hat, dass ich ihn nicht überzeugen konnte – oder dass er so stur ist. Die Kohärenz kommt sehr schnell und ich dringe in Berts Kopf ein. Während ich mich fallen lasse, achte ich darauf, sehr weit zurückzugehen. Das Beste ist, etwas herauszufinden, das passiert ist, bevor wir uns trafen, ansonsten wird er einfach behaupten, ich hätte ein gutes Erinnerungsvermögen oder eine hervorragende Beobachtungsgabe.

* * *

Wir sitzen alleine an einem schmuddeligen, grauen Kantinentisch und schauen auf die große schmierige Uhr, die an der weißen Wand hängt. Noch eine halbe

Stunde, bis die Glocke läutet, und unsere Mittagspause vorüber ist. Unsere Blase wird explodieren, wenn wir so lange warten, also entscheiden wir uns schweren Herzens, zu dem gefürchteten Klo zu gehen.

Wir stehen auf, gehen los und geben unser Bestes, unsere Füße nicht nachzuziehen. Währenddessen verfluchen wir innerlich den Schuldirektor beziehungsweise denjenigen, der die Idee gehabt hat, dass die Kinder während des Mittagessens die Kantine nicht verlassen dürfen.

Vielleicht wird es heute in Ordnung sein, denken wir auf dem Weg. Es passiert nicht immer. Nur manchmal. Und außerdem haben wir schon gegessen.

Wir öffnen die Tür und sehen einen Schatten. Unser Mut sinkt und wir versuchen, den Raum wieder zu verlassen. Hände greifen nach unserem T-Shirt und ziehen uns hinein.

Scheiße. Er ist es.

Roger.

»Du kennst den Ablauf, du Stück Scheiße«, sagt Roger. »Gib mir Bargeld.«

Rational gesehen wissen wir, dass der Kerl nicht so riesig, wie er aussieht. Aber mit einer Größe von einem Meter achtzig und einem Gewicht von neunzig Kilos wirkt er riesig auf uns, da wir nicht einmal die fünfzig Kilo Marke erreichen.

»Ich habe es ausgegeben«, erwidern wir und versuchen, unsere Stimme ruhig zu halten.

Rogers Antwort ist ein Schlag in unsere Magengrube. Die Luft verlässt unsere Lungen, wir fallen zu Boden und sind über eine Sache richtig froh: Wir haben uns nicht in die Hose gemacht.

Er durchsucht unsere Taschen und findet die restlichen fünf Dollar vom Mittagessen. Normalerweise nimmt er die ganzen zehn, die wir von unserer Mutter bekommen.

»Morgen schuldest du mir das Doppelte«, sagt er und spuckt um Haaresbreite neben uns auf den Boden.

Um nicht zu weinen, beschäftigen wir unseren Kopf mit Zahlen. Er hat insgesamt 465 Dollar von uns bekommen. Ein Teil meines Gehirns zählt mit. Wer weiß, vielleicht werden wir eines Tages jeden einzelnen Dollar zurückbekommen. Vielleicht mit Zinsen.

Ich, Darren, ziehe mich zurück.

Armer Bert. Ich hatte meine eigenen Probleme mit den Schultyrannen, aber niemals solche schlimmen. Zum einen konnte mich niemand überraschen, da ich vorher immer alles in der Stille ausgekundschaftet habe. Zum anderen hätte die Schule es niemals geschafft, mich die ganze Mittagspause über in der Kantine einzusperren. Es war schon immer meine Stärke gewesen, einen Ausweg aus solchen Situationen zu finden. Ich hätte meinen Arzt dazu gebracht, mir ein Attest zu schreiben oder hätte meine Psychiaterin, Liz, davon überzeugt, dass ich der erste bekannte Fall mit Kantinenphobie bin. Trotzdem kann ich die Erfahrungen meines Freundes völlig nachvollziehen und habe Mitleid mit ihm. Tyrannisiert zu werden, ist eine Gefahr, der auch Kinder ausgesetzt sind, die nicht wie Bert und ich Klassen übersprungen haben. Bei Kindern, die Klassen überspringen, steigen die Chancen, dass sie zu Opfern werden, drastisch an, da sie in der Regel kleiner sind als die Möchtegern-Tyrannen.

Hat Bert irgendwann mit diesem Arschloch abgerechnet? Falls er das nicht getan hat, werde ich es tun, sobald die Sache mit meiner Mutter überstanden ist. Dieser Roger könnte sich selbst dabei überraschen, nackt in das Büro seines Chefs urinieren, oder Schlimmeres.

Ich konzentriere mich auf Berts Erinnerungen, die mit Rache zu tun haben. Während ich das tue, fühle ich die Schwere, die ich mit dem schnellen Vorspulen von Erinnerungen verbinde.

Wir bekommen per E-Mail eine Einladung für ein Klassentreffen der Highschool und erinnern uns an dieses Arschloch, Roger Blistro. Es ist komisch, wie Erinnerungen manchmal funktionieren. Wir haben seit Jahren nicht mehr an diesen Mistkerl gedacht. Jetzt erinnern wir uns allerdings wieder, und Rogers ruhiges Leben ist vorbei. Wir fühlen einen starken Drang, Rache zu nehmen.

Wir schauen uns um. Alle sind Mittagessen. Wir fragen uns, ob unser Arbeitscomputer beim FBI der beste Ort ist, um so etwas zu tun. Andererseits, warum nicht? Es ist unwahrscheinlich, dass jemand unseren Computer überwacht, und außerdem haben wir eine große Anzahl von Gegenmaßnahmen, für die der FBI jemanden unseres Kalibers benötigen würde, um sie auszuschalten. Viel Erfolg dabei.

Wir brauchen nur wenige Tastenanschläge, um diesen Widerling ausfindig zu machen, und einige nützliche Dinge über ihn herauszubekommen.

Interessant. Es sieht ganz so aus, als habe jemand auf Firmenkosten eine teure Reise nach Aspen unternommen und behauptet, dort eine Konferenz zu besuchen. Allerdings sieht es wegen der Honeymoon Suite, der Blumenlieferungen und des Zimmerservices für zwei Personen eher danach aus, als habe jemand seine Geliebte auf eine kleine Kurzreise eingeladen. Falls das stimmt, ist das eine Unterschlagung von Firmengeldern, zumindest wird sein Arbeitgeber das so sehen. Außerdem hat er die gleiche Reise von der Steuer abgesetzt und behauptet, in diesem Fall für seine Beratungsfirma unterwegs gewesen zu sein, die nichts mit seiner eigentlichen Arbeit zu tun hat. Wir wissen, dass diese ganzen Dinge wahrscheinlich Lügen sind. Wir fragen uns, was die Steuerfahndung zu dieser doppelten Buchführung sagen würde. Ja, die Steuerfahndung könnte sich wirklich dafür interessieren. Wir finden heraus, dass diese Reise nur die Spitze des Eisbergs ist, was Rogers Steuerhinterziehungen anbelangt.

Die Tastatur singt ihr kleines Lied, als unsere Finger über sie tanzen. Wir dringen in das System des Finanzamtes ein und kennzeichnen Roger für eine

Anhörung. Er sollte viel Spaß dabei haben, aber das ist nur der Anfang.

Nach weiteren Tastenanschlägen finden wir die E-Mail-Adresse seiner Frau heraus und berichten ihr anonym von dieser Kurzreise. Wir machen es sehr deutlich, dass er sie betrogen hat, sollte sie nicht seine Begleitung in diesem Urlaub in Aspen gewesen sein. Wir versuchen uns wie eine verärgerte Geliebte anzuhören. Wir würden eine Menge darauf wetten, dass sie nicht seine Reisebegleitung war.

Danach hacken wir uns in das Intranet seines Arbeitgebers. Aha! Seine Sekretärin war in der Woche der Reise abwesend. Bingo. Jetzt würden wir noch mehr Geld darauf wetten, dass seine Frau nicht gerade amüsiert sein wird. Wir schauen uns weiter um und entdecken in dem Personalabteilungsbereich der Webseite einen hübschen Button mit der Beschriftung: »Wenn Ihnen etwas auffällt, berichten Sie uns anonym darüber«. Wir schreiben einen Bericht über die Reise nach Aspen und erklären, dass Roger eine Affäre mit seiner Sekretärin hat (sollte der zweite Teil doch nicht stimmen, würde ihm allein der erste riesigen Ärger einbringen).

Das war nur für das Karma. Jetzt geht es um die wirkliche Rückzahlung. Dieser letzte Teil wäre schwieriger gewesen, wenn Roger sein Geld nicht der Citibank anvertraut hätte. Es ist ein glücklicher Zufall, dass die Citibank genau die Bank ist, zu der wir letztes Jahr einen Hintereingang gefunden haben. Wir haben ihn nie benutzt, da wir wussten, uns damit auf gefährliches Terrain zu begeben, aber wir beschließen, unsere Bedenken, was solche Kleinigkeiten anbelangt, für diese wichtige Aufgabe zur Seite zu schieben.

Wir betreten die Citibank durch die Hintertür und unsere Finger führen einen weiteren Tanz auf der Tastatur auf. Gleichzeitig rechnen wir einige Dinge im Kopf durch. Mit einer Ausgangssumme von tausend Dollar (aufgerundet), einem Zinseszins (wieder aufgerundet) und einem angemessenen Gebührensatz von zwanzig Prozent, schuldet Roger uns fünftausend Euro. Nein, das ist nicht genug. Für seelischen Schaden und so weiter fügen wir noch eine Null am Ende hinzu. Diese Zahl erweist sich als perfekt, da er ungefähr fünfzigtausend Dollar auf seinem Konto hat.

Wir entscheiden uns dagegen, das Geld für uns zu behalten. Das könnte uns in Schwierigkeiten bringen, und außerdem ist es ja nicht gerade so, als würden wir Geld brauchen. Einige weitere Tastenanschläge und wir lächeln. Wie großzügig es ist, dass Roger sein ganzes Geld der Stiftung gegen Mobbing gibt. Wie bewundernswert vor allem deshalb, weil er dieses Geld dringend benötigt hätte, um einen Steueranwalt zu bezahlen.

Ich, Darren, bin stolz auf meinen Freund und entscheide, dass ich keinen weiteren Beweis brauche.

* * *

»Du hast für den FBI gearbeitet?«, frage ich, sobald ich die Stille verlassen habe.

»Das habe ich dir doch gesagt –«

»Hast du mir jemals von dem Arschloch aus der Highschool erzählt? Roger?«

Er sieht überrascht aus. »Nein. Ich bin mir ziemlich sicher, dass ich das nicht getan habe. Ich mag es nicht, über diesen Scheiß zu reden.«

Ich fahre damit fort, ihm zu beschreiben, was ich durch seine eigenen Augen gesehen habe, bis hin zu den kleinen Details. Ich erwähne sogar die Hackertechniken, die er benutzt hat, und benenne sie mit Fachbegriffen, die ich nicht kenne, so wie ›SQL-Einschleusung‹ und ›Pufferüberlauf‹.

Während meiner Ausführungen wird Berts Gesichtsausdruck immer schwieriger zu lesen. Wenn ich raten müsste, was er gerade fühlt, würde ich auf etwas zwischen Bewunderung und Entsetzen tippen.

»Das habe ich niemals irgendwo schriftlich festgehalten«, murmelt er leise. »Und niemals jemandem davon erzählt. Niemandem.« Er schüttelt seinen Kopf. »Aber jemand, der mit mir zur Schule ging, könnte dir etwas über ihn gesagt haben –«

»Meinst du das ernst?«, erwidere ich. »Deine Argumentation wird schwach, mein Freund.«

Er reibt sich seine Nase. »Okay, aber diese persönlichen Dinge kann man herausfinden … irgendwie. Was ist, wenn ich an etwas Zufälliges denke? Würdest du es dann immer noch wissen?«

»Probiere es aus.«

Er nimmt sich ein Buch aus dem Regal, dreht mir seinen Rücken zu und schlägt wahllos eine Seite auf. Ich verstehe, worauf er hinaus will, und begebe mich umgehend in die Stille.

Ich nähere mich dem eingefrorenen Bert und folge seinem Blick. Er schaut auf den ersten Satz der Seite 188. Ich präge ihn mir ein und gehe zu meinem Körper zurück.

»Seite 188«, sage ich schnell, sobald der Lärm des Flughafens wieder zu hören ist. »Der Satz lautet: ›Forum war nicht zu Hause, sie fragte sich, wo er –‹«

»Scheiße«, unterbricht mich Bert. »Ich habe den Satz noch nicht zu Ende gelesen … aber genau das ist er.«

»Ich habe die Zeit angehalten und auf die Seite geschaut, während du eingefroren warst«, erkläre ich ihm. »Ich musste nicht einmal deine Gedanken lesen.«

Bert schweigt fassungslos und stellt das Buch zurück. Seine Hände zittern.

Ich beschließe, ihm einen weiteren Beweis zu liefern, der ihm den Rest geben sollte. Zugegebenermaßen übertreibe ich an dieser Stelle ein wenig. Ich begebe mich erneut in die Stille und gehe zu meinem Freund. Das Führen dauert nur einen Moment, und sobald ich damit fertig bin, komme ich zurück.

Den Anweisungen folgend, die ich in seinem Kopf hinterlassen habe, nimmt Bert mit glasigen Augen den Stift und den Block hervor und schreibt: »Ja, Kumpel, ich kann dich auch dazu bringen, andere Dinge zu tun.

Warum hast du das gerade geschrieben? Siehst du, dass es deine Handschrift ist?«

Berts Augen werden wieder normal, und er liest den Zettel. Dann schaut er mich an. Dann wieder den Zettel. »Heilige Scheiße«, sagt er schließlich. »Du musst mir alles erzählen.«

»Lass uns zu Starbucks gehen«, meine ich. »Das kann eine ganze Weile dauern.«

* * *

»Können wir reden?«, fragt Bert Hillary, als wir am Flugsteig ankommen.

»Ich habe ihm gerade alles erzählt, Tantchen«, meine ich. »Also habt ihr beiden jetzt wohl ein paar Dinge zu klären.«

Hillary schaut mich wütend an. Sie tut gerade so, als sei sie nicht diejenige gewesen, die mich davon überzeugt hat, Bert einzuweihen. Ich nehme an, dass sie sauer ist, dass sie nicht als Erste mit Bert reden konnte. Dann schnappt sie sich seinen Arm und zieht ihn mit sich fort.

»Denkt bitte daran, dass ich diesen Flug nehmen muss«, erinnere ich sie, bevor sie weg sind. »Mit oder ohne euch werde ich im Flieger sitzen. Ich kann es mir nicht leisten, bis morgen zu warten.«

Sie antworten nicht, da sie sich schon im Gehen streiten. Ich bin mir sicher, dass alles gut wird. Ich muss nicht extra in Berts Kopf eindringen, um zu wissen, dass Hillary bei ihm mit fast allem durchkommen kann.

»In fünfundzwanzig Minuten ist Boarding«, ruft Eugene ihnen zu.

»Wow«, meine ich. »Die Zeit vergeht wie im Flug, wenn man Tabus bricht.«

»Ja«, erwidert Eugene. »Ich muss zugeben, dass ich das wirklich aufregend finde. Hast du ihm etwas von meiner Arbeit gesagt?«

»Wie soll ich das denn machen, wenn ich kaum etwas darüber weiß?«

»Also, da du es gerade ansprichst –«

Die nächsten zwanzig Minuten spricht Eugene detailliert über seine Arbeit. Mira verlässt uns, sobald er zu reden beginnt, und wirft mir davor noch einen Du-hast-es-verdient-Blick zu. Sie hat ganz eindeutig schlechte Laune.

Ich werde jetzt nicht viel von dem wiederholen, was Eugene mir erzählt hat, da ich ihm offen gesagt nicht ganz folgen konnte. Falls er erwartet hat, dass ich auch nur die Hälfte von seinen Erklärungen verstehe, muss er eine hohe Meinung von meinem Hintergrundwissen über Neurowissenschaft haben. Es gibt allerdings eine Sache, die ich verstehe, als er sie anspricht.

»Weißt du«, sage ich und klammere mich an ein vertrautes Thema, »wenn man eine spezifische Region des Gehirns simulieren möchte, kann man anstatt Elektroden zu implantieren – etwas, was niemand, der bei Verstand ist, zulassen würde – auch TMS, also transkranielle Magnetstimulation –«

»Ich weiß, was das ist«, unterbricht mich Eugene. »Das Problem ist, dass diese Maschinen sehr teuer sind.«

»Und jemanden dazu zu bringen, sich ein Loch in den Kopf bohren zu lassen, ist billig?«

»Ich hatte daran gedacht, jemanden zu finden, der schon –«

»Hör zu«, unterbreche ich ihn. »Zufälligerweise weiß ich durch meine Arbeit, dass es ein Unternehmen gibt, das diese Dinge bald sehr bezahlbar machen wird. Nicht nur das, sondern auch besser und tragbar. Und weißt du was? Ich werde dir einen dieser Apparate kaufen.«

Er schaut mich an, als hätte ich ihm gerade die Welt zu Füssen gelegt. »Ich weiß nicht, was ich sagen soll.« Ich hoffe, dass er nicht in Tränen ausbrechen wird, auch wenn er gerade genau so aussieht. »Einen Assistenten und ein TMS Gerät«, sagt er, und seine Stimme zittert bewegt. »Das wird meine Studien um Jahre – nein, Jahrzehnte – vorantreiben.«

»Es freut mich, dir helfen zu können, Kumpel.« Ich erinnere Eugene nicht daran, dass Bert noch nicht zugestimmt hat, ihm zu helfen. So wie ich Bert kenne, wird er das allerdings machen. »Wenn es dir nichts ausmacht, würde ich vor dem Abflug gerne noch einmal auf die Toilette gehen.«

»Beeil dich, das Boarding beginnt gleich«, antwortet er. »Wenn du meine Schwester oder die Turteltäubchen siehst, sag ihnen bitte, dass sie zurückkommen sollen.«

Ich gehe schnell zu den Toiletten. Er hat recht. Ich muss mich beeilen. Diese Tickets zu bekommen, war eine Meisterleistung gewesen, die nur Bert vollführen konnte, da Fluglinien kurz vor dem Abflug normalerweise keine fünf freien Sitzplätze mehr haben. Dank Berts Zauberei am Computer wurden vier Personen auf einen anderen Flug gebucht, damit wir reisen konnten. Bert hat netterweise auch sichergestellt, dass die betroffene Familie von der Fluggesellschaft eine angemessene Abfindung für ihre Unannehmlichkeiten erhält. So ist Bert. Er hat auch deutlich gemacht, dass der 23.00 Uhr Flug der letzte für heute ist, also muss ich ihn auf jeden Fall bekommen. Falls ich auf der Toilette anstehen muss, kann ich nicht mehr gehen.

Ich bin kurz davor, das Herrenklo zu betreten, als etwas meine Aufmerksamkeit auf sich zieht. Etwas Orangefarbenes. Etwas, was mich zweimal hinschauen lässt.

Einige Meter von mir entfernt befindet sich eine glatzköpfige Person in einer orangefarbenen Kutte, die auf mich zueilt.

Es könnte sich dabei um einen normalen buddhistischen Mönch handeln, versuche ich mir einzureden, während mein Herz zu rasen beginnt. Es muss nicht unbedingt einer aus dem Tempel der Erleuchteten sein.

Dann allerdings sehe ich einen weiteren Mönch, der dem ersten folgt. Und einige Meter dahinter einen weiteren. Was die Situation verschlimmert, ist die

Tatsache, dass derjenige, der mir am nächsten ist, anfängt zu laufen, als er sieht, dass ich ihn und seine Freunde erblickt habe.

Ich stecke tief in der Scheiße.

ZWÖLFTES KAPITEL.

Ich gleite in die Stille hinüber, und die Geräusche des Flughafens verstummen. Ich vermisse noch etwas. Ich brauche einen Moment, um zu verstehen, dass meine arme Blase nichts mehr von mir möchte. Zumindest so lange nicht, bis ich zurückkehre.

Ich gehe zu Eugene und hole ihn zu mir in die Stille.

»Darren«, sagt er. »Was tust du? Ich bin sowieso in deiner Nähe, gerade mal einige Meter von dir entfernt –«

»Wir haben ein Problem«, erkläre ich ihm. »Also eigentlich ein sehr großes Problem.«

»Was ist los?«

»Die Mönche des Tempels sind hier. Siehst du den Kerl in der Kutte und die anderen?«

»Oh, Scheiße«, erwidert Eugene. »Was glaubst du, wollen sie?«

»Mich zurückbringen und mich das mit Julia machen lassen, was ich verweigert habe …«

»Tvari«, sagt er wütend auf Russisch.

»Ja, was auch immer du gerade gesagt hast.«

»Aber –«

»Ich darf diesen Flug nicht verpassen. Kannst du mir helfen?«

»Diese Frage ist eine Beleidigung«, antwortet er. »Lass uns die anderen suchen.«

Wir finden Mira bei einem Lebensmittelstand. Sie hält einen Apfel in der Hand und will gerade bezahlen. Ich ziehe sie in die Stille und erzähle ihr, was los ist.

»Wir könnten sie lesen«, schlägt sie vor. »Dann könnten wir herausfinden, wie viele von ihnen hier sind, und ob sie Caleb bei sich haben.«

»Mist, an ihn habe ich gar nicht gedacht«, meine ich. »Seine Anwesenheit könnte ein ernsthaftes Problem werden.«

»Genau, und das ist ein weiterer Grund dafür, das zu tun, was Mira vorgeschlagen hat«, sagt Eugene und geht zu dem Mönch.

»Ich glaube nicht, dass wir bei ihm Glück haben werden«, meine ich. »Ich erkenne ihn wieder. Er ist derselbe, den ich schon einmal versucht habe zu lesen, aber alles, was ich sehen konnte, war weißes Rauschen.«

»Es ist einen Versuch wert«, erwidert Eugene. »Vielleicht hat einer von uns mehr Glück.«

Mira geht zu dem Mönch und berührt ihn. Sie sieht konzentriert aus, und ihr Gesichtsausdruck entspannt sich. Dann sieht sie verärgert aus.

»Unmöglich«, erklärt sie. »Alles was ich sehen kann ist das, was Darren beschrieben hat, eine Art Leere.«

Auf einmal bemerkt sie, dass der Mönch ein Stück Papier in seiner Hand hält. Sie nimmt es ihm weg und liest es.

»Okay. Laut seiner Bordkarte fliegt er nach Detroit«, sagt sie. »Und ich bin der Papst.«

»Versuchen wir mal, diese anderen beiden zu lesen.« Ich blicke zu den Mönchen, die weiter entfernt sind. Ich entscheide mich für den jüngeren und erkläre: »Ich versuche es bei diesem hier. Ihr nehmt den anderen.«

Auch dieser Mönch hat eine Bordkarte bei sich. Sie ist für einen Flug nach Houston. Sie scheinen ziellos Tickets gekauft zu haben, um durch die Sicherheitskontrolle zu kommen. Ich frage mich, warum die Flughafenpolizei kein Auge auf Menschen wirft, die sagen: »Ich hätte bitte gerne ein Ticket irgendwohin. Ach, und auch noch ein paar weitere Tickets nach Ist-mir-egal für meine Brüder.« Diese Mönche zu fragen, was sie vorhaben, wäre sinnvoller, als alte Damen zu zwingen, ihre Schuhe auszuziehen.

Ich lege meine Hand auf den rasierten Kopf des Mönches und bemerke, dass er erst Anfang zwanzig ist. Nachdem ich mich einen Moment lang konzentriert habe, bin ich in ihm.

* * *

Wir fragen uns, was an dem Typen, dem wir folgen, so besonders ist. Der Meister hat nichts gesagt. Er hat uns nur erklärt, dass der Ausflug gut für uns wäre, aber wir denken, dass der Meister sich in diesem Fall ausnahmsweise irrt. Es ist unglaublich schwer, sich bei all diesen Menschen ringsherum zu konzentrieren. Der Lärm, der Geruch des Junkfoods und die Parfums – das ist alles zu viel.

Ich, Darren, verstehe, dass der Mönch durch dieses alltägliche Leben auf dem Flughafen von seinem unleserlichen Zustand abgelenkt wird. Oder er ist einfach nicht so gut wie die anderen, seine Abschirmung aufrecht zu erhalten, da er jünger und unerfahrener ist. Warum auch immer, es ist mein Vorteil, und ich tauche tiefer in ihn.

»Wir teilen uns auf«, sagt Caleb, der Außenseiter, den der Meister aus irgendeinem Grund zu respektieren scheint. »Wir müssen diesen ganzen Flughafen abdecken. Wenn ihr ihn seht, haltet ihn fest und benutzt das hier.« Er reicht jedem der Brüder ein Wegwerfhandy, das darauf programmiert ist, seine Nummer anzurufen.

Ich, Darren, trenne mich von ihm. Die Lage sieht schlecht aus. Erstens, weil der Mönch neben mir der Meister ist, und ich den Eindruck bekomme, dass dieser Mönch nicht nur wegen seiner meditativen sondern auch wegen seiner kämpferischen Fähigkeiten so genannt wird. Schlimmer ist allerdings die Tatsache, dass Caleb hier ist. Das Sahnehäubchen sind die vielen weiteren Mönche des Tempels, die den Flughafen umstellt haben.

Ich weiß, dass ich den Kopf des Mönches verlassen und einen Weg aus dieser Misere finden sollte, aber meine Neugier ist stärker. In dem Kopf des jungen Mönches befindet sich etwas sehr Nützliches.

Der Kampfstil dieser Mönche.

Ich versuche, mich leichter zu fühlen, genug, um einige Tage zurückzugehen.

Wir kämpfen gegen unsere erfahrenere Schwester. Wir bevorzugen die Übungen ohne Körperkontakt, aber der Meister missbilligt sie. Er nennt sie »Blümchenfäuste und Sticktritte«. Der Meister sagt, dass das Üben ohne Körperkontakt niemals das Kampftraining ersetzen kann, egal wie sehr es den zuschauenden Mönchen gefällt, oder die Gedanken desjenigen reinigt, der die Bewegungen ausführt.

Die Schwester, gegen die wir kämpfen, ist unglaublich. Da sie eine zierliche Frau ist, sollte sie schwächer sein als wir, aber wir kommen kaum gegen sie an. Wir wissen, dass wir an den Stellen, an denen sie uns trifft kleine Blutergüsse bekommen werden. Und was uns am meisten beeindruckt, ist das Wissen, dass sie nicht mit ihrer vollen Kraft zuschlägt.

Ich, Darren, trenne mich irgendwann von dem Training, aber erst, nachdem ich einen Monat an Kampftrainings und die dreifache Menge dieser stylischen, tanzartigen Einzelübungen in komprimierter Form aufgenommen habe. Ich bemühe mich gar nicht erst, mir die schicken Namen dieser Stellungen zu merken, auch wenn ich mir vorstellen kann, dass es cool wäre, Bert eine Bewegung zu zeigen, und zu sagen: »Ja, das war der ›wilde Tiger der den Berg hinuntergeht‹.« Mein Ziel war gewesen, die Stärken und Schwächen des Stils herauszufinden, falls ich gegen den Meister kämpfen muss, der eingefroren wurde, als er gerade auf mich zulief.

Nach dem Kampfunterricht gönne ich mir etwas. Ich versuche, mich auf eine bestimmte Erinnerung zu konzentrieren – an die leseresistente Meditationstechnik, die diese Mönche besitzen. Der junge Mönch hat während des Kämpfens darüber nachgedacht, und eine Version davon während seines Einzeltrainings praktiziert, aber ich war nicht stark genug darauf konzentriert gewesen, um wirklich zu verstehen, wie sie funktioniert.

Ich springe in seinem Kopf umher und finde nichts. Ich sehe nichts, was speziell mit dieser mysteriösen Technik zusammenhängt. Alles, was die Mönche diesem jungen Mann jemals beigebracht haben, war eine bestimme Meditation, an der ich nichts Außergewöhnliches feststellen kann. Keine der Meditationstechniken ist qualitativ anders als die hohe Konzentration, die wir alle für Meditation halten. Keine verborgene Quelle, die ich entdecken konnte. Diese Mönche meditieren einfach sehr viel. Entweder dem

Mönch ist diese spezielle Technik nicht beigebracht worden, oder es gibt keinen speziellen Trick, jemanden davon abzuhalten, in die Gedanken einzudringen.

Könnte es sein, dass regelmäßige Meditation mit Vanilleduft – mit genügend Übung – jemanden resistent gegen das Lesen und Führen macht? Oder ist es wahrscheinlicher, dass diese Mönche spezielle Gene haben? Wie eine Menschenrasse, die die natürliche Fähigkeit hat, uns zu widerstehen? Diese letzte Theorie hat einen Makel. Sie erklärt nicht, warum ich diesen Mönch lesen kann, und deshalb gehe ich davon aus, dass er es einfach noch nicht geschafft hat, diese Meditationstechnik vollkommen zu beherrschen. Oder es gibt eine andere Erklärung, auf die ich gerade nicht komme.

Ich behalte diese Gedanken im Hinterkopf, um irgendwann mit Eugene darüber zu reden. Ich speichere ebenfalls ab, den nächsten »normalen« buddhistischen Mönch zu lesen, der mir über den Weg läuft, um meine Meditationstheorie zu überprüfen. Ich bin mir nicht sicher, wo ich einen solchen Mönch finden kann, aber ich habe schon einmal den Dalai Lama in der Nähe des Sitzes der Vereinten Nationen gesehen. Er ist ein Buddhist.

Verdammt, ich wünschte, ich hätte damals schon gewusst, dass ich Gedanken lesen kann. Den Dalai Lama zu lesen, wäre cool gewesen, aber es hätte auch so ausgehen können, dass er sich in der Stille zu mir gesellt hätte. Woher weiß ich, dass er nicht einer von uns ist?

Als ich bemerke, dass meine Gedanken abschweifen, ohrfeige ich mich innerlich, um mich wieder auf das Wesentliche zu konzentrieren, und den Kopf dieses jungen Mönches zu verlassen.

* * *

»Das ist unglaublich«, meint Eugene sobald ich wieder draußen bin. »Ich kann ihn nicht lesen. Ich frage mich wie –«

»Zhenya, konzentriere dich«, unterbricht ihn Mira. »Jetzt ist wirklich keine Zeit für deine Wissenschaft.«

»Ich hatte mehr Glück beim Lesen als ihr beiden, aber die Information, die ich erhalten habe, macht keine großen Hoffnungen«, sage ich und beuge damit einem Streit zwischen Eugene und seiner Schwester vor. »Caleb und viele andere dieser Mönche sind auch hier.«

»Scheiße«, meint Mira. »Wir müssen die Kleine finden und mit ihr eine Lösung suchen.«

Hillary zu suchen ist eine großartige Idee. Ich übernehme die Führung unseres Suchtrupps.

Sie und Bert sind in dem Starbucks, in dem ich ihm unsere Geheimnisse verraten habe. Ich muss lächeln, als ich meinen Freund mit einem weiteren Kaffee sehe. Wir hatten zwei, als wir vor weniger als einer Stunde miteinander geredet haben, aber er hat eine extrem hohe Koffeintoleranz. Ich glaube, er könnte den ganzen Tag lang Kaffee trinken, ohne auch nur das kleinste bisschen aufgedreht zu werden. Oder vielleicht ist es auch einfach nur schwierig, den Unterschied zwischen einem normalen und einem aufgedrehten Bert festzustellen, da er immer wie aufgezogen ist.

Ich hole Hillary zu uns, und einen Moment später schaut sie mich mit einem besorgten Gesichtsausdruck an. Die Furche zwischen ihren Augenbrauen vertieft sich noch mehr, als ich ihr die Situation erkläre.

»Gib mir eine Sekunde«, sagt sie.

Sie geht zu Bert und küsst ihn wieder genauso innig, wie sie es das letzte Mal beim Führen getan hat. Mira und Eugene drehen sich weg, während ich einfach nur zur Seite schaue, da ich mir nicht sicher bin, wie ich mich in solchen Situationen angemessen verhalte.

»Fertig«, meint Hillary, als sie das, was sie mit Bert getan hat, beendet.

»Du hast seine Strippen gezogen?«, will Mira wissen.

»Ich habe ihn dahingehend geführt, direkt zum Flugzeug zu gehen und weder zurückzuschauen noch andere Schwierigkeiten zu machen«, erwidert Hillary.

»Gut gemacht«, meine ich. »Eine Variable weniger, über die wir uns Gedanken machen müssen.«

»Genau das Gleiche habe ich mir auch gedacht. Und jetzt folgt mir«, sagt Hillary und geht weg. Mira und Eugene tauschen fragende Blicke aus und schauen danach zu mir. Ich zucke mit den Schultern. Ich habe keine Ahnung, was meine Tante vorhat, aber da es so aussieht, als wisse sie, was sie tut, beschließe ich, ihr zu folgen.

Sie nähert sich einem Mann in Uniform. Er scheint ein Mitarbeiter der Transportsicherheitsbehörde zu sein. Ohne zu zögern, tastet Hillary den Mann ab.

»Keine Waffen«, erklärt sie sichtlich enttäuscht.

»Ich glaube nicht, dass die Mitarbeiter der Transportsicherheitsbehörde jemals welche tragen«, meint Eugene. »Sie sind keine Polizisten.«

»Ich denke, ich verstehe was du vorhast«, sagt Mira und schaut Hillary anerkennend an. »Lass mich mal sehen.«

Sie legt ihre Hand auf die glänzende Glatze des älteren Mannes und konzentriert sich.

»Wie stereotyp«, meint sie, als sie fertig ist. Damit dreht sie sich um, geht zu den Treppen und steigt eine Etage hinab. Wir folgen ihr.

Während wir gehen, bemerke ich, dass Hillary sich nachdenklich umschaut. Ich frage mich, was sie plant. Was auch immer es sein mag, offensichtlich muss sie dafür die Umgebung kennen.

»Dort«, sagt Mira und zeigt auf den Dunkin Donuts.

Ich sehe zwei weitere Männer in Uniformen. Diese beiden haben »Miami-Dade« auf ihren Dienstmarken stehen.

Sie sind Polizisten.

»Polizeidirektion Miami-Dade«, erklärt Mira und nimmt sich die Waffe des kleineren der beiden Polizeibeamten.

»Jetzt verstehe ich«, meint Eugene. »Polizisten in einem Donut-Laden.«

Mira schüttelt langsam ihren Kopf, aber verkneift sich eine abfällige Bemerkung. Ich frage mich, ob das bedeutet, dass sich ihre Laune gebessert hat.

»Du solltest seine Waffe nehmen«, sagt Hillary zu Eugene und deutet dabei auf den größeren Polizisten.

»Wäre es nicht besser, wenn Darren sie nimmt?«, will Eugene wissen. »Er hat erst kürzlich schießen gelernt, und das ironischerweise von Caleb der –«

»Du solltest sie nehmen«, wiederholt Hillary. »Und das ist der Grund dafür.«

Sie erklärt uns ihren Plan.

»Das ist ein guter Anfang«, meint Mira, als Hillary zu Ende gesprochen hat. »Aber sobald wir die Gedankendimension verlassen, wird es nicht reichen.«

»Deshalb komme ich nicht mit euch mit«, erwidert Hillary. »Ich werde umhergehen und meine Aufgabe erfüllen. Darren, kannst du mir diesen jüngeren Mönch beschreiben?«

Ich erkläre ihr, wie der jüngere Mönch aussieht und wo er sich von unserem Flugsteig ausgehend befindet.

»Denkst du, ich könnte ihn führen?«, fragt sie. »Schließlich konntest du ihn ja lesen.«

»Wahrscheinlich«, erwidere ich.

»Ich werde mir noch einen Notfallplan überlegen, falls er nicht kooperiert«, sagt Hillary. »Ihr drei geht und erfüllt eure Aufgaben.«

»Wirst du genug Zeit für deinen Teil haben?«, fragt Mira.

»Das ist nicht wichtig«, antwortet Hillary. »Ich kann splitten und mir die Zeit nehmen, die ich brauche. Ich habe mehr als genügend eigene Reichweite.«

»Du hast recht«, erwidert Mira. »Meine Nervosität schlägt mir aufs Gehirn.«

Hillary antwortet nichts, geht weg und berührt die Person neben uns.

Eugene, Mira und ich brauchen nur wenige Minuten, um unsere Zielperson ausfindig zu machen – Caleb.

»Jetzt kommt der schräge Teil«, meine ich.

»Der ganze Plan ist schräg«, sagt Eugene. »Komm, wir gehen dich holen, Darren.«

Wir lassen Calebs Körper hinter uns, gehen durch den Flughafen zurück zu unserem Flugsteig und dann zu meinem eingefrorenen Ich auf seinem gefährlichen Weg zur Toilette.

»Alles klar«, meint Eugene. »Soll ich die Beine nehmen?«

»Meinetwegen«, entgegne ich. »Dann nehme ich die Arme.«

»Wartet eine Sekunde«, unterbricht uns Mira und geht weg.

Als sie zurückkommt, hat sie einen der Gepäckwagen dabei, die sich die Reisenden für fünf Dollar mieten können. Ja, fünf Dollar für einen fantastischen mechanischen Wagen ohne elektrische Komponenten (was durch die Tatsache bewiesen wird, dass er auch in der Stille funktioniert). Das sind Flughafenpreise.

»Das ist genial«, sage ich.

»Nicht wirklich. Ihr zwei seid Idioten, wenn ihr vorhattet, ihn – dich – an Armen und Beinen durch den halben Flughafen zu tragen«, erwidert sie trocken.

Ich sage nichts dazu, zumal sie den Nagel auf den Kopf getroffen hat. Ich sollte daran gedacht haben, einen Einkaufswagen zu benutzen, aber ich bin wegen des nächsten Teils des Plans zu angespannt, um klar denken zu können.

Ohne viel Aufheben stoße ich meinen steifen Körper an, und er fällt auf den Wagen. Es ist eigenartig, meinen eigenen Körper so daliegen zu sehen.

»Ich schiebe«, lege ich fest. »Es ist ja schließlich mein Körper.«

Niemand widerspricht mir, und wir machen uns auf den Weg dorthin, wo wir Caleb gefunden haben. Ich komme mir albern dabei vor, meinen eigenen Körper vom Wagen zu ziehen. Ich stelle mir vor, dass sich Promis so fühlen müssten, sollten sie in Madame Tussaud's Wachsfigurenkabinett auf ihre Statue treffen und mit ihr herumspielen.

»Wir sollten ihn dort abstellen«, sage ich. »Hinter der Säule.«

Und während Mira respektlos auflacht, laden Eugene und ich die bewegungslose Version von mir ab und stellen sie so gut wir können hinter eine glänzende Metallsäule.

»Jetzt zum lustigen Teil«, meine ich.

»Darren. Noch ist es nicht zu spät, eine andere Lösung zu finden«, wirft Eugene ein. »Etwas, was nicht so gefährlich ist.«

»Für mich ist der Plan akzeptabel«, sage ich. »Erfüllt einfach nur eure Aufgabe.«

Ohne ein weiteres Wort gehen Eugene und Mira weg, und ich habe keine Ahnung, wohin. Das ist Absicht. Jetzt kommt der verrückte Teil – den Teil, den sich Hillary ausgedacht haben könnte, um sich dafür zu rächen, dass ich Bert ihre wahre Natur enthüllt habe.

Ich gehe zu Caleb und schlage ihm in sein unbewegliches Gesicht. Ich weiß, dass ihn das in die Stille holen wird, genauso wie es jeder andere Körperkontakt getan hätte. Das ist leider auch Teil des Plans.

»Das hättest du nicht tun sollen, Kind«, meint Caleb, sobald er auftaucht.

Und mit einer blitzschnellen Bewegung ist er neben mir, und mein Kinn beginnt höllisch zu schmerzen.

DREIZEHNTES KAPITEL

»Halt«, kann ich noch sagen, was beweist, dass mein Kiefer nicht gebrochen ist. »Ich will mit dir reden.«

Während ich das sage, wehre ich einen handfesten Roundhouse-Kick mit meinem Ellenbogen ab. Caleb hatte es mit dem Tritt auf meinen Kopf abgesehen. Hätte er getroffen, wäre ich jetzt bewusstlos. Stattdessen höre ich ein knackendes Geräusch, als sein Fuß auf meinem Arm aufschlägt. Der Schmerz meines Kinns fühlt sich plötzlich wie Kinderkram an. Mein Kiefer mag vielleicht in Ordnung sein, aber mein Ellenbogen ist definitiv gebrochen.

»Nimm es nicht persönlich, Kind, aber dieses Mal werde ich dich töten«, erwidert er und ich sehe mich gezwungen, einen Schlag auf meine Brust mit dem gleichen Ellenbogen abzuwehren. Durch die Schmerzen sehe ich Sterne. Trotzdem lande ich einen guten Treffer, als meine rechte Hand auf sein Ohr schlägt.

»Der war gut«, sagt er. »Also hast du doch etwas gelernt.« Als Nächstes will er mich mit seinem rechten Ellenbogen erwischen, aber ich ducke mich. »Wie ich schon gesagt habe, geht das nicht gegen dich persönlich«, fährt er fort. »Es ist einfach so, dass du viel leichter zu fangen bist, wenn du inert bist.« Diesen Worten folgt eine doppelt angetäuschte Bewegung – oder zumindest hoffe ich, dass es so etwas Cleveres war, weil er einen Treffer auf meinem Rumpf landet. Während ich daraufhin durch das Fehlen der Luft in meinen Lungen abgelenkt werde, stößt er mich zurück und wirft mich damit zu Boden.

Während meines Falls denke ich, dass sich mein eingefrorenes Ich wahrscheinlich genauso gefühlt haben muss, als ich es auf den Gepäckwagen geschubst habe. Es muss genauso lächerlich aussehen. Dann komme ich auf dem Boden auf und kann weder über mein Aussehen noch etwas anderes nachdenken. Durch diesen Aufprall wird auch das letzte bisschen Luft aus mir herausgepresst. Mein Körper fühlt sich kalt an. Ich muss in einen Schockzustand gleiten. Aus etwa dreißig Zentimetern Entfernung kommt Caleb auf mich zu. *Warum dauert das alles nur so lange,* frage ich mich.

Caleb hebt seinen Fuß an und mein Kopf macht wieder diese Sache, die gleiche Sache, die er auch getan hat, als ich auf der Brücke gegen Sam gekämpft habe. Es fühlt sich fast genauso an, wie wenn ich in die Stille hinübergleite. Es ist dieses Ich-sterbe-und-deshalb-zieht-mein-Leben-gleich-noch-einmal-vor-meinen-Augen-vorbei-Gefühl. Allerdings befinde ich mich schon in der Stille. Trotz der Schmerzen versucht ein noch rationaler Teil meines Gehirns, diese Emotion zu verstärken, sie zu kanalisieren. Meine einzige Hoffnung ist hinüberzugleiten – das zu erreichen, was ich als 2. Ebene der Stille bezeichne. Ich erinnere mich daran, welche furchtbaren Schmerzen ich nach dem anderen Tritt Calebs hatte. Ich versuche sogar, von Hillarys Atemtechnik inspiriert, schneller zu atmen.

Sein Fuß landet auf meinen Rippen, und ich kann mich nur noch auf diesen Schmerz konzentrieren. Ich öffne meine Augen und sehe, dass Caleb sein Bein erneut angehoben hat, und diesmal auf meinen Kopf zielt. Wenigstens werden die Schmerzen vorüber sein, sobald ich tot bin, auch wenn ich inert aufwachen werde. Doch statt einen Tritt zu spüren, höre ich einen Schuss.

Ich öffne meine Augen wieder. Ich hatte nicht einmal bemerkt, sie überhaupt geschlossen zu haben. Calebs Gesicht spiegelt pure Überraschung wider. Er hält seine Brust und Blut rinnt zwischen seinen Fingern hervor.

Dann löst sich ein weiterer Schuss.

Calebs Kopf explodiert. Sein lebloser Körper fällt nicht weit von mir entfernt zu Boden.

Einige seiner durch die Luft fliegenden Überreste landen auf meiner Kleidung. Ich kann sogar etwas auf meinem Gesicht spüren. Allerdings kann ich mich weder ekeln, noch mich darüber freuen, da ich zu starke

Schmerzen habe und mich in einem Schockzustand befinde. Ich liege einfach nur da und versuche erfolglos, mich zum Aufstehen zu zwingen.

»Komm, Schatz«, sagt Mira und ergreift mich vorsichtig unter meinen Achseln. Ich habe zu starke Schmerzen, um mich zu fragen, ob ich schlecht gehört habe. Mit Sicherheit hat Mira kein Kosewort für mich benutzt? »Nimm seine Füße«, sagt sie schroffer. Sie muss mit Eugene reden. »Vorsichtig, du undankbarer Schwachkopf.«

Sie tragen mich irgendwohin, und wie in einem Nebel erinnere ich mich, wohin.

»Warum zum Teufel hast du so lange gewartet?«, will Mira von Eugene wissen. »Warum hast du nicht sofort geschossen?«

»Er stand zu nah bei Darren«, erklärt Eugene. »Ich konnte nicht sauber schießen. Warum hast du denn nicht abgedrückt?«

»Aus dem gleichen Grund, aber im Gegensatz zu dir stand ich wirklich in einem beschissenen Winkel«, erwidert sie. »Das ist das letzte Mal, dass ich auf diese dumme kleine Strippenzieherschlampe gehört habe. Wie viele ihre Pläne müssen katastrophal enden, bevor ich etwas lerne?«

»Darren lebt und Caleb ist tot. So schlecht war Hillarys Plan nun auch wieder nicht«, widerspricht Eugene.

»Hätten wir uns nicht versteckt, hätten wir Caleb eher umbringen können«, sagt sie.

»Darren als Ablenkung zu benutzen, war clever. Wenn Caleb uns gesehen hätte, gerade mit den Waffen, wäre er umhergerollt wie ein Wahnsinniger, genauso wie Sam, falls du dich daran erinnerst. Und das ist nicht so glatt gelaufen.«

»Wie auch immer«, sagt sie und hält an. »Krempel Darrens Jeans hoch und hilf mir, seine Hand auf sein Bein zu legen.«

Wir haben mein eingefrorenes Ich hierhergebracht, damit ich die Stille schnell verlassen kann. Ich bin Hillary dankbar für diese Vorsichtsmaßnahme. Ich denke, dass ich auf dem Weg zu mir gestorben wäre, hätten sie mich durch den ganzen Flughafen zu meinem Körper zurückbringen müssen. Als meine Hand das haarige Bein meines anderen Ichs berührt, verlasse ich die Stille.

Ich bin glücklich, keine gebrochenen Rippen, Ellenbogen und andere Verletzungen mehr zu haben. Sobald der Lärm des Flughafens wieder zurück ist, genieße ich es, keine Schmerzen mehr zu spüren. Selbst das unangenehme Gefühl der vollen Blase ist eine willkommene Abwechslung zu den lähmenden Qualen, die ich in der Stille erlitten habe.

Der erste Teil des Plans hat also funktioniert. Caleb ist inert. Er ist immer noch sehr gefährlich, aber er kann den nächsten Teil nicht voraussehen, ohne die Stille zu benutzen. Der zweite Teil des Planes besteht darin, dass meine Freunde und ich ihn ausbremsen werden, was zur

Folge haben wird, dass es auch die Mönche aufhalten wird.

Ich habe als Nächster meinen Einsatz, und es wird ein wenig kompliziert werden. Ich muss mit den Mönchen fertig werden, die sich mir nähern und dabei mit dem Meister beginnen, da er sich am nächsten bei mir befindet. Und ich muss das so schnell wie möglich erledigen.

Ich sehe dem Meister dabei zu, wie er den Abstand zwischen uns schließt. Der Mönch hinter ihm ist an seinem Wegwerftelefon. *Mist.* Jetzt werden alle wissen, wo ich bin. Ich muss schneller mit dem Meister fertig werden, um noch eine Chance zu haben, aus dieser Sache herauszukommen.

»Komm mit mir, mein Sohn«, sagt der Meister zu mir, sobald er sich auf Schlagdistanz befindet. Ist das eine Art Kung-Fu-Kauderwelsch zur Gewaltvermeidung? Will er eine friedliche Lösung ohne Kampf? Das wird nicht passieren.

Ich verschaffe mir einen Überblick über die Lage und überlege mir einen Notfallplan. Da das hier nicht die olympischen Spiele sind, wo Sportsgeist zählt, trete ich dem Meister in den Schritt – ohne ihm zu sagen, dass ich anderer Meinung bin als er, ohne jegliche Vorwarnung, einfach so. Während ich das tue, erkenne ich, dass es sich dabei um einen Standardlendentritt aus dem Krav Maga handelt.

Erstaunlicherweise fällt der Meister nicht schreiend zu Boden, wie es jeder normale Mann tun würde. Er vollführt etwas, was aussieht wie eine Handbewegung aus dem Tai-Chi, atmet tief durch und begibt sich in eine Abwehrhaltung. Nachdem ich meine anfängliche Bewunderung über seine fehlende Reaktion überwunden habe, trete ich gegen sein Schienbein. Er verlässt meine Reichweite kurz, bevor er sich nach vorne wirft und auf meine ungedeckte Schulter zielt.

Die Schulter schmerzt höllisch, und was es viel schlimmer macht, ist mein Wissen darüber, dass ich es nicht einfach rückgängig machen kann, indem ich die Stille verlasse. Das ist die reale Welt, das sind echte Verletzungen. Meine Gedanken an die Stille bringen mich auf eine Idee, und ich gleite in die Gedankendimension.

Ich stehe neben dem Meister und mir. Er ist gerade dabei mich hinter mein Knie zu treten. Hier habe ich einen Vorteil. Ich kann mich in die Stille begeben und seinen nächsten Angriff beobachten. Das ist eine Strategie, von der mir Caleb einmal erzählt hat.

Eine sehr vielversprechende Strategie.

Ich verlasse die Stille, bewege meinen Fuß aus dem Weg und drehe mich um, um meinem Gegner aus einer besseren Position zu begegnen. Sobald ich das getan habe, begebe ich mich erneut in die Stille.

Ich betrachte meinen Angreifer. Seine Schulter und sein Arm sind auf eine solche Art und Weise angespannt, dass ich denke, dass er mich gleich mit seiner rechten Hand erwischen möchte. Genauer gesagt vermute ich, dass der Schlag auf die Schulter gerichtet ist, die er bereits verletzt hat.

Ich verlasse die Stille, ducke mich, um unter seinem Arm auf ihn zuzugehen, und schlage ihn in den Rumpfbereich. Seine Bauchmuskeln sind stahlhart und ich bezweifle, dass er überhaupt etwas bemerkt hat.

Ich friere erneut alles ein.

Aha! Er will seinen Ellenbogen in meinen Arm stoßen. Und sein Bein ist bereit, zuzutreten.

Ich kehre in die reale Welt zurück, um beide Angriffe abzuwehren, und führe einen Wurf durch, der eher aus der Aikido-Richtung kommt. Das sollte etwas sein, was nicht gerade seinem Kampfstil entspricht. Der Meister fällt zu Boden und er erhält von mir Calebs Spezialbehandlung – einen Tritt in die Rippen. Danach begebe ich mich, als reine Vorsichtsmaßnahme, in die Stille – und ich bin froh, das getan zu haben.

Der andere Mönch erwischt mich fast. *Scheiße.* Selbst mit dem Vorteil der Stille bin ich mir nicht sicher, mit zwei Personen auf einmal fertig zu werden. Ich muss den Meister bewusstlos schlagen, um mit diesem neuen Kerl fertig zu werden.

Ich verlasse die Stille und trete den Meister in den Kiefer. Er bewegt seinen Kopf im letzten Moment weg, und der Effekt meines Tritts wird drastisch abgeschwächt.

Ich blicke kurz zu meinem anderen Angreifer und sehe den jüngeren Mönch hinter ihm stehen; er hat seine Brüder fast eingeholt.

Das war's. Ich kann es nicht mit dreien von ihnen auf einmal aufnehmen.

Ich schaue auf den jüngeren Mönch, der verzweifelt versucht, den Abstand aufzuholen, und denke über meine schnell schwindenden Optionen nach.

Dann ergreift der jüngere Mönch die Schulter seines Bruders.

»Darren«, sagt er, »renn zum Flugsteig.«

Und auf einmal verstehe ich es. Das ist der Mönch, von dem wir dachten, dass Hillary ihn vielleicht führen könnte. Es sieht so aus, als sei diese Annahme richtig gewesen.

»Letzter Aufruf für den Flug 2447 nach JFK«, höre ich aus den Lautsprechern.

Scheiße. Ich beschließe, Hillarys Aufforderung zu folgen. Ich drehe mich um und will losrennen, aber die Hand des Meisters umklammert plötzlich mein Bein.

Ich begebe mich in die Stille und alles wird ruhig.

Ich laufe so schnell ich kann durch die eingefrorenen Menschen in Richtung Flugsteig. Ich muss ein wenig mehr Zeit gewinnen. Während ich renne, sehe ich Eugene in einiger Entfernung. In der echten Welt bewegt er sich gerade im Laufschritt vom Flugsteig weg. Ich überlege, ihn zu mir zu holen, aber lasse es bleiben. Er soll sich ruhig auf das konzentrieren, was er gerade vorhat.

Ich benötige einen Moment, um das Mädchen zu finden, das die Ansage gemacht hat. Ich lese sie und erfahre das, was ich schon weiß. Es sind nur noch wenige Augenblicke bis zum Abflug. Allerdings finde ich auch heraus, wer ihr Chef ist.

Niemand wird ohne mich irgendwohin fliegen, sage ich zu dem eingefrorenen Mädchen und schaue mich nach ihrem Chef um. In ihrem Kopf ist er derjenige, der für die Beendigung des Einsteigens verantwortlich ist.

Nach einigen Minuten kann ich den Mann finden – eine dünne, farblose Persönlichkeit. Ich führe ihn dahin, auf mich zu warten. Danach lese ich ihn und erfahre, dass er nicht die volle Entscheidungsgewalt über die Schließung des Flugsteigs hat, auch wenn das seine Untergebene denkt.

Mit diesem neuen Wissen bewaffnet betrete ich die Fluggastbrücke, die zum Flugzeug führt, und mache den Piloten ausfindig. Als ich ihn lese, wird mir klar, dass er die Dinge nicht allzu lange hinauszögern kann, nicht, ohne die Flugsicherung und andere Bürokraten des Flughafens aufzusuchen. Ich tue das Einzige, das ich problemlos machen kann, und führe den Piloten dahin, in den nächsten fünf Minuten nicht abzuheben. Soviel Spielraum hat er.

Während ich zu meinem Körper zurückkehre, weise ich alle Personen, auf die ich treffe, an, mir aus dem Weg zu gehen. Außerdem führe ich sie dahin, sich jedem buddhistischen Mönch in den Weg zu stellen, der mir folgt. Ich frage mich, ob die Mönche die Zivilisten verletzen werden. Aus irgendeinem Grund bezweifle ich das.

Nachdem ich wieder ein wenig Hoffnung geschöpft habe, schaue ich mich um. Der jüngere Mönch hält seine Brüder in Schach, aber es ist klar, dass er das nicht mehr lange tun kann. Der Meister blutete zwar, aber hält weiterhin entschlossen meinen Fuß fest. Ich erkenne, was ich tun muss. Es wird nicht schön werden, aber es sollte mich befreien.

Ich verlasse die Stille.

Ich schwinge mein Bein mit meiner ganzen Kraft nach hinten. Wie erwartet, gibt das Handgelenk des Meisters ein ungesundes, reißendes Geräusch von sich. Ich bin froh, als er mich loslässt, und begebe mich erneut in die Stille, um zu sehen, ob er einen weiteren Stunt plant – aber es sieht nicht so aus. Ich fühle mich furchtbar, als ich sehe, dass sein Handgelenk in einem eigenartigen Winkel an seinem Arm hängt. Welchen Schaden ich ihm auch immer zugefügt haben mag, es ist die Schuld meines Großvaters, nicht meine, rufe ich mir selbst ins Gedächtnis.

Er wird wieder heilen, sage ich mir und kehre in die Realität zurück. Sobald ich die Geräusche des Flughafens hören kann, renne ich los.

Der jüngere Mönch schreit vor Schmerzen auf, was wahrscheinlich bedeutet, dass mir der ältere jetzt folgt.

Die Menschen, die ich geführt habe, verhalten sich so, wie sie sollen. Ohne zu wissen warum, machen sie mir den Weg frei.

Während des Laufens gleite ich in die Stille hinüber, um zu sehen, ob der Mönch mir wirklich folgt – das tut er. Und nicht nur er. Einige andere Mönche sind mir ebenfalls dicht auf den Fersen. Diese Neuen müssen gekommen sein, als ich mit dem Meister beschäftigt war. Glücklicherweise haben die Reisenden am Flughafen sich ihnen wie eine undurchdringbare Mauer in den Weg gestellt.

Als ich die Hälfte des Wegs zum Flugsteig hinter mich gebracht habe, beginnen die Leute um mich herum im Chor zu sprechen. »Lauf schneller, Darren. Caleb ist genau hinter dir.« Diese Einstimmigkeit der ganzen Menschen ist gruselig, und ich weiß sofort, dass es sich um eine Warnung von Hillary handelt.

Ich begebe mich in die Stille und suche Caleb, um zu sehen, wie schlimm die Lage ist.

Eugene hält Calebs Bein fest, fast genauso, wie es der Meister mit meinem getan hat. Caleb muss ihn geschlagen haben, denn mein Freund hat unter seinem Auge einen schwarzen Bluterguss.

Ich berühre Eugene und hole ihn zu mir.

»Kumpel«, sage ich sobald er auftaucht. »Was zum Teufel machst du da?«

»Ich halte ihn auf«, antwortet er, »damit du eine Chance hast.«

»Schau dir das an.« Ich zeige auf die Menschen die ihn und Caleb umzingeln. Sie sehen aus wie Zombies, die es auf leckere Gehirne abgesehen haben. »Hillary kontrolliert diese ganzen Personen, also wird Caleb nirgendwohin gehen. Es gibt keinen Grund dafür, dass du dein Leben in Gefahr bringst.«

»Oh«, meint er. »Dann kann ich ja loslassen.«

Wir gehen zu unseren Körpern zurück, und als ich die Stille verlasse, setze ich meine verzweifelte Jagd auf den Flugsteig fort. Ich war niemals ein besonders schneller Läufer, aber heute bin ich es. Mein Herz klopft in meiner Brust, und ich atme flach. Während ich renne, hoffe ich, dass das, was ich Eugene erzählt habe, stimmt.

Nach einigen weiteren Metern begebe ich mich unbewusst in die Stille. Mein Körper muss die Effekte dieses Laufens mit einer Nahtoderfahrung verwechseln.

In der Stille gehe ich zu Caleb zurück. Eugene hat ihn freigegeben und die Zombies haben ihn umstellt. Aber Caleb hat etwas geschafft, das ich noch niemals zuvor gesehen habe. Er ist auf die Menschenmenge gestiegen und sieht aus wie ein Rockstar, der einen eigenartigen Stage Dive im Stehen vollführt. Die Leute versuchen, ihn festzuhalten, aber er windet sich in ihren Armen. Ich lese einen Mann, der in einer günstigen Position steht und sehe, dass Caleb trotz seiner eigenartigen Fortbewegungsmethode erstaunlich schnell vorankommt. Ich muss mich beeilen.

Ich gehe zu meinem Körper zurück, verlasse die Stille und laufe noch schneller.

Ich bin fast an der Tür, als ich bemerke, dass Caleb sich auf den Kopf und die Schultern eines Mannes gestellt hat. Er plant, auf mich zu springen.

Auf gar keinen Fall, denke ich als er sich abdrückt.

Im letzten Moment weiche ich aus.

Caleb landet neben mir, aber ich schieße bereits durch den Eingang und schlage ihm die Tür ins Gesicht – wortwörtlich. Ich denke, ich habe seine Nase erwischt. Augenblicklich verriegele ich das Schloss, ohne mich darum zu kümmern, was aus Caleb wird.

Während ich zum Flugzeug renne, höre ich, dass jemand gegen die Tür hämmert. Ich finde meinen Sitzplatz und habe endlich wieder wirklich Hoffnung. Bert schaut mich völlig ausdruckslos an. Ich ignoriere meinen Freund und meine volle Blase, und gleite erneut in die Stille hinüber.

Ich suche den Piloten auf. Ich habe Glück, dass das Einsteigen für die Piloten noch nicht offiziell beendet ist, denn dann wäre diese Tür verschlossen. Sobald ich mich im Cockpit befinde, dringe ich in ihre Gedanken ein. Mein Befehl ist klar und deutlich:

Hebt so schnell ab, wie das sicher möglich ist.

VIERZEHNTES KAPITEL

Erst als sich das Flugzeug auf der Startbahn befindet, seufze ich erleichtert auf.

»Was zum Teufel?«, fragt Bert verwirrt, als ich mich neben ihn setze. »Wie bin ich hierhergekommen?«

Ich ignoriere meinen Freund und begebe mich in die Stille.

Das Flugzeug und der Rest der Welt hören auf sich zu bewegen. Ich gehe zur Tür und verlasse das Flugzeug über die aufblasbare Notrutsche. Zum Glück scheint dieses Ding mit komprimierter Luft ohne elektrischen Schnickschnack zu funktionieren.

Ich sehe keine Mönche, die die Reifen des Flugzeugs wie in einem Actionfilm hinaufklettern. Gut. Niemand rennt hinter uns her. Noch besser. Ich denke, dass ich ihnen wirklich entkommen bin.

Jetzt muss ich nur noch herausbekommen, ob meine Freunde in Ordnung sind.

Ich finde einen Weg in den Flughafen. Es ist einfacher, Hochsicherheitsvorkehrungen in der Stille zu umgehen, da ich mir keine Gedanken um Sicherheitsbeamte machen muss und die mit »Nur für Personal« gekennzeichneten Wege nehmen kann – zumindest diejenigen, die ohne Keycard betreten werden können.

Ich gelange zu dem geschlossenen Flugsteig. Der eingefrorene Caleb befindet sich mitten in einer leidenschaftlichen Diskussion mit dem farblosen Vorgesetzten.

»Viel Erfolg«, meine ich zu dem bewegungslosen Caleb. »Du wirst unmöglich ein Flugzeug anhalten können, das sich schon in Bewegung gesetzt hat.«

Als ich mich genug über seinen Schaden gefreut habe, suche ich Eugene. Er ist von dem Platz aufgestanden, an dem er Caleb festgehalten hat, und es sieht so aus, als würde er gerade weggehen. Er ist sogar schon weiter gekommen als ich nach dem, was gerade mit ihm passiert ist, gedacht hätte. Ich finde, das ist ein gutes Zeichen. Sein Auge schwillt an, aber ich kann keine weiteren Schäden erkennen. Ich berühre seine Stirn und hole ihn zu mir.

»Darren«, sagt er. »Was ist denn jetzt schon wieder geschehen?«

»Nichts«, antworte ich. »Ich habe es geschafft. Ich sitze im Flugzeug.«

»Gut. Komm mal mit, ich möchte dir etwas zeigen.«

Ich folge Eugene, der mich zum Flugsteig führt. Zwei Polizisten sind auf dem Weg zu Caleb.

»Hillarys Werk«, erklärt mir Eugene. »Caleb wird gerade festgenommen. Ich bin mir nicht sicher für wie lange, aber zumindest kann er sich jetzt auf keinen Fall den Weg in dein Flugzeug bahnen.«

»Ich bezweifele sowieso, dass ihm das gelungen wäre.«

»Ich nehme an, wir werden auf den nächsten Flug warten müssen«, sagt Eugene.

»Das tut mir leid. Sobald ich lande, werde ich Bert bitten, euch zu helfen, neue Tickets zu bekommen, falls ihr dann noch keine haben solltet.«

»Danke.«

»Wo ist deine Schwester? Ich möchte mich von ihr verabschieden.«

Ohne ein Wort zu erwidern, geht Eugene schnellen Schrittes auf die andere Seite der Ebene.

Mira steht neben einer Eisdiele und bastelt sich gerade eine Behelfsschiene für ihren Arm. Hillary ist bei ihr. Eugene berührt sie nacheinander.

»Darren«, meint Mira besorgt. »Dein Flugzeug hat sich schon in Bewegung gesetzt.«

»Ich bin zurückgekommen, um nach euch zu sehen. Was ist passiert?«

»Sie hat versucht Caleb aufzuhalten, bevor die Menschen, die ich kontrolliert habe, die Möglichkeit hatten, ihr zu helfen«, erklärt Hillary. »Sie hat Glück, dass ihr Arm nicht gebrochen ist.«

»Dieses verdammte Arschloch«, sage ich. »Ein Mädchen zu schlagen …«

»Halt den Mund«, entgegnet Mira und kommt auf mich zu. Ohne Vorwarnung küsst sie mich mit einer Innigkeit, die mich überrascht. Der Kuss scheint ewig zu dauern, da sie sich gar nicht wieder von mir löst.

»Sollen wir euch beiden vielleicht ein wenig Privatsphäre geben?«, fragt Hillary trocken. »Ich könnte splitten.«

»Nein«, erwidert Mira und gibt mich frei. »Er muss nach New York fliegen.«

»Dein Gedankenführen war unglaublich, Tante«, meine ich. »Wie immer.«

»Sie ist wirklich gefährlich«, sagt Mira mit unfreiwilligem Respekt. »Ich bin froh, dass sie auf unserer Seite steht.«

Wir verabschieden uns, und ich gehe wieder ins Flugzeug zurück. Der Rückweg ist um einiges komplizierter als es der Weg hinaus war. Die Notrutsche wurde offensichtlich nicht dazu entwickelt, um sie hinaufzuklettern. Irgendwann schaffe ich es, begebe mich wieder zu meinem Sitz und verlasse die Stille.

»Du bist hier, weil deine neue Freundin es so wollte«, antworte ich Bert auf seine vorangegangene Frage. »Sie hat deine Strippen gezogen oder dich geführt. Such dir den Begriff dafür aus, der dir lieber ist.«

Ich lasse ihn darüber nachdenken, während ich endlich zur Toilette gehe. Auf meinem Weg dorthin muss ich eine Stewardess durch Führen davon abhalten, mich mit ihrem ganzen Sicherheitskram aufzuhalten. Als mich dann allerdings die Turbulenzen überraschen, verstehe ich, dass es einen guten Grund für diese Regeln gibt. Das ist aber nicht weiter wichtig; ich bin schon an einem Punkt angekommen, an dem ich mir gerne meinen Kopf stoße, um meine arme Blase zu erleichtern.

Als ich zu meinem Sitz zurückkehre, sieht Bert immer noch so aus, als würde er Daten verarbeiten, genauso wie einer der Computer, die er so hervorragend missbrauchen kann. Dann ist er plötzlich wieder da und sagt: »Das Letzte, an das ich mich erinnere, ist, dass ich sie gebeten habe mir zu versprechen, dass sie ihre Kräfte nicht einsetzen würde, um mich zu manipulieren.«

»Das ist ziemlich ironisch«, meine ich. »Aber vertrau mir, wenn ich dir sage, dass sie es zu deinem Besten getan hat.« Ich erkläre ihm, was am Flughafen alles passiert ist.

Als ich fertig bin, erwidert er: »Du hast recht, ich kann verstehen, warum sie es getan hat. Ich bin ihr sogar dankbar dafür.«

»Ach?« Ich lege meinen Gurt um. »Ich muss zugeben, dass du mit dieser ganzen Meine-Freundin-kann-meine-Gedanken-kontrollieren-Sache erstaunlich gut umgehst.«

»Das stimmt.« Bert zuckt mit den Schultern. »Im Laufe der Jahre habe ich einige Dinge durch meine

Eltern mitbekommen. Frauen bekommen von Männern sowieso immer das, was sie wollen. Auf diese Art können Hillary und ich uns diese ganzen unschönen Anschuldigungen, das Schmollen, das Streiten, das Schreien und die normalen Manipulationen, mit deren Hilfe andere Menschen ihren Willen durchsetzen, sparen. Also könnte ihr Weg unsere Beziehung harmonischer machen.«

»Natürlich«, erwidere ich und verkneife mir ein: »Rede dir das ruhig weiter ein.«

»Ich muss dich unbedingt etwas fragen«, sagt er, als das Flugzeug abhebt. »Wie war es, als du das erste Mal in die Stille hinübergeglitten bist?«

»Erinnerst du dich daran, dass ich dir erzählt habe, bei einem Sturz mit meinem Fahrrad fast gestorben zu sein?«

»Ja, genauso wie bei deinem Fall vom Dach oder in den Gully.« Er grinst.

»Naja, allerdings habe ich dir die wesentlichen Details dieser Stürze nicht erzählt«, sage ich und ignoriere sein Sticheln. »Wie die Zeit sich verlangsamt hat, als ich von meinem Fahrrad aus durch die Luft flog.«

»Scheint die Zeit in solchen Situationen nicht immer langsamer zu vergehen?«

»Vielleicht. Aber ich nehme an, dass meine Erfahrung sich von der normaler Menschen unterscheidet, weil alles wirklich sehr langsam wurde. Ich rede von der Zeitlupenaufnahme einer Kugel in den

Filmen. Ich flog ungefähr zwei Zentimeter pro Sekunde. Das war beängstigend.«

»Und dann?«

»Und dann, nachdem ich mir vorgestellt hatte, was alles passieren könnte, sobald ich auf dem Boden aufschlage – angefangen vom Sterben bis hin zur Querschnittslähmung – erreichte ich eine Art Schwelle, und alles hielt komplett inne. Ich lag auf dem Boden, während ein Doppelgänger von mir immer noch durch die Luft flog. Hätte ich damals schon eine Vorstellung von dem Konzept der Seele gehabt, hätte ich wahrscheinlich gedacht, dass meine meinen Körper verlassen hat. Da das nicht der Fall war, glaubte ich, dass es sich um einen komischen Traum handelte. Als ich zu meinem fliegenden Ich hinüberging und es berührte, um zu sehen ob es echt war, fand ich mich in der Luft wieder und kurz danach auf dem Boden. Die quälenden Schmerzen, die ich dann verspürte, waren der Beweis dafür, dass es sich nicht um einen Traum handelte.«

»Gibt es dich immer doppelt?«, will er wissen.

»Ja.«

»Und wenn Hillary das tut, gibt es sie dann auch zweimal?«

»Genau.«

»Nennt sie es deshalb Splitten?«

»Ich denke, das hat mehr mit der Aufspaltung der Realität zu tun, aber du hast auf gewisse Weise auch recht«, erwidere ich. »Auf jeden Fall liefen die ersten Male genauso ab. Ich erlebte eine drastische

Verlangsamung der Zeit, bevor ich in den Modus hinüberglitt, in dem die Zeit still stand. Später passierte die Phase der Verlangsamung immer seltener, bis sie völlig verschwand und alles sofort einfror, wenn ich mich in die Stille begab.«

»Faszinierend«, meint er, »aber ich habe noch mehr Fragen.«

Die nächste halbe Stunde lang erzähle ich Bert von der Stille und versuche dabei, meine wachsende Müdigkeit zu ignorieren. Als ich beginne, nach jedem Satz zu gähnen, höre ich auf, und wir beschließen, den Rest des Fluges zu schlafen.

* * *

»Mann, wach auf«, sagt eine Stimme aus weiter Ferne zu mir. »Wir sind gelandet und endlich lassen sie uns aussteigen. Seit einer verdammten Stunde stehen wir schon am Gate.«

»Lass mich einfach schlafen«, murmele ich.

»Wir sind in New York«, sagt die Stimme. Ich erkenne, dass es Bert ist, der zu mir spricht. »Und du musst zu deiner Mutter gehen, erinnerst du dich?«

Diese Erklärung weckt mich zumindest soweit auf, dass ich aus dem Flugzeug steigen kann.

Als wir durch den JFK International Airport laufen, bin ich noch ein wenig wacher und beschließe, Mira anzurufen.

»Darren, weißt du wie spät es ist?«, fragt sie mich mit schläfriger Stimme am anderen Ende der Leitung.

Ich schaue auf mein Handy und schlage mir auf die Stirn. »Es tut mir leid, Mira. Ich wusste nicht, dass es drei Uhr morgens ist.«

»Scheiße«, sagt sie. »Ich wusste es auch nicht.«

»Ich habe nur angerufen, um zu fragen, ob bei euch alles in Ordnung ist. Soll Bert ein wenig zaubern und euch Tickets besorgen?«

»Nein«, antwortet sie. »Deine Tante hat schon nachgeholfen. Wir haben First Class Tickets für den ersten Flug. Und jetzt lass mich schlafen.«

»Warte! Caleb hat euch in Ruhe gelassen?«

»Ja«, sagt sie. »Er wurde festgenommen und die Mönche sind unglaublich schnell verschwunden. Deine Tante hat sie nicht wirklich herzlich in Empfang genommen.«

»Okay, und nochmal Entschuldigung. Schlaf weiter.«

»Tschüss. Und das nächste Mal schick mir bitte einfach eine Nachricht.« Sie legt auf.

Ich habe meinen Fehler verstanden und beschließe deshalb, Lucy später anzurufen. Ich habe die Schlüssel für das Haus meiner Mütter und ich denke, dass es besser wäre, dorthin zu fahren, und im Gästezimmer zu schlafen ohne sie aufzuwecken. Ich muss nur aufpassen, meine Mütter nicht ungewollt am nächsten Morgen zu erschrecken.

Ich fühle mich ruhiger, bis wir nach draußen gehen. Das Wetter ist furchtbar, und nicht nur im Vergleich zu Miami. Es regnet und es ist kalt.

Wir benötigen eine unerträgliche halbe Stunde, bis wir ein Taxi erwischen, das mir Bert großzügigerweise überlässt.

»Wir hören uns, Kumpel«, sagt er und erwischt fast mein Gesicht, als er die Tür des Taxis schließt.

Ich gebe dem Fahrer zwei Anweisungen: Bring mich nach Staten Island und wecke mich auf keinen Fall auf.

Sobald ich das getan habe schlafe ich ein.

* * *

Ich wache auf und schaue mich um. Ich bin immer noch in dem Taxi. Wir sind auf dem Highway. Die rote digitale Uhr auf dem Taxameter zeigt 5.35 Uhr an.

»Entschuldigung«, sage ich, um die Aufmerksamkeit des Fahrers auf mich zu lenken. »Sind wir noch weit entfernt von Staten Island?«

»Es tut mir leid, mein Freund«, antwortet der Fahrer mit einem Akzent, den ich nicht zuordnen kann. »Wir kommen gerade erst in Brooklyn an. Es gab einen großen Unfall auf einer der Straßen vor uns.«

Meine Müdigkeit verschwindet schlagartig.

Wir bewegen uns kaum mit acht Kilometern pro Stunde vorwärts. Der Unfall muss mehrere Spuren blockieren und den Verkehr wie einen Strom in einen engen Trichter lenken. Nur dass sich in den

Wassermolekülen im Gegensatz zu den Autos keine Fahrer befinden, die in solchen Staus kurzsichtigerweise die Dinge dadurch verschlimmern, dass sie andauernd die Spur wechseln. Ich verstehe, dass sie versuchen, die Spur zu finden, auf der es schneller voranzugehen scheint, aber alles was sie erreichen, ist, den gesamten Verkehr aufzuhalten. Würden sie genau wie Wasser dem Weg des geringsten Widerstandes folgen, würden alle schneller vorankommen.

Bist du schon im Flugzeug?, schreibe ich Mira.

Erst in etwa einer Stunde, antwortet sie. *Aber es ist kein Direktflug. Scheiß Caleb und seine Scheiß Mönche.*

Wem sagst du das, tippe ich. *Hoffe du konntest noch ein wenig schlafen.*

Ich hab's versucht. Bist du bei deiner Mutter?

Noch nicht. Stecke im Stau.

Okay. Muss los. Eugene hat schon wieder Hunger.

Wir hören uns später.

Da ich jetzt das einzige getan habe, mit dem ich Zeit totschlagen konnte, bin ich bereit für ausgefallenere Alternativen. Mit diesem Gedanken gleite ich in die Stille hinüber und steige aus dem stehenden Taxi.

Die Geräusche des Regens, des Verkehrs und des Donners sind verschwunden. Trotz der frühen Uhrzeit und des Wetters ist der Highway ziemlich gut beleuchtet – dank der ganzen Autos. Im hellen Licht der Scheinwerfer des Autos hinter mir betrachte ich voller Bewunderung die in der Zeit eingefrorenen Regentropfen. Danach gehe ich durch sie hindurch, und meine Begeisterung für die Wunder der Natur nimmt drastisch ab, als die gleichen Tropfen durch meine Kleidung dringen. Jedes Mal, wenn mein Körper die schwebenden Regentropfen berührt, reagieren sie wie eine normale Flüssigkeit. Ich schwöre, dass ich in der Stille nasser werde als im normalen Regen. Der einzige Trost ist, dass ich wieder trocken sein werde, sobald ich in die Realität zurückkehre.

Ich berühre einen Idioten in einem Honda, der gerade auf unsere Spur wechseln will. Als ich fertig bin, wird er die nächsten Kilometer glücklich und zufrieden auf seiner Spur bleiben. Die gleiche Behandlung erhalten einige andere Fahrer in meiner Nähe, bevor ich eine Idee habe.

Anstatt den Verkehrsfluss zu beschleunigen, sollte ich viel egoistischer an die ganze Sache herangehen. Sobald mein Plan feststeht, beginne ich mit seiner Ausführung. Ich wähle einige Fahrer auf unserer Spur aus, lese sie, und wenn es sich dabei um diese Arschlöcher handelt, die dauernd die Spur wechseln, führe ich sie dahin genau das jetzt zu tun, auch wenn sie dadurch kein bisschen schneller vorankommen werden.

Ich gehe zu meinem Taxi zurück und verlasse die Stille. Ich bin trocken und sehe amüsiert dabei zu, wie die Autos der von mir geführten Fahrer unsere Spur verlassen, ohne dass jemand anderes ausschert, um ihren Platz einzunehmen, obwohl man auf dieser Spur jetzt schneller vorankommt. Trotz dieses Fortschritts gewinnen wir durch meine Arbeit nur wenige Meter.

»Gibt es einen Weg, um schneller nach Staten Island zu gelangen?«, frage ich. »Ich zahle das Doppelte.«

»Ich kann die nächste Abfahrt nehmen und durch die Stadt fahren.« Der Taxifahrer nimmt über den Rückspiegel Blickkontakt zu mir auf. »Aber andere könnten die gleiche Idee haben, und die Ausfahrt bei diesem Verkehr zu erreichen, wird recht schwierig sein.«

»Wir versuchen es.«

Ich begebe mich in die Stille und gehe durch den eingefrorenen Regen, um sicherzustellen, dass die Autofahrer vor uns nicht auf die gleiche Idee mit der Ausfahrt kommen. Danach räume ich uns den Weg frei. Sobald ich wieder in der realen Welt bin, überlasse ich den Rest dem Fahrer.

»Das war sehr eigenartig«, murmelt dieser vor sich hin, als wir den Highway nach einer halben Stunde im Schneckentempo verlassen.

Ich weiß, was er meint. So langsam wir auch vorangekommen sind, muss es trotzdem komisch für ihn gewesen sein zu sehen, dass so viele Autos idiotischerweise vor uns die Spur gewechselt haben. Und es muss noch unerklärlicher sein, dass niemand die Ausfahrt genommen hat. Dank meines Eingreifens haben sogar diejenigen, die hier abfahren müssen, um nach Hause zu gelangen, vergessen abzufahren. Ich frage mich, wie sehr sie über sich selbst fluchen werden, wenn ihnen diese Tatsache bewusst wird.

Ich gebe vor, die Verwunderung des Fahrers nicht zu bemerken, und nicke weg. Nach einer weiteren halben Stunde Fahrt durch Brooklyns Seitenstraßen sind wir endlich wieder auf demselben Highway. Nur dass hier fast kein Verkehr herrscht, weil wir den Unfall offensichtlich umgangen haben.

Für den Rest des Weges brauchen wir nur fünfzehn Minuten, weil das Taxi doppelt so schnell fährt, wie erlaubt ist. Der Fahrer muss entschlossen sein, das Doppelte zu kassieren.

»Hier, an dem Haus«, weise ich ihn an. Ich gebe ihm dreihundert, obwohl das mehr als das Doppelte ist, aber er hat es sich verdient. »Behalte den Rest.«

In der Einfahrt steht nur Lucys Auto, was auch Sinn ergibt. Sara wird wohl schon zur Arbeit gefahren sein. Das bedeutet gleichzeitig, dass Lucy wach ist, da sie immer zusammen frühstücken.

Ich gehe zur Tür und klingele.

Nichts.

Ich klingele erneut.

Immer noch keine Antwort.

Ich versuche, Lucy anzurufen. Der Anrufbeantworter geht ran.

Das ist eigenartig.

Ich suche in meinen Hosentaschen nach meinem Schlüssel. Sobald ich ihn finde, fasse ich nach dem Türgriff – der sich überraschenderweise drehen lässt.

Das ist noch eigenartiger. Die Tür war schon aufgeschlossen. Hat Sara vergessen, sie abzuschließen, als sie zur Arbeit gefahren ist?

Ich trete ein und rufe: »Mama? Ich bin's. Nicht schießen.«

Ich bekomme keine Antwort. Überhaupt ist es im Haus sehr still.

Scheiße.

Ich bekomme ein ungutes Gefühl bei der Sache.

FÜNFZEHNTES KAPITEL

Als ich mich in den ersten Stock des dreigeschossigen Stadthauses begebe, versuche ich, mein ungutes Gefühl zu unterdrücken. Lucy schläft vielleicht oder duscht gerade.

Als ich im ersten Stock ankomme, ist es immer noch still. Hier befinden sich die Küche und das Wohnzimmer. Ich rieche gebratenen Schinken und Kaffee, also hatte ich recht. Sie müssen zusammen gefrühstückt haben und es kann auch noch nicht allzu lange her sein, da die Kaffeemaschine immer noch heiß ist.

Außerdem rieche ich noch etwas anderes, einen Geruch, den ein ehemaliges pyromanisches Kind wie ich leicht zuordnen kann. Verbranntes Papier. Ich schaue mich um und entdecke, woher der Geruch kommt. Der

Kamin, der eigentlich nur zur Dekoration dient, ist gerade benutzt worden. In ihm finde ich Asche und kleine Stücke verbrannten Papiers. Was soll das?

»Mama!« Ich schreie, während ich in den zweiten Stock renne.

Keine Antwort.

Ich gehe zum Schlafzimmer meiner Mütter und klopfe. »Mama, bist du hier drin?«

Nichts.

Ich öffne die Tür.

Leer.

Sie kann allerdings nicht weit weg sein. Das Bett ist nicht gemacht und Lucys Zwangsneurose würde es nicht tolerieren, Dinge für einen längeren Zeitraum unordentlich zu lassen. Ich verlasse das Schlafzimmer und gehe in das Büro auf der anderen Seite des Flurs.

Dort ist auch niemand. Aber ich finde einen Zettel auf dem Schreibtisch.

Es tut mir leid, steht dort in Lucys superordentlicher Handschrift.

Mein Herz rast und ich renne zum Badezimmer.

Es ist verschlossen.

Ich klopfe an die Tür. »Mama, bist du da drin?« Sie muss dort sein. Die Tür ist verschlossen und das kann man nur von innen machen.

Keine Antwort. Als ich mein Ohr an die Tür halte, höre ich das Plätschern laufenden Wassers. Es ist aber nicht laut genug, um meine Stimme zu übertönen, wie es bei einer Dusche der Fall wäre.

»Mama«, sage ich erneut und schlage heftig gegen die Tür. Selbst wenn sie Musik anhätte und duschen würde wäre es unmöglich, den Lärm, den ich mache, zu überhören. Als ich immer noch keine Antwort bekomme, trete ich gegen die Tür. »Mama, öffne die Tür oder ich trete sie ein.«

Immer noch keine Antwort.

Ich trete sie nicht wirklich wie angedroht ein, da ich mich oder sie dabei verletzen könnte. Stattdessen renne ich zurück ins Büro und schnappe mir den Brieföffner, der auf dem Schreibtisch liegt. Ich benutze den stumpfen Teil dieses messerartigen Geräts, um das komplette Schloss der Badezimmertür abzuschrauben. Als ich das Ding entfernt habe, drücke ich dir Tür auf.

Das Erste, was mir auffällt, ist, dass die Badewanne voller Wasser ist – aber irgendetwas stimmt mit diesem Wasser nicht.

Es ist rot.

Auf den weißen Fliesen des Badezimmerbodens liegt außerdem ein Rasierapparat, der mit etwas Rotem bedeckt ist.

Danach nehme ich jemanden wahr, der im Wasser liegt.

Es ist Lucy. Sie befindet sich, mit ihrem Bademantel bekleidet, in der vollen Badewanne. Der rechte Ärmel ihres Mantels ist nach oben gerollt und auf ihrem Handgelenk befindet sich eine rote Linie. Das Wasser in der Nähe dieser roten Linie ist röter als der Rest.

Mit fassungslosem Unverständnis fällt mir auf, dass das Geräusch des fließenden Wassers verschwunden ist. Die Flüssigkeit ist auf ihrem Weg in die Wanne eingefroren. Ich muss in die Stille hinübergeglitten sein, ohne es überhaupt gemerkt zu haben.

Mein Gehirn hat Probleme damit, das zu verarbeiten, was meine Augen sehen.

Es scheint, als habe sich Lucy ihre Pulsadern aufgeschnitten … was den eigenartigen Zettel, den ich im Büro gefunden habe, zu ihrem offiziellen Abschiedsbrief machen würde. Nur, dass das nicht zusammenpasst – Lucy würde sich niemals umbringen.

Die Schlüsselfrage ist allerdings, ob sie noch am Leben ist. Der Farbe des Wassers nach zu urteilen, hat sie sehr viel Blut verloren.

Ich gehe zu ihr und lege ohne zu zögern meine Hand auf die Stirn meiner Mutter. Die Kohärenz zu erreichen, hat noch nie so lange gedauert und eine so große mentale Anstrengung dargestellt. Während ich gleichmäßig atme, um mich zu entspannen, muss ich mir ständig ins Gedächtnis rufen, dass Lucy gerade keine Zeit verliert. Auch wenn die Lage ernst ist, verschlimmert sie sich nicht durch das, was ich tue.

Nach einer gefühlten Ewigkeit befinde ich mich in dem vertrauten Zustand, und damit in Lucys Kopf.

* * *

Es tut mir leid, schreiben wir.

Ich, Darren, trenne mich von ihr. Sie hat die Nachricht wirklich selbst geschrieben. Das hatte ich zwar wegen der Handschrift schon vermutet, aber da Handschriften gefälscht werden können, ist es eine Bestätigung.

Mir wird schlecht und ich spule die Erinnerungen vor.

Wir stehen neben der Badewanne und kontrollieren die Wassertemperatur. Sie ist angenehm warm. Wir steigen hinein, nehmen den Rasierapparat in die Hand und warten, bis sich unser Körper an die Wassertemperatur gewöhnt hat.

Ich, Darren, kann mir den Rest nicht ansehen. Ich weiß, dass sie sich ihre Pulsadern aufschneiden wird. Ich weiß ohne jeden Zweifel, dass das kein gestellter Selbstmord ist.

Ich springe zu dem Moment, in dem ich das Badezimmer betreten habe.

Wir treiben in einem Fluss der Entspannung. Die Übelkeit, die wir vorher verspürt haben, ist verschwunden. Helle, weiße Lichter tanzen vor unseren Augen. Wir fühlen uns, als würde Sara mit ihrer verdammt übertriebenen Kamera mit diesem superhellen Blitz ein Foto von uns schießen. Das Gefühl erinnert uns auch an die Zeiten, als wir als kleine Mädchen immer in die Sonne geblickt haben. Unser Kopf füllt sich mit lebhaften Erinnerungen an uns, als wir noch ein kleines Mädchen in einem chinesischen Dorf waren. Aber diese Bilder verschwinden, und mit ihnen alle Sorgen dieser Welt. Das Einzige, was zurückbleibt, ist ein Gefühl der Zufriedenheit.

Ich, Darren, trenne mich ein wenig erleichtert. Sie lebt, auch wenn ich nicht weiß, für wie lange noch. Als ich sie in der Wanne in ihrem Blut erblickt habe, dachte ich instinktiv, dass die Mafia diesen »Selbstmord« aus Rache inszeniert hätte. Aber ich hatte Unrecht. Meine Mutter hat es selbst getan. Sie hat den Brief geschrieben. Sie hat sich ihre Pulsadern aufgeschnitten. Und sie lässt sich selbst ausbluten. Aber das ergibt keinen Sinn. Könnte es sein, dass ihre Strippen gezogen wurden? Das ist die einzige sinnvolle Erklärung. Wahrscheinlich hat der Strippenzieher sie gnädigerweise davor bewahrt, irgendetwas Schreckliches dabei zu spüren. Aber diese »Gnade« führt auch dazu, dass sie ihr Leben viel schneller gehen lässt.

Das wird definitiv nicht passieren. Nicht während meiner Schicht.

Laserscharfe Konzentration beherrscht meine Gedanken, und ich beginne, meine Mutter zu führen.

Du wirst um dein Leben kämpfen.

Egal wie schwierig es ist, du wirst daran festhalten.

Sollte Schmerz dir dabei helfen, bei Bewusstsein zu bleiben, lasse die Schmerzen zu. Solltest du durch den Schmerz in einen Schockzustand fallen und das Leben dir entgleiten, wird er verschwinden, so als sei er nie da gewesen.

Lebe. Überlebe. Es gibt Menschen, die dich lieben. Es gibt Menschen, die dich brauchen. Du kannst auf keinen Fall aufgeben …

Nach gefühltem stundenlangen Einflößen von verschiedenen Anweisungen in Lucys überfordertes Gehirn, verlasse ich sie.

* * *

Ich kehre zu meinem eingefrorenen Körper zurück und erkenne mein eigenes Gesicht nicht wieder. Mein Gesichtsausdruck ist das blanke Entsetzen, wodurch mein Gesicht gealtert und deformiert aussieht. Ich hätte nicht gedacht, dass Besorgnis das mit einem anstellen könnte. Und ich hatte zu jenem Zeitpunkt – anders als jetzt – noch nicht einmal das Ausmaß dessen verstanden, was passiert ist.

Ich greife nach meinem eigenen Ich und umarme mich krankerweise. Sobald meine Hand meinen eingefrorenen Nacken berührt, verlasse ich die Stille.

Sobald das Geräusch des laufenden Wassers wieder zu hören ist, handele ich.

Ich renne zur Badewanne, um meine Mutter herauszuholen, und trete dabei auf den daraufhin knackenden Rasierapparat.

Einen Moment später halte ich sie mit ihrem nassen, blutigen Bademantel in meinen Armen. Ihr Körper ist zierlich, und zum ersten Mal in meinem Leben wirkt sie zerbrechlich.

Als ich sie hochhebe, atmet sie stockend, schaut mich unverständlich an und versucht, etwas zu sagen.

Ich gehe so schnell ich kann. Ich achte auf jeden meiner Schritte, da ich auf keinen Fall meine kostbare Last fallen lassen darf. Durch das ganze Adrenalin in meinem Körper fühlt sie sich an, als würde sie nichts wiegen.

Ich betrete ihr Schlafzimmer und hinterlasse dabei Blutspuren auf dem Teppich. Als ich sie auf ihr Bett lege, färben sich die weißen Laken umgehend rot. Ich nehme mir eines der Laken und reiße es in Streifen. Danach binde ich ihr den Notverband um ihr Handgelenk und bastele eine Art Stauschlauch, um die Blutung so gut wie möglich zu stillen.

Sie öffnet ihre Augen und konzentriert sich einen Moment lang auf mich. Dann wimmert sie, sagt etwas Unverständliches, und ihr Blick verliert sich.

»Halte durch, Mama!« Während ich spreche, bemerke ich, dass ich weine. »Halte einfach nur durch.«

Sie fühlt sich kalt an und ich wickele eine Decke um sie. Vorsichtig aber schnell trage ich sie die Treppen hinunter.

Ich muss sie auf dem Boden ablegen, um die Autotür zu öffnen. Zum Glück ist sie in die Decke gehüllt.

Das Auto ist verschlossen und ich muss kostbare Sekunden damit verschenken, ins Haus zurückzurennen, um die Autoschlüssel zu holen. In diesem Moment bin ich dankbar für Lucys zwanghafte

Ordentlichkeit. Wie immer hängen die Schlüssel auf einem kleinen Haken neben der Eingangstür.

Ich lege sie auf die Rückbank des Fahrzeugs und dringe in ihre Gedanken ein. Ich vermeide es, ihr Trauma zu erleben. Nicht, weil ich zu feige bin, ihre Schmerzen zu spüren, sondern weil ich befürchte, ich könnte sie davon erlösen wollen. Wenn ich sie dazu führe, die Schmerzen nicht mehr wahrzunehmen, könnte das aber ihr Aufgeben zur Folge haben, und das darf nicht passieren. Sie muss weiterkämpfen.

Das bestärke ich durch mein Führen: *Kämpfe. Überlebe.*

Als ich die Stille verlasse, stöhnt Lucy.

»Es tut mir leid«, sage ich sanft. »Bitte bleib bei mir, Mama.«

Meine Stimme scheint sie zu beruhigen, oder aber sie hatte nur die Kraft für einen einzigen Aufschrei.

Ich setze mich hinter das Steuer. Ein Teil von mir weiß, dass ich mich zusammenreißen muss. Das Fahren eines Autos in diesem unkonzentrierten Zustand kann einen Unfall auslösen, und sollte der Unfall als solcher sie nicht umbringen, wird es mit Sicherheit die Verspätung tun.

Ich atme gerade beruhigend ein, als ich ein weiteres Wimmern von der Rückbank höre.

Scheiße, ruhig bleiben. Ich drücke das Gaspedal bis zum Anschlag durch.

Mein Herzschlag dröhnt in meinen Ohren und die Straßen verschwimmen, als ich das Auto an seine

Grenzen bringe. Mein Fuß bewegt sich nicht einen Millimeter vom Gaspedal weg. Wenn der kleine Toyota meiner Mutter sprechen könnte, würde er um Gnade flehen.

Ich handele nicht völlig fahrlässig. Meine Herangehensweise hält uns allerdings auch nicht auf, nicht eine einzige Sekunde lang.

In regelmäßigen Abständen gleite ich in die Stille hinüber, und während die Zeit angehalten ist, räume ich die Straße vor uns frei.

Ich bringe einen Teenager auf dem Zebrastreifen dazu, seine entspannte Gangart in ein Rennen um sein Leben zu ändern. Ich führe alle Autofahrer vor uns dahin, die Spur zu wechseln. Wenn jemand gerade die Straße überqueren will, ändere ich seine Meinung.

Als wir die Hälfte unseres Weges hinter uns gebracht haben, höre ich eine Sirene.

Scheiße. Das hat mir gerade noch gefehlt.

Ich weiß, dass ich dem Polizisten sagen kann, dass ich eine verletzte Kriminalbeamtin auf meiner Rückbank habe und dass die Situation dadurch sehr schnell gelöst sein würde, aber ich habe eine noch bessere Idee.

Ich begebe mich in die Stille und dringe in den Kopf des Polizisten ein.

Zuerst lese ich ihn. Er hat mich mit 190 km/h geblitzt und plant, mich als Erstes einem Alkoholtest zu unterziehen. Ich führe ihn dahin, die Geschwindigkeitsüberschreitung und mich zu vergessen. Was er jetzt tun wird, ist, so schnell wie möglich zur Kreuzung Ecke Seaview Avenue und Hylan Boulevard zu fahren – wo sich auch das Krankenhaus befindet – um Meldungen über einen Schusswechsel nachzugehen.

Nachdem ich die Stille verlassen habe, lasse ich seinen Streifenwagen vorbeifahren und hänge mich danach an ihn. Er wird uns den Weg freimachen. Alles läuft wie geschmiert. Die restliche Fahrt zum Krankenhaus ist dank unserer Eskorte noch schneller als die erste Hälfte. Nach weniger als zehn Minuten renne ich mit Lucy in meinen Armen in die Notaufnahme des Staten Island University Hospital.

»Ich brauche Hilfe!«, brülle ich.

Keine Antwort.

Ich schaue mich um und stelle Blickkontakt mit einer Krankenschwester oder Sachbearbeiterin her, die hinter dem Empfang sitzt. Sie hat mich eindeutig gehört. Ich renne zu ihr und starre sie an.

Ihr Gesicht ist streng und mitleidslos. »Kann ich Ihnen helfen?«

»Fragen Sie mich das gerade im Ernst?«, erwidere ich. »Ich halte eine Person in meinen Armen, die ganz offensichtlich verletzt ist.«

»Sie müssen sich beruhigen, mein Herr«, erklärt sie mir von oben herab.

Ich werde so wütend, dass ich in die Stille hinübergleite. Ich dringe in ihren Kopf ein, um nach Informationen zu suchen, die mir nützlich sein könnten.

Dr. Jaint ist der beste Chirurg im Krankenhaus. Hervorragend. Er wird uns heute helfen, auch wenn er das noch nicht weiß.

Als nächstes durchstöbere ich ihr Gehirn nach den Codes und Prozeduren für solche Fälle wie Lucys. Danach beginne ich, sie zu führen.

Eine verletzte Kriminalbeamtin, sage ich der unfreundlichen Krankenschwester. Als ich diese Information in ihren Kopf einpflanze, fällt mir auf, dass es nicht einmal eine falsche Aussage ist. Meine Mutter ist eine Kriminalbeamtin.

Aber um sicher zu gehen, fahre ich fort: *Die Tochter des Gouverneurs ist verletzt. Wenn du das versaust, wirst du nie wieder einen Job bekommen. Zum Teufel, der Gouverneur wird einen Auftragsmörder anheuern, sollte diese Frau sterben. Dr. Jaint muss derjenige sein, der sie rettet, und es muss die schnellste Rettungsaktion in der Geschichte des Krankenhauses werden.*

Ich füge noch einige weitere verrückte Details im selben Stil dazu. Es ist mir egal, ob diese Geschichte einen Sinn ergibt. Es ist mir egal, ob sie hinterher an Gedächtnisverlust leidet. Alles was ich brauche, ist ein schnelles und sofortiges Eingreifen.

Ich beende das Führen mit einer letzten Anweisung: *Wenn das alles überstanden ist, suchst du dir eine andere Arbeit. Versuche es mit einem Job im Hausmeistergewerbe.*

Danach verlasse ich ihren Kopf und die Stille.

Jetzt sehe ich wirkliche Besorgnis in einem Gesicht, von dem ich dachte, dass es zu diesem Ausdruck schon gar nicht mehr fähig ist. Gut. Sie tätigt verschiedene Anrufe, ruft Codes und Namen über das Intercom aus und zieht sogar ein Walkie-Talkie hervor. Ich höre etwas über einen »Code zehn« und so etwas wie »Dr. Jaint, bitte bereiten Sie sich auf eine Notoperation vor«.

In weniger als einer Minute ist die Schwester mit einer Krankenliege bei mir. Im Gegensatz zu der Frau, an der ich mich gerade vergangen habe, sieht diese hier extrem kompetent aus. Trotzdem bin ich nicht bereit, mich auf einen kompetenten Eindruck zu verlassen. Auch bei ihr helfe ich durch Führen nach. *Hilf ihr, als würde dein Leben davon abhängen.*

Ich folge der Liege und mache den Weg auf die gleiche Weise von anderen Menschen frei, wie ich es zuvor bei den Autos getan habe.

Ja, ich darf hier sein, lasse ich alle glauben, als wir den Operationssaal betreten. *Ihr werdet meine Fragen so beantworten, als gehöre mir dieses Krankenhaus.*

»Wo ist der Arzt?«, will ich wissen.

»Ich habe ihn zuletzt in der Cafeteria gesehen«, antwortet eine Schwester mit einem irritierten Blick.

Ich begebe mich in die Stille und renne zur Cafeteria. Ich bewege mich so schnell, dass ich stolpere und zweimal hinfalle. Ich bin in der Stille, rufe ich mir ins Gedächtnis. Die Zeit ist eingefroren.

Ich erkenne Dr. Jaint an seinem Namensschild. Ich dringe in seinen Kopf ein und hinterlasse diese einfachen aber wirksamen Anweisungen:

Renn zum OP.

Alles was dir wichtig ist – deine Familie, dein Leben – hängt davon ab, das Leben dieser Frau zu retten.

Ich verlasse die Stille und sehe den Krankenschwestern dabei zu, wie sie den OP vorbereiten. Lucy ist an eine Menge Kabel und Maschinen angeschlossen.

Ich muss jemanden lesen, weil ich mental gerade nicht dazu in der Lage bin, die medizinischen Begriffe zu verstehen, mit denen sie sich verständigen.

Ihre Situation ist kritisch, erfahre ich aus dem Kopf einer der Krankenschwestern. *Sie wird eine Bluttransfusion brauchen.*

In den Gedanken einer anderen Schwester lese ich, dass sie das Blut haben, das sie brauchen werden. Gut. Für einen kurzen Augenblick hatte ich mich gefragt, ob meine Blutgruppe mit Lucys kompatibel ist. Sollte das nicht der Fall sein, hätte eine Rekordanzahl freiwilliger Spender Schlange gestanden. Ich behalte im Hinterkopf herauszufinden, welche Blutgruppe ich und die Personen, die mir nahestehen, haben.

In diesem Moment kommt der Arzt durch die Tür gestürmt. Sein Gesichtsausdruck spiegelt eine Besorgnis wider, die an der Grenze zur Panik ist. Ich werde eindeutig besser, was das Führen anbelangt. Vielleicht zu gut.

Ich dringe in den Kopf des Arztes ein, um ihn zu beruhigen.

Atme tief durch, führe ich ihn. *Und erledige deine Arbeit.*

SECHZEHNTES KAPITEL

Ich sehe ihnen beim Zaubern zu.

Ich war immer etwas empfindlich bei solchen Dingen. Wenn im Fernsehen eine Operation zu sehen ist, schaue ich erschaudernd weg. Hier ist das anders. Ich beobachte jede blutige Kleinigkeit, ohne meinen Blick abwenden zu können. Ich habe Angst, dass etwas Schlimmes passieren könnte, sollte ich wegsehen oder auch nur blinzeln. Auch wenn es irrational ist, fühle ich mich, als ob mein Blick Lucy am Leben erhält.

Ein Blick auf die Uhr sagt mir, dass die ganze Sache zwanzig Minuten dauert, aber ich habe den Eindruck, dass dieser makabre Tanz sich tagelang hinzieht.

»Ihr wird es wieder gut gehen«, sagt mir Dr. Jaint als er fertig ist. »Sie braucht jetzt einfach nur etwas Ruhe. Wir bringen sie auf Zimmer 3 der Intensivstation.

Dieser Raum hier wird für andere Patienten benötigt.«
Er hört sich an, als entschuldige er sich dafür.

»Kein Problem«, erwidere ich mit rauer Stimme.
»Bringen Sie sie dorthin, ich komme mit.«

Auf unserem Weg tätige ich meinen ersten Anruf.
»Mama, lass alles stehen und liegen und komme zum
Staten Island University Hospital«, sage ich ihr und
besänftige sie so gut ich kann, ohne auf ihre Unmenge
von Fragen einzugehen. Ich beende das Gespräch mit:
»Alles ist in Ordnung – ihr geht es gut – aber du musst
sofort hierher kommen.«

Als die gefürchtete Unterhaltung mit Sara vorüber
ist, rufe ich Mira an. Ich konnte bei meiner Mutter mit
einer Tendenz zu Herzattacken meine eigenen Gefühle
nicht herauslassen. Für sie hatte ich stark sein müssen.
Bei Mira kann ich einen Teil meiner Anspannung
loswerden. Zu meiner großen Enttäuschung geht nur
ihr Anrufbeantworter ran. Sie muss sich in der Luft
befinden.

»Mira, ruf mich bitte an, sobald du kannst«, sage ich.
»Es ist dringend.«

Als schlechte Alternative zu einem Gespräch mit
Mira, setze ich mich in Zimmer 3 neben das Bett meiner
Mutter und konzentriere mich auf meine Atmung, um
meine hyperaktiven Nerven zu beruhigen.

Ich schaue Lucy an, während ich gleichmäßig Luft
hole. Sie ist immer noch totenbleich, aber scheint
ruhiger zu atmen.

Nach einer Minute kann ich wieder rationaler denken. Wie hatte das passieren können? Es ist unmöglich, dass Lucy jemals Selbstmord begeht. Ich erinnere mich an meine Theorie über die Beteiligung eines Strippenziehers an der ganzen Sache und mir wird klar, dass ich meinem Verdacht auf den Grund gehen muss.

Wenn jemand versucht hat, meine Mutter umzubringen, wird derjenige dafür bezahlen.

Ich gleite in die Stille. Die Geräusche des Krankenhauses sind verschwunden. Ich gehe zu Lucy und lege meine Hand auf ihre Stirn. Es ist jetzt leichter für mich, meine aufgewühlten Gedanken zu beruhigen, weil ich weiß, dass es ihr wieder gut gehen wird.

Als ich in ihrem Kopf bin beginne ich das Lesen mit dem, was vor einer Stunde geschehen ist …

SIEBZEHNTES KAPITEL

»Es tut mir leid, dass ich dir nicht dabei helfen kann, das Chaos in der Küche zu beseitigen«, sagt Sara lächelnd zu uns. »Ich werde dafür nach dem Abendessen aufräumen.«

»Mach dir keine Gedanken, Schatz«, erwidern wir. »Ich weiß, dass du dich beeilen musst.«

»Du bist die Beste.« Sie gibt uns einen Kuss auf die Wange und geht mit hörbaren Schritten die Treppen ins Erdgeschoss hinab.

Wir haben einen dieser ruhigen Momente, in denen wir nachdenken und uns freuen, Momente, in denen wir es kaum glauben können, wie glücklich wir mit unserer Familie sind.

Wir hören, wie die Tür ins Schloss fällt, aber wir hören nicht, dass Sara sie abschließt. Der kleine glückliche Moment ist fast verschwunden. Sie hat vergessen, die Tür abzuschließen – mal wieder. Unsere Ehefrau, die verwirrte Professorin. Stoisch gehen wir nach unten und schließen ab.

Danach brauchen wir einige Minuten, um die Küche aufzuräumen, bevor wir uns die Akten aus dem Karton nehmen, der neben uns steht, und sie auf dem Küchentisch ausbreiten.

Der jetzt tote russische Mafiosi, Arkady, hat unsauber gearbeitet als er die Familie Tsiolkovsky umgebracht hat. Der Sprengstoff, den er benutzt hat, konnte zurückverfolgt werden, weshalb wir den Fall gelöst haben. Zugegeben, wir haben in einer neueren Datenbank für Sprengstoffe nachgesehen als in jener, die zum Zeitpunkt des Verbrechens existierte. Aber trotzdem. Der Fall war wegen des falschen Eindrucks, es handele sich um einen Vergeltungsschlag innerhalb der Mafia, nicht ordentlich untersucht worden. Wer hat diese Fehlinformation gegeben? Und warum? Die einzige mögliche Erklärung ist, dass jemand innerhalb der Polizei etwas vertuscht hat.

Es war eine Qual gewesen das Material wegzulegen, als Darren uns gestern darum gebeten hat. Da er gleich vorbeikommen und uns erklären wird, was genau das Problem ist, schadet es nichts, die Untersuchungen zusammenzufassen und damit die juckenden Finger zu beruhigen. Bis jetzt haben wir über unsere Entdeckungen nur mit Kyle gesprochen, der einzigen

Person der Abteilung für organisiertes Verbrechen, der wir hundertprozentig vertrauen.

Wir werden durch das Geräusch eines Autos in unserer Einfahrt aus unseren Gedanken gerissen. Wir stehen auf und schauen aus dem Fenster. *Wenn man an den Teufel denkt.*

»Hallo Kyle«, begrüßen wir ihn, als wir die Tür öffnen. »Was führt dich hierher?«

»Hallo Lucy«, sagt er. »Es tut mir leid. Ich konnte einfach nicht länger abwarten, etwas über den Fall zu erfahren, den du mir gegenüber erwähnt hast.«

»Das ist ein lustiger Zufall. Ich überarbeite gerade meine Aufzeichnungen.«

Wir gehen in den ersten Stock. Kyle setzt sich an den Tisch und schaut sich unsere Ausdrucke und die Papiere an, die wir mit Anmerkungen versehen haben.

»Möchtest du einen Kaffee?« Wir stellen die Kaffeemaschine an, ohne die Antwort abzuwarten. Kyle ist offensichtlich in die Akte versunken.

»Bitte setz dich zu mir«, sagt Kyle mit einer komischen Stimme.

Ich setze mich ihm gegenüber an den Tisch.

Und ich, Darren, trenne mich von ihr, als ich spüre, dass jemand anderes in ihre Gedanken eindringt.

Das kann nicht sein. Das kann einfach nicht sein. Der Strippenzieher befindet sich in Lucys Kopf, aber das würde bedeuten …

Fassungslos lasse ich die Erinnerung ablaufen.

Entspanne dich, ist die erste Anweisung. *Vergiss, was du gerade tust. Du wirst still dasitzen, bis ich gehe. Du kannst dich wegen deines Schocks nicht bewegen. Wegen deiner Trauer. Wenn ich mit dir rede, höre einfach nur zu, aber erinnere dich an keines meiner Worte. Stattdessen möchte ich, dass du erkennst, wie beschissen dein Leben in der letzten Zeit geworden ist. Wie deprimiert du warst. Wie sinnlos alles ist. Erinnere dich daran, was mit Mark geschehen ist. Erinnere dich daran, was mit dem Baby passiert ist. Die Schuld, die Depressionen – sie sind so überwältigend, dass du sie nicht mehr ertragen kannst. Wenn dich das Verlangen überkommt, dir deine Pulsadern aufzuschneiden, kämpfe nicht dagegen an. Lass dir eine heiße Wanne einlaufen und tu es darin. Warmes Wasser verstärkt den Blutfluss. Du wirst keine Schmerzen spüren. Stattdessen wirst du dich entspannen und dahingleiten, als würdest du auf einer Wolke schweben.*

Ich, Darren, lasse mir diese furchtbaren Anweisungen durch den Kopf gehen.

Einige der Dinge, die der Strippenzieher gesagt hat, ergeben einfach keinen Sinn, wie die Erwähnung meines Vaters Mark. Was hat er mit dieser ganzen Sache zu tun? Was hat der Strippenzieher damit gemeint, als er sagte: »Erinnere dich«?

Aber das ist nicht das, was mich am meisten bestürzt.

Es ist der Tonfall der Stimme in Lucys Kopf. Ich kenne sie. Die Anweisungen, die Lucy bekommt, hören sich wie diejenigen in den Köpfen der Gangster an, die

Mira entführt haben. Und wie die in den Gedanken der mörderischen Schwester, derjenigen, die mir eine fast tödliche Überdosis Morphium verabreicht hat, bevor sie mich mit einem Kissen ersticken wollte. Diese ganzen Anweisungen kamen von ein und derselben Person.

Einer Person, deren Stimme ich im echten Leben sehr gut kenne, weil ich sie seit meiner Kindheit regelmäßig gehört habe.

Es ist Kyle – die Person, die quasi mein Vaterersatz war.

Ich kann diese Tatsache immer noch nicht akzeptieren, also lasse ich die Erinnerung mit masochistischer Entschlossenheit weiterlaufen.

Benommen beobachten wir Kyle. Aus irgendeinem Grund können wir uns nicht bewegen, aber das wollen wir auch gar nicht. Wir sind entspannt.

»Das Ganze tut mir wirklich leid«, meint Kyle, während er unsere Aufzeichnungen aufsammelt. »Das ist wirklich schade.« Er geht zum Kamin, nimmt ein Feuerzeug heraus und verbrennt die Papiere.

Wir verstehen nicht, was er tut, aber die Entspannung, die wir empfinden, ist sehr angenehm.

»Ich hätte mir wirklich gewünscht, dass du deine Nase nicht in diese alte Arkady-Geschichte gesteckt hättest.« Wir blicken Kyle an und sehen tiefe Trauer auf seinem Gesicht, genauso wie bei Marks Beerdigung. »Da ich jetzt weiß, dass der kleine Bastard, bei dessen Erziehung ich dir geholfen habe, ein dreckiger Schnüffler ist, kann ich dich nicht einfach alles vergessen lassen, so wie ich es normalerweise tue. Deine Gedanken sind nicht mehr sicher. Nicht, wenn Darren sie einfach aus dir heraussaugen kann.«

Nichts von dem, was er sagt, außer der Name des Gangsters, ergibt einen Sinn für uns. Durch unseren entspannten Nebel bemerken wir, dass Kyle derjenige sein könnte, der hinter allem steckt. Doch wir vergessen diesen Gedanken sofort wieder.

»Also wenn du jemandem die Schuld dafür geben möchtest, dass ich dir das antun muss«, fährt Kyle fort, »dann ihm. Gib Darren die Schuld. Aber keine Angst. Dein Opfer wird nicht umsonst gewesen sein. Er wird zu deiner Beerdigung kommen und dann werde ich die Welt endlich von dieser Pest befreien.«

Ich, Darren, trenne mich.

Kyle hat auf mehr Arten recht als er weiß. Damals, im Coney Island Hospital, war ich derjenige, der meine Mutter dazu gebracht hat, den Fall Arkady zu untersuchen, da ich ihr von Miras Eltern erzählt habe. Ich verstehe auch, dass meine Fähigkeit Gedanken zu lesen, Kyle zum Handeln zwingt. Es ist eine erschreckende Erkenntnis, nach der mich lähmende Schuldgefühle überkommen. Ich muss mich anstrengen, sie beiseite zu drücken und mich stattdessen auf das zu konzentrieren, was wirklich wichtig ist.

Kyle ist der Strippenzieher.

Jetzt habe ich keine Zweifel mehr. Er war derjenige, der Arkady kontrolliert und mit Jacob zusammengearbeitet hat. Er hat die Erinnerungen an

Jacob aus Arkadys Kopf gelöscht. Aber das würde auch bedeuten …

Ich beschließe, tiefer in Lucys Erinnerungen einzudringen. Viel tiefer.

»Lucy«, meint Mark, »wie kannst du dich immer noch auf den Beinen halten?«

»Aber wirklich«, fügt Kyle hinzu. »Fünf Kurze für jemanden deiner Größe ist wie zehn für mich oder Mark.«

»Was?«, fragen wir ungläubig. »Ich kann euch zwei Mädchen unter den Tisch trinken.«

Mir, Darren, fällt auf, dass ich zu weit in die Vergangenheit eingedrungen bin. So jung wie Kyle aussieht, hat Lucy zu diesem Zeitpunkt noch nicht einmal Sara getroffen, und es handelt sich um diese verrückten Zeiten, in denen diese drei - Mark, Kyle und Lucy – es allen zeigten und sich einen Namen beim organisierten Verbrechen machten. Der junge Mark sieht schmerzhaft vertraut aus, wie mein Spiegelbild, das ich jeden Tag im Badezimmer sehe. Ich versuche, nicht weiter darüber nachzudenken. Er ist mein biologischer Vater, also sollte mich das nicht besonders überraschen.

Eigentlich sollte ich Lucys Erinnerungen vorspulen, aber ich kann nicht aufhören, mir diese Szene anzuschauen. Das ist wahrscheinlich die einzige Möglichkeit, jemals etwas mit meinem Vater trinken zu gehen, dem Vater, den ich niemals kennengelernt habe. Ich lasse die Erinnerung also weiterlaufen.

»Ich werde dich nach Hause bringen«, sagt Kyle irgendwann zu uns.

»Ich kann das auch machen«, bietet Mark an.

»Du hast doch mit der Blonden geliebäugelt«, erinnert ihn Kyle. »Warum gehst du nicht Hallo sagen? Ich kümmere mich um Lucy.«

Mark schaut zur Blondine, rülpst und macht sich schwankend auf den Weg zu ihrem Tisch.

»Ich muss nicht nach Hause gebracht werden«, protestieren wir. »Ich bin nicht betrunken.«

Wir wissen, dass das eine Lüge ist. Wir sind extrem breit. Aber unsere Partner ebenfalls.

»In Ordnung«, erwidert Kyle stur. »Du gehst alleine, aber ich werde dir folgen. Das ist ein freies Land.«

»Wie du meinst«, erwidern wir genervt. »Lass uns gehen.«

Der Heimweg verläuft eigenartig schweigsam. Uns fällt auf, wie wackelig Kyle geht. *Wer muss hier wen nach Hause bringen?*, denken wir, sprechen es aber nicht laut aus. Wir sind nicht in der Stimmung, einen Streit zu beginnen.

»Wir sind da«, meinen wir, als wir an unserer Haustür ankommen. »Danke fürs nach Hause bringen.«

»Gern geschehen«, sagt er. »Kann ich noch mit reinkommen?«

»Klar«, antworten wir.

Als Kyle eintritt, schauen wir ihn erwartungsvoll an. »Das Badezimmer ist am anderen Ende des Flurs.«

»Das ist nicht der Grund dafür, dass ich noch mit hineinkommen wollte«, entgegnet er. »Ich wollte einen Moment allein mit dir sein. Ich wollte mit dir reden.«

Scheiße. Bloß nicht. Uns wird schlecht. Wir haben uns vor diesem Tag gefürchtet. Wir sind keine Experten, was Männer betrifft, aber die Blicke, die Kyle uns in der Vergangenheit zugeworfen hat, waren eigenartig – voller Verlangen und Lust.

»Ich liebe dich, Lucy«, sagt Kyle mit schwerer Zunge. »Das ist nichts, was ich sage, weil ich betrunken bin. Ich liebe dich, verdammt nochmal.«

Wir atmen tief durch und ordnen unsere betrunkenen Gedanken.

»Es tut mir leid, Kyle«, beginnen wir. Wir wollen nicht das Herz unseres besten Freundes brechen, aber er lässt uns keine andere Wahl. »Es liegt nicht an dir. Es liegt an mir. Ich stehe nicht auf Männer …«

Sein Gesichtsausdruck ist schwer zu deuten. »Das ist gerade eine Phase, die du durchlebst«, sagt er sanft. »Frauen gehören zu Männern.«

»Das denke ich nicht«, sagen wir mit mehr Nachdruck. Kyle kann manchmal so engstirnig sein. Das macht uns wahnsinnig. »Außerdem, selbst wenn ich einen Schwanz wollte, wer sagt dir denn, dass es sich dabei um deinen handelt?« Das war definitiv der Alkohol, der gesprochen hat, und wir bereuen unsere Worte sofort.

Dann ist ein Strippenzieher in unserem Kopf.

Du liebst mich, lautet die Anweisung. *Du möchtest mich genauso sehr, wie ich dich möchte ...*

Ich, Darren, trenne mich entsetzt, aber nicht, bevor ich einen Blick auf Lucy erhascht habe, die Kyle brav ins Schlafzimmer folgt und ihm dabei süße Worte zuraunt.

Ganz benommen vor Angst überspringe ich einige Monate in Lucys Erinnerung.

»Mir ist schon wieder übel«, erzählen wir Kyle und müssen dabei die Sirene übertönen. »Den dritten Morgen hintereinander.«

Kyle hält den Wagen an.

»Was tust du? Sie entwischen uns«, sagen wir.

Ein Strippenzieher dringt in unseren Kopf ein.

Vergiss die Verfolgung. Wir fahren zum Arzt.

Ich, Darren, verfolge das weitere Geschehen völlig entsetzt.

»Wie ist das möglich? Wie kann ich schwanger sein?«, fragen wir uns in einem kurzen Moment der Klarheit, als der Einfluss des Strippenziehers nachlässt.

Der Strippenzieher kommt in unsere Gedanken zurück. *Vergiss das Testergebnis. Du leidest einfach unter einer der seltenen Scheinschwangerschaften.*

Ich, Darren, kann mir das nicht anschauen – das ist einfach zu verrückt – also spule ich Lucys Erinnerungen vor und versuche, nicht zu tief in die turbulenten Gefühle ihrer Schwangerschaft einzudringen. Als sie beginnt einen sichtbaren Babybauch zu bekommen, führt Kyle sie dazu, sechs Monate Urlaub zu nehmen. Alle auf der Arbeit denken, dass sie nach China fährt.

Aber in Wirklichkeit verbringt sie diese Monate in einem schäbigen Apartment in Queens, das Kyle ihr gemietet hat. Er zieht regelmäßig ihre Strippen. Diese ganze furchtbare Geschichte erreicht ihren Höhepunkt mit der Geburt. Dann führt er sie, ihr Baby wegzugeben. Der Schmerz, den Lucy trotz des Strippenziehens spürt, ist furchtbar. Er sitzt so tief, dass mich seine Intensität wie ein Faustschlag trifft, obwohl ich die Erinnerungen nur überfliege.

Auch wenn Kyle sie diese ganze Angelegenheit vergessen lässt, weiß sie ab diesem Zeitpunkt intuitiv, dass etwas mit ihrer Welt nicht stimmt. Ihr fehlt etwas. Das könnte der Grund für ihre Zwangshandlungen sein, die sie manchmal auf der Arbeit und zu Hause hat. Vielleicht sucht sie nach etwas, das in ihrem Unterbewusstsein verwurzelt   ist – einem Splitter in ihrem Kopf.

Ich schaue mir weitere ihrer Erinnerungen im Schnelldurchlauf an. Zwei Wochen später erinnert sie sich fast an die Geburt, aber bevor es soweit kommt, lässt Kyle sie wieder alles vergessen. Und ein weiteres Mal vierzehn Tage später.

Ich verstehe, dass Kyles Reichweite etwa zwei Wochen sein muss. Nach diesem Zeitraum verliert sie ihre Kraft, und Lucy beginnt, sich an die Geschichte mit ihrem Baby zu erinnern.

Und etwas anderes wird mir jetzt klar. Das ist der Grund dafür, dass er die ganzen Jahre an Lucys Seite war. Er ließ sie vergessen. Es hatte nichts damit zu tun, eine Art Vaterersatz zu sein.

Ich frage mich, warum er sie damals nicht einfach umgebracht hat. Vielleicht hat er sie auf seine eigene widerliche Art geliebt. Seine Verliebtheit muss im Laufe der Zeit allerdings nachgelassen haben, denn sie hat ihn nicht davon abgehalten, sie heute umbringen zu wollen. Ich frage mich außerdem, warum er sie nicht dazu gezwungen hat, eine Abtreibung vorzunehmen. Aber dann erinnere ich mich an unsere Diskussionen über genau dieses Thema. Natürlich. Kyle ist Herr Abtreibungsgegner, selbst wenn es sich um das Produkt seiner eigenen Vergewaltigung handelt.

Das war das Baby, an das sie sich wieder erinnern durfte, bevor sie versucht hat, sich umzubringen. Aber er hat auch gesagt, sie dürfe sich an Mark erinnern.

Mit sinkendem Mut suche ich nach einer anderen Erinnerung. Ich kann mir bereits vorstellen, was ich finden werde, aber ich muss es sehen. Ich werde sonst nicht glauben, dass es wahr ist.

Wir gehen zu Marks Haus. Wir erinnern uns nicht an die Fahrt. Eigenartig, wie diese Dinge manchmal passieren – man fährt geradezu instinktiv irgendwohin.

Mark öffnet die Tür.

»Hallo«, sagt er lächelnd. Nachdem er uns einen Kuss auf die Wange gegeben hat, sieht er nachdenklich aus. »Warum ist Kyle nicht mitgekommen? Ich dachte, das war ein kleines Wiedersehen der Abteilung?«

»Er hatte etwas anderes zu erledigen«, antworten wir.

»Was ist mit Sara?«, will Mark wissen. »Wir hätten auch ein Pärchentreffen daraus machen können.«

»Darren ist heute sehr quengelig«, erklären wir. »Er hat eine Ohrenentzündung.«

»Margie wird enttäuscht sein, dass er nicht kommen konnte. Es sieht so aus, als blieben wir wieder unter uns.«

»Sieht ganz so aus«, bestätigen wir.

Nach einem kurzen Zögern sagt er: »Lucy. Ich habe Kyle, seitdem ich die Abteilung verlassen habe, nicht mehr gesehen. Er war nicht auf meiner Hochzeit. Er ruft mich nie zurück. Weißt du, was passiert ist? Habe ich etwas gemacht?«

»Ich weiß es nicht«, antworten wir ehrlich. Und dann haben wir auf einmal eine Anweisung im Kopf. »Lass uns später darüber reden«, kommen die festgelegten Worte aus unserem Mund. »Kann ich die Toilette benutzen?«

»Natürlich«, sagt Mark und sieht verwirrt aus. »Einmal durch die Küche und dann siehst du sie schon.«

Zu diesem Zeitpunkt ist es richtiger zu sagen, dass nur ich, Darren, das Geschehen erlebe. Lucy ist mental abwesend. Nicht im normal gebräuchlichen Sinn des Wortes. Sie ist eher wie ein Roboter in einer Lucy-Hülle.

Wir betreten die Küche hinter Mark, der einige Schritte vor uns geht. Wir sehen Margret, Marks Frau. Sie hat uns den Rücken zugedreht. Der Geruch von gebratenem Knoblauch und das Geräusch brutzelnden Öls verraten uns, dass sie gerade kocht.

Bevor sich Margret umdrehen kann, um uns zu begrüßen, ziehen wir die Waffe mit einer schnellen, routinierten Bewegung hervor und schießen ihr in den Hinterkopf. Wir sehen dabei zu, wie er explodiert und ihr Körper zu Boden fällt.

Mark wirbelt herum, um uns anzuschauen. Auf seinem Gesicht können wir weder Verwirrung noch Überraschung sehen, nur Entsetzen. Er scheint zu wissen, was gerade passiert.

Als wir den nächsten Schuss abfeuern, weicht er so aus, als könne er auf übernatürliche Weise den Weg der Kugel voraussagen. Aber er ist nicht schnell genug.

Sein lebloser Körper fällt einige Zentimeter neben seiner Frau zu Boden.

Wir gehen zu Mark und wischen seine Lippen gründlich ab. Er hat uns zur Begrüßung auf die Wange geküsst und könnte noch unsere DNA Spuren an ihnen haften haben. Danach ziehen wir uns behutsam zurück. Wir waren angewiesen worden sicherzustellen, dass unsere Schuhe und Bekleidung keine Blutspuren abbekommen.

Wir sind immer noch wie ferngesteuert, als wir das Haus verlassen, zur Brücke fahren und die Waffe entsorgen. Danach fahren wir zurück. Sobald wir in der Einfahrt parken, bekommen wir einen klaren Kopf, und Lucy ist zurück.

Wir klingeln. Niemand antwortet. Wir bemerken, dass die Tür nicht verschlossen ist. Wir öffnen sie und schreien: »Mark! Die Tür war offen.«

Niemand antwortet.

Wir gehen hinein.

Irgendetwas stimmt hier nicht, schreit die Kriminalbeamtin in uns.

Und dann riechen wir ihn: den vertrauten, metallischen Gestank des Todes. Wir sind mehr als entsetzt.

Dann sehen wir die Leichen.

Unsere Freunde – die Eltern unseres Kindes – sind tot.

Wut und Trauer vermischen sich zu einem giftigen Cocktail, als die Schwere dieses Verlusts uns langsam dämmert. Trotzdem erinnert uns ein Teil unseres Gehirns daran, dass es sich um einen Tatort handelt.

Wir schieben unsere Gefühle beiseite und untersuchen alles so gründlich wie menschenmöglich.

Kein Einbruch. Keine Beweise.

Wie hat der Mörder das geschafft?

Wir geben die Morde durch. Wir benutzen den Code für einen verletzten Polizisten, damit der Notarzt und die Polizei schneller eintreffen.

»Das wird der wichtigste Fall ihrer Laufbahn sein«, sagen wir dem Untersuchungsrichter mit zitteriger Stimme am Telefon. »Ich will Antworten und ich will sie am liebsten schon gestern.«

Ich, Darren, trenne mich.

Deshalb hatte es Lucy so schwer, den Mord an meinen Eltern aufzuklären. Sie ist den Fall wie immer angegangen, hat nach den üblichen Verdächtigen gesucht. Wie hätte sie ein Verbrechen aufklären sollen, dass sie selbst begangen hat? Ein Verbrechen, bei dem Kyle Lucy als Mordwaffe benutzt hat.

Sie hatte niemals eine Chance. Genauso wenig wie meine biologischen Eltern.

Und dann begreife ich es.

Ich habe gesehen, wie meine Eltern erschossen wurden. Margret hat es völlig unvorbereitet getroffen, aber Mark muss in die Stille hinübergeglitten sein, als er den Schuss gehört hat. Deshalb sah er so aus als wisse er, was gerade vor sich geht. Es könnte sogar sein, dass er Lucys Gedanken gelesen und erfahren hat, dass sie von einem Strippenzieher kontrolliert wurde. Natürlich hätte dieses Wissen ihm nicht weitergeholfen. Zu diesem Zeitpunkt war es bereits zu spät. Margret war schon tot, und Lucy hielt eine Waffe auf meinen Vater gerichtet, und war im Begriff abzudrücken. Er hat zwar versucht, sich durch einen Sprung zur Seite zu retten, aber selbst ein Leser ist nicht schnell genug, einer Kugel aus einer so kurzen Entfernung auszuweichen.

Mein Vater muss das gewusst haben – was gleichzeitig bedeutet, dass ihm klar war, dass er gleich sterben würde.

Ich glaube, zu diesem Zeitpunkt bin ich emotional zu betäubt, um das ganze Grauen dieser Situation zu erfassen. Entweder das, oder etwas anderes lenkt mich gerade ab, ein Gefühl, das keinen Platz für Trauer lässt.

Eine Emotion, die mich wie ein Orkan überkommt.

Wut.

Kyle hat sich an Lucys Kopf vergangen. Er hat sie vergewaltigt. Dann hat er sie gezwungen, ihr Baby wegzugeben. Er hat sie meine Eltern umbringen lassen und sie dazu gebracht, Selbstmord begehen zu wollen.

Der Zorn in mir ist unbeschreiblich.

Kyle wird sterben.

Ich werde ihn töten.

Ich werde es genießen, ihn zu töten.

Niemals hätte ich gedacht, dass ich in der Lage wäre, jemanden so unbedingt töten zu wollen. Selbst wenn er versucht hätte mich umzubringen, hätte ich mir niemals so intensiv gewünscht, ihn zu verletzen. Ich würde zwar mit Sicherheit etwas tun wollen, um mich zu schützen, aber es würde sich nicht so anfühlen. Nicht einmal ansatzweise.

Für das, was Kyle meiner Mutter angetan hat, will ich ihn in kleine Stücke zerreißen.

Selbst an dem Tag auf der Brooklyn Bridge, dem Tag, an dem ich dachte, dass Sam Mira umgebracht hat, war mein Hass auf dieses Arschloch nicht so stark. Es war eine momentane Wut, aber das, was ich gerade fühle, ist etwas anderes. Es ist kalt und berechnend. Es ist etwas Dunkles. Ich spüre, wie es zu einem Bedürfnis wird, wie das Atmen oder Essen. Diese Wut muss von einem unzivilisierteren Teil meines Gehirns kommen, einem Teil, von dem ich nicht wusste, ihn zu besitzen. Aber es ist mir egal, woher sie kommt. Alles, was mich interessiert, ist, ihr zu geben, was sie möchte – Kyles Blutopfer.

Ich muss den Kopf meiner Mutter verlassen. Ich muss damit beginnen, meine Rache zu planen.

Zuerst muss ich allerdings eine Entscheidung treffen. Woran soll sich Lucy erinnern können? Offensichtlich hat sie eine natürliche Amnesie, was den Mord an meinen Eltern betrifft, so wie die meisten Menschen, wenn sie zu etwas Derartigem geführt worden wären. Aus den gleichen Gründen kann sie sich vielleicht auch nicht an die Vergewaltigung erinnern. Aber was das Baby betrifft, hat Kyle versagt. Sie wird sich wahrscheinlich an etwas erinnern, jetzt oder in der nahen Zukunft, wenn Kyle sie nicht regelmäßig führt.

Was viel schlimmer ist, ist die Frage, was sie über ihren Selbstmordversuch denken soll? Sie wird sich nicht an ihn erinnern, aber sie ist eine Kriminalbeamtin. Bei einem Blick in ihr Haus und mit der Verletzung an ihrem Handgelenk wird sie eins und eins zusammenzählen können. Dann wird sie für den Rest ihres Lebens denken, dass sie einen Aussetzer hatte. Ich will nicht, dass sie damit leben muss.

Du wirst dein Baby vergessen, weise ich sie an. *Vergiss ihn oder sie bis ich bereit bin, dir alles zu erzählen. Du hast eine Verpackung aufgeschnitten, bist abgerutscht und hast dein Handgelenk verletzt. Du wirst diese dumme Erklärung nicht in Frage stellen. Nicht, bis ich dir alles erklären kann.*

Wird sie es mir abnehmen? Ich denke schon. Bert hat nach Hillarys Behandlung schlimmeren Mist geglaubt.

Ich ziehe mich aus dem Kopf meiner Mutter zurück und habe nur einen einzigen Gedanken in meinem Kopf, ein beruhigendes Mantra.

Kyle wird sterben.

ACHTZEHNTES KAPITEL.

Während ich darauf warte, dass Sara eintrifft, trete ich auf den Flur hinaus und tätige einen weiteren Anruf.

»Bert, Kumpel. Ich werde für immer in deiner Schuld stehen«, sage ich zur Begrüßung.

»Was ist los?«, fragt Bert. Seine Stimme hört sich besorgt an. »Du klingst komisch.«

Ich mache Bert keinen Vorwurf daraus, dass er denkt, ich höre mich nicht wie ich selbst an, schließlich fühle ich mich ja auch nicht so.

»Es geht um meine Mutter«, sage ich und versuche, meine Stimme zu normalisieren. »Um Lucy. Sie ist im Krankenhaus.«

»Ach du Scheiße, Darren! Was ist passiert?«

»Das ist kein Gespräch fürs Telefon«, erwidere ich. »Wir sind im Staten Island University Hospital.«

»Okay. Mein Taxi kommt gerade aus dem Stau auf dem Belt Parkway. Wir sind immer noch in Brooklyn. Ich kann den Fahrer anweisen, nach Staten Island zu fahren.«

»Mach das. Danke, Mann.«

»Bis gleich«, sagt mein Freund und legt auf.

Ich habe meine Freunde – besonders Mira – noch nie so sehr gebraucht wie jetzt gerade, aber sie hängen fast alle zwischen New York und Miami in der Luft. Wenn Kyle herausfindet, dass sein Plan fehlgeschlagen ist, wird er hierherkommen, um das zu beenden, was er begonnen hat – oder er wird jemand anderen schicken. Das bedeutet, dass ich die Hilfe von jemandem benötige, der weiß, wie man Menschen schützt.

Von jemandem, der im Sicherheitswesen arbeitet.

Einen Moment lang überlege ich, Caleb anzurufen und ihm anzubieten, jeden zu ficken, den meine Großeltern bestimmen, wenn ich dafür seine Hilfe bekomme. Da Caleb aber in Miami in Haft sitzt, könnte er mir nicht einmal helfen, wenn er wollte. Vielleicht kennt er jemanden in New York?

Nein, bevor ich auf so etwas zurückgreife, muss ich erst alle meine Optionen abwägen. Und während ich nachdenke, habe ich eine Eingebung, die ich von Anfang an gehabt haben sollte. Ich kenne jemanden, der für diesen Job noch besser geeignet ist als Caleb.

Ich öffne die Kontaktliste in meinem Handy, suche denjenigen heraus, drücke auf anrufen und warte.

»Hallo«, antwortet Thomas.

»Thomas. Ich bin so froh dich erreicht zu haben.«

»Darren? Das ist aber eine nette Überraschung.«

»Bist du in der Stadt?«, frage ich. Als wir das letzte Mal miteinander gesprochen haben, wollte er auch in den Urlaub fahren.

»Ich bin vor zwei Tagen zurückgekommen«, antwortet er. »Im Gegensatz zu dir hatte ich keinen guten Grund dafür wegzubleiben.«

»In diesem Fall könnte ich wirklich deine Hilfe brauchen. Meine Mutter befindet sich im Krankenhaus und muss beschützt werden. Es hat was mit der Sache zu tun, über die wir bei unserem ersten Treffen gesprochen haben …«

»Du meinst diese offene Rechnung mit einem von uns?«

»Genau.«

»Wo bist du?«

»Staten Island University Hospital«, antworte ich ihm.

»Ich schicke dir gleich ein paar Geheimdienstagenten und jemanden, der die Operation führen wird, wenn du verstehst, was ich meine.«

»Das tue ich.« Ich versuche, nicht vor Erleichterung zu weinen. »Danke. Du kannst dir gar nicht vorstellen, wie dankbar ich dir bin.«

»Bis gleich«, meint Thomas und legt auf.

Ich habe wieder Hoffnungen geschöpft und gehe in Lucys Zimmer zurück, um nach ihr zu sehen.

Trotz der Sauerstoffleitung, den Monitoren und der ganzen anderen angsteinflößenden Krankenhausausstattung sieht sie gut aus. Jetzt hat sie auch schon wieder etwas Farbe, soweit das ihr blasser asiatischer Teint zulässt. Sie atmet auch wieder gleichmäßiger. Alle ihre Organfunktionen auf den Monitoren sehen gut aus. Sie scheint einfach friedlich zu schlafen.

Ich verlasse den Raum erneut, begebe mich in die Stille, schnappe mir eine Schwester und führe sie dahin, mir ein Sandwich aus der Cafeteria zu besorgen. Ich bin am Verhungern, aber ich will es nicht riskieren, meine Mutter für einige Minuten alleinzulassen.

Auf eine gewisse Weise bin ich den Erleuchteten dankbar dafür, dass sie Caleb beauftragt hatten, mich zu entführen. Die Entführung hat zu dem Treffen mit Mimir geführt – diesem halbgottgleichen Wesen, mit dem ich während der Vereinigung mit den Erleuchteten gesprochen habe. Dank dieses Zwischenfalls ist meine Mutter jetzt noch am Leben. Wenn Mimir mich nicht gewarnt hätte, wäre ich wahrscheinlich immer noch damit beschäftigt, eine Lösung für diese Geschichte mit Julia zu finden. Ohne die Warnung, dass Lucy etwas zustoßen könnte, hätte ich das Gelände der Erleuchteten nicht so überstürzt verlassen. Noch schlimmer ist, dass ich ohne die Entführung in Miami am Strand liegen würde, und nichts von dem wüsste, was ich jetzt erfahren habe. Lucy wäre tot, und ich hätte niemals herausgefunden, dass Kyle dafür verantwortlich ist.

Woher wusste Mimir, dass Lucy in Schwierigkeiten steckte? Er sagte, dass er es wusste, weil ich es wusste. Aber ich wusste es nicht. Oder doch? Hatte ich, ohne es zu realisieren, alle nötigen Informationen, um Kyle zu verdächtigen?

Während ich nachdenke, fügt sich alles zusammen.

Wie die Tatsache, dass der Strippenzieher ein Traditionalist ist – etwas, dass jeder mehr als einmal erwähnt hat. Ob Teil der orthodoxen Verschwörung, von der meine Großeltern gesprochen haben, oder als Einzelagent, alle waren sich einig, dass derjenige, der hinter mir her ist, wahrscheinlich ein Traditionalist sei, weil nur Traditionalisten die Vereinigung meiner Eltern als ein furchtbares Verbrechen gegen die alten Wege ansehen würden.

Und wie sind Traditionalisten? Nachdem was ich erfahren habe sind sie sehr … na ja, traditionell … in ihren Ansichten.

Und was ist Kyles hervorstechendste Charaktereigenschaft? Warum haben wir uns so oft gestritten, als ich aufwuchs? Weil er so traditionell ist, wie man nur sein kann.

Das alleine erklärt Kyle aber nicht für schuldig. Nichts für sich alleine betrachtet tut das. Ich erinnere mich an den eigenartigen Anruf, den Kyle bekommen hat, als er mich im Krankenhaus besuchte, nachdem ich am Kopf angeschossen worden war. Nach dem Anruf hatte er Lucy sitzengelassen, obwohl er ihr Fahrer war.

Jetzt denke ich mir, dass der Anruf wahrscheinlich von Jacob kam, der Kyle von meiner Abstammung berichtet hat – dem Grund dafür, dass Jacob bei der russischen Mafia einen Mordanschlag auf mich in Auftrag gegeben hatte. Nach dem Telefonat, als er sich schon auf dem Weg nach draußen befunden hat, muss Kyle die Krankenschwester dazu gebracht haben, mich töten zu wollen. Da Kyle mich unbedingt umbringen wollte, nachdem er die Wahrheit herausgefunden hatte, bin ich sehr froh darüber, dass meine biologische Mutter Lucy und Sara dazu geführt hatte, nach Israel zu reisen und vorzugeben, dass Sara mit mir künstlich befruchtet wurde. Ich war unglaublich wütend, als ich diese Lüge erfahren habe, aber die Tatsache, dass Sara vorgab, meine biologische Mutter zu sein, hat mir wahrscheinlich das Leben gerettet. Dank dieser Geschichte hatte Kyle niemals vermutet, dass ich etwas anderes sein könnte als ein gewöhnliches Kind. Ein Kind, das er wegen des Verbotes Kinder anzufassen, von dem Liz mir erzählt hat, niemals geführt hat.

Als ich darüber nachdenke, fällt mir auf, dass Kyle wahrscheinlich nicht einmal wusste, dass Margret schwanger war. In Lucys Erinnerungen begann er, Mark ab einem bestimmten Zeitpunkt an aus dem Weg zu gehen, wahrscheinlich wegen dessen Beziehung zu Margret. Außerdem scheinen Mark und Margret die Schwangerschaft vor der ganzen Welt versteckt zu haben – unglücklicherweise mit Ausnahme des Gynäkologen. Es waren die Aufzeichnungen des Arztes, die Jacob, Kyles Partner unter den Lesern, diese zusätzliche Gewissheit gegeben haben, dass ich Marks Sohn bin – auch wenn Jacob mich genauso gut allein wegen meiner Ähnlichkeit mit meinem Vater hätte umbringen lassen wollen. Wie dumm muss sich Kyle gefühlt haben, dass er die ganze Zeit einen »Hybridenabschaum« unter seiner Nase hatte. Da er mich aufwachsen sah, hat er wahrscheinlich nie nach einer Ähnlichkeit zu irgendjemandem gesucht.

Apropos Ähnlichkeiten … Kyle hat die gleichen Gesichtsmerkmale wie die meisten Gedankenführer. Merkmale, die ich auch aufweise. Ich hätte das niemals bemerkt, wenn ich nicht in diesem Zusammenhang an ihn denken würde, aber jetzt sind die Hinweise deutlich. Das erklärt ebenfalls, warum es manchmal Menschen gab, die dachten, Kyle und ich seien blutsverwandt. Diese Personen wurden wahrscheinlich durch die »ethnischen« Ähnlichkeiten unter den Führern irregeführt.

Dann überkommt mich eine wichtigere Erkenntnis. Die russische Mafia. Sie sind ein riesiger Hinweis, wenn man erst einmal weiß, wer der Verdächtige ist. Kyle hat jahrzehntelang in der Abteilung für organisiertes Verbrechen gearbeitet. Deshalb konnte er auch die gefährlichsten Vertreter dieser Kriminellen zu seinen Waffen machen. Er hat Akten über sie. Die Steuerzahler haben jahrelang für Kyles private Mördersuche bezahlt.

Und letztendlich ist auch der ungelöste Mord an meinen Eltern auf Kyle zurückzuführen, oder auf jemanden, der meinen Eltern ähnlich nahestand. Ich hätte das eher sehen müssen. Nach dem, was mir Hillary gesagt hat, war Margret eine mächtige Gedankenführerin. Hätte ein gewöhnlicher Normalbürger versucht, sie umzubringen, hätte sie ihn dazu gebracht, stattdessen sich selbst zu töten – oder den Befehl eines anderen Strippenziehers überschrieben.

Die einzige Möglichkeit sie umzubringen, war, sie unvorbereitet zu treffen, also musste der Mörder jemand sein, den meine Eltern beide nicht als eine Gefahr betrachteten. Jemand, der ihnen nahestand. Jemand, den sie wie Familienmitglieder liebten. Margret in ihrem Haus von hinten zu erschießen war die einzige Möglichkeit, sie zu töten – und damit stehen Lucy und Kyle ganz oben auf der Verdächtigenliste. Und wie herausgekommen ist, waren ja auch beide auf ihre Art dafür verantwortlich. Da Kyle ein Feigling ist, hatte er beschlossen, Lucy die dreckige Arbeit tun zu lassen. Er hatte sie angewiesen, Margret zuerst zu töten, da sie die Gefährlichere der beiden war. Sie hätte Kyles Kontrolle über Lucys Kopf aufheben können, weshalb er auf einen Überraschungsschlag setzte.

Wenn ich ohne viel darüber nachzudenken auf so viele Hinweise komme, verstehe ich, wie Mimir, der kombinierte Verstand von vierzehn Personen, herausfinden konnte, dass Kyle die Bedrohung war. Nach dieser Erkenntnis war es nur noch ein kleiner Schritt zu der Annahme, dass Lucy sich in Gefahr befand. Mimir wusste, dass Lucy den Mord an Miras

Eltern untersuchte – den Mord, den Jacob, Kyles Verbündeter, befohlen hatte. Der Mörder Kyle hat den Rest seiner Abteilung dahingehend manipuliert, dass der Fall als Vergeltungsschlag in Mafiakreisen abgetan wurde.

Mimir hat die Gefahr gesehen, die ich erkannt haben sollte, aber nicht tat.

Als ich das geschmacklose Sandwich esse, das die Schwester mir gebracht hat, wird mir klar, dass ich es mir nie verziehen hätte, wenn Lucy gestorben wäre. Erstens, weil ich eins und eins nicht eher zusammengezählt habe, und zweitens weil ich wegen meines großen Mundes derjenige war, der sie überhaupt erst in diese Gefahr gebracht hat.

Mein Handy klingelt.

»Ich bin unten«, sagt Bert.

»Komm in Zimmer 3 auf der Intensivstation«, bitte ich ihn. »Sag einfach, dass du meine Mutter besuchen möchtest.«

Als er den Raum betritt, schlucke ich gerade meinen letzten Bissen hinunter.

»Wie geht es ihr?«, will er sofort wissen. »Was ist passiert?«

»Lass uns vor die Tür gehen«, erwidere ich, und sobald wir alleine sind, erzähle ich ihm alles.

»Scheiße«, sagt Bert. »Ich mochte deinen Onkel noch nie, aber das hätte ich nicht erwartet. Einfach aufzutauchen und zu versuchen dich umzubringen, sobald er erfahren hat, dass du halb Leser, halb Führer bist? Was ist mit den ganzen Jahren, die er dich schon kennt?«

»Na ja, wir haben eine Gemeinsamkeit«, antworte ich düster. »Wenn ich ihn in meine Finger bekomme, werde ich ebenfalls die ganzen Jahre vergessen, die wir uns schon kennen.«

»Und diese Person, Thomas, ist ein Gedankenführer wie Hillary?« Bert sieht aus, als sei ihm mein neugefundener Blutrausch unangenehm.

»Ja, und wo wir gerade davon reden …« Ich trete von einem Fuß auf den anderen. »Ich möchte nicht, dass er erfährt, wie viel du über diese ganze Geschichte weißt. Ich vertraue ihm, aber vorsichtshalber ist es mir lieber, wenn er es nicht herausfindet. Deinetwegen.«

»Ach ja, richtig. Im Gegensatz zu dir und Mira, können sie meine Gedanken nicht lesen«, sagt er aufgeregt. »Also kann ich lügen.«

»Korrekt. Meine Version wird sein, dass ich dich geführt habe, das zu tun, worum ich dich bitte.«

»Ja, mein Herr und Meister«, erwidert Bert mit seiner besten Draculas-untergebener-Diener-Stimme.

Mein Handy klingelt. Es ist Sara. Sie ist hier und ich erkläre ihr, wo sie uns findet.

»Ich bin so froh, dass es ihr gut geht«, sagt Sara, als Bert und ich Lucys Zimmer betreten. Saras Gesicht ist fast so bleich wie Lucys, und ich sehe, dass ihre Hände zittern. »Kannst du mir bitte erklären, was passiert ist?«

Ich begebe mich in die Stille.

Zögerlich gehe ich zu Sara und dringe in ihren Kopf ein. Das Angstniveau, das meine Mutter erreichen kann, ist unglaublich hoch. Wenn ich mir solche Sorgen machen würde, würde ich sekündlich in die Stille hinübergleiten und könnte kaum noch funktionieren. Ich überlege, sie dazu zu zwingen, sich zu entspannen, aber entscheide mich dagegen. Ich beschränke mein Führen darauf sicherzustellen, dass Sara die gleiche Geschichte glaubt, die ich in Lucys Kopf gepflanzt habe.

Ich verlasse Saras Kopf und lese Lucy. Sie schläft friedlich. Ich spüre weder Schmerzen noch Unwohlsein, aber ein schlafendes Gehirn ist auch nicht besonders hilfreich, wenn man etwas über den Gesundheitszustand einer Person herausfinden möchte.

Ich verlasse die Stille.

»Sie ist mit dem Messer abgerutscht«, meine ich und erzähle Sara die ganze Geschichte.

Bert, der hinter Sara steht, bekommt große Augen. Augen, die sagen: »Ich kann es gar nicht glauben, dass sie dir das abkauft.«

Als ich zu Ende berichtet habe, beginnt Sara mit ihrer Befragung. »Wie bist du so schnell hierhergekommen? Wie war es in Florida? Wo ist Mira –«

»Sie hat gerade ihre Augen geöffnet«, unterbricht Bert den Ansturm der Fragen.

Sara geht zu Lucy, setzt sich auf ihre Bettkante und legt ihr sanft die Hand auf ihre Schulter. Lucys Augen wenden sich ihrer Frau zu. Sie sieht überraschend gut aus, wenn man ihren Zustand betrachtet.

»Hallo«, sagt sie rau. »Wo zum Teufel bin ich?«

Ich erkläre ihr das, was ich sie schon angewiesen habe zu glauben. »Als ich ihnen ›verletzte Kriminalbeamtin‹ gesagt habe, haben sie sich selbst übertroffen, um dich zu retten«, sage ich abschließend.

»Wenn man an alle Arten denkt, auf die ich verletzt werden könnte, passiert es ausgerechnet an dem Tag, an dem ich frei habe«, sagt Lucy humorlos.

»Entschuldigung«, sagt eine vertraute Stimme durch den Türspalt. »Können wir hineinkommen?«

»Bitte«, sage ich und versuche, meine Überraschung zu verbergen. »Mama, du erinnerst dich an meine Therapeutin, Dr. Jackson.«

»Bitte, nenne mich Liz«, erwidert Liz, wie vorauszusehen war. Sie hasst es, anders von mir genannt zu werden.

Ich kann es immer noch nicht glauben, dass sie hier ist. Es sieht aus, als hätte Thomas sie zur Verstärkung mitgebracht. Oder sie ist hier, um Zeit mit ihm zu verbringen – schließlich sind sie ja zusammen.

»Hallo, Liz«, sagt Sara blinzelnd. »Was machst du hier?«

»Darren hat mich angerufen, als sich deine Frau verletzt hat«, erklärt Liz. »Er hat sich so betroffen angehört, dass ich dachte, besser nach dem Rechten zu sehen. Er war jahrelang mein Patient.«

»Natürlich«, sagt Sara. »Vielen Dank, dass du gekommen bist.«

»Das ist mein Freund, Thomas«, sagt Liz und zieht Thomas in den Raum.

Sara und Bert schauen Thomas fasziniert an. Selbst Lucy schaut hinüber, auch wenn ihr Gesichtsausdruck schwerer zu interpretieren ist.

Ich frage mich, ob sie den Altersunterschied des Paares eigenartig finden. Liz sieht wie ein heißer Lehrer und Thomas wie ein Schüler aus, den sie verführt hat – nur zehn Jahre später. Ich frage mich, was Sara denken würde, wenn sie wüsste, dass Liz außerdem Thomas' Psychiaterin ist. Vielleicht stellt sie sich mich an Thomas' Stelle vor. Das könnte sein. Vielleicht fragt sie sich, ob meine Therapeutin mich jemals angegraben hat, als ich noch unter zwanzig war. Was, nebenbei bemerkt, fantastisch gewesen wäre.

Meine Gedanken werden von Thomas unterbrochen, der mich in die Stille zieht.

»Holen wir sie dazu?« Ich deute auf Liz. »Wenn ja, sollten wir wohl besser meine Gedankendimension nutzen, weil ich eine lange Geschichte zu erzählen habe.«

»Du entscheidest, wem du vertrauen möchtest«, erwidert Thomas. »Und danke, dass du an meine Reichweite denkst.«

»Wir können sie gerne zu uns holen. Ich weiß ja jetzt, wer der Strippenzieher ist – definitiv nicht Liz.«

Thomas verlässt die Stille und ich gleite erneut in sie hinüber und bringe ihn mit.

Thomas gibt Liz ein frommes Küsschen auf die Wange, um sie in die Stille zu ziehen.

Ich erzähle ihnen die ganze Geschichte, lasse allerdings eine Einzelheit aus – Kyles Identität.

»Deine arme Mutter«, meint Thomas und schaut zu Lucy hinüber. Sein normalerweise ausdrucksloses Gesicht sieht ein wenig wärmer aus. »Gezwungen zu werden, seinen eigenen Partner umzubringen? Es gibt nichts Schlimmeres für einen Polizisten.«

»Wenigstens erinnert sie sich nicht daran«, sagt Liz. »Du hattest recht mit deiner Vermutung. Deine andere Mutter sieht allerdings so aus, als würde sie jeden Moment den Verstand verlieren. Ich würde ihr gerne eine Beruhigungsbehandlung geben.«

»Sie sieht immer so aus«, antworte ich. »Aber wird sie sich danach wirklich besser fühlen?« Das Angebot hört sich verlockend an, doch ich bekomme Schuldgefühle bei dem Gedanken, das Empfinden meiner Mutter zu manipulieren.

»Was ich tue, lässt Xanax alt aussehen«, sagt Liz selbstsicher. »Und ich habe meine Methode jahrelang an menschlichen Personen getestet. Sie kommen immer wieder zurück und wollen mehr.«

»In diesem Fall, beruhige sie bitte«, beschließe ich. »Und denkst du, dass du langfristig mit Lucys Babyproblem helfen kannst? Es wird wahrscheinlich ein schmerzhafter Schock sein, wenn sie sich daran erinnert, ihr Kind auf diese Weise weggegeben zu haben …«

Liz nickt. »Ich werde sicherstellen, dass der Arzt ihr rät, mich nach ihrer Entlassung aufzusuchen. Und ich werde dafür sorgen, dass sie den Vorschlag, eine Therapie zu machen, nicht ablehnt.«

»Du kannst sie glauben lassen, dass es dabei um ihre Zwangsneurosen geht«, schlage ich vor. »Danke für deine Hilfe. Ich weiß sie wirklich zu schätzen.«

»Keine Ursache.« Liz geht zu Sara und beginnt mit ihrem Xanax Ding.

»Und noch etwas«, sage ich, als ich bemerke, dass ich Lucy nicht länger alles erzählen kann. »Kannst du sie bitte vergessen lassen, mich um die Erklärung zu bitten, die ich ihr am Telefon versprochen hatte?«

»Was für eine Erklärung?«, möchte Liz wissen.

»Musst du das wissen?«, frage ich. »Um sie es sicher vergessen zu lassen?«

»Das kann ich tun, ohne es zu wissen, aber Neugier ist eine meiner Schwächen. Das weißt du doch.«

»Dann würde ich es lieber nicht erklären«, erwidere ich. Ich bin froh, dass Liz mich nicht angelogen und behauptet hat, dass sie es wissen müsse. Trotzdem möchte ich nicht zugeben, dass ich drauf und dran war, meiner Mutter alles zu erklären, da ich nicht weiß wie Liz darüber denkt.

Liz schaut mich forschend an, aber lässt das Thema fallen. Sie ist nie aufdringlich.

»Also, wirst du uns jetzt auch sagen, wer ihr das angetan hat?«, fragt Thomas.

Falls er die Spannung, die in der Luft liegt, vertreiben wollte, hätte er keine schlechtere Frage wählen können.

»Das kommt darauf an«, erwidere ich. »Was wird mit dieser Person geschehen? Was habt ihr vor?«

»Ehrlich gesagt: Keine Ahnung«, gibt Thomas zu. »Liz?«

Sie zuckt mit den Schultern. »Ich bin mir auch nicht sicher. Aber da er einen von uns angegriffen hat, würde ich sagen, dass es sich um eine Angelegenheit handelt, mit der sich die Ältesten auseinandersetzen sollten.«

»Was ist mit meiner Mutter? Was ist die Bestrafung für das, was er ihr angetan hat?«

»Was sie betrifft« – Thomas zeigt auf Lucy – »könnte es sein, dass die Ältesten diese Verbrechen anders beurteilen als du oder ich. Sie ist keine von uns, also gelten unsere Gesetze für sie nicht. Wenn du über deine biologische Mutter sprichst, dann wird er definitiv für den Mord an ihr bezahlen müssen.«

»Was. Wird. Passieren?«, frage ich durch zusammengebissene Zähne. Ich bin zu wütend, um die Tatsache mit ihm auszudiskutieren, dass die Ältesten das, was Kyle mit meiner Mutter gemacht hat – die Vergewaltigung und die ganzen anderen Grausamkeiten, die er ihrem Kopf angetan hat – nicht als eine Verletzung ihrer Gesetze ansehen würden.

»Die Rechtsprechung der Ältesten ist geheimnisumworben«, erklärt mir Liz. »Deshalb wissen wir es wirklich nicht.«

»Das ist nicht gut genug.«

»Was hat das damit zu tun, ob du uns erzählst wer der Strippenzieher ist?«, will Thomas wissen. »Warum willst du uns das nicht sagen?«

»Ich habe vor, ihn zu töten«, sage ich ruhig. »Und versuche nicht, mir das mit Psychiatergeschwätz auszureden.«

Liz schaut mich gründlich an. »Ich denke, dass es sich hier um einen der wenigen Fälle handelt, bei dem eine solche Tat dir dabei helfen wird, Ruhe zu finden. Also werde ich dich auch nicht aufhalten. «

»Was auch immer du planst, ich werde dich nicht verraten«, fügt Thomas hinzu.

»Sein Name ist Kyle«, sage ich bitter. »Liz, ich habe dir wahrscheinlich schon von Onkel Kyle erzählt.«

NEUNZEHNTES KAPITEL

»Du hast einen Onkel, der einer von uns ist?«, fragt Liz mit vor Überraschung weit aufgerissenen Augen. »Das wusste ich nicht.«

»Ich auch nicht«, entgegne ich.

»In dieser Stadt gibt es nur einen Leser namens Kyle«, sagt Liz nachdenklich. »Grant.«

»Genau der ist es. Scheiß Kyle Grant«, bestätige ich mit knirschenden Zähnen.

»Warte mal«, meint Thomas. »Der ist doch bei der Polizei.«

»Du kennst ihn?«, will ich wissen.

»Oberflächlich. Auch wenn er nie in den Club kommt.«

»Ich kenne ihn etwas besser«, sagt Liz. »Und ich kann mir gut vorstellen, dass er ein Traditionalist ist. Ich habe schon immer gewusst, dass er Probleme hat, aber nie vermutet, dass er eine so tief sitzende –«

»Er ist ein toter Mann«, unterbreche ich sie. »Du musst ihn also nicht analysieren.«

Liz seufzt. »Es tut mir leid«, erklärt sie mir, »Aber ich muss etwas zurücknehmen, was ich gesagt habe. Ich denke doch nicht, dass ihn zu töten, eine gute Idee ist.«

»Warum denn nicht?«, fauche ich sie an. Toll, jetzt schreie ich schon meine Psychiaterin an.

»Er hat dich dein ganzes Leben lang begleitet. Er war eine Art Vaterfigur für dich. Muss ich dir ein Diagramm zeichnen?«

»Er war nur da, um Lucy in regelmäßigen Abständen einer Gehirnwäsche zu unterziehen«, lasse ich sie mit vor Ärger angespannter Stimme wissen.

»Das mag stimmen«, erwidert Liz ruhig, »aber das ändert nichts an deinen Gefühlen für ihn.«

»Was ich fühle, ist, dass ich nicht die gleiche Luft wie er atmen kann«, entgegne ich scharf. »Wenn du mir helfen möchtest, dann erzähle mir etwas Nützliches über ihn.«

»Wir haben nicht den gleichen Freundeskreis«, meint sie. »Ich kenne ihn nur, weil er ein Gedankenführer ist.«

»Scheiße«, sage ich, als mir etwas klar wird. »Das erklärt es.«

»Was?«, will Thomas wissen.

»In Lucys Erinnerungen hat Mark sie gefragt, warum Kyle aus seinem Leben verschwunden ist. Ich glaube, ich weiß jetzt warum. Mark hat Margret geheiratet, was bedeutet, dass sie ihn wiedererkannt hätte, wenn sie sich getroffen hätten.«

»Das stimmt.« »Sie hätte ihn gekannt, aber wahrscheinlich nicht mehr als ich. Sie war offensichtlich –«

»Warte. Mir ist gerade etwas aufgefallen.« Ich blicke Liz an. »Du kanntest meine biologische Mutter?«

»Ja«, antwortet sie. »Ich kannte sie. Ich kenne jeden Gedankenführer.«

»Eines Tages wirst du mir von ihr erzählen müssen«, sage ich. »Jetzt gerade gibt es allerdings wichtigere Dinge, die ich zu erledigen habe.«

»Ich denke wirklich nicht –«

»Liz, entschuldige bitte, dass ich dich unterbreche«, wirft Thomas ein, »aber ich denke, Darren sollte das tun, was er für richtig hält.«

»Männer«, entgegnet Liz verächtlich. »Dieser ganze Macho-Scheiß. Wenn du das durchziehst, komm aber hinterher nicht an und bettele um eine Therapie.«

»In Ordnung«, sage ich. »Ich bin mir sicher, dass ich problemlos einen anderen Therapeuten finden kann. Vielleicht sogar einen, der mich nicht jahrzehntelang anlügt.«

»Das ist eine klassische Projektion –«

»Ehrlich, Liz. Das reicht«, unterbricht Thomas sie streng.

Zu meiner großen Überraschung hört Liz sofort mit dem Psychogeschwafel auf, das sie gerade auf mich herabprasseln lassen wollte. Mir war nie aufgefallen, dass Thomas in dieser eigenartigen Beziehung die Hosen anhat. Interessant.

»Es tut mir leid, Liz«, sage ich. »Ich wollte dich nicht angreifen.«

»Nein, ich habe mich daneben benommen«, sagt Liz kopfschüttelnd. »Denke bitte einfach nach, bevor du etwas Endgültiges tust. Das ist mein einziger Rat.«

»Ich werde darüber nachdenken«, lüge ich wie gedruckt. »Wie auch immer, wir müssen herausfinden, wo er ist. Er stellt immer noch eine Bedrohung für Lucy dar.«

»Also, wie sieht der Plan aus?«, will Thomas wissen.

»Du, Bert und ich werden etwas erledigen gehen«, erkläre ich ihm, bevor ich mich zu meiner Therapeutin umdrehe. »Liz, würde es dir etwas ausmachen, die Dinge hier im Auge zu behalten?«

»Überhaupt nicht«, antwortet sie.

»Das hört sich gut an«, meint Thomas.

Ich werfe beiden dankbare Blicke zu und wir verlassen gemeinsam die Stille.

»Mama«, sage ich doppeldeutig, ein Trick den ich seit meiner Kindheit anwende.

»Ja?«, antworten Sara und Lucy einstimmig und ich muss lachen. Er funktioniert einfach jedes Mal.

»Da es dir besser geht, müssten Bert und ich mal auf der Arbeit vorbeischauen«, sage ich und schaue dabei Lucy an. »Es gibt eine große Bewegung im Portfolio und sie können ohne –«

»Das ist überhaupt kein Problem«, unterbricht mich Lucy. »Danke, dass du mir das Leben gerettet hast.«

»Ich bin bald wieder zurück«, füge ich hinzu. »Du wirst nicht einmal merken, dass ich überhaupt weg war.«

Sara umarmt mich fest, und ich gebe Lucy einen Abschiedskuss auf die Wange. Dann verlasse ich das Zimmer, und Bert folgt mir.

Hinter mir höre ich, wie Thomas sich entschuldigt, und Liz irgendeine verworrene Erklärung dafür abgibt, warum sie bei meinen Müttern bleiben wird. Sie muss ihre mentalen Zahnräder durch Führen gefettet haben, weil sie so reagieren, als würde die Geschichte Sinn ergeben. Ich hoffe ehrlich, dass dieses Zeug keine permanente Schädigung des Hirns hinterlässt.

»Deine Männer sind nicht gerade unauffällig«, meine ich zu Thomas, als wir auf dem Krankenhausflur an fünf großen Männern in schwarzen Anzügen mit Hörkapseln vorbeigehen.

»Nein, das sind sie nicht. Aber sie sind effektiv«, erwidert Thomas kurz angebunden. »Liz wird sicherstellen, dass sie niemandem auffallen.«

Bert will gerade etwas dazu sagen, aber ich schüttele meinen Kopf. Ich gleite in die Stille und hole Thomas zu mir.

»Bitte rede vor meinem Helfer nicht allzu viel über das Führen«, sage ich. »Ich will ihn nicht mehr vergessen lassen müssen als nötig.«

»Warum brauchen wir diesen Kerl überhaupt?«

»Er ist Teil meines Notfallplans.«

»Ich kenne nicht einmal deinen eigentlichen Plan«, entgegnet Thomas.

»Als Erstes gehen wir zur Polizeistation«, erkläre ich ihm. »Ist das gut genug?«

»Im Moment ist es ausreichend. Wir nehmen mein Auto.«

Ich verlasse die Stille, und wir gehen aus dem Krankenhaus.

Thomas fährt das gleiche Auto, das er auch schon bei unserer Auseinandersetzung auf der Brooklyn Bridge benutzt hat. Damals wurde es zwar bei einem Unfall beschädigt, aber jetzt sieht es wieder wie neu aus. Ich hatte darauf gehofft, dass er sein Auto anbieten würde, da sich eine Waffensammlung in ihm befindet. Und die werde ich auch brauchen, das habe ich ihm nur noch nicht gesagt.

Bevor wir Staten Island verlassen, fahren wir am Haus meiner Mütter vorbei. Wir machen sauber und richten alles so ein, dass es zur Ungeschickten-Mama-Geschichte passt. Die gute Nachricht ist, dass meine Mütter so viel Bettwäsche haben, dass sie nicht einmal bemerken werden, dass diejenige, die sie eigentlich gerade benutzten, verschwunden ist, und durch eine neue ersetzt wurde.

Als nächstes tausche ich meine blutverschmierte Kleidung gegen ein Paar alte Jeans und ein T-Shirt aus, Ersatzwäsche, die ich bei meinen Müttern gelassen hatte. Die Klamotten sitzen zwar nicht mehr perfekt, aber sie erfüllen ihren Zweck.

»Okay«, meine ich, als wir wieder im Auto sitzen. »Nächster Halt: Polizeistation.«

Thomas gibt die Adresse in Manhattan, die ich ihm sage, in sein Navi ein und fährt los.

Anfangs sagt niemand ein Wort. Ich will nicht zu viel reden, da Thomas denkt, Bert dürfe nichts wissen, und außerdem bin ich auch nicht gerade in Erzähllaune.

»Weißt du, was ich mich frage?«, bricht Thomas das Schweigen nach einigen Minuten. »Warum hat Kyle dich nicht in Miami angegriffen?«

»Ich nehme an, dass er uns nicht finden konnte«, erwidere ich. »Als Vorsichtsmaßnahme haben wir niemandem gesagt, wo in Florida wir unseren Urlaub verbringen würden.«

»Aber mit Sicherheit habt ihr elektronische Spuren hinterlassen – durch eure Telefone, Kreditkarten und diese ganzen Dinge«, widerspricht Thomas. »Bei so vielen Personen kann das leicht passieren.«

»Wir hatten Mira dabei, unsere Königin der Paranoia, und tonnenweise Bargeld. Außerdem war Bert bei uns, den Gott des Verwischens von elektronischen Spuren, der selber mehr als paranoid ist.«

Durch den Rückspiegel bemerke ich, dass Bert stolz wie ein Pfau aussieht.

»Aber Caleb hat euch auch gefunden«, stellt Thomas richtigerweise fest. »Also müsst ihr etwas übersehen haben.«

»Das stimmt«, gebe ich zu. »Ich habe keine Ahnung, wie Caleb mich gefunden hat, aber es würde mich nicht überraschen, wenn einer der Erleuchteten seine unendliche Tiefe dazu benutzt hätte, eine riesige Menschenmenge in Florida zu lesen – etwas, was für Kyle unmöglich ist. Er selbst kann keine Gedanken lesen.«

»Okay. Der Mann der gestorben ist, Jacob, war sein Partner bei den Lesern. Aber wenn es einen gab, kann es auch andere geben.«

»Vielleicht. Meine verrückten Großeltern haben eine ganze Organisation erwähnt, die Orthodoxen.«

»Stimmt, die mysteriöse Organisation, die Schnüfflerpuristen und unsere schlimmsten Traditionalisten vereint«, meint Thomas skeptisch. »Ich persönlich kann mir nicht vorstellen, dass sich diese beiden Gruppen so leicht vereinigen.«

»Das ist egal. Wahrscheinlich hat sich Kyle nicht einmal die Mühe gegeben, nach uns zu suchen, da er einen todsicheren Weg gefunden hatte, mich auszuräuchern. Er hatte geplant, mich auf der Beerdigung meiner Mutter zu erwischen.«

Mein Freund verdaut dieses morbide Szenario einige Straßen lang.

»Ich habe eine Theorie zu den Orthodoxen«, sagt Bert auf einmal. Er konnte unangenehmes Schweigen noch nie ertragen, aber ich hoffe, er hat nicht vergessen, dass er offiziell nichts wissen darf. Nicht, dass ich überhaupt eine Ahnung davon habe, wie viel jemand in seiner angeblichen Position überhaupt wissen kann.

»Was für eine Theorie?«, frage ich im Kommandoton und hoffe, dass dieser Thomas davon überzeugt, dass ich Bert führe.

»Diese Orthodoxen könnten hinter den ›Selbstmorden‹ der prominenten Wissenschaftler stecken, von denen ich dir erzählt habe. Erkennst du nicht, dass das, was mit deiner Mutter passiert ist, den gleichen Modus Operandi aufweist? Wenn du das mit den Ergebnissen des USB-Sticks verknüpfst –«

»Darren«, unterbricht Thomas mit ruhiger Stimme. »Ist das der Experte, dem du den Stick gegeben hast? Den USB-Stick, den keiner meiner Leute knacken konnte?«

»Das war, weil die Verschlüsselung hoch war, aber – «

»Ja, das ist er«, erwidere ich, weil ich Bert davon abhalten möchte, uns einen Vortrag auf Universitätsniveau über Verschlüsselungen zu halten.

»Ich bin beeindruckt«, meint Thomas und schaut ihn über den Rückspiegel an. »Ich kann verstehen, dass du ihn in alles eingeweiht hast.«

»Was? Nein«, sage ich abwehrend. »Ich habe ihn nur einige Dinge wissen lassen, weil er ziemlich clever ist und mir tolle Ratschläge –«

»Das habe ich dir schon im Krankenhaus nicht geglaubt und jetzt glaube ich es auch nicht«, unterbricht mich Thomas. »Allerdings hat Liz es getan, also habe ich dir nicht widersprochen. Was das Thema der Enthüllungen betrifft, ist sie viel vorsichtiger als du und ich, da sie als ein Gedankenführer aufgewachsen ist. Ich wollte vermeiden, dass sie deinen Freund einer Gehirnwäsche unterzieht.«

»Danke«, sagt Bert. »Also macht es dir nichts aus?«

»Nein«, meint Thomas. »Zumal ich beruflich vielleicht deine Hilfe gebrauchen könnte.«

»Das ist Erpressung«, entgegnet Bert. »Aber zumindest wird Darren jetzt aufhören, mich von oben herab zu behandeln.«

»So war das nicht gemeint.« Thomas lächelt. »Ich werde dein Geheimnis auf jeden Fall für mich behalten. Aber bitte denke darüber nach, ob du mir helfen würdest.«

»Ich denke nicht, dass ich dich anders behandeln möchte«, sage ich.

»Vergiss nicht, dass ich deinen Harvard-Abschluss verschwinden lassen kann.« Bert verschränkt seine Arme vor der Brust. »Und das wäre nur ein Anfang.«

»Ach ja, Helferlein? Du hast doch nicht etwa vergessen, dass ich meine Superkräfte dazu nutzen kann, dich alles essen zu lassen, was ich möchte, sogar deinen eigenen –«

»Ihr Ziel befindet sich auf der linken Seite«, meldet sich Thomas' Navi zu Wort.

»Okay, halte dort an«, sage ich, und aller Spaß ist vergessen. Ich zeige auf ein absolutes Parkverbot gegenüber der Polizeistation. Mit Thomas' Nummernschildern des Geheimdienstes sollte sich niemand daran stören.

Er fährt dorthin. »Also, was ist dein –«

Ich kann den Rest seines Satzes nicht hören, weil die Welt in Schweigen versinkt, als ich mich in die Stille begebe.

Thomas ist mitten im Sprechen eingefroren worden.

Mein Plan ist einfach.

Hineingehen. Kyle finden. Dann zurückkommen, eine Waffe aus Thomas' Vorratslager holen und Thomas zu mir in die Stille ziehen. Zusammen werden wir Kyle aufsuchen. Ich werde Kyle zu uns in die Stille holen und ihn erschießen. Sobald er inert ist, werde ich mir Gedanken um den nächsten Schritt machen.

Ich gehe zum Polizeirevier und betrete es durch die Drehtür. Das Revier sieht unheimlich aus, wie eine Art Wachsmuseum der Polizei.

Ich gehe zu Kyles Büro im ersten Stock.

Als ich bei seinem Schreibtisch ankomme, ist dieser leer.

Ich schaue in die nächstgelegene Toilette, gehe am Kopierzimmer vorbei und durchsuche danach die ganze Etage nach Kyle.

Erfolglos.

Scheiße. Ich wollte ihn wirklich hier erwischen. Andererseits ist es vielleicht besser, nicht mitten in eines

Polizeireviers ein Desaster wie auf der Brooklyn Bridge auszulösen. Allerdings muss ich herausfinden, wo Kyle sich gerade befindet.

Ich gehe zu einigen Kriminalbeamten in der Abteilung für organisiertes Verbrechen, die an ihren Schreibtischen sitzen, und lese sie. Ich erfahre nicht viel von ihnen. Kyle kam heute Morgen herein, verließ aber das Revier kurz danach wieder. Er hat niemanden wissen lassen, wohin er wollte.

Ich schaue mich an Kyles Platz nach Hinweisen darüber um, wo er sein könnte, aber finde nichts. Ich frage mich, ob er seinen Schreibtisch so makellos zurückgelassen hat, weil er auf eine solche Situation vorbereitet ist – einen Leser oder einen Führer, der in der Stille herumschnüffelt. Ich bezweifle es. Er war immer sehr ordentlich, eine Eigenschaft, die er mit Lucy gemeinsam hat. Dieser Gedanke lässt meine Wut aufflammen. Das Ausmaß seines Verrats ist einfach unfassbar.

Ich konzentriere mich wieder darauf, herauszubekommen, wo er gerade ist. Selbst wenn er sich gedacht hätte, dass jemand in der Stille herumschnüffeln würde, wäre er einen Schritt weitergegangen und hätte seinen Computer geschützt? Er funktioniert in der Stille nicht und außerdem denken die meisten Menschen, dass ihre Computer sicher sind. Besonders Kriminalbeamte, die regierungsgestützte Sicherheitsprogramme auf ihrem Rechner haben. Glücklicherweise werden die Sicherheitsmaßnahmen, die sie haben, wohl kaum bertsicher sein. Das ist der Notfallplan, den ich jetzt in die Tat umsetzen muss, auch wenn er heikle Punkte beinhaltet.

Ich sehe mich um. Für meinen Notfallplan muss ich das machen, was meiner Tante Spaß macht.

Ich muss eine Menschenmenge führen.

Ich denke darüber nach. Wenn sie das kann, muss ich das auch können, da meine Reichweite wahrscheinlich größer ist als ihre. Doch abgesehen davon, was genau sollen diese Manschen tun? Ich könnte versuchen, das ganze Revier zum Einschlafen zu führen und es eine halbe Stunde lang in diesem Zustand zu halten. Das würde Bert genügend Zeit geben, um seine Arbeit zu erledigen. Aber diese Idee hat einige Schönheitsfehler. Was zum Beispiel passiert, wenn ein Notruf eintrifft? Ich möchte nicht, dass andere Personen meinetwegen verletzt werden. Na ja, zumindest nicht, wenn es sich dabei nicht um Kyle handelt.

Eine weitere Möglichkeit ist, sie alle vergessen zu lassen, dass sie uns gesehen haben. Aber eine Amnesie bei einer Gruppe von Polizisten und Angestellten auszulösen ist auch nicht ideal, besonders nicht, falls uns jemand genau dann sieht, wenn er einen Notfall bearbeitet, bei dem es um Leben oder Tod geht. Was auch immer ich mache, es muss subtil sein.

Was wäre, wenn sie uns einfach nicht sehen könnten? Ja, das könnte funktionieren.

Ich beginne damit, die Polizeibeamten zu führen, die sich in meiner Nähe befinden.

Mein Plan ist einfach.

Ich pflanze die exakten Beschreibungen von Bert und mir in die Köpfe meiner Opfer. Dann betone ich den kritischen Zeitpunkt, den, in dem sie uns erblicken. In diesem Moment lautet die Anweisung, ihre Aufmerksamkeit auf etwas Anderes zu richten – etwas, das wichtiger ist als wir – und deshalb unsere Anwesenheit nicht bewusst wahrzunehmen.

Wir werden der kleine blinde Fleck auf der Brille sein, den man nie sieht.

Jede Person zu führen ist ziemlich langwierig und erhöht meine Bewunderung für das, was Hillary für uns getan hat. Ich brauche gefühlte Stunden, um alles vorzubereiten, auch wenn die Anzahl der Menschen, mit denen ich es zu tun habe, nur ein Bruchteil der Menge ist, mit der es Hillary am Flughafen zu tun hatte. Was es für sie noch härter macht, ist, dass sie sich nicht einmal ab und an damit amüsieren kann, jemanden zu lesen, so wie ich das tue. Lustige Kleinigkeiten – so wie der Fetisch eines Hauptkommissars für den Schnauzer seines Mitarbeiters – unterbrechen die Monotonie meiner Aufgabe definitiv.

Als ich meine Arbeit im Polizeigebäude abgeschlossen habe, gehe ich zum Auto zurück. Auf meinem Weg dorthin weise ich einige Beamte an, sich vor der Wache aufzuhalten. Als ich beim Auto ankomme, verlasse ich die Stille.

» –Plan?«, sagt Thomas und beendet damit seine Frage.

»Der Plan ist einfach«, erwidere ich. »Bert und ich gehen zu Kyles Computer und Bert wird ein wenig herumschnüffeln.«

»Wirst du mein Gehirn waschen, damit ich es tue?«, will Bert besorgt wissen. »Weil das genau musst du tun, damit ich in ein Polizeirevier laufe und mich in den Computer eines Kriminalbeamten hacke.«

»Das werde ich, wenn ich muss«, erkläre ich ihm. »Aber ich habe bereits sichergestellt, dass uns niemand bemerken wird. Vertraust du mir nicht?«

»Ich habe meine Zweifel daran, dass ich nicht im Gefängnis landen werde«, sagt Bert. »Aber ich bin mir sicher, dass du mich bearbeiten würdest, um das zu bekommen, was du möchtest. Also komme ich lieber freiwillig mit, als erneut kontrolliert zu werden.«

»Gute Überlegung«, meine ich. »Schließlich weißt du ja nicht, was ich noch alles mit dir angestellt hätte, wenn ich mich schon in deinem Kopf befinde.«

»Alles klar. Gehen wir«, meint Thomas.

»Eigentlich hatte ich gehofft, dass du im Auto bleiben würdest«, erkläre ich ihm. »Falls etwas schief gehen sollte, wäre es gut, einen Verbündeten draußen zu haben.«

»Du lässt mich aber nicht zurück, damit du Kyle im Alleingang töten kannst, oder?«, will Thomas wissen.

»Wenn ich das vorhätte, warum sollte ich Bert mitnehmen?«

Thomas denkt kurz darüber nach. Ich frage mich, ob er in die Stille geglitten ist, um sich im Polizeirevier umzusehen und herauszufinden, ob ich die Wahrheit gesagt habe. Er weiß zwar nicht, wo sich Kyles Schreibtisch befindet, aber er weiß, wie der Dreckskerl aussieht.

Als sich sein Gesichtsausdruck wieder entspannt, meint er: »Ich warte im Auto.«

Bert und ich gehen auf das Gebäude zu.

Nachdem ich die Polizisten vor der Tür beobachtet habe, bin ich mir sicher, dass mein Führen funktioniert. Einer der Beamten setzt sich genau im richtigen Moment hin, um sich seine Schuhe zuzumachen, und erblickt uns dadurch nicht. Ein anderer betrachtet ein Mädchen mit einem kurzen Rock. Ein weiterer schaut gedankenverloren in die Ferne. Niemand wird sich daran erinnern, uns gesehen zu haben, weil uns eigentlich niemand gesehen hat. Zumindest nicht bewusst.

Als wir das Gebäude betreten, wird es noch gespenstischer. Die Frau am Tresen schaut genau in dem Moment zum Telefon, in dem sie sich zu uns herumdrehen müsste. Anstatt uns zu begrüßen, beginnt sie, eine Nummer zu wählen.

»Mann«, flüstert Bert, »Sie ignorieren uns.«

»Nicht sprechen«, flüstere ich zurück. »Sie sehen uns nicht, aber wenn sie uns hören, könnten sie später unter Amnesie leiden, da ihr Gehirn mein Führen nicht mit der Realität vereinbaren kann.«

Nur um sicher zu gehen, begebe ich mich in die Stille und überprüfe die Angestellte am Empfang. Wie ich vermutet hatte, leidet sie nicht unter Gedächtnisverlust, kann sich aber auch nicht daran erinnern, uns gesehen zu haben. Sie war zu sehr mit dem Anruf beschäftigt.

Ich verlasse die Stille und folge Bert, der den Rest des Weges schweigend zurücklegt. Es ist so, als seien wir unsichtbar, auch wenn wir es nicht sind. So als würden wir Blicke abwehren. Der lustigste Zwischenfall passiert, als zwei eher rundliche Polizisten fast in uns hineinlaufen. Sie waren einfach zu vertieft in ihre Unterhaltung.

Während wir gehen, kann ich auf Berts Gesicht Bewunderung sehen. Ich kann ihn gut verstehen. Würde man diese Menschen fragen, ob sie uns gesehen haben, würden sie es immer verneinen, auch wenn wir ganz ungeniert durch das Gebäude gewandert sind.

Als wir an Kyles Schreibtisch ankommen, zeige ich auf ihn, damit Bert weiß, dass wir da sind.

Ohne ein Wort zu sagen, setzt er sich hin und berührt die Tastatur, um den PC aufzuwecken. Der Monitor zeigt den Login Bildschirm an. Die Seite mit der Passworteingabe würde die meisten Menschen abschrecken, aber Berts Finger tanzen nur einige Minuten lang über die Tastatur und schon ist er drin. Er öffnet und schließt schnell eine Reihe von Fenstern, ohne dass ich verstehe, was er da macht. Aber das hatte ich auch nicht anders erwartet. Irgendwann sperrt er Kyles Computer wieder und geht zum Drucker, um sich seine Ausdrucke abzuholen.

»Wir können gehen«, sagt er lautlos.

Das Verlassen des Gebäudes verläuft genauso wie das Betreten; niemand bemerkt uns.

»Sie werde uns auch auf keinem Video sehen«, sagt Bert als er die Autotür öffnet. »Ich habe mich ein wenig in ihrem System umgesehen und alle wichtigen Spuren verwischt.«

»Verdammt, Bert, das –«

»Das war ein beeindruckendes Führen«, unterbricht Thomas. »Zumindest nach dem, was ich aus ihren Reaktionen ablesen konnte, beziehungsweise deren Abwesenheit.«

»Du hast dich in der Stille im Gebäude umgesehen?«, frage ich.

»Ich konnte nicht widerstehen«, antwortet Thomas. Danach schaut er zu Bert. »Was hast du herausgefunden?«

»Das«, sagt Bert triumphierend und reicht mir einige Ausdrucke.

Ich überfliege sie. »Das ist eine Liste mit Namen, Bert.«

»Das ist die Liste«, erwidert er. »Verstehst du es nicht?«

»Ich verstehe es nicht«, meint Thomas. »Ich habe keine Ahnung, was du meinst.«

»Er weiß, dass wir es nicht verstehen«, erkläre ich seufzend. »Er möchte nur die Spannung erhöhen.«

»Schön, benimm dich nur weiterhin so«, sagt Bert und verschränkt seine Arme vor der Brust. »Das sind die gleichen Namen wie die auf dem USB-Stick, den du mir in Miami gegeben hast. Den Stick, den ich für dich geknackt habe.«

»Die Namen der Personen, die Jacob von seinen und Kyles russischen Mafiosi umbringen lassen wollte?« Jetzt ist Thomas' Interesse geweckt.

»Genau diese Liste«, bestätigt Bert.

»Hätte ich noch Zweifel daran gehabt, dass die beiden zusammengearbeitet haben, wären sie jetzt beseitigt«, sage ich, während ich diese Informationen verdaue.

»Das stimmt. Allerdings sieht es so aus, als würde dein Onkel – ich meine Kyle – die Sache jetzt selber in die Hand nehmen und dazu sein liebstes Werkzeug benutzen: Die russische Mafia«, meint Bert mit wachsendem Stolz. Nachdem er unser verblüfftes Schweigen einen Augenblick lang genossen hat, reicht er uns weitere Ausdrucke.

Ich schaue auf meinen. Es ist das Foto einer ganz normal aussehenden Person.

»Der« – Bert zeigt auf mein Bild – »ist ein Experte für Nanotechnologie. Deiner« – er zeigt auf Thomas' Blatt – »ist ein Crack in Roboterwissenschaften.« Er reicht uns weitere Ausdrucke und geht auch die Masterliste mit uns durch. Wir erfahren, dass es sich wirklich um zwei Männer aus dem Bereich der Roboterwissenschaften, einen aus der Genetik, drei Informatiker und einen Nanotechnologen handelt.

Alle Opfer scheinen Wissenschaftler zu sein.

»Das bestätigt in der Tat einige deiner Theorien«, sage ich. Ich weiß, dass Bert genau das hören möchte und außerdem ist es in diesem Fall die Wahrheit und mein Freund hat sich das Lob verdient. »Auch wenn du nicht erklärt hast, wer dieser schräge Typ ist.« Ich zeige ihm das Bild eines seltsam aussehenden Mannes mit irrem Blick.

»Ich nehme an, dass er der Sündenbock sein wird«, meint Bert. »Aber bevor wir über ihn reden, schaut euch bitte diese Bilder an.«

Die nächste Fotoreihe ist anders. Diese Männer sehen hart und gefährlich aus. Einige der Bilder sind Fahndungsfotos.

»Ich nehme an, dass das die Mitglieder der Mafia sind«, sage ich.

»Ja.« Bert nickt. »Der Typ, dessen Foto du gerade in den Händen hältst ist schlimmer als dieser Arkady, über den du Informationen erhalten wolltest. Die Polizei ist dabei, ihn wegen des Betreibens illegaler Spielhöllen hochzunehmen, aber sie haben noch nichts unternommen, weil sie darauf hoffen, ihn bei etwas Schlimmerem zu erwischen. Sie verbinden ihn mit verschiedenen hochrangigen Mafiabossen, die ohne Kopf in einer Mülltonne in New Jersey aufgefunden wurden, und ähnlichen Gräueltaten.«

Ich schaue mir das Bild an. Victor Sokolov. Neben dem was Bert erwähnt hat, steht in der Akte außerdem, dass dieser Mann eine Militärausbildung besitzt und im kriminellen Milieu als Scharfschütze bekannt ist. In anderen Worten: Er ist die perfekte Waffe für Kyle. Der Name, Victor, kommt mir unterschwellig bekannt vor, aber ich komme nicht darauf woher. Ich habe das Gefühl, schon einmal einen gefährlichen Gangster namens Victor gelesen zu haben –

»Das ist alles sehr interessant«, meint Thomas. »Aber es sagt uns nicht, wo Kyle sich gerade befindet.«

»Ich habe euch ja auch noch nicht das hier gezeigt.« Bert reicht uns den letzten Ausdruck.

»Eine Konferenz?«, fragt Thomas. »Du denkst –«

»Die Konferenz über transformative Technologien«, erklärt Bert, »an der natürlich die meisten Wissenschaftler, die auf der Liste stehen, teilnehmen werden.«

»Du denkst, dass Kyle die Gangster dazu bringen wird, die Wissenschaftler von der Liste zu töten?«, fragt Thomas stirnrunzelnd.

»Ich denke, Kyle plant, es so aussehen zu lassen wie einen Amoklauf, um die Tatsache zu überspielen, dass es sich um Mord handelt«, erwidert Bert. »Eine Person, die auf einer wissenschaftlichen Tagung stirbt, wirft weniger Fragen auf als ein Mafiaanschlag, zumindest in diesem Fall. Jetzt, da ich über die Gedankenführer und das alles Bescheid weiß, vermute ich, dass die eine oder andere verrückte Schießerei darauf zurückgeführt werden kann –«

»Warte mal«, falle ich ihm ins Wort. »Jetzt bitte keine Verschwörungstheorien. Warum denkst du, dass Kyle das vorhat?«

»Na ja, normalerweise ist seine Vorgehensweise sehr subtil – Selbstmorde und Ähnliches«, erklärt Bert. »Kyle schafft es, diese Todesfälle so aussehen zu lassen, als sei kein Strippenzieher in sie verwickelt. Also entwickelt er diesen Plan. Erinnerst du dich an den Mann mit den irren Augen, zu dem du mich befragt hast? Er ist es, der mich diesen Handlungsablauf vermuten lässt.«

Thomas schaut sich den Zettel mit dem eigenartig aussehenden Typ erneut an. »Er war ein Sportlehrer, der gefeuert wurde, weil man ihn beschuldigte, ein Verhältnis mit einer Schülerin gehabt zu haben. Er hat eine lange Geschichte psychischer Krankheiten und hat kürzlich eine große Anzahl an Waffen gekauft. Ich denke, Bert hat Recht. Kyle hat diesen Mann aus einem bestimmten Grund ausgesucht.«

»Gut«, gebe ich zu. »Vielleicht ist an der Theorie etwas dran. Denkst du, Kyle würde diese Tat persönlich überwachen? Denkst du, dass er dort sein wird?«

»Er wird nicht dort sein«, sagt Bert. »Laut seines Navis mit Diebstahlsicherung ist er bereits dort. Sein Auto befand sich auf dem Parkplatz der Columbia University, als ich zuletzt nach ihm gesehen habe. Das ist der Ort, an dem die Veranstaltung stattfindet.«

Ich schaue mir den Ausdruck der Veranstaltung genauer an. Dann schaue ich auf die Uhr des Armaturenbretts. »Scheiße. Das Ding beginnt in zwanzig Minuten.«

»Ich bin ja schon dabei, loszufahren«, erwidert Thomas und lässt den Motor an.

»Warte«, sage ich. »Bert, du hast dich selbst übertroffen.«

»Ach, wirklich?« Mein Freund grinst. »Du hattest noch einen dafür gut, dass du mir Hillary vorgestellt hast.«

»Dann sind wir jetzt fast quitt.« Und das ist großzügig von mir. »Außer ihr beiden heiratet. In dem Fall bekomme ich euer erstes Baby.«

»Warte mal«, mischt sich Thomas ein. »Er und Hillary?«

»Ja. Glückliches Paar und so. Was mich an etwas erinnert. Ich brauche dich für den nächsten Teil nicht, Bert.« Ich schaue meinen Freund an. »Ich würde meine Tante nicht gerade glücklich machen, wenn dir etwas zustoßen würde.«

Bert seufzt erleichtert, aber dann fragt er: »Bist du sicher? Du weißt, dass ich dir den Rücken freihalten kann.«

Ich bekämpfe meinen Drang, aufzulachen. Das Bild meines zierlichen Freundes, der es mit einem riesigen Mafiosi aufnimmt, ist einfach zu viel. Aber ich lache nicht. Wahrscheinlich würde Bert mich begleiten, wenn ich ihn darum bitten würde, und das alleine bedeutet mir viel.

»Ich bin mir ganz sicher«, antworte ich ihm stattdessen. »Wenn du recht haben solltest, könnte Kyle die Kontrolle über deine Gedanken übernehmen und dich gegen uns benutzen.«

»Das stimmt«, meint Bert nachdenklich. »Ich habe mich immer noch nicht daran gewöhnt, so zu denken.«

»Ich weiß«, erwidere ich. »Aber vergiss nicht, dass du unsere Absicherung bist, falls etwas passieren sollte.«

»Bin ich das?« Bert sieht überrascht aus.

»Natürlich«, antworte ich. »Sollte uns etwas zustoßen, erzähle Hillary von Kyle. Sie und Liz, die Frau aus dem Krankenhaus, werden sich um ihn kümmern.«

»Aber das sollte nicht geschehen«, fügt Thomas hinzu, als er Berts besorgten Gesichtsausdruck sieht.

»Genau«, bestätige ich. »Aber falls doch, müsste ich dich noch um einen weiteren Gefallen bitten. Versprich mir, meinen Müttern dabei zu helfen, umzuziehen, ohne eine elektronische Spur zu hinterlassen. Oder zumindest mit so einer unsichtbaren, dass selbst Menschen in einem Zeugenschutzprogramm neidisch sein würden.«

»Selbstverständlich«, verspricht Bert ernst. »Ruf mich an, sobald diese Sache überstanden ist«, fügt er mit einer untypischen Besorgnis hinzu und steigt aus dem Auto.

»Das werde ich«, sage ich, kurz bevor mein Freund die Tür zuschlägt.

Sobald sich Bert auf dem Bürgersteig befindet, tritt Thomas das Gaspedal durch, und wir sind unterwegs.

ZWANZIGSTES KAPITEL.

»Ich bezweifele, dass ich Erfolg haben werde, aber ich habe beschlossen, wenigstens einen Versuch zu unternehmen, dir das Ganze auszureden«, sagt Thomas, als er gekonnt die vollen Straßen Manhattans entlangfährt. Er fährt schnell, aber er scheint alles so gut im Griff zu haben, dass mir die hohe Geschwindigkeit keine Angst macht – ganz im Gegensatz zu Miras und Calebs Fahrstil. »Du weißt, dass wir Kyle auch an einem anderen Tag schnappen können – an einem Tag, an dem wir auf Verstärkung von anderen Gedankenführern zählen können.«

»Möchtest du, dass er diese ganzen Menschen umbringt?«, will ich von ihm wissen.

»Das ist ein guter Punkt«, antwortet Thomas. »Aber es gibt andere Dinge, die wir tun können, wie zum

Beispiel der Polizei eine Bombendrohung mitteilen. Dann müsste Kyle seinen Plan überdenken. Und sollte er Spuren über seine Pläne hinterlassen, wäre das für die Ältesten ein starker Beweis gegen ihn.«

»Bestehst du immer noch darauf, dass wir ihn den Ältesten übergeben? Obwohl du nicht einmal weißt, was sie mit ihm machen werden?«

»Ich bin mir sicher, dass sie ihm nicht nur eine auf die Finger geben würden für –«

»Nein«, unterbreche ich ihn. »Daran bin ich nicht interessiert. Ich werde kein Risiko eingehen. Kyle wird sterben. Ganz einfach.«

Thomas wirft mir einen Blick zu, der wahrscheinlich sagen soll: Du bist kaltherzig.

»Also, wie lautet dein Plan?«, fragt er, als er auf den Highway fährt. »Du hast doch einen, oder nicht?«

»Nicht wirklich. Zumindest noch keinen ausgereiften«, gebe ich zu. »Aber ich denke Folgendes: Sobald wir eintreffen, sehen wir uns auf der Konferenz um. Finden Kyle in der Stille. Ziehen ihn hinein. Töten ihn dort, damit er inert ist. Und danach töte ich ihn in der realen Welt.«

»Ich nehme an, dass das auch dein Plan für die Polizeiwache war«, meint Thomas. Ich zucke mit den Schultern.

»Es ist eine gute Strategie, wenn man mit Personen wie uns zu tun hat.«

»Das stimmt, aber der Teufel steckt im Detail«, erwidert Thomas, als er vom Highway abfährt. »Hast du

Erfahrungen damit, öffentliche Veranstaltungen wie eine Konferenz abzusichern? Bist du sicher, dass du einen erfahrenen Polizisten umbringen kannst?«

»Ich habe überhaupt keine Erfahrung damit, irgendetwas abzusichern«, gebe ich zu. »Allerdings kann ich dank meines Trainings mit Caleb kämpfen.«

»Du musst doch aber trotzdem erkennen, dass es sinnvoll ist, mit jemandem zusammenzuarbeiten, der Erfahrung bei der Absicherung –«

»Mit jemandem vom Geheimdienst vielleicht?« Ein Blinder könnte sehen, worauf er hinaus will. »Du musst mich nicht davon überzeugen, dich in dieses Unternehmen einzubeziehen. Aus diesem Grund habe ich dich ja überhaupt nur angerufen.«

»Ah«, meint er. »Ich dachte, du seist so sehr von deiner Rache besessen, dass du es alleine durchziehen wolltest.«

»Nein«, erwidere ich. »So verlockend es auch ist, ich bin nicht verrückt. Ich bin daran interessiert, es erfolgreich durchzuziehen.«

»Gut. Weil, wenn du mit mir eine Mira-Nummer abziehst –«

»Ich bin kein Risikofaktor«, erkläre ich ihm grimmig.

»Dann haben wir gute Erfolgschancen«, erklärt mir Thomas und biegt auf den Broadway.

Auf unserer restlichen Fahrt zur Columbia University umreißt mir Thomas grob, wie er das Ganze angehen würde. Während er spricht wird mir klar, was für ein Glück ich habe, dass er bei mir ist.

»Beginnen wir mit der Tarnung oder dem Auskundschaften?«, frage ich, sobald er das Auto geparkt hat.

»Auskundschaften«, antwortet er. »Zieh mich hinein.«

Ich gleite in die Stille und hole Thomas zu mir. Wir gehen schnellen Schrittes und ich bekomme nur wenig vom Aussehen des Campus mit. In Harvard hatten wir schönere Bäume, fällt mir auf.

»Das könnte kompliziert werden«, sagt Thomas, als wir unser Ziel betreten, einen riesigen Konferenzsaal. »Ich hatte gehofft, hier weniger Menschen anzutreffen, da die Konferenz noch nicht begonnen hat.«

»Der Sprecher der Begrüßungsrede muss berühmt sein.«

»Irgendein Typ namens Craig Venter laut den Ausdrucken deines Freundes.«

»Irgendein Typ?«, sage ich. »Das ist *der* Typ für synthetisches Erbgut. Kein Wunder, dass es hier so voll ist.«

»Wir werden es schon hinbekommen«, meint Thomas und bahnt sich zuversichtlich seinen Weg durch die Menge der statuenartigen Wissenschaftler, die sich am Eingang des Saals versammelt hat.

»Zwei Gänge sind schlecht«, meint er, als er sich umschaut. »Wir werden sie beide absichern müssen.« Er bezieht sich auf die Tatsache, dass diese Halle drei Sitzabschnitte aufweist, die wie im Theater durch zwei Gänge getrennt sind. Beide Gänge führen zu einer großen Bühne. Auf beiden befinden sich Menschen auf ihrem Weg zu ihren Sitzen, und sie könne auch dazu benutzt werden, den Raum zu verlassen.

»Wir müssen uns trennen«, sage ich. »Ich nehme den linken Gang.«

»Ja, aber bevor wir entscheiden welchen du nimmst, lass uns schauen wo Kyle ist. Du solltest den Gang nehmen, den er wahrscheinlich nicht benutzen wird.«

Ich kann nicht sagen, ob Thomas nur testen will, ob ich doch eine Nummer wie Mira mit ihm abziehen werde. Ich habe das Gefühl, dass Thomas aus der ganzen Sache aussteigen wird, wenn ich ihm sage, was ich wirklich fühle – dass Kyle mir gehört und ich ihn mit meinen bloßen Händen erwürgen werde. Also zwinge ich mich dazu, zustimmend zu nicken, und murmele: »Logisch, Thomas, sicher.«

Er beginnt damit, die Menge zu durchkämmen, und ich folge ihm. Als ich mir diese ganzen unschuldigen Menschen anschaue, bin ich froh hier zu sein, und dieses Abschlachten zu stoppen. Ich war so sehr auf meine Rache konzentriert gewesen, dass ich an die anderen Aspekte von Kyles Plan gar nicht weiter gedacht hatte – wie das Detail, dass Kyle beschlossen hat, seine Spuren durch einen Massenmord zu verwischen. Ich frage mich, wie viele Amokläufe in der Vergangenheit das Nebenprodukt von Strippenziehern wie Kyle waren. Als wir vorhin darüber gesprochen haben, wollte Bert das als seine neueste Verschwörungstheorie anbringen. Vielleicht sollte ich mir die Theorien meines Freundes in Zukunft genauer anhören, da er bei dieser hier goldrichtig lag. Ich hatte mir niemals vorstellen können, dass jemand eines Tages aufwacht und beschließt, eine Gruppe von Unbekannten zu erschießen. Ich kann so etwas einfach nicht begreifen. Jetzt frage ich mich, ob jene Schützen vielleicht von jemandem geführt wurden, der einen – auf eine psychopathische Art – rationaleren Grund dafür hatte.

»Ich habe alle unsere Verdächtigen und Opfer lokalisiert – jeden, außer Kyle«, meint Thomas und reißt mich aus meinen Überlegungen. Was er mir gerade sagt, ist so unverständlich, dass ich ihn eine Sekunde lang nur anstarre. Könnte er zu so einem Zeitpunkt Witze machen? Er schaut völlig ernst aus.

»Du weißt, wo diese ganzen Menschen sind?«, frage ich nach. »Die Mafia, der verrückte Kerl, der seinen Kopf hinhalten wird, und die ganzen Wissenschaftler?«

»Ja«, bestätigt er und springt auf die Bühne. »Dort, dort und dort.«

Selbst als er auf sie zeigt habe ich Schwierigkeiten, sie in der Menge zu entdecken. Ich war noch nie so beeindruckt von der Ausbildung der Geheimagenten wie in diesem Augenblick. Vielleicht sollte ich eine gewisse Zeit bei einer Eliteeinheit verbringen, so wie Thomas und Caleb. Zum ersten Mal in meinem Leben hört sich so eine Idee nicht völlig verrückt an.

»Wir werden uns um sie kümmern, sobald wir unsere wichtigste Zielperson entdeckt haben«, meint Thomas.

Thomas benötigt einige weitere Minuten, um das besagte Subjekt zu entdecken.

Eine schmerzhaft vertraute Figur steht im Verborgenen genau neben dem rechten Backstage Ausgang.

Ich betrachte Kyle, als sähe ich ihn gerade zum ersten Mal. Das ist eine Person, die ich von dem Planeten verschwinden lassen will. Eine Person, die ich jahrelang kannte, und trotzdem überhaupt nicht. Ich trete auf ihn zu.

»Darren, nein«, warnt mich Thomas. »Erinnere dich an den Plan.«

Als er das ausspricht, bemerke ich, dass ich meine Hände so fest zu Fäusten geballt habe, dass meine Handflächen an den Stellen schmerzen, an denen sich meine Nägel in sie bohren.

Ich entspanne meine Hände und atme hörbar aus. »Mach dir keine Sorgen. Ich werde mich an den Plan halten«, antworte ich und tue so, als sei das selbstverständlich.

In Wirklichkeit bin ich Thomas für seine Bemerkung sehr dankbar. Es ist möglich, dass ich etwas Unbedachtes getan hätte, so wie Kyle in die Stille zu ziehen und anzufangen, auf ihn einzuschlagen. Ich verspüre immer noch den starken Drang, ihn zu verprügeln, aber da ich jetzt konzentrierter bin, kann ich ihm widerstehen. Thomas hat recht. Wir müssen uns außerhalb der Stille im Konferenzsaal an strategisch günstige Positionen begeben, bevor wir Kyle inert machen. Wir müssen uns in seiner Nähe befinden, so dicht neben ihm stehen wie es nur geht, bevor wir das Arschloch durch unsere Anwesenheit alarmieren.

Was Thomas genau gesagt hat, war: »Unsere Chancen, unsere Zielperson zu neutralisieren, sind umso höher, je geringer unser körperlicher Abstand zu ihr ist. «

In der Sprache normaler Menschen bedeutet das: Je näher sich unsere Köper bei Kyle befinden wenn er inert ist, desto geringer ist seine Chance, uns zu entkommen. Selbst wenn wir es nicht schaffen sollten, ihn in der Stille zu töten, sind unsere Chancen ihn zu fangen höher, wenn wir in der realen Welt nicht weit von ihm entfernt sind. Sobald wir Kyle zu uns ziehen, wird der Überraschungseffekt aufgebraucht sein, weshalb es perfekten hundertprozentig Sinn ergibt, unsere Körper so gut wie möglich zu positionieren, bevor wir diese Schwelle überschreiten. Obwohl ich das alles rational nachvollziehen kann, will ein Teil von mir immer noch jetzt sofort sein Blut –

»Der Gang hinter ihm ist das Problem«, sagt Thomas und reißt mich damit aus meinen Gedanken. »Wir müssen ihn versperren. Er ist der leichteste Fluchtweg.«

Ich nicke, und wir gehen den Gang hinunter. Er ist schmal, gewunden und schlecht beleuchtet. Dann wird er breiter und gibt eine Nische frei, die besser beleuchtet ist. Ich bemerke ein altes Gemälde mit Weinflaschen in einem schweren Rahmen. Das Bild bestätigt meinen Eindruck, dass sich dieser ganze Ort eher wie ein alter, muffiger Weinkeller anfühlt als etwas, was zur Bühne einer modernen Konferenzhalle führt. Das Gemälde muss noch aus der Anfangszeit stammen, als der Saal ein Theater war, oder jemand hatte die Idee, dass es ein interessantes Design für einen Gang sein könnte.

»Dort«, meint Thomas und deutet auf den Sicherheitsmitarbeiter am Ende des Ganges. »Führe ihn dahin, durch diese Tür zu gehen und sie zu verschließen.«

Bevor ich den Mann führe, lese ich ihn und danke innerlich den Sternen für den Job, den ich habe. Wäre ich ein Sicherheitsmitarbeiter geworden, hätte ich mich wahrscheinlich aus reiner Langeweile erschossen. Das Einzige, was dieser arme Kerl macht, ist stundenlang an einer Stelle zu stehen.

»Komm, wir gehen«, sagt Thomas, als er sieht, dass ich meine Hand von dem Mann zurückziehe.

Wir bahnen uns unseren Weg an Kyle vorbei und zurück auf die Bühne. Thomas findet einen weiteren Gang, der von der Bühne auf die gegenüberliegende Seite des Platzes führt, an dem sich Kyle gerade befindet. Es sieht so aus, als würden die Redner ihn benutzen. Jene Seite weist ebenfalls einen gewundenen Gang auf, an dessen anderem Ende ein weiterer Sicherheitsmitarbeiter steht. Ich versperre diesen Gang, indem ich den Mann auf die gleiche Weise führe, wie ich es bei seinem Kollegen getan habe.

Das muss ich Thomas lassen. Er ist sich seiner Umgebung vollkommen bewusst und denkt immer ein paar Schritte voraus, was die Ausführung des Plans betrifft.

Wir kehren zur Bühne zurück, und ich schaue mich um.

»Dort.« Thomas deutet auf einen Mann, der einen langen Trenchcoat trägt. »Beginnen wir mit dem Sündenbock.«

Ich gehe zu ihm und berühre den verschlagenen kleinen Mann an seinem Hinterkopf. Er hat dort eine kahle Stelle, so dass sein Kopf aussieht wie eine Bowlingkugel. Bevor ich mich darauf konzentriere in seinen Kopf einzudringen, reibe ich die Stelle mit einer kreisförmigen Bewegung.

»Für Glück«, sage ich zu meiner Verteidigung, als ich Thomas' ungläubigen Blick bemerke. Danach konzentriere ich mich auf die Kohärenz.

* * *

Wir betreten den Konferenzsaal und sehen uns um. Wir sind verwirrt. Wir haben vergessen, warum wir hierhergekommen sind und sogar wie. Das ist schlecht. Wir haben ein Zeitloch. Das ist uns noch nie passiert. Vielleicht sind es die neuen Medikamente?

An diesem Punkt betritt der Verräter Kyle den Kopf.

Freu dich! Du hast es geschafft. Du hast dir einen Namen in der Geschichte gemacht. Du wirst dich daran erinnern, viele Menschen erschossen zu haben. Du wirst die Waffen nehmen, wenn sie dir gereicht werden. Diese

Waffen gehören alle dir. Du wirst mit jeder einzelnen Waffe in die Luft schießen, um sicherzustellen, dass sich deine Fingerabdrücke auf ihr befinden. Mit der letzten Waffe wirst du dir in den Kopf schießen.

Danach ist Kyle wieder verschwunden.

Endlich tue ich es, denken wir. *Man wird sich ewig an mich erinnern. Jeder in der Schule wird sich wünschen, mir mehr Aufmerksamkeit geschenkt zu haben.*

Ich, Darren, trenne mich von den megamelancholischen Gedanken des Sündenbocks. Diese Gedanken sind zu einem Teil seine eigenen und zum anderen durch das inspiriert, was Kyle ihn glauben lässt.

Bert hat mit seiner Theorie genau ins Schwarze getroffen. Kyle hat den Kerl darauf vorbereitet, die Schuld für den Amoklauf auf sich zu nehmen. Es ist außerdem offensichtlich, dass dieses Individuum schon davon geträumt hat so etwas zu tun, bevor Kyle ihn sich geschnappt hat. Das ist so clever an Kyles Vorgehensweise. Wenn zu einem späteren Zeitpunkt Nachforschungen über den mutmaßlichen Schützen angestellt werden, wird es keine Unstimmigkeiten geben, weil er genau zu dem Profil passt.

Aber ich kann auch sehen, dass der Typ seine Fantasien nie ausgelebt hätte, nicht ohne den richtig Anstoß – den Kyle ihm gegeben hat.

Es ist interessant, jemanden dabei zu beobachten, wie seine Strippen gezogen werden. Auf gewisse Weise ist es anmutig. Der kontrollierte Kopf ist sich so sicher darüber, was er zu tun hat, wie ich es noch nie in einem ungeführten gesehen habe. So muss das Gehirn eines Fanatikers funktionieren. Der Mann die Handlungen, die er gleich ausführen wird, klar vor Augen. Ablenkung existiert nicht. Alles was existiert, ist die Anweisung, die er von Kyle erhalten hat. Sobald ich meine Rache genommen habe, sollte ich vielleicht einige Menschen führen und sie danach lesen. Es wäre schön, besser zu verstehen, wie ein geführter Kopf funktioniert.

Jetzt aber beginne ich erst einmal bei dem Mann.

Du wirst diesen Ort verlassen. Dir wird klar, dass du dein Leben umkrempeln möchtest. Mache eine Therapie, und wenn das nicht hilft, weise dich selbst in eine psychiatrische Klinik ein. Versichere dich, dass du für dich und andere keine Gefahr mehr darstellst.

Ich fahre im gleichen Stil fort, bis ich davon überzeugt bin, dass der Typ nicht eines Tages in den Nachrichten auftauchen wird, bevor ich seinen Kopf wieder verlasse.

* * *

»Bist du sicher, dass meine Anweisungen Kyles überschreiben werden?«, frage ich, sobald ich in der Stille zurück bin.

»Ja«, antwortet Thomas. »Wer die längere Reichweite hat überschreibt den anderen. Und Kyles kommt nicht einmal ansatzweise an deine heran.«

»Gut. Wer ist als nächster dran?«

»Dieser Mann. Der große.«

Als er auf ihn zeigt, kann ich gar nicht glauben, dass er mir nicht schon vorher aufgefallen ist. Dieser Kerl ist ein Riese und schwer zu übersehen, besonders hier in einem Raum voller Wissenschaftler. Ich bin entsetzt, dass er niemandem verdächtig vorkommt. Andererseits könnte er auch zum Sicherheitspersonal gehören. Er sieht ein wenig danach aus.

Ich lese den Mann und erfahre, dass sein Name Igor ist. Und dass er in der Tat hier ist, um einige Menschen umzubringen. Er wurde zwar einer Gehirnwäsche unterzogen, aber zu morden steht nicht im Widerspruch zu seinen Prinzipien. Ich frage mich, ob er überhaupt die normale Amnesie bekommt, unter der Menschen leiden, die dazu geführt werden, etwas zu tun, was gegen ihre Natur geht.

Ich führe ihn: *Stelle dich neben die Bühne, gib vor zur Sicherheitsmannschaft zu gehören, und genieße die Vorträge. Versuche, dich an so viel wie möglich zu erinnern.*

Das könnte für diesen Gewaltmenschen genauso unnatürlich sein wie Mord für eine normale Person. Ironischerweise könnte es jetzt, nachdem ich Kyles Anweisungen überschrieben habe, sogar passieren, dass ein Gedächtnisverlust eintritt.

»Der Nächste?«, frage ich, als ich mit Igor fertig bin.

»Dieser Typ, ihr Anführer. Sein Name ist Viktor«, meint Thomas. »Seiner Akte nach zu urteilen wird er die

Mehrheit der Morde übernehmen. Dieser Kerl war in der Vergangenheit ein Scharfschütze.«

Ich gehe zu Viktor. Er ist groß und muskulös. Im Gegensatz zu seinem Neandertaler-Kollegen strahlt er eine Art kalte Intelligenz aus. Sein Auftreten erinnert mich an Caleb. Er ist einer dieser Menschen, die immer aussehen, als gehöre ihnen der Raum. Ich berühre sein Handgelenk und konzentriere mich.

* * *

Zwei Opfer auf sechs Uhr, denken wir methodisch und planen unsere Schüsse. Wir werden sie ausführen, sobald wir sehen, dass Igor nach seiner Waffe greift. Es wird Spaß machen, das Scharfschießen auf diese Weise zu praktizieren. Wir haben seit Ewigkeiten nur auf dem Schießplatz trainiert. Diesen Abschaum Shkillet vor einigen Wochen im Club getötet zu haben, zählt nicht. Nicht aus einem Übungsgesichtspunkt, da es sich quasi um einen Schuss aus nächster Nähe handelte.

Ich trenne mich. Mann, diesen Kerl möchte ich niemals zum Feind haben. Die Art, wie er über das Erschießen von Menschen denkt, ist kalt. Null Bedauern, null schlechtes Gewissen. Er fühlt beim Gedanken an das Töten das Gleiche wie ich, wenn ich mir ein Sandwich machen möchte – es ist etwas, was du tust, wenn du es tun musst.

Ich beginne mit dem Überschreiben.

Du wirst niemanden erschießen. Du bist hier, um deinen intellektuellen Horizont zu erweitern. Du wirst friedlich allen Vorträgen lauschen und es wird dir gefallen. Sobald das hier vorbei ist und du heute Abend in deinem Bett liegst, wirst du ernsthaft dein kriminelles Dasein überdenken.

Glücklich mit meinem Führen, verlasse ich Victors Kopf.

* * *

»Kann ich auch meine eigenen Anweisungen überschreiben, falls das nötig sein sollte?«, will ich von Thomas wissen, sobald ich zurück bin.

»Problemlos«, antwortet Thomas. »Du verbrauchst einfach nur mehr deiner Reichweite.«

»Jedes Mal, wenn ich jemanden führe, verbrauche ich Reichweite?«

»Ich dachte, das sei offensichtlich. Diejenigen unter uns, die ihre ganze Reichweite aufbrauchen, lernen das schnell.«

»Das ist nicht offensichtlich«, erwidere ich. »Ich dachte, dass die Reichweite nur bestimmt, wie lange die Anweisungen gültig sind. Wie weit sie in die Zukunft reichen.«

»Das ist außerdem der Fall«, erklärt mir Thomas, »aber jedes Führen hat Einfluss auf die Reichweite. Ich kann eine Person dazu führen, eine halbe Stunde lang das zu tun, was ich möchte, oder eben dreißig Personen für jeweils eine Minute, es kommt darauf an, was ich erreichen möchte.«

»Also ist es eine enorme Herausforderung, so viele Menschen zu führen wie meine Tante?«

»Für diejenigen mit meiner Reichweite wäre es unmöglich, was eine gute Sache ist. Du kannst dir gar nicht vorstellen, wie viel Schaden jemand wie Kyle anrichten könnte, wenn er eine solche Reichweite hätte. Er würde weder die Mafia noch den Sündenbock benötigen. Aber ich denke, wir sollten wieder zu unserer eigentlichen Aufgabe zurückkehren. Der Typ dort, der mit der Sonnenbrille, ist der Nächste, den du bearbeiten solltest.«

Ich brauche eine gefühlte Stunde, um alle russischen Gangster neu zu programmieren. Als ich fertig bin, haben sie nicht länger vor, Menschen zu erschießen und ihre Waffen dem verrückten Kerl zu übergeben. Stattdessen wird diese Konferenz einen neuen Rekord aufstellen, was die Anzahl von russischen Mafiosi betrifft, die aufmerksam wissenschaftlichen Vorträgen folgen.

»Das hier wird unser Ziel sein«, sagt Thomas, als wir den Saal verlassen, und bezieht sich damit auf den zweiten Teil unseres Plans. »Hier, bei Reihe 20.«

Als wir zu unserem Auto und unseren Körpern zurückgehen, denke ich an das, was als Nächstes kommt. Es erscheint mir jetzt unendlich machbarer als zu dem Zeitpunkt, an dem Thomas mir zum ersten Mal seinen Plan umrissen hat. Als ich mich nach meinem Körper ausstrecke, um mich in die echte Welt zu begeben, überkommt mich eine dunkle Vorfreude.

Es geschieht wirklich. Kyle wird das bekommen, was er verdient.

EINUNDZWANZIGSTES KAPITEL

Der Lärm der Welt kommt zurück, und ich schaue mich um. Ein Typ mit Sonnenbrille und Baseballkappe, wahrscheinlich ein Student, kommt auf uns zu. Ich begebe mich in die Stille und weise ihn an, mir diese Gegenstände zu verkaufen. Als ich die Stille verlasse und die Transaktion beginne, verlangt der Typ einhundert Dollar für den Kram. Ich denke darüber nach, ihn dahin zu führen, mir einen besseren Preis zu machen, aber da es mir fast wie stehlen vorkommt, gebe ich im einen Hundertdollarschein. Es ist schlimm genug, dass er mir Dinge verkauft, die er überhaupt nicht verkaufen wollte.

»Tolle Verkleidung«, meint Thomas, nachdem ich meine neuen Accessoires aufgesetzt habe. Er zieht seine eigene Sonnenbrille hervor, die Art, die man oft bei

Agenten sieht. »Lass uns einen Blick hinten in mein Auto werfen.«

Wie ich gehofft hatte, befindet sich dort ein Waffenlager.

»Nimm den«, weist er mich an und reicht mir einen schweren Revolver. Ich nehme ihn, stecke ihn mir hinten in meinen Hosenbund und lasse mein T-Shirt darüberfallen. Ich gewöhne mich langsam daran, Waffen im Gangsterstil zu verstecken.

Thomas legt sich einen Holster unter seinem Sakko um und steckt seine Waffe hinein. Es ist ein ziemlich schickes Teil, das sogar Initialen auf dem Griff und ein Lasersichtgerät aufweist. Ich frage mich gerade, ob er weitere solcher schicken Pistolen besitzt, als er ohne ein Wort zu sagen auf das Gebäude zugeht. Ich folge ihm.

»Blicke nach unten«, sagt er, als wir den Konferenzsaal betreten.

Obwohl der Ort derselbe ist wie in der Stille, bilden die Geräusche und Bewegungen einen großen Unterschied zu unserem letzten Ausflug. Wir trennen uns schnell. Ich begebe mich zu dem mir zugeteilten Gang auf der rechten Seite. Ich versichere mich, dass Kyle nicht an mir vorbeigeht und Thomas tut das gleiche auf seiner Seite.

Während ich durch die Menge gehe verliere ich die Nummerierung der Sitzreihen nicht aus den Augen. Ich suche nach Reihe 20 – dem Platz, der Thomas' Meinung nach die perfekte Distanz zu Kyles Versteck aufweist, und gleichzeitig der Punkt ist, an dem ich in die Stille hinübergleiten und Thomas zu mir holen werde.

Mein Weg verläuft ohne Zwischenfälle bis Reihe 25, wo mir ein Wissenschaftler auffällt, der mich eigenartig anschaut.

Er ähnelt einer großen, übergewichtigen Version von Bert, aber ist so nachlässig angezogen wie Eugene. Ich weiß mit Sicherheit, dass der Hass auf seinem Gesicht nicht sein natürlicher Ausdruck ist. Das ist alles, was mir auffällt, bevor der Mann bei mir ist und versucht, mich in den Bauch zu schlagen.

Ohne darüber nachzudenken, weiche ich ihm aus. Sein Schlag erwischt mich nicht. Der Bert/Eugene Hybrid stolpert. Aus meinem Augenwinkel sehe ich eine weißhaarige Frau etwa eine Sekunde bevor ich einen starken Schmerz verspüre, als sie mir im Mädchenkampfstil an den Haaren zieht. Ich schnappe mir ihr Handgelenk und drücke es sanft aber bestimmt zusammen.

»Ich möchte Ihnen nicht die Hand brechen«, sage ich.

Sie lässt von mir ab, aber ich spüre einen anderen Schmerz, diesmal in meiner Schulter. Da ich genug von diesen eigenartigen Angriffen und den Schmerzen habe, begebe ich mich in die Stille.

Die Menschen um mich herum weisen eine Gemeinsamkeit auf: Sie wurden eingefroren, als sie gerade dabei waren, mich anzugreifen. Der letzte Schmerz wurde durch einen Stift ausgelöst, den ein Typ in mich gerammt hat. Ich habe Glück gehabt, dass er nicht einen dieser High-End-Metallstifte zur Hand hatte, weil die wirklich wehgetan hätten. Sein Stift dagegen ist durchgebrochen, ohne in meine Haut einzudringen.

Diese zufällig ausgewählten, friedlich aussehenden Menschen, die mich gerade angreifen, können eigentlich nur eines bedeuten. Aber um meine Vermutung zu bestätigen, lese ich die weißhaarige Frau, die an meinen Haaren gezogen hat.

Genau wie ich es mir gedacht hatte, hat Kyle ihre Strippen gezogen, damit sie mich angreift.

Das wiederum bedeutet, dass er mich gesehen hat.

Scheiße.

Ich nehme mir einen Moment lang Zeit, um ihre Meinung darüber, mich anzugreifen, zu ändern und renne zu Thomas. Niemand greift ihn an, woraus ich schließe, dass Kyle ihn entweder nicht erkannt hat oder er nicht denkt, dass wir zusammen hier sind. Sollte das der Fall sein, hätte er auch nicht verstanden, in welchen Schwierigkeiten er wirklich steckt. Oder aber seine Reichweite lässt es nicht zu, mehr Menschen zu kontrollieren als die Gruppe, die mich angegriffen hat, weshalb er Thomas unbehelligt ließ. Am wahrscheinlichsten ist allerdings, dass Kyle Thomas einfach nicht gesehen hat, was großartig wäre.

Thomas' eingefrorenes Gesicht schaut konzentriert in die Richtung meines eingefrorenen Ichs, also sieht er, dass ich angegriffen werde.

Ich berühre seinen Nacken.

»Darren, ich wollte dich gerade zu mir holen. Ich habe gesehen, wie diese ganzen Menschen auf dich losgegangen sind.«

»Ja, das ist Kyle. Ich nehme an, dass er mich gesehen hat.«

»Er muss in die Stille hinübergeglitten sein und das Gelände abgesucht haben«, sagt Thomas. »Ich hatte gehofft, dass er nicht so vorsichtig sein würde, dass er uns durch unsere Tarnung nicht in der Menge entdecken würde.«

»Es sieht aber nicht so aus, als wisse er, dass du hier bist.«

»Wir müssen sofort handeln. Wir befinden uns nahe genug an seinem Versteck –«

»Außer, er ist weggegangen«, unterbreche ich ihn.

»Er hatte nicht genug Zeit, um sich mehr als einige Meter zu entfernen«, sagt Thomas. »Und wenn er nicht weiß, dass ich hier bin, könnte er auch beschlossen haben, an Ort und Stelle zu bleiben.«

Ich gehe auf die Bühne zu und nehme meine Waffe aus meinem Hosenbund. Mein Herz beginnt zu klopfen, als ich den rechten Bühnenausgang erreiche, bei dem sich Kyle noch vor wenigen Minuten versteckt hatte. Aber er ist nicht mehr da. Ich laufe den höhlenähnlichen Gang hinunter, in dem Thomas und ich uns umgeschaut hatten, und an der ersten Kurve renne ich fast in ihn.

Thomas hatte recht. Kyle ist nicht weit gekommen.

»Er hat sich wohl dazu entschlossen, die Konferenz zu verlassen«, meint Thomas hinter meinem Rücken. »Vorsichtig wie immer.«

»Bist du bereit, es zu tun?«, frage ich. »Sollen wir ihn zu uns holen?«

»Moment.« Er geht weiter nach vorne und stellt sich vor den eingefrorenen Kyle.

»Hoffst du, dass er sich vor dir materialisiert?«, will ich wissen.

»Ja. Aber für den Fall, dass er hinter dir auftauchen sollte, möchte ich, dass du dich umdrehst. Und entsichere deine Waffe.«

Ich tue was Thomas sagt, auch wenn es sich komisch anfühlt. Sollte Kyle hinter mir auftauchen werde ich nicht einmal sehen, wie Thomas eine Kugel in ihn jagt, obwohl ich diesen Anblick genießen würde.

»Auf drei«, sagt Thomas und zählt. Als er bei drei ankommt, spannt sich mein Körper an. Jetzt müsste Thomas Kyle schon berührt haben, um ihn hineinzuziehen.

Vor mir erscheint niemand.

Einen Augenblick lang ist alles still.

Danach höre ich hinter mir ein Stöhnen.

Ich drehe mich um und sehe, dass Kyle Thomas im Schwitzkasten hält. Kyle muss sich hinter Thomas materialisiert haben. Ich habe keine Zeit mich zu fragen, ob Kyle die Technik beherrscht, in der Stille an unerwarteten Plätzen aufzutauchen. In diesem Moment muss ich nur eine einzige Sache tun.

Ich hebe meine Waffe an.

Ich ziele, allerdings zögerlich. Selbst nach dem Training, das ich von Caleb erhalten habe, besteht immer noch die Möglichkeit, Thomas zu treffen. Nachdem ich einen Augenblick lang darüber nachgedacht habe, schieße ich die Vorsicht in den Wind. Ich sollte abdrücken. Selbst wenn ich Thomas treffen sollte, wird er einfach nur inert in der echten Welt aufwachen und das wird ihn nicht umbringen.

Also richte ich meine Waffe aus.

Kyle schaut mich an. Er muss die Entschlossenheit in meinen Augen erkennen. Mit seiner freien linken Hand greift er in seine Weste und zieht ein Messer hervor.

»Thomas, Vorsicht!«, rufe ich, aber es ist bereits zu spät. Thomas beugt sich zwar nach vorne und entkommt dem Schwitzkasten, aber Kyle schafft es trotzdem, das Messer bis fast zum Griff in Thomas Oberschenkel zu rammen.

Thomas schreit.

Kyle reißt das Messer heraus und hebt seine Hand, um erneut zuzustechen.

Ich drücke ganz plötzlich ab und schieße auf Kyle.

Meine Kugel trifft die Wand etwa einen Meter über Kyles Kopf. Offensichtlich ist Schießen unter hohem Stress keine Fähigkeit, die ich beherrsche. Trotzdem war es keine verschwendete Kugel, da Kyle nicht auf die nächste wartet. Er gibt Thomas frei und rennt den Gang hinunter.

Thomas fällt auf den Boden und hält sich seinen Oberschenkel.

Ich gehe zu ihm und versuche, das ganze Blut zu ignorieren.

»Folge ihm«, sagt Thomas durch zusammengebissene Zähne. »Erinnerst du dich an den Sicherheitsmitarbeiter, den du geführt hast? Kyle darf nicht herausfinden, dass er in der richtigen Welt die Tür versperrt.«

Ohne zu zögern renne ich Kyle hinterher. Thomas hat recht. Die beste Vorgehensweise ist Kyle einzuholen bevor er erfährt, dass dieser Gang eine Sackgasse ist. Dann, nachdem wir ihn inert gemacht haben, wird er den gleichen Gang nehmen und merken, dass er in der Falle sitzt. Das setzt natürlich voraus, dass wir ihn inert machen und nicht anders herum.

Ich höre einen Schuss. Dann noch einen. Und einen dritten.

Ich spüre keinen Schmerzen und befinde mich noch in der Stille, also nehme ich an, dass Kyle mich verfehlt hat. Meine Ohren klingeln, so als hätte er genau in sie geschossen.

Ungewollt fallen mir die großen Löcher in der Wand vor mir auf. Eines ist nur etwa einen Meter von der Stelle entfernt, an der sich mein Kopf gleich befunden hätte.

Einen Meter davon entfernt, wieder inert zu sein, eine Möglichkeit, die ich nicht einmal in Betracht ziehen möchte.

Ich schieße in Kyles ungefähre Richtung und renne schneller. Mindesten vier Schüsse antworten auf meinen, also kann er, genau wie ich, nicht zielen, sondern nur in meine generelle Richtung schießen. Ich denke, dass er das tut, um mich aufzuhalten. Aber trotz weiterer Schüsse halte ich nicht an. In einem Berserkermodus laufe ich sogar noch schneller.

Als ich um die nächste Ecke biege, ertönt eine weitere Explosion in meinen Ohren. Diese ist viel näher an mir als die anderen. Die Kugel verpasst meine Schulter um Haaresbreite.

Ich schieße zurück, auch wenn Kyle bereits um die Ecke verschwunden ist.

Danach zwinge ich meine Beine an ihre Grenzen.

Während ich laufe, spüre ich das eigenartige Gefühl, das ich zum ersten Mal auf der Brooklyn Bridge und einige weitere Male danach erlebt habe – ein Gefühl, als würde ich in die Stille hinübergleiten, bis ich wieder auf eine Mauer stoße.

Ich schüttele meinen Kopf, um ihn freizubekommen, und komme bei der Nische an, die wir während unseres Erkundungsgangs entdeckt haben. Und genau dort ertönt ein Geräusch wie tausend Donnerschläge. Dem Schmerz in meinen Ohren folgt umgehend ein weiterer in meinem rechten Arm, der sich anfühlt, als habe jemand mit einem Baseballschläger draufgehauen. Einem Baseballschläger aus glühend heißem Eisen. Der Aufschlag zwingt mich, meine Waffe fallen zu lassen.

Er hat mich angeschossen, schreit ein Teil meines Gehirns. Eine Übelkeitswelle überkommt mich.

Unter großen Anstrengungen ignoriere ich den Schmerz in meinem Arm, blicke auf und sehe, dass Kyle seine Waffe nachlädt.

Als ich ihn betrachte, verstärkt sich meine Wut und verwandelt sich in puren Hass. Das Verlangen nach Blutrache trifft mich härter als der Schuss in meinen Arm. Der dünne Mantel der Zivilisation ist verschwunden, und ich möchte das Objekt meines Zornes kratzen und beißen bis ich es in Stücke zerrissen habe. Allerdings befinde ich mich nicht in der Lage, etwas anderes zu tun, als ihm dabei zuzuschauen, wie er auf mich schießt. Aber das kann ich nicht akzeptieren. Ohne nachzudenken renne ich zur Wand. Mit meiner linken Hand ergreife ich das schwere Gemälde mit den Weinflaschen und werfe es auf Kyle.

Während das Bild durch die Luft fliegt, höre ich das Klicken von Kyles frisch geladener Waffe.

Ich habe Glück. Die Ecke des Rahmens trifft ihn genau im Gesicht. In der Sekunde, in der er abgelenkt ist, schaffe ich es, den Abstand zwischen uns aufzuholen.

Ich reagiere immer noch ohne nachzudenken und vollführe eine Bewegung, von der ein Teil von mir weiß, dass sie aus dem Krav Maga kommt. Meine linke Hand trifft Kyles Handgelenk, aber meine rechte knallt schmerzvoll gegen die Waffe.

Meine Belohnung ist, dass Kyle schreit, und ich kurz darauf das metallische Geräusch seiner Waffe höre, die auf dem Boden aufschlägt.

Ich schaue mir Kyles Hand an. Einer seiner Finger ist so unnatürlich verbogen, dass ich annehme, dass er gebrochen ist. Es sieht so aus, als habe die Bewegung, die ich ausgeführt habe, den mittleren Teil der Waffe in einen Hebelpunkt verwandelt. Da sein Finger sich gerade auf dem Abzug befand und Finger sich nun einmal nicht zur Seite biegen lassen, hatte diese Hebelwirkung unangenehme Folgen für ihn. Ich hoffe, dass es sich noch schlimmer anfühlt, als es aussieht.

Zu meinem Entsetzen hält diese Verletzung Kyle nicht davon ab, seine Hand zu einer Faust zu ballen, eine Bewegung, die unerträglich schmerzhaft sein muss. Genauso wie ich, muss er voller Adrenalin sein.

Er versucht, mit seiner Faust meinen Kopf zu erwischen, aber ich wehre ihn instinktiv mit meinem rechten Ellenbogen ab, während ich ihm gleichzeitig mit meinem linken aufs Kinn schlage. Mein Gegenangriff ist zwar erfolgreich, aber so schmerzhaft, dass ich mich nicht einmal freuen kann. Ein angeschossener rechter Arm ist keine optimale Voraussetzung für einen Nahkampf.

Kyle erholt sich viel zu schnell von meinem Schlag und greift nach seiner Weste. In ihr befindet sich sein Messer, erinnere ich mich augenblicklich.

Anstatt ihn zu schlagen, nutze ich diesen kurzen Augenblick, in dem Kyle abgelenkt ist, um seine hinuntergefallene Waffe zu suchen. Sie befindet sich genau unter meinen Fuß, aber sobald Kyle das Messer hervorziehen wird, wird die Waffe gefühlte Lichtjahre entfernt von mir liegen.

Es ist an der Zeit, ein wenig waghalsiger zu werden.

Ganz bewusst führe ich eine Bewegung aus, die ich bis jetzt nur in einer Erinnerung erlebt habe. Ich denke, sie heißt Rundschlag. Es ist eine Bewegung, die zwar häufig von Kickboxern ausgeführt wird, aber seltener von Finanzanalysten. Die größte Gefahr dabei ist, dass ich mein Gleichgewicht verlieren könnte.

Meine Ausführung ist perfekt.

Mein Fuß kommt mit einem lauten Klatschen auf der Seite von Kyles Kopf auf.

Ich verliere nicht einmal mein Gleichgewicht und danke Caleb innerlich für das ganze Training.

Kyle ist wie betäubt. Ich lege noch einen Aufwärtshaken drauf, schlage allerdings dieses Mal mit meinem unverletzten linken Arm zu.

Das Ergebnis erinnert mich daran, wie Boxer manchmal nach einem KO-Schlag aussehen. Kyle macht den Eindruck, als würde er gleich umfallen. Seine Augen werden glasig und er sieht fast aus, als sei er betrunken.

Jetzt oder nie. Ich beuge mich nach vorne, um seine Waffe aufzuheben, als ich mich an etwas erinnere.

Eine solche Angeschlagenheit nur vorzutäuschen, ist Kyles spezieller Trick. Damit hat er mich in sechs von zehn Spielen geschlagen, als wir unsere Zeit noch mit Mortal Kombat oder anderen Kampfspielen verbrachten – damals, als ich ein Kind war und dachte, er sei mein Onkel.

Falls er das gerade tut, habe ich verloren. Aber ich bin schon an einem Punkt angelangt, an dem ich die Waffe aufheben muss, also tue ich es auch.

Als ich die Waffe in der Hand halte, richte ich mich wieder auf und sehe, dass meine Sorgen begründet waren. Genau wie in den virtuellen Spielen in der Vergangenheit bin ich auf sein Täuschungsmanöver hereingefallen, nur dass der Kampf diesmal echt ist. Kyle hält das Messer an der Klinge fest und hat seine Hand schon in eine Wurfposition gebracht.

Aber aus irgendeinem Grund wirft er nicht.

Spielt der Bastard mit mir? Wartet er darauf, dass ich meine Waffe einen Zentimeter anhebe, damit ich Hoffnung schöpfen kann, bevor er mich umbringt?

»Tu das nicht«, sagt Kyle.

Versucht er, mit mir zu reden? Das ergibt keinen Sinn.

Dann fällt mir auf, dass er nicht auf mich blickt, sondern auf etwas, was sich neben mir befindet. Es könnte ein Trick sein, um mich abzulenken, aber ich verstehe nicht warum.

Als ich den roten Punkt eines Laserpointers auf seiner Stirn sehe, bekomme ich meine Erklärung. Ich halte meinen Atem an und folge seinem Blick.

Meine Erleichterung ist unbeschreiblich. Thomas ist hier. Er hat seine Waffe auf Kyles Kopf gerichtet. Mein Freund scheint den ganzen Weg hierher gehumpelt zu sein, während ich mit Kyle beschäftigt war. Diese kurze Strecke muss ihm höllische Schmerzen bereitet haben.

»Tu es nicht, Thomas«, wiederholt Kyle. »Drück nicht ab. Ich muss dir etwas Wichtiges sagen.«

Die Verachtung in Thomas' normalerweise ausdruckslosem Gesicht ist seine einzige Antwort. Sein rechter Finger, der am Abzug liegt, spannt sich an.

»Ich bin dein Vater, Thomas«, brüllt Kyle. »Du bist gerade dabei, deinen eigenen Vater zu erschießen.«

Die Verachtung verschwindet und wird durch völlige Überraschung ersetzt – die gleiche, die mein Gesicht gerade widerspiegeln muss.

Ich brauche so dringend zusätzliche Zeit zum Nachdenken, dass ich wieder das Gefühl habe jeden Moment in die Stille hinüberzugleiten. Ich atme so schnell, dass ich mich frage, ob ich hyperventiliere. Ich erinnere mich an die Bellows Atemübung, die Hillary mir beigebracht hat, nur dass ich sie diesmal nicht absichtlich ausführe.

Ich muss verarbeiten, was Kyle gerade gesagt hat, aber genau diese Zeit habe ich nicht.

Sollte Kyle versucht haben Thomas abzulenken, dann ist es ihm gelungen.

Ich beginne meine Waffe anzuheben, aber es ist zu spät. Bevor sie sich auch nur einen Zentimeter nach oben bewegt hat, nutzt Kyle den Vorteil der von ihm gestifteten Verwirrung und wirft das Messer auf mich.

Doch statt eines Schmerzensausbruchsgeschieht etwas Eigenartiges – etwas, was ich vor einer Ewigkeit erlebt habe – damals, als ich noch ein Kind war.

Ich befinde mich in einem Zustand, in dem ich als Kind gedacht habe, ich müsse gleich sterben, allerdings habe ich jetzt einen Namen für ihn.

Ich bin dabei, in die Stille hineinzugleiten.

Genau wie vor all diesen Jahren ist der Übergang nicht augenblicklich.

Dadurch, dass ich so nahe bei Kyle stehe, sollte das Messer mich erreicht haben, bevor ich überhaupt die Möglichkeit gehabt hätte, darüber nachzudenken, aber stattdessen habe ich genügend Zeit dem Messer dabei zuzuschauen, wie es mit einem Millimeter pro Sekunde auf mich zufliegt. Es wird sich gleich in der Luft drehen, bemerke ich erstaunt. Das Ganze erinnert mich an diese mit einer Hochgeschwindigkeitskamera aufgenommenen Videos, die einem Dinge in Zeitlupe zeigen.

Ich nutze diese Zeit zum Nachdenken.

Darüber, dass Thomas halb asiatisch ist und meine Mutter Asiatin. Darüber, dass Thomas genau wie ich adoptiert wurde. Darüber, dass ich Lucys Vergewaltigung in ihrem Kopf gesehen habe. Darüber, dass sie gezwungen wurde, ihr Baby wegzugeben – Kyles Baby.

Ist das möglich?

Während meiner Überlegungen fällt mir auf, dass einige von Thomas' Verhaltensweisen eine starke

Ähnlichkeit mit Lucys aufweisen. Sie haben sogar den gleichen unbewegten Gesichtsausdruck.

Könnten Thomas und ich verwandt sein? Könnten wir Stiefbrüder sein?

Als ich sehe, wie das Messer mein T-Shirt berührt, wird mir klar, dass es möglich ist. Kyle könnte die Wahrheit gesagt haben.

Als das Messer in die oberste Schicht meiner Haut eindringt, konzentriere ich mich entsetzt auf das, was gleich geschehen wird. Sobald dieses Ding in mein Herz eindringt, werde ich in der Stille sterben und wieder inert sein. Ich werde verletzlich sein, wenn ich meine Macht am nötigsten brauche. Ich kann mich nicht einmal in einen weiteren Urlaub begeben, um mich zu verstecken, da meine Mutter gerade im Krankenhaus liegt. Ich will mich auch gar nicht mehr verstecken. Ich habe mich lange genug versteckt.

Und dann, als der Schmerz der Stichwunde langsam spürbar wird, wird mir schwarz vor Augen.

ZWEIUNDZWANZIGSTES KAPITEL

Mir ist nicht einfach nur schwarz vor Augen. Ich spüre gar nichts mehr.

Ich kann nichts hören. Ich kann nichts riechen. Ich merke meinen Körper nicht mehr, nicht einmal Dinge wie mein Gesicht oder meinen Kopf. Da ich kein Körpergefühl besitze, kann ich auch nicht sagen, wo ich mich im Verhältnis zu allem anderen befinde, oder ob ich liege oder stehe. Nichts. Am besten ist dieser Zustand mit einer Art Treiben zu beschreiben, auch wenn sich das nur grob annähert, da man, während man dahintreibt, genau weiß, wo man sich befindet. Ich fühle mich einfach schwerelos. Die beste Beschreibung für meinen derzeitigen Zustand wäre wohl »inexistent«.

Hat mich das Messer getötet? Ich fühle mich wie ein körperloser Geist, falls diese existieren. Aber das ist dumm. Das Messer hätte mich nicht umgebracht. So funktioniert das Sterben in der Stille nicht. Wenn ich dort getötet werde, kehre ich zu meinem Körper in der echten Welt zurück, wenn auch inert.

Aber das ist es nicht. Das Messer ist nicht einmal tief genug in meinen Körper eingedrungen, um mich zu töten, bevor das hier mit mir geschehen ist. Es muss etwas damit zu tun haben, dass die Welt um mich herum langsamer geworden ist, und ich eine Panikattacke bekommen habe, als ich befürchtete, inert zu werden.

Da ich immer besorgter werde, versuche ich erneut, etwas Körperliches zu spüren. Ich stelle mir vor, Augen, Ohren, eine Nase und den ganzen Rest zu haben. Zum Teufel, ich versuche sogar, meinen linken großen Zeh zu fühlen.

Plötzlich nehme ich Lichter wahr, auch wenn ich immer noch keinen meiner normalen Sinne besitze.

Wahrnehmen ist das beste Wort dafür, da ich diese Lichter nicht wirklich sehe. Das Wort »sehen« wäre eher eine schlechte Umschreibung, so als sei ich plötzlich zur Echoortung fähig wie eine Fledermaus und würde es zum Beispiel Bert erklären wollen, der das nicht kann. In diesem Fall würde ich ihm sagen: »Mann, das ist, als ob ich im Dunkeln sehen kann.« Und das hier ist ähnlich. Ich nehme die Lichter wahr, auch wenn ich sie definitiv nicht sehen kann.

Als die Lichter heller werden, lenken sie mich von meinen Überlegungen darüber ab, wie ich diese Erfahrung am besten beschreiben kann. Oder, pedantischer ausgedrückt, als meine Wahrnehmung des Lichtes stärker wird.

Sind das Sterne?

Nein, Sterne sind immer über einem, und auch wenn ich keine Ahnung habe, wo hier oben oder unten ist, bin ich mir widersprüchlicherweise sicher, dass sich die Lichter nicht über mir, sondern eher in meiner Nähe befinden. Ich kann diese Nähe allerdings nicht erklären. Ich habe den Eindruck, dass ich die Lichter anfassen könnte, wenn ich es wollte. Sterne kann ich nicht anfassen.

Ich übe das »Sehen«, indem ich meine metaphorischen Augen zusammenkneife. Die Lichter sind eigentlich in drei längliche Wolken unterteilt, wie drei Galaxien, aber wie gesagt, ich bin mir sicher, dass es sich dabei nicht um Sterne handelt.

Die Lichter sind durch schmale Wege verbunden, die aus schwächeren Lichtern bestehen. Wenn ich beweisen müsste, dass diese Gebilde keine Sterne sind, würde ich diese Verbindungen anführen, da Sterne nicht durch Stränge schwächeren Lichts verbunden sind. Oder sind sie das? Ich bin definitiv kein Experte in Astronomie.

Diese sphärischen Wolken erinnern mich an etwas. Das Ding, an das sie mich erinnern, will mir einfach nicht in den Kopf kommen und dabei liegt es mir schon auf der Zunge.

Angst überkommt mich, als sich eine einfache Erklärung für das, was passiert, in meinem Bewusstsein formt.

Zum ersten Mal seit ich Mira in Atlantic City getroffen habe, frage ich mich, ob ich nicht doch einfach nur verrückt bin. Eine Geisteskrankheit würde diese ganze Geschichte erklären.

Schlimmer als Irrsinn sind andere plausible Erklärungen. Gibt es dafür eine medizinische Erklärung? So etwas wie einen epileptischen Anfall oder ein Gehirnaneurysma? Was, wenn ich einfach ein nacktes Gehirn bin, das in einer Wanne voller Chemikalien schwimmt, und die Lichter Elektroden, die sie an meinen Neuronen befestigen möchten?

»Es ist nichts dergleichen«, behauptet eine fremde Eingebung. Ich weiß nicht warum, aber ich bin mir absolut sicher, dass es sich nicht um meinen Gedanken handelt.

Diese imaginäre Stimme in meinem Kopf zu hören, untermauert meine Ich-bin-verrückt-Theorie.

»Nein, das bist du nicht«, wiederholt der fremde Gedanke bestimmt. »Du bildest dir das hier nicht ein. Du bist nicht schizophren. Ich bin real.«

Diese Gedanken werden nicht von einer Stimme in meinen Kopf hineingesprochen. Genau genommen werden die Worte überhaupt nicht ausgesprochen. Die Bedeutung dieser Worte erscheinen einfach in meinem Bewusstsein.

»Du hast recht«, denkt die Stimme in mein Gehirn hinein. »Diese Gedanken sind meine und ich projiziere sie auf dich.« Ein leichtes Gefühl von Wärme und Kameradschaft erreicht mich mit diesen Gedanken, so wie eine zusätzliche Schicht, die die Bedeutung der Worte umhüllt.

»Wer bist du?«, versuche ich explizit zurückzudenken. Mich selbst frage ich, ob ein imaginärer Freund nicht immer behaupten würde, dass er echt sei.

»Ich bin Mimir«, kommt ein Gedanke an. »Wir haben uns gestern getroffen. Damals hast du auch gedacht, ich sei eine Einbildung, aber ich kann dir versichern, dass ich jetzt genauso echt bin wie bei unserem ersten Treffen.«

»Oh«, denke ich. »Du bist die Manifestation der verschmolzenen Gedanken der Erleuchteten und mir? Der sehr gut aussehende Typ, der in der Luft schwebte?«

Innerlich denke ich, dass er überhaupt nicht so echt war, als ich ihn das letzte Mal »sah«. Aber ich fühle trotz meiner Zweifel eine Art Erleichterung, jemand Vertrauten – oder etwas Vertrautes – bei mir an diesem eigenartigen Ort zu haben.

Mich erreicht der Gedanke: »Ja, genau so hast du mich wahrgenommen. Du hast auch recht mit deiner Beschreibung, wie ich entstanden bin. Es war das Resultat der Vereinigung. Und ich habe nur behauptet, genauso echt zu sein wie bei unserem letzten Treffen, nichts weiter. Deine Definition meiner Echtheit zu jenem Zeitpunkt ist eine andere Angelegenheit.«

»Übrigens, danke für deine Warnung«, denke ich zu ihm. »Meine Mutter wäre ohne dich jetzt tot.«

»Gern geschehen. Ich freue mich wirklich darüber, dass du sie retten konntest.«

»Was ist dieser Ort? Wo bist du? Und was zum Teufel geht hier vor sich?«

»Jetzt komm schon, Darren. Das weißt du doch schon. Das letzte Mal, als wir uns unterhalten haben, habe ich dir den nötigen Hinweis gegeben. Wenn du trotzdem nicht darauf kommst, dann denke an das, was dir deine Tante erzählt hat.«

Ich unterdrücke meine Panik, um nachzudenken. Und plötzlich verstehe ich es.

»Jetzt erinnere ich mich«, denke ich erleichtert. »Als ich dich gefragt habe, was langfristig mit dir passiert, wenn die Vereinigung vorüber ist, hast du mir gesagt, dass du in die Stille hinübergleiten würdest – in das, was ich seit meinem Gespräch mit Hillary die 2. Ebene nenne. Das hier ist diese andere Stufe, eine tiefere Version der Gedankendimension.«

Wenn die Enthüllung wahr ist, sind die Auswirkungen wirklich unvorstellbar. Es würde bedeuten, dass ich es geschafft habe. Ich bin das, was meine Großeltern züchten wollten – aber dank der superlangen Reichweite meiner Mutter eine Generation früher, als sie es für möglich gehalten hätten. Das genau war Hillarys Vermutung. Nach einer Reihe von knapp gescheiterten Versuchen, die an einer gefühlten Mauer scheiterten, bin ich endlich in die Stille geglitten.

»Richtig«, denkt er zurück. »Mein Hineingleiten war erfolgreich, genau wie deines, als die Bedrohung, inert zu werden, und dein anderer Stress es dir endlich erlaubten, dich zu diesem Platz zu begeben. Dass du die Fähigkeit dazu besitzt, wusste ich vorher schon. Allerdings muss ich zugeben, dass ich den Ausdruck »2. Ebene« nicht ausstehen kann. Wenn überhaupt, handelt es sich um die dritte Stufe der Realität, da du in der richtigen Welt angefangen hast.«

»Okay, aber was genau ist das hier? Wo ist alles?«

»Die kurze Antwort wäre, dass alles hier ist. Die längere Antwort würde mehr Zeit in Anspruch nehmen und leider dürfen wir, genau wie das letzte Mal, unsere Unterhaltung nicht zu sehr in die Länge ziehen.«

»Warum nicht?«, denke ich enttäuscht.

»Weil ich keine Ahnung habe, wie lange du hierbleiben kannst.«

»Wird die Tiefe schneller aufgebraucht, wenn ich mich hier aufhalte?«

»Ja, oder zumindest vermuten wir das«, denkt Mimir zu mir. »Dadurch, dass du die erste und einzige Person bist, die ich jemals hier treffen werde, ist diese Theorie nicht nachprüfbar.«

»Warum bin ich die einzige Person, die du jemals treffen wirst? Kann keiner der Ältesten der Führer in die 2. Ebene hineingleiten?«

»Wenn sich jemand in der Gedankendimension befindet, ist das sein persönlicher Raum, kein Raum, den er sich mit anderen teilt –«

»Aber du bist hier«, unterbreche ich. »Also bin ich entweder in deiner 2. Ebene oder du in meiner.«

»Nein, in unserem Fall ist die Lage anders. Ich bin zum Teil du, erinnerst du dich? Also kannst du überall dort sein, wo ich bin, und umgekehrt.«

»Theoretisch würdest du also auch in der gleichen 2. Ebene wie meine Großeltern sein, wenn sie aus der Stille hineingleiten würden?«

»Ja, aber das ist rein hypothetisch, da sie nicht die erforderliche Tiefe besitzen. Deshalb habe ich auch behauptet, dass du die einzige Person bist, mit der ich hier jemals Kontakt haben werde.«

»Aber trotzdem denkst du, dass ich nicht viel Zeit hier verbringen kann.«

»Genau.«

»Wie viel Zeit habe ich?«

»Das ist schwer zu sagen. Zuerst einmal wissen wir nicht, wie viel deiner Tiefe du gerade benutzt. Selbst wenn wir es täten, fehlt uns das Limit deiner Tiefe, sogar auf der normalen 1. Ebene der Stille. Dein weitestes Eindringen in die Vergangenheit beim Lesen war bei Lucy, und du bist einige Jahrzehnte zurückgegangen –«

»Warte, woher weißt du –«

»Ich weiß alles, was du weißt«, denkt Mimir. »Ich dachte, das hättest du schon verstanden.«

»Stimmt«, überlege ich. »Du bist ein Teil von mir.«

»Andersherum. Du bist ein Teil von mir. Zu wissen, was unsere Teile – du und die anderen – erleben, ist eine seltene Form der Unterhaltung für mich und meine Artgenossen. Das erinnert mich an etwas. Bitte beschütze deine Großeltern und ihre erleuchteten Freunde. Ich weiß, du bist immer noch wütend –«

»Deine Artgenossen?«, unterbreche ich ihn erneut. »Du meinst es gibt andere Wesen wie dich auf dieser 2. Ebene?«

»Zeit«, erinnert er mich. »Wir wissen nicht, wie viel du hast«

»Du weichst doch nur meiner Frage aus«, widerspreche ich ihm. »Ich nehme an, dass bei jeder Vereinigung der Erleuchteten einer von euch entsteht, und dass ihr hier zusammen sein könnt, weil ihr Teile habt die identisch sind, oder besser gesagt, einige der Menschen, die euch geschaffen haben, identisch waren.«

»Das ist eine interessante Hypothese.«

»Wenn ich recht habe, sollte es hier auch eine Version geben, die aus Caleb und mir besteht. Wir haben uns ja schließlich vereinigt.«

»Die gibt es. Jede Vereinigung lässt einen von uns entstehen, aber die daraus resultierenden Wesen können nur dann in diese Dimension splitten, wenn die Summe der Tiefe der Teilnehmer, die sie entstehen lassen, stark genug ist. Die anderen Fälle sind eher grausame Launen des Schicksals für die denkenden Kreationen, die –«

»Warte«, denke ich. »Wie ist dieses Caleb/Darren-Ding?«

»Es ist das Dümmste von uns, aber eine gute Lektion über die menschliche Natur«, denkt er. »Aber ehrlich, wir haben wirklich nicht viel Zeit …«

»Kannst du mir wenigstens kurz sagen, was dieser Ort hier ist? Aus was besteht die 2. Ebene? Warum ist sie so? Wie ist sie mit der normalen Stille verbunden? Und viel wichtiger: Was soll ich tun?«

»Du kannst sehr amüsant sein«, denkt er. »Du behandelst mich, als sei ich allwissend.«

»Heißt das, dass du es nicht weißt?«

»Ich kann dir meine persönliche Theorie erklären. Aber ich muss sie vereinfachen, damit ein Gehirn wie deines eine Chance hat, sie zu verstehen.«

»Hast du deinen Sinn für Humor von mir?«, denke ich irritiert. »Es hört sich definitiv wie etwas an, dass ich an deiner Stelle auch gesagt hätte.«

»Ein kleiner Teil meines Sinns für Humor kommt mit Sicherheit von dir. Aber jetzt zu dem, was ich denke. Wenn du dich dort befindest, was du die Stille nennst, ist dein Gehirn tatsächlich nur teilweise da. Dieser Teil hängt an der Bequemlichkeit deines normalen, täglichen Lebens. Er denkt sich diese vertraute Welt, in der die Zeit einfach angehalten hat, aus, indem er ähnliche Mechanismen wie für die Träume benutzt.«

»Wenn die Stille ein Traum ist, was ist dann die Wirklichkeit?«

»Das kann ich dir nicht genau sagen, aber mit Sicherheit ähnelt sie eher dem, was du gerade erlebst. Ich denke, dass hier in der 2. Ebene die falsche Fassade verschwunden ist, an der sich der Kopf festhält.«

»Aber dieser Ort ergibt keinen Sinn«, denke ich. »Alles, was ich sehen kann, sind Lichter.«

»Diese Lichter sind dein neurales Nervensystem, aber das wusstest du ja schon. Es war nur noch nicht in dein Bewusstsein vorgedrungen.«

Er hat recht. Zurückblickend erinnern mich die »Galaxien« mit den verbundenen Lichtern an Bilder, die ich in Lehrbüchern und online über die elektrische Aktivität des Gehirns gesehen habe.

»Du hast es verstanden«, denkt er. »Und genauer gesagt bist du die helle Konstellation, die sich dir am nächsten befindet. Diejenige daneben ist Thomas und die andere, die sich etwas weiter entfernt befindet, ist Kyle.«

»Also wenn ich mich selbst jetzt gerade sehen könnte, würde ich eines dieser Dinge erblicken, die wie ein neurales Nervensystem aussehen?«

»Nur, dass sich für deines die Zeit verlangsamt hat, genauso wie für ihre«, denkt er. »Es wäre ein Kaleidoskop von Zündungen zwischen den Neuronen über die Synapsen. Zumindest kann ich mir vorstellen, dass du das sehen würdest, wenn du es sehen könntest.«

»Das hört sich so an, als sei das nichts, was du erlebst. Und was meinst du damit, dass die Zeit sich verlangsamt hat? Sie hat angehalten, oder nicht?«

»Was du siehst ist nicht das Gleiche, was ich erlebe, aber meine Wahrnehmung könntest du unmöglich verstehen. Und ich ziehe dich in diesem Fall nicht auf. Meine Betrachtungsweise wäre dir genauso fremd wie deine für ein, sagen wir, Meerschwein.«

»Du willst mir gerade sagen, dass die Zeit nicht angehalten hat?«, denke ich hartnäckig und weigere mich, beleidigt zu sein.

»Was du immer als das Stillstehen der Zeit empfunden hast, in der Stille und hier, ist eine Illusion. Die Wahrheit ist, dass die Zeit innerhalb der Stille viel schneller vergeht als außerhalb.«

»Du meinst also, dass sich Menschen in der echten Welt wirklich bewegen würden, wenn ich sie nur lange genug aus der Stille beobachten würde?«

»Du würdest dich zu Tode langweilen, wenn du darauf warten würdest, und es würde einen immensen Zeitraum in Anspruch nehmen, aber ja, theoretisch ist genau das der Fall. Die in der Zeit ›eingefrorenen‹ Menschen bewegen sich in Wirklichkeit nur extrem langsam.«

»Warte«, denke ich. »Du hast vor einem Tag die Stille verlassen. Bedeutet das nicht, dass du eine Menge Zeit hier verbracht hast?«

»Auf eine gewisse Weise, ja. Aber ich empfinde das Fortschreiten der Zeit anders als du. Und da wir gerade von Zeit sprechen, erinnerst du dich, dass uns nicht viel davon bleibt?«

»Daran erinnerst du mich jedes Mal, wenn ich dich etwas frage, was dich betrifft. Lass mich raten: Wir haben auch nicht die Zeit dafür, dass du mir zeigst, wie du aussiehst?«

»Ganz im Gegenteil. Ich würde sehr gerne wissen, was du ›siehst‹. Also wenn du darauf bestehst, warum versuchst du nicht, mich dir bewusst zu machen? Eine Menge Dinge hier funktionieren nach diesem Prinzip.«

Ich versuche, ihn zu sehen, und sobald ich das tue, erscheinen eine Menge unzusammenhängender Lichter.

Sie umgeben mich von allen Seiten. Dann bewegen sich die Lichter weg und ich kann die ganze Einheit sehen. Wenn die anderen Nervensysteme, die, die Thomas, Kyle und mich darstellen, wie Galaxien aussehen, spiegelt Mimirs Anblick unser frühes Universum wider, nur tausend Mal heller und mit einer höheren Anzahl verbundener Gruppen.

Danach umgeben mich die Lichter erneut und er denkt: »Du schmeichelst mir, wenn du mich mit dem Universum vergleichst.« Die »Sterne«, aus denen er besteht, verblassen. »Wir müssen endlich beginnen. Es gibt da etwas, was du tun musst.«

»Und was genau wäre das?«

»Nutze deine Macht zu deinem Vorteil und finde danach heraus, wie du wieder von hier verschwinden kannst. So etwas in der Art. Außer, du hast eine bessere Idee?«

»Warum sollte ich herausfinden, wie ich diesen Ort verlassen kann, wenn du mir ständig wiederholst, dass ich ihn sowieso verlassen werde, sobald meine Tiefe aufgebraucht ist?«

»Weil du nicht inert sein möchtest, oder etwa doch?«

»Natürlich nicht. Aber werde ich nicht sowieso inert sein? Das Messer, das Kyle in der Stille auf mich geworfen hat, wird in meinen Körper eindringen, sobald ich zurückkehre.«

»Das Verlassen dieser Ebene könnte dich genauso gut zurück in die Realität bringen«, denkt er. »Das ist zumindest eine meiner Theorien. Also lohnt es sich, es zu versuchen.«

»Okay. Ich nehme an, ich bin eine Laborratte.«

»Meerschwein«, denkt er mit einem Lächeln – soweit es möglich ist, mit einem Lächeln zu denken.

»Also, wie kann ich meine Kräfte benutzen? Und wo wir gerade dabei sind, wie verlasse ich diesen Ort? Ich habe weder einen Körper noch Sinne. Und ich weiß nicht einmal, wo ich anfangen soll.«

»Beginne mit dem Lesen«, denkt er. »Und tu es, wie alles andere hier getan wird. Erzwinge es. Wünsche dir, Thomas' Muster zu absorbieren. Das habe ich bei deinem getan und bei mir hat es funktioniert, also sollte es bei dir auch funktionieren.«

Das war also die Bedeutung der Lichter die mich umgeben haben. Er hat mein Muster absorbiert. Gruselig.

»Du hast es verstanden«, denkt er. »Ich werde mich jetzt von dir trennen und dich allein lassen.«

Etwas verändert sich. Das Gefühl des Nichts, der Inexistenz wird stärker. Mir war nicht klar gewesen, wie sehr mich Mimirs Anwesenheit gefestigt hatte.

Durch reine Willensstärke unterdrücke ich meine Panik und konzentriere mich auf Thomas' Muster.

Ich stelle mir vor, wie ich es umgebe.

Ich stelle mir vor, mit ihm zu verschmelzen.

Ich habe keine Ahnung, wie lange ich dafür brauche, aber irgendwann befinde ich mich näher an dem Muster.

Ja, das ist die präziseste Art es zu beschreiben. Auf einmal bin ich bei ihm, ohne mich zu ihm zu bewegen, so wie ein Elektron in der Quantenmechanik. Ich springe, ohne den Abstand zu durchqueren.

Ich habe den Eindruck, auf dem richtigen Weg zu sein, und konzentriere mich noch mehr auf sein Muster.

Jetzt passiert viel schneller etwas.

Auf einmal umgebe ich sein Muster.

Ich betrachte das Licht der Neuronen, die sich jetzt in mir befinden, und ein vertrautes Gefühl schleicht sich in meine Gedanken. Ich erkenne, dass es sich dabei um die Kohärenz handelt – dem Zustand kurz bevor ich jemanden lese, in dem sich meine Gedanken gleichzeitig konzentriert und entspannt anfühlen.

Sobald ich sie erreiche, dringe ich in Thomas' Kopf ein.

DREIUNDZWANZIGSTES KAPITEL

Der Schmerz des Messers, das in unser Bein eindringt, ist unerträglich.

Wir reißen einen Arm von unserem Anzug ab, um schnell eine Abschnürbinde zu improvisieren.

Es wäre clever, uns jetzt nicht zu bewegen, da Bewegung den Blutfluss verstärkt und Ausbluten uns inert machen würde, was inakzeptabel ist. Aber Darren braucht unsere Hilfe, weshalb wir uns mit unserer restlichen Kraft durch den Gang schleppen, obwohl ein Schritt qualvoller ist als der nächste.

In der Nähe werden mehrere Schüsse abgegeben.

Verdammt. Wir müssen uns beeilen, bevor Darren umgebracht wird.

Die gute Sache ist, dass Darren offensichtlich noch lebt. Wäre das nicht der Fall, wären wir schon aus seiner Gedankendimension geflogen.

Ich, Darren, trenne mich von ihm. Von der 2. Ebene aus zu lesen, ist genauso wie in der Stille, mit einer beträchtlichen Ausnahme. Ich lese gerade einen Gedankenführer, etwas, was ich vorher für unmöglich gehalten hatte.

Es ist eine Erleichterung, mich wieder in einem Körper zu befinden, auch wenn er zu jemand anderem gehört. Trotz des unerträglichen Schmerzes in Thomas' Bein ziehe ich es dem Nichts der 2. Ebene vor. Ich habe kurz Mitleid mit Mimir. Er muss für alle Ewigkeit dort leben. Andererseits habe ich den starken Verdacht, dass es ihm nichts ausmacht. Als ich an Mimir denke, erinnere ich mich daran, nicht viel Zeit zu haben, weshalb ich meinen großen Wunsch unterdrücke, tiefer in Thomas' Vergangenheit einzudringen. So gerne ich auch mehr über meinen Freund erfahren möchte, ich kann es nicht riskieren, inert zu werden. Nicht, wenn ich genau weiß, was ich zu tun habe. Ich lese seine derzeitigen Gedanken und warte darauf, aus seinem Kopf gestoßen zu werden.

Wir hören weitere Schüsse. Wir bewegen uns schneller und kämpfen dabei gegen die Benommenheit an, die sich durch unseren Blutverlust bemerkbar macht.

Wir betreten die Nische.

Wir sehen, wie Darren sich nach der Waffe bückt und Kyle von benommen auf wachsam wechselt. Dieses Arschloch muss geblufft haben. Es ist zu spät, um Darren zu warnen.

Wir sehen, dass Kyle das Messer in eine Wurfposition bringt und heben unsere Waffe an, um ihn aufzuhalten. Die Pistole fühlt sich an, als würde sie Tonnen wiegen. Der Punkt des Lasers trifft auf seine Augen und er wendet seine Aufmerksamkeit uns zu.

»Tu das nicht. Tu es nicht, Thomas«, sagt er. »Drück nicht ab. Ich muss dir etwas Wichtiges sagen.«

Wir antworten ihm nicht einmal. Stattdessen lassen wir es zu, dass sich unsere ganze Verachtung auf unserem Gesicht widerspiegelt. Nach dieser kurzen Befriedigung konzentrieren wir unsere gesamte verbleibende Energie darauf, abzudrücken.

»Ich bin dein Vater, Thomas«, brüllt Kyle. Die Bedeutung dieser Worte erreicht uns eine Sekunde bevor wir abfeuern. »Du bist gerade dabei, deinen eigenen Vater zu erschießen.«

Unsere Finger erschlaffen auf dem Abzug.

Eine hektische Abfolge von Gedanken durchfährt unser Gehirn.

Das passt zu allen Hinweisen, die wir über unsere Herkunft herausfinden konnten. Eines unserer Elternteile ist asiatisch und das andere weiß – eine Tatsache die wir mit einem DNA-Test belegt haben, obwohl wir wissen, dass auch ein Blick in den Spiegel ausgereicht hätte. Aus den Zensusaufzeichnungen der

USA haben wir erfahren, dass mit doppelt so hoher Wahrscheinlichkeit unser Vater der weiße Teil war. Als wir dem nachgehen, finden wir heraus, dass es 529.000 Ehepaare weißer Mann/asiatische Frau gab, aber nur 219.000 mit der Kombination asiatischer Mann/weiße Frau. Da wir außerdem bis jetzt nur weiße Gedankenführer getroffen haben, gab es einen Grund zu der Annahme, dass er die Macht besitzt.

Wir haben keine weiteren Nachforschungen über unsere Abstammung unternommen, und das aus einem einfachen Grund: Wenn unser Vater uns nicht als seinen Sohn anerkennen wollte, warum sollten wir ihn suchen?

Auf einmal tritt das alles in den Hintergrund und macht einer neuen Erkenntnis Platz. Wenn er nicht lügt, und unsere Intuition sagt uns, dass er es nicht tut, dann haben wir heute unsere Mutter getroffen. Wir haben sie im Krankenhaus besucht. Und sie war dort, weil Kyle versucht hat, sie umzubringen.

Wir sehen Darrens Geschichte auf einmal in einem ganz neuen Licht. Kyle hat unsere Mutter vergewaltigt und danach unsere Existenz aus ihrem Gedächtnis gelöscht. Sie hat uns wegen Kyle weggegeben …

Zu spät bemerken wir, dass wir genau das getan haben, was das Arschloch mit dieser Enthüllung bezweckt hat. Wir haben uns ablenken lassen. Und jetzt sehen wir, dass Kyles Messer auf Darren zufliegt.

Das ist unsere letzte Chance. Wir haben weniger als eine Sekunde Zeit zu handeln und hoffen, dass das genügt. Unser Finger drückt ab.

* * *

Ich werde aus Thomas Kopf gedrängt und bin wieder in der 2. Ebene. Vielleicht hätte ich sie eher die Dunkelheit nennen sollen. Oder noch besser Vorhölle oder Abgrund? Natürlich wird diese Entscheidung warten müssen.

Jetzt muss ich mir erst einmal einen Plan einfallen lassen. Hier sind die Fakten: Wenn ich meine Zeit in der 2. Ebene aufbrauche, werde ich inert. Sollte das nicht passieren und sollte ich einen Weg finden, diese Ebene zu verlassen, könnte ich mich mit einem Messer in der Brust in der Stille wiederfinden, was mich auch inert machen würde – sollte sich Mimirs Theorie als falsch erweisen. Ich weiß nicht, ob Kyle auch inert sein wird, da es schwierig ist zu sagen, was zuerst sein Ziel erreicht, Thomas' Kugel, die auf Kyle zurast, oder das Messer, das sich auf dem Weg zu meinem Herzen befindet.

Mein Plan muss auch dann funktionieren, sollte ich inert sein und Kyle nicht – und ich denke, ich habe gerade eine Idee. Ihre Umsetzung hängt von einer Sache ab: In Kyles Kopf einzudringen.

Ich konzentriere mich auf sein Lichtmuster in einiger Entfernung. Genau wie eben lege ich die Hälfte der Strecke auto-magisch zurück.

Ich konzentriere mich stärker und umgebe ihn.

Dieses Mal stößt mich der Gedanke an das, was passieren wird ab, aber es führt kein Weg daran vorbei.

Ich wiederhole alles das, was mir geholfen hat, in Thomas Gedanken zu gelangen. Ich konzentriere mich auf die Lichter, die Neuronen, die Kyle darstellen. Als ich das tue, überkommt mich die Kohärenz und mit ihr Kyles bösartige Gedanken.

* * *

Wir gehen zu Igor und geben ihm seine Anweisungen. Mann, ist dieses russische Arschloch groß.

In der Menge sehe ich eine in der Zeit eingefrorene Asiatin, die sich gerade mit ihrem Kollegen, einem Wissenschaftler, unterhält. Diese Frau sieht überhaupt nicht wie Lucy aus, aber trotzdem überkommt uns großes Bedauern. Jetzt ist Lucy tot. Natürlich verstehen wir rational, warum wir es tun mussten. Es gab keinen anderen Ausweg. Und doch wünscht sich ein irrationaler Teil von uns, dass es eine andere Lösung gegeben hätte.

Wir haben hier etwas Wichtiges vor, rufen wir uns ins Gedächtnis. Und damit vergessen wir den ganzen anderen Unsinn. *Wir müssen eine Aufgabe erfüllen, wiederholt sich der Gedanke und hat eine reinigende Wirkung. Wir sind wieder fokussiert und die Welt ist einfach. Unsere laserscharfe Konzentration lenkt unsere Aufmerksamkeit zurück auf die vor uns liegende*

Aufgabe. Alles, was existiert, sind unsere Zielpersonen – Zielpersonen, die wir kontrollieren müssen – und nichts weiter. Ein Sinn von Gerechtigkeit überkommt uns. Mit ihrer ungehemmten Überheblichkeit werden diese Wissenschaftler das Ende der Welt herbeiführen. Wir müssen sie aufhalten ...

Ich, Darren, trenne mich mit einem innerlichen Schauer. Abstoßende Gedanken sind mir nicht fremd. Erst vor wenigen Wochen war ich im Kopf des Psychopathen Arkady – dem russischen Gangster, den Jacob und Kyle für ihre Morde benutzt hatten. Ich dachte, dass Kyles Gedanken ähnlich sein würden, aber das sind sie nicht. Arkady war es scheißegal, ob etwas richtig oder falsch war. Er konnte einfach kein Mitgefühl empfinden und der Schmerz anderer Leute berührte ihn nicht. Kyle ist anders. Er ist kein unzurechnungsfähiger Psychopath, er wird von seiner Weltanschauung motiviert. Diese Ansichten werden durch seine fanatische Entschlossenheit, sein Ziel mit allen Mitteln zu erreichen, verschlimmert.

Die Konzentration, die ihn überkam als er an seine derzeitige Aufgabe dachte, ist beängstigend. Er hatte keine Zweifel, oder genauer gesagt, hat er seine Zweifel beiseitegeschoben. Er hat sich nicht eine Millisekunde lang Gedanken über die Menschen gemacht, die verletzt werden. Er hat nicht innegehalten, um die Möglichkeit in Betracht zu ziehen, niemanden umzubringen. Nein. Sein Kopf sagt, dass das getan werden muss, was nötig ist. Schwarz und weiß. Der Rest der Welt verschwindet völlig. Diese eigenartige Denkweise erinnert mich an etwas, aber ich komme gerade nicht darauf, an was.

Es ist an der Zeit, Kyle mit seinen eigenen Waffen zu schlagen.

Wenn ich lesen kann, kann ich auch führen. Wenn ich führen kann, kann ich meinen Plan in die Tat umsetzen. Ich gebe Kyle meine Anweisungen wie jeder anderen Person auch.

Du wirst dich zu ruhig und zu entspannt fühlen, wenn du das nächste Mal in die Gedankendimension splitten willst. Du wirst nicht einmal an die Gedankendimension denken. Du bist der Arbeit wegen hier, einem Auftrag von der Einheit für organisiertes Verbrechen. Du besuchst diese Konferenz um einige russische Gangster hochzunehmen. Und zwar so …

Nachdem ich Kyle meine restlichen Anweisungen eingepflanzt habe, verlasse ich seinen Kopf.

* * *

Ich würde am liebsten sofort duschen, aber dafür würde ich einen Körper benötigen, der mir in dieser 2. Ebene, diesem Reich im Jenseits, fehlt. Ich entferne mich schnell von Kyle und begebe mich zu dem Muster, das mein Ich aus er 1. Ebene darstellt.

Es ist ziemlich eindeutig, was ich tun muss, um diese Dimension zu verlassen.

Da ich durch Berührung Menschen lesen und führen kann, werde ich durch sie auch diese 2. Ebene verlassen.

Jetzt muss ich nur noch das tun, was an diesem Ort als berühren angesehen wird, das, was ich gerade mit Thomas' und Kyles Mustern getan habe.

»Auf Wiedersehen, Mimir«, denke ich in die Leere der 2. Ebene. »Ich hoffe, dass wir uns noch einmal treffen werden.«

Ohne darauf zu warten, dass mein enigmatischer neuer Freund antwortet, konzentriere ich mich darauf, das Muster zu umgeben, das mich darstellt. Und wieder einmal bin ich, ohne mich zu bewegen, einfach dort.

Das ist es. Ich versuche eins zu werden mit meinem Muster.

Bevor ich es bemerke, findet der Wechsel statt, und ich bin draußen.

VIERUNDZWANZIGSTES KAPITEL

Die Geräusche sind zurück. Die Anblicke sind zurück. Die Gerüche sind zurück. Ich nehme meinen Körper wahr – jeden Zeh und jeden Finger – und ich spüre, dass mein Körper atmet.

Es ist faszinierend, wie viele sensorische Daten unser Gehirn sekündlich aufnimmt. Normalerweise ignorieren wir es, aber in diesem Moment nehme ich alles wahr.

Diese ganzen Sinne sind herrlich.

Meine Erleichterung ist überwältigend.

Aber ich muss schnell zu mir kommen. Es gehen gerade Dinge vor sich, die ich nicht verpassen darf.

Ich muss mir schnell einen Überblick über meine Situation schaffen. Ich bin wieder in dem Konferenzsaal. Ich stehe bei Reihe 25 und werde umringt von

Wissenschaftlern, die mich gerade noch (aus ihrer zeitlichen Perspektive gesehen) angegriffen haben. Allerdings haben sie damit aufgehört. Sie sehen sich einfach nur irritiert um.

Es scheint, als habe ich die 1. Ebene, also die normale Stille, übersprungen. Ansonsten würde ich mich gerade mit einem Messer in meiner Brust in der Nische befinden. Also stimmt Mimirs Theorie, was großartig ist, da ich ansonsten inert wäre.

Ich versuche, in die Stille hinüberzugleiten. Die Welt hält inne. Natürlich weiß ich jetzt, dass sie nicht innegehalten hat, sondern sich einfach nur extrem verlangsamt. *Semantik, denke ich, als ich dorthin renne, wo Kyle sich versteckt.*

Er ist gerade auf dem Weg zur Bühne, als ich bei ihm ankomme.

Es gibt nur einen Grund, weshalb er in Thomas' und meine Richtung gehen sollte, anstatt in den Gang zu laufen: Mein Führen hat funktioniert und er folgt meinen Anweisungen. Zumindest ist das die wahrscheinlichste Erklärung.

Kann ich in die 2. Ebene hineingleiten, um sicherzugehen?

Ich versuche es. Ich mache das gleiche, was ich sonst in der realen Welt tue, um in die Stille zu gleiten.

Nichts passiert.

Ich nehme an, dass ich herausfinden muss, wie ich mich bewusst in diese Ebene begeben kann. Es einmal zu schaffen, hat es nicht einfacher gemacht, genau wie das Hinübergleiten in die Stille, als ich noch ein Kind war. Irgendwann habe ich gelernt, wie ich mich in die Stille begeben kann, aber ich hoffe, dass ich dieses Mal nicht alle diese Nahtoderfahrungen wiederholen muss. Ich erschaudere bei dem Gedanken, dass ich jedes Mal fast umgebracht werden muss, um die 2. Ebene zu erreichen. Das würde mein neuentdecktes Talent nahezu unbrauchbar machen.

Ich gehe zu meinem Körper zurück und verlasse die Stille.

Die Geräusche sind zurück. Kyle rennt über die Bühne zu den Stufen, die von ihr hinunterführen. Wie ein Blitz ist er wieder von der Bühne verschwunden.

Als er auf Igor, den größten und kräftigsten der russischen Gangster zugeht, weiß ich ohne jeden Zweifel, dass Kyle meinen Anweisungen folgt. Er sagt etwas zu dem Mafiosi. Auch wenn ich zu weit weg bin, um ihn hören zu können, weiß ich, dass er gesagt hat: »Keine Bewegung, Arschloch«, weil er die Anweisung hatte, genau das zu sagen.

Aus dem gleichen Grund rammt er Igor seine Waffe in die Rippen. Ich habe Kyle dazu gebracht, noch in seinem ehemaligen Versteck die Kugeln aus seiner Waffe zu entfernen, aber Igor, der Riese, weiß das natürlich nicht.

Ich gehe näher an die Bühne heran und sehe den weiteren Entwicklungen zu. Aber irgendetwas beschäftigt mich unbewusst – irgendetwas lenkt mich davon ab, meine Rache zu genießen.

Währenddessen zerrt Kyle seine Geisel auf die Bühne – einen Platz, wo Viktor, ein hervorragender Scharfschütze, ihn problemlos erschießen kann – genauso wie ich es geplant habe.

Ich bemerke, dass die anderen Menschen dem Geschehen ungläubig zuschauen. Ich kann sie gut verstehen. Wie oft sieht man schon, wie jemand als Geisel genommen wird? Besonders bei einer wissenschaftlichen Konferenz? Und ganz besonders, wenn die Geisel doppelt so groß ist wie der Geiselnehmer?

Als ich mich Kyle nähere, sehe ich, dass Victor ihn mit Blicken durchbohrt. »Lass meinen Kollegen los!«, schreit er. »Ich gebe dir zwei Sekunden.«

Viktor zielt mit seiner Waffe in Richtung Bühne, genauso wie ich es vermutet hatte. Das ist es. Er wird schießen.

Einige Sekunden vergehen und Viktor steht immer noch mit seiner ausgerichteten Waffe an der gleichen Stelle. Aus einem unverständlichen Grund drückt er nicht ab. Die Menschenmenge die das mitbekommt, schnappt hörbar nach Luft.

Ich schaue hinter mich. Thomas geht auf Viktor zu. Ich weiß nicht, was Thomas vorhat, aber ich zweifele nicht daran, dass er sichergehen möchte, dass niemand verletzt wird. Das ist gut, weil es bedeutet, dass Thomas kein Feuer in einem vollen Raum eröffnen und Victor erschießen wird, bevor dieser die Möglichkeit hat, Kyle zu töten. Trotzdem, Thomas kommt nahe genug an ihn heran, um ihn überwältigen zu können.

Warum zum Henker, erfüllt Victor seinen Teil meines Plans nicht?

Dann erkenne ich das Problem und begebe mich in die Stille.

Ich renne zu dem Gangster und verfluche mich. Ich habe ihn explizit dahingehend geführt, auf niemanden zu schießen. Also schießt er natürlich auch nicht.

Es ist beeindruckend, dass er überhaupt seine Waffe zur Hand genommen hat.

Ich gehe zu ihm und berühre seine ausgestreckte Hand.

* * *

Wir werden auf niemanden schießen, ist der Gedanke, der sich in unserem Kopf wie ein Mantra wiederholt. Nichts anderes existiert, nur das Mantra.

Ich, Darren, trenne mich. Diese eigenartige Konzentration, die die Geführten aufweisen, ist beeindruckend. Ich habe ein einziges Mal Ritalin ausprobiert – das Medikament, von dem behauptet wird, es würde einem dabei helfen, sich zu konzentrieren. Die Konzentration, die ich danach spürte war okay, aber kam keinesfalls an die Zielstrebigkeit heran, die geführte Menschen aufweisen. Das ist beängstigend.

Okay, ich habe es versaut, also werde ich es auch wieder geradebiegen.

Du kannst den Typen auf der Bühne erschießen. Als guter Anführer musst du das sogar. Sobald er tot ist, wirst du deine Waffe wegwerfen, weil sie ungeladen ist.

Als ich mit meinen Anweisungen zufrieden bin, verlasse ich Victors Kopf.

* * *

Auf meinem Weg zurück zu meinem Körper verstärke ich meine Kontrolle über Victors ehemalige Busenfreunde. Sie sollen friedliche Beobachter bleiben. Ich gehe zu meinem eingefrorenen Ich und zögere, bevor ich die Stille verlasse. Ich werde einfach das Gefühl nicht los, etwas Wichtiges übersehen zu haben.

Scheiß drauf, entscheide ich und berühre meine Stirn.

Sobald die Geräusche des Raumes zurückkehren verstehe ich, was mich beschäftigt hat.

Ich muss Victor aufhalten.

Kyle darf noch nicht sterben.

Doch bevor ich handeln kann, wird ein Schuss abgefeuert.

Oder habe ich mir das eingebildet?

Ich bin mir nicht sicher, weil ich erneut von Stille umgeben bin. Der Schuss, oder meine Epiphanie, hat mich heute zum gefühlten tausendsten Mal in die Stille hinübergleiten lassen.

Ich renne zu Victor und hoffe dabei, dass ich durch den Stress und nicht wegen eines wirklichen Schusses in die Gedankendimension eingetaucht bin. Falls es nicht schon zu spät ist, werde ich Victor die Anweisung geben, nicht zu schießen.

Als ich bei ihm ankomme, sehe ich, dass sich um seine Waffe eine Rauchwolke gebildet hat.

Scheiße.

Das hatte ich nicht gedacht. Er hat es getan. Er hat auf Kyle geschossen.

Ich renne auf die Bühne zu.

Vielleicht hat die Kugel Kyle noch nicht erreicht. Wenn ich ihn lesen kann, bevor ihn die Kugel trifft, ist alles in bester Ordnung. Eigentlich interessiert es mich nicht, ob dieses Arschloch lebt. Ganz im Gegenteil. Ich brauche allerdings Informationen die ich nur bekommen kann, wenn er noch am Leben ist.

Als ich fast bei ihm bin, sinken meine Hoffnungen, da ich sehe, dass das Unwiderrufliche bereits geschehen ist.

Kyles Kopf ist gerade dabei, zu explodieren.

Victor ist seinem Ruf, ein Scharfschütze zu sein, gerecht geworden. Die Kugel hat Kyle genau zwischen den Augen getroffen.

FÜNFUNDZWANZIGSTES KAPITEL

Als ich bewegungslos dastehe, um meinen toten Feind zu betrachten, schwanken meine Gefühle zwischen Freude und Enttäuschung. Kyle hat bekommen, was er verdient hat, aber es ist zu spät für mich, die letzte Information von dem Bastard zu bekommen, die ich brauche.

Ich setze mich auf den Boden und lasse alles auf mich einwirken.

Endlich verstehe ich, was mich unterschwellig beschäftigt hat. Ich erkenne, was mir an Kyles intensiver Konzentration so bekannt vorkam. Als er daran gedacht hat, diese Wissenschaftler loswerden zu wollen, war sein Denkmuster fast identisch mit dem seiner Opfer. Er hat all diese verräterischen Anzeichen eines geführten Verstandes aufgewiesen, Anzeichen, die ich in den

Köpfen der Menschen gesehen habe, die ich selbst geführt habe.

Ich habe sie nicht erkannt, weil ich immer noch an meinem mittlerweile überholten Weltbild festhielt. Einem Weltbild, in dem ein Strippenzieher nicht die Strippen eines anderen Strippenziehers ziehen kann. Nur dass diese alte Annahme keine Gültigkeit mehr hat, da Kyle ja auch meinen Anweisungen gefolgt ist. Man kann einen Führer führen. Man muss es nur von der 2.Ebene aus machen. Wenn ich es geschafft habe, könnte es auch jemand anderen geben, der das Gleiche tun kann. Ich wollte Kyles Tod lange genug herauszögern, um ihn lesen zu können und meine Vermutungen zu untermauern – oder bestenfalls herauszufinden, dass ich paranoid bin – aber dafür ist es jetzt zu spät.

Im Eifer des Gefechts habe ich noch etwas vergessen. Selbst wenn Kyle noch am Leben wäre, könnte ich nicht einfach auf Wunsch in die 2. Ebene hinübergleiten. Das heitert mich ein wenig auf, als ich mich zu meinem Körper zurückbegebe.

Auf dem Weg dorthin wirbeln mir weitere Fragen zu dieser eigenartigen neuen Möglichkeit durch den Kopf.

Wenn jemand Kyles Strippen gezogen hat, wer war es? Und warum? Mir ist klar, dass Kyle die meiste Zeit von sich aus wie ein Bastard gehandelt hat. Aber irgendetwas sagt mir, dass er diese Morde nicht auf seine eigene Weise durchführen konnte. Eine große, öffentliche Schießerei ist nicht Kyles normaler Modus

Operandi, wie Bert es ausdrücken würde. Mein »Onkel« war normalerweise vorsichtiger. Bis heute hatte er immer sichergestellt, sich nie am Tatort zu befinden, und war jedes Mal darauf bedacht gewesen, seine Identität zu verschleiern, wenn er Personen geführt hat.

Dann dämmert mir etwas anderes. Wenn Kyle kontrolliert wurde, hatte er es dann verdient umgebracht zu werden? Oder war er genauso schuldig wie der Typ, der mich mit dem Stift angegriffen hat. Wenn er das Spielzeug von jemandem war, dann könnte er unschuldig gewesen sein.

Bei diesem Gedanken fühle ich mich schlecht.

Nein, fällt mir kurz darauf auf. Diese Theorie hat einen Haken. Kyle hat ganz alleine versucht, Lucy umzubringen. In diesem Punkt hatte er nicht diese fanatische Denkweise. Ganz im Gegenteil. Es tat ihm leid – ein Gefühl, das er nicht verspüren würde, hätte man ihn geführt. Und abgesehen davon, hatte er für seine ganzen anderen abscheulichen Taten sehr persönliche Gründe wie Liebe beziehungsweise Lust. Motive, die keinem anderen etwas genützt hätten. Das wiederum bedeutet, dass er schuldig genug war, um das zu verdienen, was er bekommen hat. Wenn überhaupt, ist die Gerechtigkeit zu schnell eingetreten.

Ich beende meine Überlegungen darüber, ob Kyle geführt worden ist. Selbst wenn jemand ihn dazu gezwungen hat, dieses Massaker zu beginnen, was geht es mich an? Ich bin ja schließlich nicht der Beschützer der wissenschaftlichen Gemeinschaft. Außerdem habe ich die Schießerei ja verhindert, oder etwa nicht? Aber habe ich mir durch mein Eingreifen einen neuen Feind geschaffen? Sollte jemand Kyle dazu gebracht haben, seine dreckige Arbeit zu erledigen, bin ich dann jetzt schon sein Feind? Es ist unwahrscheinlich, aber ich habe nicht die Möglichkeit, es mit Sicherheit zu wissen.

Ich betrachte mein eingefrorenes Ich. In meinem glasigen Blick erkenne ich eine Art Erleuchtung.

»Ich weiß, Kumpel«, sage ich zu mir selbst. »Aber es war zu spät.«

Ich berühre meinen Nacken und kehre in die echte Welt zurück.

Die Totenstille der Gedankendimension ist ein starker Kontrast zu den Schreien der verängstigten Wissenschaftler.

Nichts bringt eine Menschenmasse schneller in Bewegung als das Geräusch eines Schusses.

Alle drängen zum Ausgang.

Ich überlege, mich in die Stille zu begeben, um die Menge zu beruhigen, aber die Aufregung ermöglicht es Thomas und mir, diesen Ort zu verlassen ohne Aufmerksamkeit auf uns zu ziehen.

Ich schaue zu Thomas. Er hat von seiner Idee, Victor anzugreifen, abgelassen und sich in den Strom der verängstigten Konferenzteilnehmer gemischt. Ich folge ihm und lasse mich von der Masse mitreißen.

Irgendwann erreiche ich Thomas' Auto und einige Minuten später ist er auch hier.

»Steig ein«, sagt er. »Wir müssen hier weg.«

Das muss er mir nicht zweimal sagen. Ich steige ins Auto, und wir verlassen den Parkplatz.

Nachdem wir den Campus hinter uns gelassen haben, fahren wir eine Weile ohne etwas zu sagen.

»Was zum Teufel ist passiert?«, bricht Thomas das Schweigen. »Das Messer ist nie in deinen Körper eingedrungen.«

»Das ist dir also aufgefallen?«

»Es war schwer zu übersehen. Ich denke aber auch nicht, dass meine Kugel Kyle inert gemacht hat.«

»Das glaube ich auch nicht«, sage ich.

Ich weiß nicht, was ich tun soll. Ich möchte Thomas alles sagen, aber ich bin mir nicht sicher, wie viel ich ihm über Kyles Tod erzählen sollte. Immerhin ist er sein Sohn.

»Also?«, drängt Thomas mich. »Wirst du mir eine Erklärung geben?«

»Ja«, sage ich und treffe schnell eine Entscheidung. »Ich konnte, wie du es ausdrücken würdest, splitten, als ich mich bereits in der Gedankenebene befand.«

Ich erzähle ihm, wie ich körperlos in der Dunkelheit der 2. Ebene aufgewacht bin, und dass ich mich mit Mimir unterhalten habe. Er unterbricht mich, als ich zu dem Teil komme, wo ich ihn gelesen habe.

»Du hast mich wie ein Schnüffler gelesen?« Thomas schaut mich misstrauisch an. »Wie weit bist du zurückgegangen?«

»Ich habe nichts wirklich Privates von dir gesehen«, antworte ich ihm. Vielleicht hätte ich ein wenig tiefer graben sollen. Er scheint etwas Pikantes zu verstecken, denn er sieht sehr erleichtert aus, als ich ihm erkläre, dass ich nur seinen schmerzvollen Weg durch die Stille erlebt habe.

Als ich zu dem Teil gelange, in dem ich in Kyles Kopf eindringe, sagt Thomas: »Ich möchte nichts weiter darüber hören. Wegen seines eigenartigen Verhaltens, kann ich mir den Rest denken, aber ich würde es lieber nicht genau wissen.«

»Ich danke dir – «

»Keine Ursache«, erwidert er.

Mein Telefon klingelt. Ich schaue darauf.

»Darf ich?«, frage ich.

»Geh ran«, meint er.

»Hallo«, sage ich.

»Darren, was zum Teufel ist passiert?«, höre ich Miras Stimme am anderen Ende der Leitung. Sie spricht so laut, dass Thomas sie mit Sicherheit auch gehört hat.

»Dir auch Hallo. Du hörst dich angespannt an.«

»Angespannt? Erst hinterlässt du ein ›Ruf mich dringend an‹ auf meiner Mailbox und dann ignorierst du meine Anrufe und Nachrichten. Wie sollte ich mich also anhören?«

»Entschuldige bitte«, meine ich. »Ich hatte dich vom Krankenhaus aus angerufen. Meine Mutter wäre fast gestorben.«

»Oh …« Mira hört sich fassungslos an. »Das tut mir wirklich leid. Geht es ihr gut?«

»Ihr geht es wieder gut und die Person, die dafür verantwortlich war … naja, das ist kein Gespräch für ein Telefonat.«

»Ich verstehe.« Mira hört sich zerknirscht an.

»Wo bist du?«, will ich wissen.

»Auf dem Weg nach Manhattan, aber ich sitze im Stau fest. Ich wusste nicht, wo du bist, also dachte ich, das sei ein guter Ausgangspunkt. Außerdem lebt dort deine Tante.«

»Sag deinem Fahrer, er soll umdrehen und zum Staten Island Hospital fahren. Ich bin auch gleich da.«

»Dann sehen wir uns dort«, sagt sie. »Hillary meint gerade, dass sie auch mitkommt.«

»Bis gleich.« Ich beende das Gespräch.

»Ich nehme an, dass du zum Krankenhaus gebracht werden möchtest«, sagt Thomas.

»Ja, bitte. Würde es dich stören, wenn ich noch einen Anruf erledige?«

»Natürlich nicht.«

Ich rufe die Favoritenliste auf.

»Darren«, ruft Sara, als sie abnimmt. »Zum Glück rufst du an.«

»Hallo, Mama. Wie geht es ihr?«

»Du musst so schnell du kannst herkommen und deiner Mutter ins Gewissen reden«, sagt Sara.

»Warum? Was ist passiert?«

»Sie hat kurz geschlafen, und als sie aufgewacht ist, hat sie beschlossen, dass sie das Krankenhaus verlassen möchte. Du musst sie daran erinnern, dass sie sich gerade noch in einem kritischen Zustand befunden hat.«

»Ich werde tun, was ich kann«, antworte ich und unterdrücke ein Grinsen. »Ich sollte gleich da sein.«

»Beeil dich, bevor sie den Arzt davon überzeugt, sie zu entlassen«, erwidert Sara. »Hab dich lieb, tschüss.«

»Ich dich auch. Tschüss«, sage ich und beende das Gespräch.

»Also geht es ihr – Lucy – besser?«, fragt Thomas.

»Sieht ganz so aus. Sie will das Krankenhaus verlassen.«

»Das hört sich nach einer Kämpfernatur an.« Thomas' Stimme ist ungewöhnlich sanft. Ich höre, wie er tief einatmet, bevor er sagt: »Darren ... ich wollte dich etwas fragen. Meinst du, dass du mich ihr vorstellen könntest?«

Ich brauche einen Moment lang, um zu verstehen, was sein Problem ist. Als ich endlich darauf komme, kann ich kaum glauben, wie dumm ich bin.

»Natürlich«, erwidere ich. »Ich hätte es dir von mir aus anbieten sollen, besonders weil du gerade herausgefunden hast, dass sie deine biologische Mutter ist.«

»Bist du sicher, dass das stimmt?«, will er wissen. »Dass sie meine Mutter ist?«

»Ganz sicher. Aber ich nehme an, dass du einen DNA-Test machen lassen kannst, wenn du eine hundertprozentige Bestätigung haben möchtest.«

»Was meinst du, wird sie über diese ganze Sache denken?«, fragt er.

»Um ehrlich zu sein, habe ich keine Ahnung. Du darfst nicht vergessen, dass Kyle sie daran gehindert hat, sich an deine Existenz zu erinnern.«

»Ich verstehe.« Thomas Kiefer spannt sich an. »Wenn ich ihr sagen würde, dass ich ihr Sohn bin, würde sie mir nicht einmal glauben.«

»Vielleicht nicht heute, aber ich kann mir keinen besseren Weg vorstellen ihr beizubringen, dass sie einen Sohn hat, als ihr zu sagen: ›Du hast einen Sohn und das ist er‹. Sobald sie sich daran erinnern darf, wird sie wissen wollen, was aus dir geworden ist. Wir müssen mit Liz reden und einen Weg finden, Lucy so sanft wie möglich wieder an alles zu erinnern. Sobald sie weiß, dass sie dich geboren hat, wird sie dich kennenlernen wollen.«

»Du hast recht«, erwidert er. »Ich werde Geduld haben.«

»Jetzt werde ich ihr einfach erzählen, dass du mein neuer bester Freund bist, und wir werden jede Möglichkeit nutzen, damit ihr Zeit zusammen verbringen könnt. Sie hat bald Geburtstag …«

»Danke, Darren. Du kannst dir gar nicht vorstellen wie viel –«

»Bitte nicht«, unterbreche ich ihn. »Nicht nachdem du mir heute zweimal das Leben gerettet hast.«

»Okay. Ich werde meinen Mund halten.«

»Außerdem sind wir ja sozusagen verwandt. Ist das nicht schräg?«

»Ich finde es toll«, sagt er. »Ich hatte niemals Geschwister, aber wollte immer welche haben.«

»Ich auch.« Ich grinse. »Zu meiner Schulzeit hätte ich einen starken großen Bruder gut gebrauchen können.«

Mein Telefon klingelt erneut. Ich schaue Thomas entschuldigend an.

»Geh ran«, meint er.

»Mann, wie ist es gelaufen?«, fragt Bert vom anderen Ende der Leitung.

»Gut«, sage ich. »Komm zum Krankenhaus. Dann kann ich es dir erzählen.«

»Ich bin schon da. Ich dachte mir, dass ihr dorthin fahren würdet, wenn alles erledigt ist.«

»Du kennst mich wirklich gut. Bis gleich.« Ich lege auf.

»Darren«, meint Thomas. »Kannst du mir etwas über sie erzählen?«

»Natürlich. Wie du schon gesagt hast, ist sie eine Kämpfernatur.« Und den Rest der Fahrt zum Krankenhaus spreche ich über Lucy und ihre Seite der Familie. Ich erzähle ihm die Geschichten darüber, wie es war, als Kind aus China in die USA zu immigrieren. Ich berichte ihm von ihrer Karriere bei der Polizei. Wie anstrengend sie für mich war, als ich aufwuchs. Wie sehr sich Lucys Eltern darüber freuen werden, einen weiteren Enkel zu haben. Und wie sie und Sara sich kennengelernt haben. Thomas saugt das alles fasziniert auf.

Auf eine gewisse Weise beneide ich ihn. Ich würde alles dafür geben, gerade auf dem Weg zu einem Treffen mit Margret, meiner biologischen Mutter, zu sein. Aber was überwiegt, ist meine Freude für ihn und Lucy. Man kann sich seine Familie nicht aussuchen, sagt man, aber wenn ich wählen könnte, stünde Thomas auf meiner kurzen Liste der Personen, mit denen ich gerne verwandt wäre.

Als wir das Auto auf dem Besucherparkplatz des Staten Island University Hospital abstellen, schaue ich auf mein Telefon. Meinen neuen Textnachrichten zufolge sind die Spätheimkehrer aus Miami schon hier. Sie warten in der Cafeteria auf mich.

»Dann schauen wir mal, wie es ihr geht«, meine ich zu Thomas, als wir aus dem Auto steigen. »Ich werde dich ihr vorstellen.«

SECHSUNDZWANZIGSTES KAPITEL

»Mama, das ist Thomas«, sage ich, nachdem ich mich davon überzeugt habe, dass es ihr besser geht. »Er ist ein sehr guter Freund von mir und arbeitet genau wie du in der Strafverfolgung. Sozusagen.«

»Ich freue mich, dich kennenzulernen, Thomas.« Lucy lächelt ihn an. »Bist du zufällig vom dritten Bezirk?«

»Nein, das bin ich nicht«, antwortet er.

»Dann vielleicht vom vierten? Du kommst mir irgendwie bekannt vor.«

Ich sage nichts dazu, obwohl es sehr verlockend ist. Ich muss mit Liz besprechen, wie wir in diesem Punkt am besten vorgehen.

»Ich bin beim Geheimdienst«, sagt Thomas, ohne mit der Wimper zu zucken. »Also kennst du mich wahrscheinlich nicht von der Arbeit.«

Ich gleite in die Stille und hole Thomas und Liz zu mir.

»Ich werde dir jetzt die vielleicht verrückteste Geschichte erzählen, die du jemals gehört hast«, erkläre ich Liz. In der darauffolgenden Stille erzähle ich ihr von Thomas' Verbindung zu Lucy, und dass wir ihre Hilfe dabei brauchen, sie wieder zu vereinigen. »Gleichzeitig werden wir ihr die Tatsache verheimlichen müssen, dass Kyle tot ist. Natürlich nur, falls du auch der Meinung bist, dass sie nicht zusätzlich gestresst werden sollte.«

»Sie sollte im Moment definitiv darüber im Dunkeln gelassen werden, was mit Kyle geschehen ist«, erwidert Liz und verschränkt ihre Arme. Auch wenn sie es nicht ausspricht, zeigt sie mir deutlich, dass ich Kyle nicht hätte umbringen sollen. Auch wenn ich nicht genauer auf Kyles Todesumstände eingegangen bin, habe ich den Eindruck, dass Liz eins und eins zusammengezählt hat.

»Seinen Tod vor Lucy geheim zu halten wird einfach sein. Wir können hier und dort ein wenig nachhelfen«, sage ich. »Wir können Lucy dazu führen, ihr Telefon zu verlieren, und bis sie ein neues bekommt, wird sie sich mental schon in einem besseren Zustand befinden, um die Nachricht verarbeiten zu können.«

»Das könnte funktionieren«, bestätigt Liz. »Was die Erinnerung an Thomas betrifft, liegst du auch richtig. Langsam und vorsichtig ist die beste Herangehensweise.

Ich werde über den geeignetsten Weg nachdenken, es ihr schonend beizubringen, und ihr beiden werdet dann mit ihr reden.«

»Großartig. Jetzt muss ich mit Mira und den anderen in der Cafeteria sprechen.« Kaum habe ich das gesagt, gehe ich zu meinem Körper und verlasse die Stille.

»Kann ich jemandem etwas zu essen mitbringen?«, frage ich. »Ich gehe kurz in die Cafeteria.«

»Ich hätte gerne einen Salat«, antwortet Sara. »Oder irgendein leichtes Sandwich.«

»Für mich nichts, danke«, meint Lucy. »Ich will zum Abendessen schon wieder zu Hause sein. Ich hasse Krankenhausessen.«

»Bist du sicher, Mama?«, frage ich sie. »Fühlst du dich wirklich besser?«

»Mir geht es wieder gut«, erwidert Lucy. »Und ich hasse Krankenhäuser.«

»Warten wir erst einmal ab, was der Arzt sagt«, meine ich. »Bitte gehe nicht, bevor ich zurückkomme.«

Lucy rollt mit ihren Augen, und ich verlasse den Raum, als Sara mit ihrer Tirade gegen eine Entlassung beginnt.

Ich lese eine der Schwestern, die sich gerade in der Nähe aufhält, und finde heraus, wo sich Dr. Jaint gerade befindet.

Wie ich versprochen habe, lese ich den Arzt, um herauszufinden, was er über die Entlassung meiner Mutter denkt. Seine medizinische Meinung ist, dass es ihr offensichtlich gut geht und dass es besser wäre, sie zu entlassen, als sie hierzubehalten. Statistisch gesehen ist die Wahrscheinlichkeit, sich hier eine Krankheit einzufangen höher als zu Hause, da Krankenhäuser schlimmer als U-Bahnen sind, was Keime betrifft.

Als ich diese Aufgabe erledigt habe, gehe ich in die Cafeteria.

Sobald Mira mich sieht, rennt sie zu mir und stellt sich auf ihre Zehenspitzen, um mich fest zu umarmen. Ihre öffentliche Zuneigungsbezeugung überrascht mich. Sie hält mich einen Moment lang in ihren Armen, bevor sie mich küsst. Ich versuche, meine Irritation abzuschütteln, und erwidere ihren Kuss.

»Wie geht es deinem Arm?«, frage ich sie, sobald ich mich von ihr löse.

»Viel besser«, meint sie und boxt demonstrativ in die Luft. »Eugene geht es auch wieder besser. Komm, begrüße die anderen.«

»Schön, dich zu sehen«, sagt Eugene, als wir ihren Tisch erreichen. Das blaue Auge, das ihm Caleb verpasst hat, ist über Nacht schlimmer geworden, aber er scheint guter Laune zu sein.

»Bert hat uns die erste Hälfte der Geschichte schon erzählt«, meint Hillary und zerzaust Berts Haar mir ihrer Hand.

»Also, das ist passiert, nachdem er weg war«, sage ich und bringe sie auf den neuesten Stand.

Miras Gesicht bekommt einen eigenartigen Ausdruck, als ich Viktor erwähne, aber ich unterbreche meine Geschichte nicht, um sie zu fragen, was los ist. Ich werde es zu einem späteren Zeitpunkt tun. Da Thomas nicht hier ist, verschweige ich nicht, welche Rolle ich bei Kyles Tod gespielt habe. Ich erzähle ihnen, wie ich Kyle dazu geführt habe, sich in Victors Blickfeld zu begeben, und dass ich Victor dahin geführt habe, abzudrücken. Ich erwähne außerdem meine Vermutung, dass Kyle von jemandem kontrolliert worden sein könnte, eine Theorie, bei der sich Hillarys Augenbrauen zusammenziehen. Ein weiteres Gespräch, das warten muss.

»Ich muss zurückgehen«, sage ich als ich fertig bin. »Ich muss nach meinen Müttern sehen.«

»Und dann?«, fragt Mira.

»Dann werde ich mehr wissen.«

Ich schnappe mir einen Salat für Sara und gehe zu Lucys Zimmer zurück. Der Arzt ist gerade dort, um Lucy zu entlassen. Diese Entwicklung überrascht mich nicht. Lucy setzt ihren Willen immer durch.

Nach einer kurzen Diskussion steht fest, was wir als Nächstes tun werden.

Wir sind alle herzlich zu einem großen Abendessen im Haus meiner Mütter eingeladen.

* * *

Erstaunlicherweise passen wir alle an den Esstisch meiner Mütter – eine nicht ganz einfache Herausforderung.

363

Thomas' Anwesenheit wurde als selbstverständlich angesehen. Genauso wie die Tatsache, dass er Sara beim Kochen helfen wollte.

»Dieser gebratene China-Lattich ist fantastisch«, meint Lucy. »Wo hast du gelernt, ihn zuzubereiten?«

»Meine Adoptivmutter hat es mir gezeigt«, erklärt Thomas. Zum ersten Mal seit ich ihn kenne sehe ich ein Grinsen auf seinem unbeweglichen Gesicht. »Sie ist als Teenager aus China hierhergekommen. Sie hat mir eine Menge authentischer Rezepte beigebracht.«

»Da kommen Erinnerungen hoch«, erwidert Lucy.

Ich blicke zu Liz, aber sie schüttelt ihren Kopf. Meine Mutter meint offensichtlich die chinesische Küche. Sie erinnert sich nicht daran, dass Thomas ihr Sohn ist. Ich bin einfach paranoid, was dieses Erinnerungsthema betrifft.

Mir fällt etwas ein, das ich meinen Müttern noch gar nicht erzählt habe, und ich sage: »Ich habe euch etwas mitzuteilen.« Ich warte, bis sie mir ihre Aufmerksamkeit zuwenden und fahre fort: »Als ihr Hillary kennengelernt habt, habe ich sie euch als Berts fantastische Freundin vorgestellt. Aus Zeitgründen habe ich euch allerdings nicht alles erklärt.« Danach erzähle ich Lucy und Sara eine erfundene Geschichte darüber, dass Bert und ich mit Hilfe seines Computertalents näheres über meine biologischen Eltern erfahren wollten, und Bert bei seinen Recherchen über meine Mutter auf Hillary gestoßen ist. »Was ich euch nicht erzählt habe, ist, dass Hillary meine Tante ist«, beende ich meinen Bericht.

Dieser Enthüllung folgen unzählige Fragen, und Hillary berichtet ein wenig über ihre turbulente Kindheit. Sie nennt ihre Eltern zwar nicht Traditionalisten, als sie mit meinen Müttern spricht, aber sie beschreibt, wie sie und meine biologische Mutter gegen ihre sehr »religiösen« und strengen Eltern rebelliert haben. Ihre Geschichte über meine idiotischen Großeltern trübt die unbeschwerte Atmosphäre unseres Essens ein wenig.

»Apropos kennenlernen«, meint Sara, »du hast uns nie erzählt, wo du diese tolle Frau getroffen hast.« Sie lächelt Mira an.

Sie will das Gespräch ganz offensichtlich auf ein heitereres Thema lenken. Ich habe nichts dagegen, also erwidere ich: »Das war –«

»Ich würde das gerne machen«, unterbricht mich Mira zu meinem großen Erstaunen. Sie beginnt, eine Geschichte zu erzählen, in der ich sehr stark und männlich wirke. In Miras Version der Ereignisse bin ich in einem Club auf sie zugekommen, habe ihr ein Getränk ausgegeben, ihr eine lustige Geschichte erzählt und sie damit völlig umgehauen. Danach berichtet sie, wie ich sie am nächsten Tag spontan zu einem Trip nach Atlantic City eingeladen habe. Langweilig bin ich offensichtlich auch nicht. Alles in allem höre ich mich an, als sei ich einer dieser millionenschweren Freunde wie im Roman. Allerdings bin ich ja auch ein Millionär. Und ich bin ihr Freund. Zumindest denke ich es. Auf jeden Fall verschlingen meine Mütter Miras Geschichte mit vielen Ohs und Ahs.

Nach einigen Drinks erhebt sich Eugene. Er hält ganz feierlich ein Glas mit Wodka in der Hand.

»Das hier ist eine russische Tradition. Wenn niemand etwas dagegen hat, würde ich gerne mit euch auf etwas anstoßen«, sagt er und schaut Mira an.

Sie nickt zögernd.

»Auf tolle neue Freunde«, sagt er. »Auf die Gesundheit der Gastgeberinnen, die so einen fantastischen Nachwuchs großgezogen haben.« Er zwinkert mir zu. »Auf wiedervereinte Familien«, sagt er sehr ernsthaft, »da nichts so wichtig ist wie Familie –«

»Za zdorovje«, sagt Mira und stößt mit ihrem Weinglas gegen Eugenes Wodkaglas.

Eugene strahlt seine Schwester an.

»Zdarove« murmeln meine Mütter und versuchen, Miras perfektes Russisch zu imitieren. Sie stoßen mit den Geschwistern an.

»Za zdorovje«, meint Thomas ohne hörbaren Akzent. Es folgt ein weiteres Gläserklingen.

»Salute«, sagt Liz bevor ihr Glas sich zu den anderen gesellt.

»Cheers«, sagen Bert und ich, bevor wir mit unseren Bierflaschen gegen die Gläser stoßen.

Da wir alle trinken, wird das Essen immer fröhlicher und erinnert mich an Thanksgiving.

Als sich das Fest dem Ende zuneigt, beschließen Mira und ich, die Nacht im Haus meiner Mütter zu verbringen, während Eugene bei Bert schlafen will. Es fallen auch Worte wie Kodierung und/oder Experimente, die Hillary wahrscheinlich ein wenig verstören, auch wenn sie sich nichts anmerken lässt. Thomas und Liz verlassen das Haus gemeinsam, aber natürlich sprechen wir nicht darüber, wie sie die Nacht verbringen werden. Wahrscheinlich fällt das unter die ärztliche Schweigepflicht.

»Ihr könnt das Schlafzimmer im Erdgeschoss haben«, meint Sara nachdem sie die Tür abgeschlossen hat. »Ich habe die Bettwäsche gewechselt und Seife und Shampoo in die Gästedusche gelegt.«

»Danke, Mama« erwidere ich und versuche dabei ruhig zu wirken. Es ist eigenartig zu wissen, dass die Eltern wissen, dass man gleich Sex in ihrem Haus haben wird.

»Keine Ursache«, antwortet sie. »Ich hoffe, ihr bleibt morgen zum Brunch?«

»Sehr gerne«, sagt Mira, bevor ich mir eine Entschuldigung ausdenken kann.

Der heutige Tag steckt voller Überraschungen.

* * *

»Kannst du versuchen, leiser zu sein als sonst?«, frage ich, als ich Mira endlich von ihrer lästigen Kleidung befreit habe.

»Es liegen zwei Etagen zwischen uns«, sagt Mira grinsend. »Denkst du wirklich, dass sie mich hören werden?«

»Keine Ahnung, aber es wäre irgendwie ein komisches Gefühl, wenn sie es täten.«

»Na ja«, sagt sie und zwinkert mir schelmisch zu, »Ich denke, dass du mich in diesem Fall irgendwie zum Schweigen bringen musst. Mir ist ganz plötzlich nach Schreien zumute.«

Ich weiß ganz genau, dass sie es ernst meint, also begebe ich mich spontan in die Stille und küsse die nackte Haut der eingefrorenen Mira.

Als sie eine Sekunde später in der Stille erscheint und sieht, an welcher Stelle ich ihren Körper küsse, beginnt sie schwer zu atmen und ihr schelmischer Blick wird sinnlich.

»Ich mag deine Art zu denken«, meint sie, als sie zu mir kommt. Dann vereinen sich unsere Körper mit einer Dringlichkeit, die mich an unser erstes Mal erinnert.

Als es vorbei ist, verlasse ich die Stille, um sofort wieder in sie hinüberzugleiten.

Als Mira sich materialisiert, sagt sie: »Darren, was zum –«

Sie bricht ab, als sie mich sieht. Nicht nur Verletzungen verschwinden in der Stille. Ich bin bereit für die nächste Runde.

»Meine Güte«, sagt sie. »Das ist die beste Idee, die du jemals gehabt hast.«

Sie springt auf mich und diesmal sind wir bedachter als beim ersten Mal.

Wir wiederholen diese neue Erfahrung etwa ein Dutzend Male mit steigender Kreativität. Wir beziehen sogar unsere eingefrorenen Ichs mit ein. Nein, lieber nicht fragen.

Irgendwann sind wir mental völlig erschöpft.

»Eines Tages möchte ich einen ganzen Monat in der Gedankendimension verbringen«, meint Mira schläfrig, als wir zurück in der echten Welt sind. »Nur du und ich.«

»Sag einfach Bescheid«, erwidere ich. »Das hört sich romantisch an.«

Sie zieht eine Augenbraue in die Höhe und sagt: »Mache ich. Aber definitiv nicht jetzt.«

»Nein, jetzt nicht«, stimme ich ihr zu. Ich ziehe sie in der Löffelchenstellung zu mir heran, umarme sie und genieße ihre warme Haut auf meiner.

Als wir so daliegen, denke ich an die letzten Wochen und die ganzen Dinge, die in dieser kurzen Zeit passiert sind. Es ist erstaunlich, wie sehr sich mein Leben verändert hat. Ich hätte mir nicht vorgestellt, in diesem Moment hier zu sein.

Während ich einschlafe, denke ich an die Zukunft. Die unterschwellige Bedrohung durch die Erleuchteten und denjenigen, der Kyle manipuliert hat, ist immer noch da, aber jetzt kümmert mich das alles nicht. Was auch immer geschehen wird, ich werde schon damit fertig werden. In diesem Moment bin ich in einem angenehmen schläfrigen Nebel, halte Mira in meinen Armen und kann mir keine Zukunft vorstellen, die nicht fantastisch ist. Ich sehe jede Einzelheit vor meinem inneren Auge … und dann schlafe ich ein und aus meiner momentanen Erleuchtung wird ein süßer Traum.

LESEPROBEN

Vielen Dank, dass Sie dieses Buch gelesen haben! Ich würde mich sehr darüber freuen, wenn Sie eine Rezension hinterlassen würden.

Darren Geschichte geht in *Die Ältesten - The Elders,* dem vierten Buch der *Gedankendimensionen,* weiter.

Bitte tragen Sie sich auf www.dimazales.com/series/deutsch/ für meinen Newsletter ein, damit Sie erfahren, wann das nächste Buch erscheint.

Vielen Dank für Ihre Unterstützung! Sie bedeutet mir wirklich sehr viel.

Blättern Sie jetzt bitte weiter, um einen Blick in meine anderen Bücher zu werfen.

AUSZUG AUS
DER ZAUBERCODE VON DIMA ZALES

Blaise, einst ein respektiertes Mitglied des Rates der Zauberer und jetzt ein Außenseiter, hat das letzte Jahr damit verbracht, an einem ganz besonderen magischen Objekt zu arbeiten. Sein Ziel ist es, die Magie jedermann zugänglich zu machen, nicht nur den ausgewählten Zauberern. Das Resultat seiner Arbeit ist allerdings völlig anders, als er sich das jemals vorgestellt hätte – denn anstelle eines Objekts erschafft er *sie*.

Sie ist Gala und alles andere als seelenlos. Sie wurde in der Welt der Magie geboren, ist wunderschön und hochintelligent – und niemand weiß, wozu sie alles fähig ist.

Augusta, eine mächtige Zauberin, sieht Blaises Werk genau als das, was es ist: die vermessenste aller Anmaßungen. Sie hat immer noch Gefühle für Blaise und möchte ihn retten, bevor er den höchsten aller Preise zahlen muss … für die Abscheulichkeit, die er erschaffen hat.

* * *

Da befand sich eine nackte Frau auf dem Fußboden in Blaises Arbeitszimmer.

Eine wunderschöne, nackte Frau.

Fassungslos starrte Blaise diese hinreißende Kreatur an, die gerade eben aus dem Nichts erschienen war. Sie schaute mit einem befremdlichen Gesichtsausdruck an sich hinunter. Offensichtlich war sie genauso überrascht darüber, hier zu sein, wie er es war, sie hier zu sehen. Ihr welliges, blondes Haar fiel ihren Rücken hinunter und verdeckte dadurch teilweise ihren Körper, der die Perfektion selbst zu sein schien. Blaise versuchte, nicht an diesen Körper zu denken, sondern sich stattdessen auf die Situation zu konzentrieren.

Eine Frau. *Sie* und kein *Es*. Blaise konnte das kaum glauben. War das möglich? Konnte dieses Mädchen das Objekt sein?

Sie saß mit ihren Beinen unter sich eingeschlagen da und stützte sich auf einem schlanken Arm ab. Diese Pose sah etwas unbeholfen aus, so als wüsste sie nicht so recht, was sie mit ihren eigenen Gliedmaßen anstellen sollte. Trotz ihrer Kurven, die sie als eine ausgewachsene Frau kennzeichneten, strahlte die völlig unbefangene Art und Weise, wie sie dort saß – die erkennen ließ, dass sie sich ihrer eigenen Reize nicht bewusst war – eine kindliche Unschuld aus.

Blaise räusperte sich und dachte darüber nach, was er sagen könnte. In seinen wildesten Träumen hätte er sich niemals vorstellen können, dass so etwas das Ergebnis dieses Projekts sein würde, welches in den letzten Monaten sein ganzes Leben bestimmt hatte.

Als sie das Geräusch hörte, drehte sie ihren Kopf, um ihn anzusehen, und Blaise bemerkte, dass sie ungewöhnlich hellblaue Augen hatte.

Sie blinzelte, legte ihren Kopf leicht zur Seite und nahm ihn mit sichtbarer Neugier in Augenschein. Blaise fragte sich, was sie wohl gerade sah. Er hatte seit zwei Wochen kein Tageslicht mehr gesehen, und es würde ihn nicht wundern, wenn er im Moment wie ein verrückter Zauberer aussah. Sein Gesicht war von etwa einer Woche alten Bartstoppeln übersät, und er wusste, dass sein dunkles Haar ungekämmt war und in alle Richtungen abstand. Hätte er gewusst, heute einer so wunderschönen Frau gegenüberzustehen, hätte er am Morgen einen Pflegezauber gewirkt.

»Wer bin ich?«, fragte sie und verunsicherte Blaise damit. Ihre Stimme war weich und feminin, genauso anziehend wie der Rest von ihr. »Wo bin ich? Was ist das hier für ein Ort?«

»Das weißt du nicht?« Blaise war froh, endlich einen halb zusammenhängenden Satz herausbekommen zu haben. »Du weißt weder wer du bist noch wo du bist?«

Sie schüttelte ihren Kopf. »Nein.«

Blaise schluckte. »Ich verstehe.«

»Was bin ich?«, fragte sie erneut und blickte ihn mit diesen unglaublichen Augen an.

»Also«, sagte Blaise langsam, »wenn du kein grausamer Scherzbold oder ein Produkt meiner Einbildung bist, dann ist das jetzt etwas schwierig zu erklären …«

Sie beobachtete seinen Mund, während er sprach, und als er aufhörte, sah sie wieder auf, und ihre Blicke trafen sich. »Das ist eigenartig«, sagte sie, »solche Worte in der Realität zu hören. Das waren gerade die ersten wirklichen Worte, die ich jemals gehört habe.«

Blaise fühlte, wie ihm ein Schauer über den Rücken lief. Er stand von seinem Stuhl auf und begann, hin und her zu gehen, sorgsam darauf bedacht, seinen Blick von ihrem nackten Körper abzuwenden. Er hatte damit gerechnet, dass etwas erschien. Ein magisches Objekt, eine Sache. Er hatte nur nicht gewusst, welche Form es annehmen würde. Ein Spiegel vielleicht, oder eine Lampe. Vielleicht sogar so etwas Ungewöhnliches wie die Lebensspeicher-Sphäre, die wie ein großer runder Diamant auf seinem Arbeitstisch stand.

Aber eine Person? Und dann auch noch weiblich?

Zugegeben, er hatte versucht, dem Objekt Intelligenz zu geben und die Fähigkeit, menschliche Sprache zu verstehen, um diese in den Code umzuwandeln. Vielleicht sollte er gar nicht so überrascht sein, dass die Intelligenz, die er herbeigerufen hatte, eine menschliche Form angenommen hatte.

Eine wunderschöne, weibliche, sinnliche Hülle.

Konzentriere dich Blaise, konzentriere dich!

»Wieso läufst du so herum?« Sie stand langsam auf, und ihre Bewegungen waren dabei unsicher und eigenartig tollpatschig. »Sollte ich auch umhergehen? Unterhalten sich Menschen so miteinander?«

Blaise hielt vor ihr an und bemühte sich, seine Augen oberhalb ihres Halses zu behalten. »Es tut mir leid. Ich bin es nicht gewohnt, nackte Frauen in meinem Arbeitszimmer zu haben.«

Sie fuhr sich mit ihren Händen an ihrem Körper hinunter, so als würde sie ihn zum allerersten Mal fühlen. Was auch immer sie vorhatte, Blaise fand diese Bewegung höchst erotisch.

»Stimmt etwas mit meinem Aussehen nicht?«, wollte sie von ihm wissen. Das war so eine typisch weibliche Sorge, dass Blaise ein Lächeln unterdrücken musste.

»Ganz im Gegenteil«, versicherte er ihr. »Du siehst unvorstellbar gut aus.« So gut sogar, dass er Schwierigkeiten hatte, sich auf etwas anderes als auf ihre Rundungen zu konzentrieren. Sie war mittelgroß und so perfekt proportioniert, sie hätte als Vorlage für einen Bildhauer dienen können.

»Warum sehe ich so aus?« Ein leichtes Runzeln erschien auf ihrer glatten Stirn. »Was bin ich?« Der letzte Teil schien sie am meisten zu beschäftigen.

Blaise holte tief Luft und versuchte, seinen rasenden Puls zu beruhigen. »Ich denke, ich könnte da eine Vermutung wagen, aber bevor ich das mache, möchte ich dir erst einmal etwas zum Anziehen geben. Bitte warte hier – ich bin sofort wieder zurück.«

Ohne eine Antwort abzuwarten, eilte er zur Tür.

* * *

Er verließ sein Arbeitszimmer und ging rasch zum anderen Ende des Hauses, zu *ihrem Zimmer*, wie er den halbleeren Raum in Gedanken immer noch nannte. Dort hatte Augusta immer ihre Sachen aufbewahrt, als sie noch zusammen gewesen waren – eine Zeit, die jetzt Ewigkeiten her zu sein schien. Trotzdem war es für ihn genauso schmerzhaft, den verstaubten Raum zu betreten, wie es vor zwei Jahren gewesen war. Sich von der Frau zu trennen, mit der er acht Jahre zusammen gewesen war – der Frau, die er eigentlich gerade heiraten wollte –, war nicht leicht gewesen.

Blaise versuchte, sich auf sein eigentliches Anliegen zu konzentrieren, ging zum Kleiderschrank und warf einen Blick auf dessen Inhalt. Wie er gehofft hatte, befanden sich noch einige Dutzend Kleider in ihm. Wunderschöne lange Kleider aus Samt und Seide, Augustas Lieblingsstoffen. Nur Zauberer – die in der

Gesellschaft die obersten Ränge bekleideten – konnten sich so einen Luxus leisten. Die normale Bevölkerung war viel zu arm, um etwas anderes als grobe, schlichte Bekleidung tragen zu können. Blaise fühlte sich ganz schlecht, wenn er darüber nachdachte, über diese furchtbare Ungleichheit, die immer noch jeden Aspekt des Lebens in Koldun betraf.

Er erinnerte sich daran, wie er und Augusta sich immer darüber gestritten hatten. Sie hatte seine Sorgen um die Normalbevölkerung nie geteilt; stattdessen genoss sie die Stellung und die Privilegien, die einem respektierten Zauberer derzeit zugestanden wurden. Wenn Blaise sich richtig erinnerte, hatte sie jeden Tag ihres Lebens ein anderes Kleid getragen, ohne Scham ihren Reichtum zur Schau gestellt.

Wenigstens würden ihm die Kleider, die sie in seinem Haus zurückgelassen hatte, jetzt mehr als gelegen kommen. Blaise nahm sich eines von ihnen – eine blaue Seidenkreation, die zweifellos ein Vermögen gekostet hatte – und ein Paar hochwertige schwarze Samtschuhe, bevor er den Raum wieder verließ, während die Staubschichten und die bitteren Erinnerungen zurückblieben.

Auf seinem Rückweg rannte er in das nackte Lebewesen. Sie stand neben dem Eingang zu seinem Arbeitszimmer und schaute sich das Gemälde an, welches sein Bruder Louie geschaffen hatte. Es stellte eine sehr idyllische Szene in einem Dorf in Blaises Herrschaftsbereich dar – das Fest nach der großen

Ernte. Lachende, rotwangige Bauern tanzten miteinander, während ein Harfenspieler auf Wanderschaft im Hintergrund spielte. Blaise schaute sich dieses Gemälde sehr gerne an. Es erinnerte ihn daran, dass seine Untertanen auch gute Zeiten erlebten, ihre Leben nicht nur aus Arbeit bestanden.

Das Mädchen schien es auch gerne zu betrachten – und anzufassen. Ihre Finger strichen über den Rahmen, als würden sie versuchen, die Struktur zu begreifen. Ihr nackter Körper sah von hinten genauso großartig aus wie von vorne, und Blaise bemerkte, wie seine Gedanken schon wieder in eine unangemessene Richtung abschweiften.

»Hier«, sagte er schroff, trat in sein Arbeitszimmer ein und legte das Kleid und die Schuhe auf dem staubigen Sofa ab. »Bitte zieh das hier an.« Zum ersten Mal seit Louies Tod nahm er den Zustand seines Hauses wahr – und schämte sich dafür. Augustas Raum war nicht der einzige, der von Staub bedeckt war. Selbst hier, wo er den Großteil seiner Zeit verbrachte, war die Luft muffig und abgestanden.

Esther und Maya hatten ihm wiederholt angeboten, vorbeizukommen und sauberzumachen, aber das hatte er abgelehnt, da er niemanden sehen wollte. Nicht einmal die beiden Bäuerinnen, die für ihn wie seine Mütter gewesen waren. Nach dem Debakel mit Louie wollte er einfach nur allein sein und sich vor dem Rest der Welt verstecken. Was die anderen Zauberer betraf, wurde er geächtet, war ein Außenseiter, und das störte ihn auch überhaupt nicht. Er hasste sie ja auch alle. Manchmal dachte er, die Bitterkeit würde ihn auffressen – und wahrscheinlich hätte sie das auch, wenn es nicht seine Arbeit gäbe.

In diesem Moment hob das Ergebnis dieser Arbeit, immer noch nackt wie ein Neugeborenes, das Kleid hoch und betrachtete es neugierig. »Wie ziehe ich das an?«, wollte es wissen und schaute zu ihm auf.

Blaise blinzelte. Er hatte Erfahrung darin, Frauen auszuziehen, aber ihnen in die Kleider zu helfen? Trotzdem wusste er wahrscheinlich immer noch mehr darüber als das geheimnisvolle Wesen, das vor ihm stand. Er nahm ihr das Kleid aus den Händen, schnürte den Rücken auf und hielt es ihr hin. »Hier. Steig hinein und zieh es hoch, die Arme müssen dabei in die Ärmel gesteckt werden.« Dann drehte er sich weg und versuchte angestrengt, seine Reaktion auf ihre Schönheit zu kontrollieren.

Er hörte, wie sie irgendetwas mit dem Kleid machte. »Ich könnte ein wenig Hilfe gebrauchen«, sagte sie.

Blaise drehte sich zu ihr herum und war erleichtert, festzustellen, dass sie nur noch Hilfe dabei brauchte, die Schnüre auf dem Rücken festzuziehen. Sie hatte auch schon selber herausgefunden, wie man sich Schuhe anzog. Das Kleid passte ihr erstaunlich gut; sie und Augusta mussten ungefähr die gleiche Größe haben, obwohl das Mädchen irgendwie zierlicher zu sein schien. »Heb dein Haar an«, forderte er sie auf, und sie hielt ihre blonden Locken mit einer unbewussten

Anmut in die Höhe. Er schnürte ihr schnell das Kleid zu und trat dann sofort einen Schritt zurück, um ein wenig Abstand zwischen sie zu bringen.

Sie drehte ihm ihr Gesicht zu, und ihre Blicke trafen sich. Blaise kam nicht umhin, die kühle Intelligenz in ihrem Blick zu bemerken. Sie mochte jetzt vielleicht noch nichts wissen, aber sie lernte schnell – und funktionierte unglaublich gut, wenn das, was er über ihren Ursprung vermutete, stimmte.

Einige Sekunden lang sahen sie einander nur an, teilten ein angenehmes Schweigen. Sie schien es mit dem Reden nicht eilig zu haben. Stattdessen betrachtete sie ihn, ihre Augen fuhren über sein Gesicht und seinen Körper. Sie schien ihn genauso faszinierend zu finden wie er sie. Und das war ja auch kein Wunder – er war wahrscheinlich der erste Mensch, den sie traf.

Schließlich unterbrach sie die Stille. »Können wir jetzt reden?«

»Ja.« Blaise lächelte. »Wir können, und wir sollten.« Er ging zur Sofaecke, setzte sich in einen der Loungesessel neben den kleinen, runden Tisch. Die Frau folgte seinem Beispiel und setzte sich in den Sessel ihm gegenüber.

»Ich befürchte, wir werden viele Antworten auf deine Frage zusammen erarbeiten müssen«, erklärte ihr Blaise, und sie nickte.

»Ich möchte es verstehen können«, antwortete sie ihm. »Was bin ich?«

Blaise atmete tief ein. »Lass mich von Anfang an beginnen«, entgegnete er ihr und zermarterte sich sein Hirn, wie er in dieser Angelegenheit am besten vorgehen sollte. »Weißt du, ich habe eine lange Zeit nach einem Weg gesucht, Magie den normalen Menschen einfacher zugänglich zu machen –«

»Steht sie im Moment nicht zur Verfügung?«, fragte sie und sah ihn eindringlich an. Er konnte sehen, dass sie sehr neugierig auf alles war und ihre Umgebung und jedes Wort, das er sagte, aufsaugte wie ein Schwamm.

»Nein, ist sie nicht. Im Moment können nur ein paar Auserwählte Magie anwenden – diejenigen, die die richtigen Voraussetzungen erfüllen, was die analytischen und mathematischen Neigungen ihres Gehirns anbelangt. Selbst die wenigen Glücklichen, die das besitzen, müssen sehr hart dafür studieren, komplexere Zauber zu wirken.«

Sie nickte, als würde das für sie Sinn ergeben. »Okay. Und was hat das alles mit mir zu tun?«

»Alles«, antwortete Blaise. »Es hat alles mit Lenard dem Großen begonnen. Er war der Erste, der herausgefunden hatte, die Zauberdimension anzuzapfen.«

»Die Zauberdimension?«

»Ja, so nennen wir den Ort, an dem der Zauber entsteht – der Ort, der es uns ermöglicht, Magie anzuwenden. Wir wissen nicht viel über sie, weil wir in der physischen Dimension leben – die wir als die reale Welt ansehen.« Blaise machte eine Pause, um zu sehen, ob sie bis jetzt Fragen dazu hatte. Er stellte sich vor, wie überwältigend das alles für sie sein musste.

Sie legte ihren Kopf auf die Seite. »Okay. Bitte mach weiter.«

»Vor etwa zweihundertundsiebzig Jahren hat Lenard der Große die ersten verbalen Zaubersprüche entwickelt – eine Möglichkeit für uns, mit der Zauberdimension zu interagieren und die Wirklichkeit der physischen Dimension zu ändern. Es war extrem schwierig, diese Zaubersprüche richtig zu formulieren, da man dafür eine spezielle Geheimsprache benötigte. Sie mussten ganz exakt ausgesprochen und vorbereitet werden, um das gewünschte Ergebnis zu erzielen. Erst vor kurzer Zeit wurde eine einfachere magische Sprache und ein leichterer Weg, Zaubersprüche anzuwenden, erfunden.«

»Wer hat das erfunden?«, fragte die Frau fasziniert.

»Augusta und ich«, gab Blais zu. »Sie ist meine frühere Verlobte. Wir sind das, was man Zauberer nennt – diejenigen, die eine Begabung für das Studium der Magie aufweisen. Augusta hat ein magisches Objekt erschaffen, welches Deutungsstein heißt, und ich habe eine einfachere magische Sprache gefunden, die dazu passt. Jetzt kann ein Zauberer seine Zaubersprüche in einer leichteren Sprache auf Karten schreiben und sie in den Stein einführen – anstatt einen schwierigen verbalen Spruch aufzusagen.«

Sie blinzelte. »Ich verstehe.«

»Unsere Arbeit sollte die Gesellschaft zum Besseren hin verändern«, fuhr Blaise fort und versuchte dabei, die Bitterkeit aus seiner Stimme zu halten. »Oder das war zumindest das, was ich gehofft hatte. Ich dachte, ein leichterer Weg, um Magie anzuwenden, würde es mehr Menschen ermöglichen, Zugang zu ihr zu bekommen, aber so hat es sich nicht entwickelt. Die mächtige Klasse der Zauberer ist noch mächtiger geworden – und noch abgeneigter, ihr Wissen mit der einfachen Bevölkerung zu teilen.«

»Ist das schlimm?«, fragte sie und schaute ihn mit ihren hellblauen Augen an.

»Das kommt darauf an, wen du fragst«, antwortete ihr Blaise und dachte dabei an Augustas gelegentliche Geringschätzung der Landarbeiter. »Ich denke, das ist schrecklich, aber ich gehöre einer Minderheit an. Den meisten Zauberern gefällt es so, wie es ist. Sie sind reich und mächtig und es stört sie nicht, Untertanen zu haben, die in Elend und Armut leben.«

»Aber dich stört es«, sagte sie aufmerksam.

»Das tut es«, bestätigte Blaise. »Und als ich vor einem Jahr den Rat der Zauberer verlassen habe, beschloss ich, etwas dagegen zu unternehmen. Ich wollte ein magisches Objekt erschaffen, welches unsere normale Sprache versteht – ein Objekt, das von jedem benutzt werden kann, verstehst du? Auf diese Art und Weise könnte auch eine normale Person zaubern. Sie würde einfach sagen, was sie bräuchte, und das Objekt würde es umsetzen.«

Ihre Augen weiteten sich, und Blaise konnte sehen, wie sie anfing, das Ganze zu verstehen. »Willst du mir gerade sagen –?«

»Ja«, antwortete er ihr und blickte sie an. »Ich glaube, ich habe dieses Objekt erfolgreich erschaffen. Ich denke, du bist das Ergebnis meiner Arbeit.«

Einige Augenblicke lang saßen sie einfach nur schweigend da.

»Ich muss das Wort *Objekt* falsch verstehen«, meinte sie schließlich.

»Das tust du wahrscheinlich nicht. Der Stuhl, auf dem du sitzt, ist ein normales Objekt. Wenn du aus dem Fenster schaust, siehst du eine Chaise im Garten. Das ist ein magisches Objekt, es kann fliegen. Objekte leben nicht. Ich habe erwartet, du würdest so etwas wie ein sprechender Spiegel werden, aber du bist etwas völlig anderes!«

Ihre Stirn zog sich leicht in Falten. »Wenn du mich geschaffen hast, bist du dann mein Vater?«

»Nein«, wehrte Blaise sofort ab, da alles in ihm diese Vorstellung zurückwies. »Ich bin auf gar keinen Fall dein Vater.« Aus irgendeinem Grund war es für ihn wichtig, sicherzustellen, dass sie nicht so von ihm dachte. *Interessant, wohin meine Gedanken schon wieder abschweifen, dachte er selbstironisch.*

Sie sah immer noch verwirrt aus, also versuchte Blaise, es ihr näher zu erklären. »Ich denke, es wäre vielleicht sinnvoller, zu sagen, ich habe den Grundstein für eine Intelligenz gelegt – und habe sichergestellt, dass sie einiges an Wissen besitzt, um darauf aufzubauen –, aber alles Weitere musst du selber geschaffen haben.«

Er konnte einen Funken Wiedererkennung auf ihrem Gesicht sehen. Irgendetwas an seiner Aussage hatte bei ihr etwas zum Läuten gebracht, also musste sie mehr wissen, als es auf den ersten Blick schien.

»Kannst du mir etwas von dir erzählen?«, fragte Blaise und betrachtete die wunderschöne Kreatur vor sich. »Als Erstes, wie nennst du dich?«

»Ich nenne mich gar nichts«, antwortete sie. »Wie nennst du dich?«

»Ich bin Blaise, Sohn von Dasbraw. Ich nenne mich Blaise.«

»Blaise«, wiederholte sie langsam, als würde sie sich seinen Namen auf der Zunge zergehen lassen. Ihre Stimme war weich und sinnlich, unschuldig betörend. Blaise wurde sich schmerzhaft der Tatsache bewusst, dass er schon seit zwei Jahren keiner Frau mehr so nahe gewesen war.

»Ja, das ist richtig«, gelang es ihm ruhig zu sagen. »Und wir sollten auch einen Namen für dich finden.«

»Hast du eine Idee?«, fragte sie neugierig.

»Also, meine Großmutter hieß Galina. Würdest du meiner Familie die Ehre erweisen und ihren Namen annehmen? Du könntest Galina, Tochter der Zauberdimension sein. Ich würde dich dann kurz ›Gala‹ nennen.« Die unbezwingbare alte Dame war alles andere als dieses Mädchen gewesen, welches vor ihm saß, aber trotzdem erinnerte etwas dieser leuchtenden Intelligenz auf dem Gesicht dieser Frau ihn an sie. Er lächelte zärtlich bei diesen Erinnerungen.

»Gala«, versuchte sie zu sagen. Er konnte sehen, sie mochte den Namen, weil sie auch lächelte und ihm dabei ihre ebenmäßigen, weißen Zähne zeigte. Das Lächeln erleuchtete ihr ganzes Gesicht, ließ sie strahlen.

»Ja.« Blaise konnte seine Augen nicht von ihrer blendenden Schönheit abwenden. »Gala. Das passt zu dir.«

»Gala«, wiederholte sie sanft. »Gala. Du hast recht. Das passt zu mir. Aber du sagtest auch, ich sei die Tochter der Zauberdimension. Ist das meine Mutter oder mein Vater?« Sie sah ihn voller Hoffnung an.

Blaise schüttelte seinen Kopf. »Nein, nicht im traditionellen Sinn. Die Zauberdimension ist der Ort, an dem du dich zu dem entwickelt hast, was du jetzt bist. Weißt du irgendetwas über diesen Platz?« Er machte eine Pause und schaute sich seine erstaunliche Kreation an. »Wie viel weißt du überhaupt von dem, was geschah, bevor du hier auf dem Boden meines Arbeitszimmers auftauchtest?«

AUSZUG AUS
GEFÄHRLICHE BEGEGNUNGEN VON
ANNA ZAIRES

Anmerkungen des Autors. *Gefährliche Begegnungen ist eine Kollaboration von Dima Zales und Anna Zaires. Es handelt sich dabei um das erste Buch einer von Kritikern hochgelobten erotischen Science-Fiction-Romanserie, den »Krinar Chroniken«. Wegen seines expliziten sexuellen Inhalts ist das Buch für Leser unter 18 Jahren nicht geeignet.*

* * *

Eine düstere und anregende Liebesgeschichte, die die Fans erotischer und turbulenter Beziehungen begeistern wird ...

In der nahen Zukunft herrschen die Krinar auf der Erde. Sie sind eine sehr fortgeschrittene Rasse aus einer anderen Galaxie und immer noch ein Geheimnis für uns – außerdem sind wir ihnen völlig ausgeliefert.

Mia Stalis, schüchtern und unschuldig, ist eine Studentin in New York, die ein sehr normales Leben führt. Wie die meisten Menschen hat sie nie etwas mit den Eindringlingen zu tun gehabt – bis zu diesem schicksalhaften Tag im Park, der ihr ganzes Leben auf den Kopf stellt. Da sie Korums Aufmerksamkeit auf sich gezogen hat, muss sie jetzt mit einem mächtigen, gefährlich verführerischen Krinar fertig werden, der sie besitzen möchte und vor nichts Halt machen wird, bis er sein Ziel erreicht.

Wie weit würden Sie gehen, um ihre Freiheit wiederzuerlangen? Wie viel würden sie aufgeben, um anderen Menschen zu helfen? Welche Wahl würden Sie treffen, wenn sie beginnen, sich in ihren Feind zu verlieben?

* * *

Die Luft war frisch und rein, als Mia mit schnellen Schritten einen gewundenen Pfad im Central Park entlangging. Überall zeigte sich schon der Frühling, in winzigen Knospen auf den noch immer kahlen Bäumen und in der rasch wachsenden Anzahl an Kindermädchen, die sich draußen mit ihren wilden Schützlingen über den ersten warmen Tag freuten.

Es war eigenartig, wie sehr sich alles in den letzten paar Jahren verändert hatte und wie sehr es doch gleich geblieben war. Wäre Mia vor zehn Jahren gefragt worden, was sie denke, wie ihr Leben wohl nach der Invasion einer anderen Rasse aussehen würde, hätte sie sich das bestimmt nicht so vorgestellt. Independence Day, Der Krieg der Welten – keiner dieser Filme näherte sich auch nur ansatzweise dem, was tatsächlich geschehen würde. Die Menschen trafen eine höher entwickelte Spezies, als diese zu ihnen auf die Erde kam. Es war weder zum Kampf, noch zu irgendeinem Widerstand auf der Regierungsebene gekommen. *Sie* hatten es nicht erlaubt. Rückblickend wurde klar, wie dumm diese Filme gewesen waren. Nuklearwaffen, Satelliten, Kampfjets waren nicht mehr als kleine Steine und Stöcke für diese uralte Zivilisation, die schneller als mit Lichtgeschwindigkeit das Universum durchqueren konnte.

Als sie eine leere Bank nahe am See sah, ging Mia dankbar auf diese zu. Auf ihren Schultern machte sich die Last des Rucksacks bemerkbar, in dem sie ihren schweren, zwölf Jahre alten Laptop und einige altmodische, noch auf Papier gedruckte Bücher hatte. Mit einundzwanzig fühlte sie sich manchmal alt, fehl am Platz in dieser schnellen neuen Welt der extraschlanken Tablets und den in die Armbanduhren integrierten Handys. Die Geschwindigkeit der technischen Entwicklungen war seit dem K-Day nicht langsamer geworden, wenn überhaupt, waren jetzt viele neue Spielereien durch das beeinflusst, was die Krinar besaßen. Nicht dass die Krinar irgendetwas ihrer kostbaren Technologie preisgegeben hätten. Ihrer Meinung nach sollte ihr kleines Experiment ohne größere Beeinflussungen fortgeführt werden.

Mia öffnete den Reißverschluss ihres Rucksacks und holte ihren alten Mac heraus. Das Gerät war schwer und langsam, aber es funktionierte, und als arme Studentin konnte sich Mia nichts Besseres leisten. Sie loggte sich ein, öffnete ein neues Word-Dokument und machte sich bereit, sich durch das Schreiben ihrer Hausarbeit in Soziologie zu quälen.

Zehn Minuten und genau null Worte später gab sie auf. Wem wollte sie denn damit etwas vormachen? Hätte sie wirklich dieses verdammte Ding schreiben wollen, wäre sie doch niemals in den Central Park gekommen. So verlockend es auch war, sich fest vorzunehmen, die frische Luft zu genießen und gleichzeitig etwas zu arbeiten, in Wirklichkeit hatte Mia das noch nie hinbekommen. Eine muffige alte Bibliothek war ein viel besserer Ort für solche Tätigkeiten, die derartig das Hirn zermartern.

Mia gab sich in Gedanken einen Tritt für die eigene Faulheit, seufzte und sah sich trotzdem erst mal um. Die Menschen in New York zu beobachten amüsierte sie immer wieder.

Das Bild, was sie vor sich sah, war ein Klassiker, mit dem Obdachlosen auf der Parkbank – zum Glück nicht auf der neben ihr, er sah nämlich so aus, als würde er schon sehr streng riechen – und den beiden Kindermädchen, die miteinander auf Spanisch redeten, während sie langsam ihre Kinderwagen vor sich her schoben. Ein Mädchen mit leuchtend pinkfarbenen Reeboks, die einen schönen Kontrast zu ihren blauen Leggins bildeten, joggte auf einem Weg weiter vorne. Mias Blick folgte neidisch der Joggerin, als diese um die Ecke bog. Ihr eigener hektischer Tagesablauf ließ ihr nur wenig Zeit zum Trainieren, und sie bezweifelte, dass sie derzeitig auch nur einen Kilometer lang mit diesem Mädchen mithalten konnte.

Rechts konnte sie die Bogenbrücke sehen, die über den ganzen See reichte. Ein Mann lehnte am Brückengeländer und schaute über das Wasser. Sein Gesicht war von ihr weg gedreht, weshalb Mia nur einen Teil seines Profils sehen konnte. Trotzdem zog irgendetwas an ihm ihre Aufmerksamkeit auf sich.

Sie war sich nicht sicher, was es war. Er war zweifellos groß und schien unter seinem teuer aussehenden Trenchcoat auch einen gut gebauten Körper zu besitzen, aber das konnte es nicht sein. Große, gut aussehende Männer waren in dem von Modells überlaufenden New

York nichts Besonderes. Nein, es war irgendetwas anderes. Vielleicht war es die Art und Weise, wie er dastand – völlig bewegungslos. Sein Haar war dunkel und glänzte in der hellen Nachmittagssonne, vorne gerade lang genug, um leicht im warmen Frühlingswind zu wehen.

Außerdem war er völlig allein.

Das ist es, bemerkte Mia auf einmal. Die normalerweise sehr beliebte und malerische Brücke war völlig leer, mit Ausnahme des Mannes, der dort am Geländer stand. Heute schien aus irgendeinem Grund jeder einen weiten Bogen um sie zu machen. Tatsächlich saß niemand außer ihr und ihrem hocharomatischen, obdachlosen Nachbarn auf den sonst so beliebten Bänken in der ersten Reihe am See, sie waren alle leer.

Als ob es ihren Blick auf sich spüren würde, drehte das Objekt ihrer Aufmerksamkeit langsam seinen Kopf und sah Mia direkt an. Bevor ihr Hirn sich dieser Tatsache bewusst werden konnte, fühlte sie, wie ihr Blut gefror und sie sich bewegungslos dem Feind ausgeliefert sah. Während sie ihn nur hilflos anstarren konnte, schien er sie sehr interessiert zu durchleuchten.

* * *

Atme, Mia, atme. Irgendwo in ihrem Hinterkopf wiederholte eine kleine rationale Stimme immer wieder diese Worte. Diesem seltsam objektiven Teil von ihr fiel auch sein symmetrisches Gesicht auf und die straffe, goldfarbene Haut, die sich eng an hohe Wangenknochen und ein energisches Kinn schmiegte. Die Bilder und Videos, die sie von den Krinar gesehen hatte, wurden ihnen kaum gerecht. Dieses Wesen, das weniger als 10 Meter von ihr entfernt stand, war einfach atemberaubend schön.

Während sie ihn weiterhin bewegungslos anstarrte, richtete er sich auf und ging auf sie zu. Er pirscht sich eher heran, kam ihr dummerweise in den Sinn, da jede seiner Bewegungen sie an eine junge Raubkatze erinnerte, die sich geschmeidig einer Gazelle annähert. Seine Augen ließen sie die ganze Zeit nicht aus dem Blick. Als er näherkam, konnte sie einzelne gelbe Sprenkel in seinen goldenen Augen erkennen und auch die vollen langen Wimpern sehen, die sie einrahmten.

Sie sah entsetzt und ungläubig, wie er sich weniger als einen Meter von ihr entfernt auf die gleiche Bank setzte und eine ebenmäßige Reihe weißer Zähne entblößte, als er sie anlächelte. Keine Fangzähne, bemerkte sie mit einem Teil ihres Gehirns, der noch zu funktionieren schien. Nicht die leiseste Spur von ihnen. Das war eines der Gerüchte über sie, genauso wie ihr vermeintlicher Abscheu vor der Sonne.

»Wie heißt du?« Das Wesen schnurrte die Frage förmlich. Seine Stimme war leise und weich, völlig ohne Akzent. Seine Nasenlöcher bebten leicht, als er ihren Duft einatmete.

»Ähm« Mia schluckte nervös. »M-Mia.«

»Mia«, wiederholte er langsam, und es schien, als würde er sich ihren Namen auf der Zunge zergehen lassen. »Mia, und weiter?«

»Mia Stalis.« Ach du Scheiße, warum wollte er denn ihren Namen wissen? Warum war er hier und redete mit ihr? Und überhaupt, was machte er eigentlich im Central Park, fernab aller Siedlungen der Krinar? *Atme, Mia, atme.*

»Entspanne dich, Mia Stalis.« Sein Lächeln wurde breiter, und es kam ein Grübchen in seiner linken Wange zum Vorschein. Ein Grübchen? Die Krinar hatten Grübchen? »Bist du bis jetzt noch nie auf einen von uns getroffen?«

»Nein, noch nie«, stieß Mia kurz hervor, und dabei fiel ihr auf, dass sie ihren Atem die ganze Zeit anhielt. Sie war stolz darauf, dass ihre Stimme nicht so zitterig klang, wie sie sich anfühlte. Sollte sie fragen? Wollte sie es wirklich wissen?

Sie nahm all ihren Mut zusammen. »Was, äh –« nochmal Schlucken. »Was willst du von mir?«

»Jetzt gerade, mich mit dir unterhalten.« Mit diesen goldenen Augen, die sich an den Winkeln leicht zusammenzogen, sah er aus, als würde er gleich über sie lachen.

Seltsamerweise machte sie das so wütend, dass sie dadurch ihre Angst verdrängte. Wenn es etwas gab, das Mia mehr hasste als alles andere, dann war das, ausgelacht zu werden. Mit ihrem kleinen, dünnen Körper und ihrem allgemeinen Mangel an sozialer

Kompetenz seit Teenagerzeiten – sie hatte das komplette Albtraumprogramm absolviert: Zahnspange, krauses Haar und Brille – waren schon mehr als einmal Witze auf Mias Kosten gemacht worden.

Sie schob angriffslustig ihr Kinn in die Höhe. »Also schön, und wie heißt du?«

»Korum.«

»Nur Korum?«

»Wir haben keine richtigen Nachnamen, zumindest nicht so, wie ihr das habt. Mein voller Name ist sehr viel länger, aber du könntest ihn nicht aussprechen, wenn ich ihn dir sagen würde.«

Okay, das war doch mal interessant. Sie erinnerte sich daran, mal so etwas in der *New York Times* gelesen zu haben. So weit, so gut. Ihre Beine hatten schon fast aufgehört zu zittern und ihre Atmung wurde auch wieder gleichmäßiger. Vielleicht hatte sie ja doch noch eine klitzekleine Chance, aus dieser Nummer lebend herauszukommen. Diese Unterhaltung schien recht ungefährlich zu sein, auch wenn es sie etwas aus der Fassung brachte, dass er sie die ganze Zeit mit diesen gelblichen Augen anstarrte, ohne zu blinzeln. Sie beschloss, ihn reden zu lassen.

»Was machst du hier, Korum?«

»Das habe ich dir doch gerade gesagt. Ich unterhalte mich mit dir, Mia.« Seine Stimme hatte wieder den Hauch eines Lachens.

Frustriert stieß Mia ihren Atem aus. »Ich meine, was machst du hier im Central Park? Überhaupt in New York City?«

Er lächelte wieder und neigte seinen Kopf leicht zu einer Seite. »Vielleicht habe ich gehofft, hier ein hübsches Mädchen mit Locken zu treffen.«

Also, das reichte jetzt wirklich. Er spielte ganz klar mit ihr. Jetzt, da sie ihren Verstand wieder gebrauchen konnte, fiel ihr auf, dass sie sich mitten im Central Park befanden, in der Gegenwart einer Unmenge von Zeugen. Sie blickte sich verstohlen um, nur um sicherzugehen. Ja, obwohl die Menschen diese Bank und das darauf sitzende fremdartige Wesen offensichtlich mieden, gab es tatsächlich einige mutige Seelen, die aus sicherer Entfernung zu ihnen starrten. Ein Paar wagte es sogar, sie vorsichtig mit ihren in die Armbanduhren eingebauten Kameras zu filmen. Wenn der Krinar ihr irgendetwas antun sollte, wäre es umgehend auf YouTube zu sehen, und das müsste er auch wissen. Natürlich könnte ihm das auch egal sein.

Da sie immer noch davon ausging, dass sie relativ sicher war – sie hatte noch nie von Videos gehört, die Übergriffe der Krinar auf Studentinnen mitten im Central Park zeigten –, griff sie nach ihrem Laptop und hob ihn an, um ihn zurück in ihren Rucksack zu packen.

»Lass mich dir damit helfen, Mia –«

Und bevor sie auch nur blinzeln konnte, merkte sie, wie er den schweren Laptop aus ihren plötzlich kraftlosen Fingern nahm und dabei leicht deren

Knöchel streifte. Als er sie berührte, durchfuhr Mia ein Gefühl wie ein elektrischer Schock, der, als er abebbte, kribbelnde Nervenverbindungen hinterließ.

Er nahm ihren Rucksack und packte den Laptop mit einer weichen und geschmeidigen Bewegung weg. »So, fertig.«

Oh Gott, er hatte sie berührt. Vielleicht war ihre Theorie über die Sicherheit auf öffentlichen Plätzen doch falsch. Sie merkte, wie sich ihre Atmung wieder beschleunigte, und ihre Herzfrequenz befand sich wahrscheinlich auch schon im sauerstoffunabhängigen Bereich.

»Ich muss jetzt los … Tschüss!«

Wie sie es schaffte, diese Worte herauszuquetschen, ohne zu hyperventilieren, würde sie wohl nie herausfinden. Sie griff sich den Riemen ihres Rucksacks, den er soeben losgelassen hatte, und sprang auf ihre Füße. Dabei fiel ihr irgendwo im Hinterkopf auf, dass die Lähmung von vorhin verschwunden war.

»Tschüs Mia. Bis später.« Seine Stimme mit dem leicht spottenden Unterton war noch lange in der klaren Frühlingsluft zu hören, als sie losging und fast rannte, weil sie es so eilig hatte, von ihm wegzukommen.

* * *

Wenn Sie mehr darüber erfahren möchten, besuchen Sie bitte Annas Webseite http://annazaires.com/series/deutsch/.

ÜBER DEN SCHRIFTSTELLER

Dima Zales ist ein *New York Times* und *USA Today* Bestsellerautor in den Genres Science-Fiction und Fantasy. Bevor er ein Schriftsteller wurde, hat er sowohl als Programmierer als auch als leitender Angestellter in der Softwareentwicklungsindustrie in New York gearbeitet. Von Hochfrequenzhandel-Software für große Banken bis hin zu Handy-Apps für bekannte Zeitschriften, Dima hat schon alles programmiert. 2013 verließ er dann die Software-Branche, um sich auf seine Karriere als Schriftsteller zu konzentrieren und nach Palm Coast, Florida zu ziehen, wo er derzeitig lebt.

Um mehr zu erfahren besuchen Sie bitte die Seite www.dimazales.com/series/deutsch/.